Peter James · Die Prophezeiung

PETER JAMES

# *Die Prophezeiung*

ROMAN

AUS DEM ENGLISCHEN
VON
MANES H. GRÜNWALD

HAFFMANS VERLAG

Die Originalausgabe
»Prophecy«
erschien 1992 bei Victor Gollancz Ltd, London.


Umschlagbild von
Nikolaus Heidelbach
Lektorat:
Dagmar Priebe, Haffmans Verlag

*Deutsche Erstausgabe*

Einzig berechtigte Hardcover-Ausgabe
im Haffmans Verlag AG Zürich

Satz: IBV Satz- und Datentechnik GmbH, Berlin
Herstellung: Wiener Verlag
ISBN 3 251 00228 7

*Für Jesse*

# *Prolog*

*26. März 1652*

Der Mann und der Junge liefen die Londoner Straße entlang, immer darauf bedacht, nicht in den Rinnstein zu geraten.

Der Mann hatte seine dürren, knochigen Finger fest um den Arm des Jungen gekrallt, und so hastete er mit ihm durch die Straßen, zerrte ihn schließlich in verwinkelte, immer dunklere Gassen – eine Ratte, die ihren Weg durch ein Labyrinth bestens kennt.

Der Junge war völlig durcheinander und wußte nicht, was mit ihm geschah; er kannte den Mann nicht, und er mochte ihn nicht. Seine Mutter hatte eine Zeitlang geheimnisvoll mit dem Mann herumgeflüstert, und dann hatte sie den Jungen zum Abschied nicht geküßt, nicht einmal angeschaut, als der Mann ihn mitgenommen hatte. Sie waren jetzt schon eine ganze Weile durch die Dämmerung und den Regen gelaufen, und der Junge war müde und hungrig. Und er hatte Angst.

Schließlich kamen sie zum Hinterhof eines großen Hauses. Der Mann klopfte laut an die Eingangstür, und sie wurde einen schmalen Spalt weit geöffnet. Dunkle, mißtrauische Augen starrten nach draußen. »Kommt rein«, sagte eine Frau dann und machte die Tür weiter auf. Der Mann stieß den Jungen vor sich her. Sie waren in einer Küche.

Der Anblick der Frau machte die Angst des Jungen noch größer. Sie war groß, ganz in Schwarz gekleidet, hatte ein hageres, dürres, raubvogelartiges Gesicht, und sie starrte den Jungen mit kalten Augen an.

»Wie alt ist er?«

»Acht«, sagte der Mann.

»Er stinkt.«

»Man muß'n mal waschen, dann geht's weg.«

Die Frau betrachtete den Jungen von oben bis unten. Er hatte einen blonden, wirren Lockenkopf, große blaue Augen und eine Stupsnase; den Mund hatte er mürrisch verzogen. Die Kleider waren kaum mehr als schmutzige Lumpen, die Füße nackt. »Wartet hier«, sagte die Frau.

Der Junge starrte auf die Steinfliesen. Im Herd knisterte das Feuer, und aus einem Topf stieg ein unangenehmer, beißender Geruch.

Nach ein paar Minuten kam die Frau zurück, gefolgt von einem großen, hinkenden Mann. Er trug einen golddurchwirkten, bis zum Boden reichenden Morgenmantel. Sein grausames, arrogantes Gesicht war von einem sorgfältig gestutzten Bart umrahmt. Er blieb in der Tür stehen und lächelte beim Anblick des Jungen zustimmend. »Ja«, sagte er zu dem Mann, »das hast du gut gemacht.«

Er ging auf den Jungen zu, wobei sein Klumpfuß kratzend auf dem Boden schleifte, blieb vor ihm stehen, betrachtete ihn wieder zufrieden. »Sehr gut.«

Der Junge war von der Kleidung des Mannes und seiner erlauchten Erscheinung sehr beeindruckt. Der Mann machte noch einen Schritt auf ihn zu, riß ihm mit einer schnellen Bewegung die Kleiderfetzen vom Leib, ließ sie um seine Füße fallen.

Der Junge starrte ihn entsetzt an. Der Lord trat ganz dicht vor ihn hin und legte ihm eine Hand auf die Schulter. Der Junge warf den Kopf herum, biß ihn fest ins Handgelenk und rannte los, auf die Tür am anderen Ende der Küche zu.

Der Mann, der ihn gebracht hatte, packte ihn bei den Haaren und hielt ihn fest. Der Lord lachte dröhnend.

»Ein sehr temperamentvolles Bürschchen. Das hast du ausnahmsweise mal *sehr* gut gemacht.«

»Ich danke Ihnen, Mylord.«

»Ja.« Der Lord betrachtete mit immer größerer Befriedigung den Körper des Jungen. »Ich werde deine Belohnung...« Er brach ab. Eine Bewegung draußen vor der Küchentür irritierte ihn. Er runzelte die Stirn. Sie kamen zu früh. Viel zu früh. Sie sollten doch erst in etwa zwei Stunden hier sein, oder? Er starrte durch die offene Tür in den Korridor.

Ein Mann mit hohem schwarzem Hut, breitem weißem Kragen

und dunklem Mantel über engen, geschnürten Kniehosen kam mit großen Schritten den Flur entlang und betrat die Küche. Hinter ihm tauchte eine Gruppe von Soldaten in den roten Mänteln, den grauen Kniehosen und den Schärpen der Armee des Parlamentes auf.

Der Anführer schaute von einem zum anderen, richtete dann seine grauen Augen fest auf den Lord. »Guten Abend, Lord Francis«, sagte er mit humorlosem Lächeln. »Störe ich Euch bei einer netten Kurzweil?«

»Was soll diese Belästigung, Thomas?« Der Lord starrte wütend auf die Soldaten, die sich im Türrahmen aufgebaut hatten; ihre Gesichter unter den Lederhelmen zeigten einen Ausdruck von Entschlossenheit, der ihn irritierte.

Der Offizier mit dem schwarzen Hut sah die Frau und den rattengesichtigen Mann neben ihr an. »Wer hat dieses Kind hierhergebracht?« Als sie nicht antworteten, wurde seine Stimme hart und schneidend. »Wer hat den Jungen hergebracht?«

»Ich war's«, sagte das Rattengesicht.

»Zieh ihm die Kleider wieder an und bring ihn dorthin zurück, wo du ihn hergeholt hast.« Und zu der Frau: »Wie viele Bedienstete sind im Haus?«

Die Frau sah ihren Herrn an, als ob sie seine Erlaubnis zum Sprechen einholen wolle.

Unsicherheit dämpfte den Zorn des Lords. »Thomas, ich dulde das nicht. Nimm deine Männer und verlasse unverzüglich mein Haus!«

Der Mann mit dem schwarzen Hut achtete nicht auf ihn, starrte weiter die Frau an. »Schicken Sie sofort die ganze Dienerschaft weg«, befahl er. »Niemand darf vor der Ausgangssperre heute abend zurückkehren. Verstanden?« Dann gab er den Soldaten mit dem Kopf ein Zeichen.

Die beiden vordersten traten vor und ergriffen die Arme des Lords. Dessen Gesichtsausdruck zeigte jetzt blanke Wut. »Thomas... mein Bruder! Herrgott noch mal! Was fällt dir ein?«

»Gott? Herr*gott* noch mal?« höhnte sein Bruder. »Was wißt Ihr noch von diesem Gott, Mylord, dem Ihr seit fünfundzwanzig Jahren abgeschworen habt?« Er ging voraus, zunächst in den Flur, von dort dann in eine große Halle voller kostbarer, vergoldeter Möbel. In verzierten Leuchtern an den Wänden brannten Kerzen, und ihr

Licht spiegelte sich in den schwarz-weißen Fliesen auf dem Boden. Die Soldaten, angeführt von ihrem Sergeanten, zerrten den Lord zum Treppenhaus. Sie kümmerten sich nicht um seinen wütenden Protest, genausowenig wie sein Bruder.

Sie gingen nach unten und kamen in einen dunklen, stinkenden Kellerflur. Vor einer Tür, an deren Rahmen eine brennende Kerze steckte, blieben sie stehen. Thomas ließ höhnisch einen Schlüsselbund vor dem Gesicht seines Bruders klimpern, schloß dann die Tür auf und ging voraus in ein großes Kellergewölbe.

Ein loderndes Feuer brannte in der Feuerstelle unter dem ausladenden Rauchfang an der gegenüberliegenden Seite des Raumes. Sein Knistern und Knacken hallte wie Gewehrschüsse von den Ziegelmauern und dem Steinboden wider. An den Wänden hingen Steintafeln, auf einigen waren fünfzackige Sterne zu sehen, auf anderen Quadrate mit Zahlen in der Mitte. In Regalen schimmerten Totenschädel und Knochen – menschliche und tierische – im Licht schwarzer Kerzen.

Auf einem hohen Podest an der anderen Seite des Raumes stand wie ein Altar ein Bett, über das eine mit Quasten verzierte Decke gebreitet war. Dicke schwarze Kerzen ragten an jeder der Ecken empor. Auf einem Pult daneben lag ein in Leder gebundenes Buch.

Während die Soldaten sich voller Entsetzen in dem schaurigen Raum umsahen, nickte der Mann mit dem schwarzen Hut seinem Bruder zu. »Ist das Feuer der Hölle bereits angezündet, Mylord?«

»Ich mache dieses Spiel nicht mehr mit. Was willst du von mir?«

»Das ist kein Spiel, Francis, das möcht ich Euch versichern. Und ganz gewiß keins Eurer Art. Ihr müßt mich jetzt entschuldigen, ich hab noch einen langen Weg vor mir, eh's gänzlich dunkel wird. Verzeiht mir also, ich muß gehn. Sergeant Proudlove wird sich um Euch kümmern. Er ist ein braver Mann, soweit ich's weiß – und er ist Vater von drei Buben.«

Er nickte dem Sergeanten zu, einem Mann mit groben Gesichtszügen, einer breiten, flachen Nase und matten Augen, und ging aus dem Raum. Unbeeindruckt von den wilden Schreien seines Bruders schloß er die Tür hinter sich.

»Euer Lordschaft beliebten, sich mit kleinen Bübchen zu vergnügen?« fragte der Sergeant.

Der Lord sah ihn an, dann reihum in die unbeweglichen Gesichter der anderen sechs Soldaten, und sein glühender Zorn wich eisiger Furcht. »Euer Eindringen in mein Haus ist unerhört«, sagte er steif.

»Wir ham nur noch ein Eindringen zu machen, dann sin wir wieder weg von hier«, sagte der Sergeant und grinste breit. Einige der anderen Soldaten kicherten heiser. Dann nickte der Sergeant, und die Soldaten packten ihr Opfer fester.

»Die Hände weg! Das ist ein Befehl! Was soll das alles?«

Der Sergeant zeigte auf das Bett. Die Soldaten schleppten den Lord hinüber und warfen ihn mit dem Gesicht nach unten darauf. Der Sergeant nahm seine Schärpe ab und band sie dem Lord so fest um den Mund, daß dieser vor Schmerz aufstöhnte. Dann schob der Sergeant mit ruhigen, sorgfältigen Bewegungen den golddurchwirkten Morgenmantel des Lords hoch und entblößte seinen knochigen Hintern. Lord Francis wehrte sich heftiger und stöhnte noch lauter. Aber die Soldaten gingen sehr routiniert vor, so, als hätten sie solche Aktionen schon öfter durchgeführt; je einer setzte sich mit seinem ganzen Körpergewicht auf einen Arm oder ein Bein, die beiden restlichen hockten sich auf seinen Rücken. »Paßt auf, daß er keine Quetschung abkriegt«, sagte der Sergeant.

Er ging langsam hinüber zum Feuer, bückte sich und hob den Schürhaken vom Boden auf. Dann schlenderte er damit zurück zum Bett und hielt ihn Lord Francis vor die Augen. »Ihr habt Spaß an Ärschen, nich wahr, Mylord? So laßt uns sehn, wie Euch das hier gefallen wird.«

Die Augen des Lords weiteten sich entsetzt; alle Grausamkeit darin war einem Ausdruck inständigen Flehens gewichen. Verzweifelt winselte er wirre Worte unter dem Knebel.

Der Sergeant zog ein dünnes, hohles Rinderhorn aus der Tasche seiner Jacke und prüfte, ob der Schürhaken frei hindurchgleiten konnte. Dann legte er die Hände auf die schweißnassen, glitschigen Hinterbacken seines Opfers und zog sie auseinander, bis die runde Afteröffnung sichtbar wurde. Mit Daumen und Zeigefinger einer Hand hielt er den After frei, mit seiner Spucke feuchtete er das spitz zulaufende Ende des Rinderhorns an und schob es mit der anderen Hand langsam, aber stetig in den Anus, tiefer und tiefer.

»Geht wie geschmiert, Mylord«, sagte er. »Will Euch doch auch nich weh tun.«

Die Soldaten lachten schallend. Der Lord strampelte wild, sein Hintern zuckte heftig, aber der Sergeant stieß das Horn noch einige Zentimeter tiefer, bis nur noch das Ende aus dem After hervorschaute.

Ein leises, ängstliches Winseln drang unter dem Knebel hervor. Schweißbäche rannen den Rücken des Opfers hinunter. Sergeant Proudlove ging mit dem Schürhaken zum Feuer und steckte ihn tief in die glühenden Kohlen. Der Lord stöhnte verzweifelt, versuchte zu sprechen, ihn anzuflehen, aber der Sergeant stand schweigend und unbewegt am Feuer und beobachtete den Schürhaken. Dann zog er sich sorgfältig einen dicken Fausthandschuh an.

Nach einigen Minuten holte er den Schürhaken aus der Glut. Etwa dreißig Zentimeter an seiner Spitze glühten rotfunkelnd. Er ging damit zum Bett und hielt ihn dem Lord vors Gesicht. »Seid Ihr bereit, Mylord?«

Die Augen des Lords jagten in den Höhlen umher, als seien sie aus ihrer Verankerung gerissen. Ein langgezogenes Jaulen kam unter dem Knebel hervor, dann noch eines. Er versuchte zu sprechen, verschluckte sich an seinem Speichel, hustete, dann versuchte er wieder verzweifelt zu sprechen. Er krümmte sich und zappelte, schleuderte einen der Soldaten von seinem Rücken auf die Erde, bekam einen Arm frei. Ein Soldat packte den Arm und preßte ihn auf das Bett, der andere kletterte wieder auf seinen Rücken und drückte ihn wütend nieder. Der Sergeant ging zurück zum Feuer, stieß den Schürhaken einige Sekunden in die Glut, bis er wieder weißlich glühte. Der Lord jaulte noch einmal auf, und noch einmal.

Der Sergeant ging gelassen mit dem glimmenden Schürhaken wieder zum Bett, griff mit Daumen und Zeigefinger der linken Hand nach dem Rinderhorn, das ein Stück aus dem After gerutscht war, und führte langsam und achtsam, als stecke er ein Schwert in die Scheide, das glühende Ende des Schürhakens in die Öffnung ein.

Und dann stieß er zu, fest, verbissen, gnadenlos. Es gab ein scharfes Zischen und Gurgeln, als sich die Glut durch das weiche Gewebe fraß, und der süßliche Geruch verschmorenden Fleisches erfüllte schlagartig den Raum.

Der plötzliche Höllenschmerz ließ jeden einzelnen Muskel des gepeinigten Körpers verkrampfen, und ein Schrei brach durch den Knebel, jagte durch den Raum wie ein plötzlich freigelassener

Dämon, hallte von der Decke, von den Mauern, vom Fußboden zurück, wurde zum grausigen Kreischen eines Todesgeistes, lauter, immer lauter, je tiefer der Sergeant das Eisen in den Körper stieß. Er hielt es jetzt mit beiden Händen, stieß unbarmherzig zu, drehte es, schob es hin und her, tiefer, immer tiefer, drückte es durch den Mastdarm, den Dickdarm, das Bauchfell, ließ es sengende, schmelzende Bahnen durch die Leber, die Gallenblase, die Bauchspeicheldrüse brennen, durch Muskeln, Sehnen, Knorpel, er durchstach die Magenwand, die Gedärme, und die Organe des Lords wurden zu einem matschigen, glibberigen Pudding verrührt, bis schließlich nur noch der Handgriff des Schüreisens aus dem After ragte...

Der Körper des Opfers fuhr hoch und schüttelte alle sechs Soldaten ab. Der Hals wand sich wie eine Schlange blitzschnell hin und her, ließ den Kopf herumfahren, fast ganz nach hinten schnellen, als sei das Genick gebrochen, und die weit aufgerissenen Augen starrten den Sergeanten an. Es schien fast so, als wolle der Lord sich noch vom Bett rollen, aber dann verschmolzen seine Lippen zu einer bebenden rötlichen Masse, und aus der Kehle drang ein leises, kaum hörbares, qualvolles Stöhnen, das sich langsam zu einem Heulen steigerte, lauter und lauter wurde, bis es sich schließlich im Crescendo ganz von dem sich krümmenden Bündel Fleisch auf dem Bett zu lösen und in einem eigenständigen Energieball zu explodieren schien.

Die Soldaten zuckten zurück, hielten sich die Ohren zu, konnten das irre Kreischen nicht länger ertragen, das ihre Köpfe zu sprengen drohte. Selbst der Sergeant ließ den Griff des Eisens fahren und legte die Hände auf die Ohren.

Auch nachdem das Eisen schon längst abgekühlt war und der Lord regungslos auf dem Bett lag, die Fingernägel tief in das Fleisch seiner Handflächen gekrallt, hallte der Schrei noch immer durch das Gewölbe, als wolle er niemals verklingen...

# *Eins*

*26. März 1988*

Vater und Sohn liefen den Londoner Gehweg in der Wärme des Frühlingsmorgens entlang. Der Vater, ein großer Mann Ende Dreißig, mit offenem Harris-Tweedmantel, schlenderte gemächlich dahin; er wirkte ein wenig gedankenverloren, so als sinne er über die großen Zusammenhänge des Kosmos nach, statt sich auf die unmittelbare Umgebung zu konzentrieren.

Er hatte ein markantes, offenes, attraktives Gesicht mit einem freundlichen, wenn auch recht geistesabwesenden Ausdruck. Sein braunes Haar war hoch gescheitelt und ein wenig zu lang; es bedeckte halb die Ohren und den Kragen im Nacken. Seine Haltung war ausgesprochen aristokratisch, doch trotz des korrekten Geschäftsanzugs sah er eher wie ein Akademiker aus, nicht so sehr wie jemand, der zu den Businessmen in der City gehörte.

Der fünfjährige Junge hatte das Aussehen seiner Mutter geerbt: kurze, rötliche Locken, ein ernstes, sommersprossiges Gesicht, große, unschuldige grüne Augen. Er trug ein Kordjäckchen, graue Flanellshorts, graue Kniestrümpfe und schwarze Halbschuhe. Er wünschte sehr, sein Vater würde schneller gehen; dieser Teil Londons interessierte ihn nicht – außer dem Dungeon, dem Tower und dem Docklands-Train, und das kannte er alles schon. Beim Gedanken an den Laden in der Regent Street konnte er seine Aufregung kaum unterdrücken, und die Aussicht, gleich mit der Untergrundbahn dorthin zu fahren, erfüllte ihn bereits mit freudiger Erwartung. Aber jetzt, nachdem sie endlich aus dem langweiligen Büro waren, in dem er eine Stunde lang warten mußte, ohne sich mit etwas Vernünftigem beschäftigen zu können, schien sein Vater es überhaupt nicht eilig zu haben. Einen Augenblick lang geriet er in Panik.

»Daddy, wir gehen doch zu Hamleys, nicht wahr? Du hast es versprochen.«

»Hamleys?« Der Vater starrte auf seinen Sohn hinunter, als fiele ihm erst jetzt wieder ein, daß er bei ihm war.

»Du hast es versprochen!«

»In Ordnung. Ich denke, dann machen wir uns wohl am besten auf den Weg dorthin.«

Der Junge sah den Vater mißtrauisch an. Man wußte ja nie, ob er es ernst meinte oder nur Spaß machte. »Ist das denn der richtige Weg?«

»Wir müssen auf Mummy warten.«

Das Gesicht des Jungen verfinsterte sich. »Wo ist sie?«

»Beim Friseur. Sie kommt um halb zwölf in mein Büro. Und das ist in zwanzig Minuten.«

»Das ist ja noch ewig lang! Und wo gehn wir jetzt hin?«

»Ich muß Mummys Hochzeitsarmband von der Reparatur abholen.«

Das Gesicht des Jungen verfinsterte sich noch mehr. »Du hast versprochen, wir würden zu Hamleys gehn.«

»Wir werden mit Mummy zum Lunch gehen, und *dann* gehen wir zu Hamleys.«

»Ich will jetzt dorthin! Du hast es versprochen!« Der Junge schluchzte.

Sie standen auf dem belebten Gehweg den Passanten im Weg, und hin und wieder wurden sie angerempelt. In einer Seitengasse auf ihrer Höhe, nur wenige Meter entfernt, war auf der rechten Seite ein Café. Der Vater zog seinen störrischen Sohn an einer Stellenvermittlungsagentur, einem Reisebüro, einem Schuster und einigen anderen kleinen Läden vorbei und blieb vor dem schäbigen, wenig einladenden Sandwich-Café stehen. Über dem Eingang prangten dreißig Zentimeter hohe, neonfarbene Lettern, von denen zwei Buchstaben fehlten: SANDW CH S LUIGI CAFE. Eine weiße Speisekarte aus Plastik war mit vier kleinen Saugnäpfen an der Innenseite des Schaufensters festgemacht. Am Ende stand: MAHLZEITEN AUCH ZUM MITNEHMEN.

»Guck mal«, sagte der Vater, »die haben Milchshakes. Laß uns reingehn und was trinken.«

Vor der Theke hatte sich eine kleine Schlange gebildet, und nur einer der wenigen winzigen Tische war noch frei. Es roch intensiv nach Kaffee und Fritieröl. Der Körper einer todgeweihten Fliege knisterte und zischte im Gitter einer ultravioletten Insektenfalle. Zwei vergilbte Poster, eines von Amalfi und eines von Neapel, hingen an der rückwärtigen Wand.

Der Vater trieb seinen Zögling zu dem freien Tisch und setzte ihn auf einen Stuhl. Der Junge trommelte mit den Fäusten auf den Tisch. »Du hast's versprochen! Du hast's versprochen... Du...« Dann aber brach er ganz plötzlich ab und starrte in einer Mischung aus Angst und Erkennen an seinem Vater vorbei zur Theke.

Der Vater drehte überrascht den Kopf, sah aber nichts, was die Reaktion seines Sohnes hervorgerufen haben könnte. Hinter der Theke stand ein dünner, schlecht rasierter, etwa fünfzigjähriger Mann, der gerade fröhlich einen Gast begrüßte. »Hi, wie geht's 'enn so? Was soll's 'enn heut sein?« Neben ihm strich eine kleine, pummelige Frau mit stumpfen schwarzen Haaren und einem verhärmten, erschöpften Gesicht Butter auf Brotscheiben. Als ein scharfes, kurzes Läuten ertönte, holte ein Mädchen in weißer Schürze eine Mahlzeit aus der Mikrowelle.

»Schokoladen-Milchshake?« bot der Vater an und wischte mit seinem Taschentuch die Tränen vom Gesicht seines Sohnes. Er ging zur Theke und kam mit dem Milchshake und einem Espresso zum Tisch zurück.

Der Junge konzentrierte sich ganz auf sein Getränk. Sein Koller schien vergessen. Ziemlich schnell erreichte er den Boden des Glases, saugte mit dem Strohhalm blubbernd den Rest des Schaumes auf und löffelte dann genüßlich auch den letzten Krümel des Bodensatzes in den Mund.

Als die beiden aus dem Café kamen und die Gasse hinunter zurück zur Hauptstraße gingen, fragte der Junge: »Kommt Mummy jetzt?«

»Ja, zum Lunch. Dann gehn wir zu Hamleys, und dann zum Planetarium. Du wolltest doch die Sterne sehen, oder?«

Der Junge nickte zweifelnd.

In der Ferne ertönte ein Martinshorn. Es klang wie das Schwirren einer Tüte voller Steine, die durch die Luft gewirbelt wird.

»Daddy, warum geht Mummy jedesmal, wenn wir nach London kommen, zum Friseur?«

»Weil sie gern gut aussieht«, bekam er zur Antwort.

Sie gingen eine Weile schweigend weiter. In den Geschäften dieser Gegend gab es nichts, was den Jungen interessiert hätte. Büromittel, Herrenbekleidung, Freimaurerinsignien, eine Bank, ein Silberschmied.

Das Schwirren der Sirene kam näher, und der Junge hörte jetzt auch das Röhren eines Motors. Sie standen an einem Fußgängerüberweg und warteten auf Grün. Ein Radfahrer mit Sturzhelm und einer Smog-Maske, die dem Jungen Angst einjagte, strampelte vorbei. Dann sah er eine Frau mit kurzen roten Haaren auf der anderen Straßenseite, und einen Augenblick lang glaubte er, es sei seine Mutter. Aufgeregt zerrte er seinen Vater an der Hand, wollte die Straße überqueren, zu ihr laufen. Aber dann sah er, daß es eine fremde Frau war. Seine Mutter hatte lange Haare.

Die Sirene kam noch näher auf sie zu. Der Junge schaute zu seinem Vater hoch und zupfte ihn am Ärmel. »Daddy, meinst du, ich soll mir auch in London die Haare schneiden lassen?«

Der Vater zauste zärtlich die Locken des Jungen. »Hast du Lust, mit mir zusammen beim nächsten Mal zu Trumper's zu gehn?«

Der Junge nickte, wartete, bis sein Vater wegschaute, versuchte dann, mit der flachen Hand seine Locken zu glätten. Dann sah er wieder zur anderen Straßenseite hinüber, zu der Frau mit dem roten Haar. Jetzt sah sie doch wieder wie seine Mutter aus. Ja, es *war* seine Mutter! Wirklich! Sein Herz machte einen kleinen Freudensprung. Aber dann verwehte ein Windstoß ihr Haar, und sie sah wieder wie eine Fremde aus. Nein, sie war doch nicht seine Mutter.

Die Fußgängerampel schaltete auf Grün, und der Junge rannte los. Aber irgend etwas riß ihn zurück, hielt ihn mit einem scharfen Ruck an seinem Kragen. Ein Motor heulte auf, ein Schatten raste heran, und das Heulen der Sirene war jetzt ohrenbetäubend. Die rothaarige Frau hatte die Straße zur Hälfte überquert. Seine Mutter? Eine Fremde? Sie starrte zu ihm herüber, ihr Mund war offen. Jetzt versuchte sie zurückzulaufen.

Reifen quietschten. Ein Schatten schoß vorbei, nahm ihm für einen Augenblick die Sicht. Ein Lieferwagen, zwei junge Männer vorne drin. Der Wagen bremste wie verrückt, schleuderte über die Straße, würde gleich gegen die Frau prallen.

»Mummy!« schrie der Junge.

Die Frau wurde auf die Kühlerhaube des Wagens geschleudert, und er raste weiter, quer über die Straße, auf den Gehweg. Ein Mann im Geschäftsanzug sprang zur Seite, fiel hin. Der Wagen krachte gegen einen Ampelmast, fegte ihn auf den Gehweg, ließ das bunte Glas in tausend Scherben zerspringen. Dann gab es eine Explosion wie von einer Bombe, als der Wagen, mit der Frau immer noch auf der Kühlerhaube, durch die Schaufensterscheibe eines Buchladens brach.

Die Frau schien auseinandergezogen zu werden, dann war sie plötzlich verschwunden. Einen kurzen Augenblick war die ganze Umgebung wie gelähmt, in der Stille hörte man nur das Geräusch der berstenden Scheibe. Ein großes Glasstück löste sich noch aus einer Ecke des Rahmens, fiel nach unten, zersplitterte am Boden. Er hörte einen Schrei, dann noch einen, mehrere... Zuschlagende Autotüren. Eine jaulend verebbende Sirene. Polizisten springen aus einem Streifenwagen. Die Türen des Lieferwagens gehen auf, eine ohne Schwierigkeiten, bei der anderen muß der Mann von innen dagegentreten. Der Motor des Lieferwagens läuft immer noch...

»Mummy!«

Der Junge riß sich von der Hand seines Vaters los, rannte in wilder Panik über die Straße, quetschte sich durch die Leute, die sich vor dem Laden zusammendrängten, lief um die offenstehende Tür des Lieferwagens herum, blieb stehen. Eine weitere Glasplatte löste sich und klirrte hinter ihm auf den Boden. Blut. Überall verstreute Bücher. Ein Poster auf dem Boden, voller Blut. In der Ecke stand eine Verkäuferin, hielt die Hände vor den Mund, schrie. Der Junge schaute in die Richtung, in die sie starrte. Sein Mund öffnete sich, aber es kam kein Ton heraus. Der Körper der rothaarigen Frau lag auf dem Boden. Blut pumpte stoßweise aus dem Hals. Rote, glitschige Blasen bildeten sich auf dem grauen Teppichboden. Eine Gummimaske mit roten Haaren lag daneben. Blut lief aus ihr heraus in einen umgestürzten Haufen Taschenbücher.

Dann erkannte er, daß es keine Gummimaske war. Es war der Kopf seiner Mutter.

# *Zwei*

*August 1991*

Nachdem es zwei Monate fast ununterbrochen geregnet hatte, war der Sommer endlich doch noch nach London gekommen; vorige Woche erst, aber das Gras in den Parks war bereits verdorrt. Sieben Tage Hitze schienen den letzten Tropfen Feuchtigkeit aus dem Boden gesaugt zu haben – auch aus dem Asphalt und dem Zement im Mauerwerk der Gebäude –, und in der Luft hing ein permanenter dünner Staubschleier. Frannie Monsanto hatte den Staub eingeatmet und jeden Abend aus den Haaren gewaschen. Und jetzt spürte sie ihn wieder dick wie Blütenstaub auf ihrer schweißnassen Haut.

Normalerweise reagierten Frannies mediterrane Gene ausgesprochen positiv auf Sonnenschein, und er erfüllte sie jedesmal mit einem tiefen Gefühl des Wohlbefindens. Bei der Arbeit heute war sie jedoch froh gewesen, sich in der Kühle des Gewölbekellers im Britischen Museum aufhalten zu können, und jetzt war sie dankbar, daß sie den beengenden Hitzeofen der Stadt hinter sich lassen konnte; sie war unterwegs ins ländliche, idyllische Yorkshire.

Es war Rush-hour, die U-Bahn war überfüllt, und sie fühlte sich ein wenig lächerlich mit dem riesigen Kontrabaß im Arm und dem Koffer zwischen den Beinen. Durch das offene Fenster blies ihr Wind ins Gesicht – heiße, stinkende Schwaden, die nach Ruß rochen, und als der Zug rüttelnd und quietschend durch eine lange dunkle Strecke fuhr, zusätzlich auch noch sehr unangenehm nach Schweiß und ungewaschenen Füßen.

Frannie war fünfundzwanzig, eine attraktive junge Frau mit südländischem Aussehen. Ihre schlanke Figur hielt sie durch zweimal Aerobic in der Woche und fünfzig Bahnen Schwimmen am Sonntag morgen im Schwimmbad ihres Stadtteils in Form. Wie bei vielen romanischen Frauen neigte auch ihre Familie dazu, in den mittleren Lebensjahren mollig, wenn nicht gar fett zu werden, und Frannie war fest entschlossen, dies bei sich nicht zuzulassen, wie sie sich überhaupt in vielen Dingen des Lebens sehr entschlossen zeigte.

Manchmal durchbrach südländische Launenhaftigkeit die Schranken ihrer Zurückhaltung und seltener sogar überschäumendes Temperament, aber meistens widmete sie sich mit zielstrebiger Ruhe und Hingabe ihrer Arbeit. Sie betrachtete sich nicht als Akademikerin oder als Intellektuelle; sie gehörte zu den Leuten, die sich alles hart erarbeiten müssen. Nur so hatte sie es fertiggebracht, auf die Universität gehen zu können, und nur so hatte sie das Examen in Archäologie und Anthropologie geschafft. Fannie wäre schon froh gewesen, in der Prüfung eine Drei zustande zu bringen, und dann hatte sie sich selbst mit einer Zwei plus überrascht. Und sie hatte ihr Glück kaum fassen können, als sie auch noch innerhalb weniger Wochen nach dem Examen die Stelle als Forschungsassistentin am British Museum bekommen hatte, wo sie seitdem arbeitete.

Sie hatte schwer zu bändigendes, kastanienbraunes, schulterlanges Haar, das sie mit Spangen an beiden Seiten des Kopfes in Schach hielt, eine schmale, gerade Nase, intelligente, olivgrüne Augen und einen ausdrucksvollen, sinnlichen Mund, der zum Lächeln wie geschaffen schien, aber im Grunde ihres Herzens war Frannie ein ernsthafter Mensch. Sie wäre gerne ein wenig größer gewesen als ihre einsdreiundsechzig, aber grundsätzlich war sie mit ihrem Aussehen durchaus zufrieden.

Sie trug Nike-Turnschuhe, Bluejeans, ein orangefarbenes T-Shirt und eine schwarze Baumwolljacke. Über ihrer Schulter hing der Riemen einer großen Handtasche aus Naturleder, die sie vor vier Jahren in Neapel bei einem Besuch der Großfamilie gekauft hatte und die inzwischen vom täglichen Gebrauch richtig schön abgetragen war. Frannie legte keinen besonderen Wert auf Kleidung und gab nur sehr ungern Geld dafür aus. Es war ja schließlich auch so, daß man mit der Archäologie nicht viel Geld verdienen konnte, und sie sparte, wo sie nur konnte, um aus ihrer schäbigen Mietwohnung rauskommen und sich eine kleine Eigentumswohnung kaufen zu können. Jeans und T-Shirt waren sehr praktisch bei der Arbeit, und sie waren ihre Standardkleidung – außer wenn sie ein elegantes Rendezvous hatte.

Solche Gelegenheiten hatte es allerdings schon seit einiger Zeit nicht mehr gegeben. Vor über sechs Monaten war die Verbindung mit ihrem letzten Freund in die Brüche gegangen, und zu ihrem Erstaunen hatte sie festgestellt, daß sie die Unabhängigkeit sehr genoß. Sie las viel, sah sich neue Filme im Kino an, besuchte Ausstellungen der verschiedensten Art.

So würde es allerdings nicht bleiben, das wußte sie. Es gab etwas an Männern, das sie unweigerlich anzog, und Sex gehörte zu den Dingen des Lebens, die sie zutiefst genoß.

*Träumen Sie von was Bestimmtem?* stand auf einer Reklametafel direkt vor ihren Augen.

Ein schlaksiger junger Mann mit vorstehenden Vorderzähnen stand ihr gegenüber. Er sah Frannie an, dann auf den Kontrabaß, dann wieder in ihre Augen. Sie starrte zurück, und er sah hastig zur Seite. Der Zug schaukelte hin und her, sie verlor fast das Gleichgewicht, stieß gegen einen kräftigen Mann in einem ärmellosen Netzhemd, mit Tätowierungen auf den Armen, und der Baß schwankte bedenklich. Sie bedauerte längst, daß sie so bereitwillig zugesagt hatte, ihn mitzubringen.

Er gehörte Meredith Minns, einer früheren Kommilitonin von der Londoner Universität, mit der sie im letzten Studienjahr das Zimmer geteilt hatte. Meredith hatte zu dieser Zeit noch geschwankt, ob sie hauptberufliche Archäologin oder Musikerin werden sollte, aber dann hatte sie sich in einen Farmer verliebt und lebte jetzt im Norden Yorkshires auf dem Land, hatte zwei Kinder zur Welt gebracht, von denen eines Frannies Patenkind war, und schien mit ihrem Leben als Farmersfrau zufrieden zu sein.

Als sie Frannie eingeladen hatte, sie doch wieder einmal zu besuchen, hatte sie sie gleichzeitig gefragt, ob sie den Baß von der Reparatur in Covent Garden abholen und ihr mitbringen könne. Meredith hatte natürlich gesagt, sie solle ein Taxi zum Bahnhof nehmen, sie würde ihr die Kosten erstatten, aber Frannie gab nicht gern unnötig Geld aus, weder ihr eigenes noch das anderer Leute, und als sie das Instrument abgeholt hatte, hatte sie gefunden, daß es zwar unhandlich, aber nicht schwer war, und sich entschlossen, es mit in die U-Bahn zu nehmen. Inzwischen wußte sie, daß sie wohl doch ein wenig zu optimistisch gewesen war.

Der Zug bremste ab, und sie klammerte sich am Haltegriff fest, torkelte aber dennoch gegen den Jüngling mit dem Pferdegebiß. Gleißende Lichter glitten an den Fenstern vorbei, als sie in eine Station einfuhren. Sie sah die Schilder KING'S CROSS an der Wand, und als der Zug hielt, schleppte sie den Baß und ihren Koffer auf den Bahnsteig und weiter zum Aufzug.

In der Bahnhofshalle standen lange Schlangen vor den Fahrkartenschaltern und den Zugängen zu den Bahnsteigen. Pendler hasteten durch die Halle, kletterten über das Gepäck anderer Leute, und einige unternahmen gar den aussichtslosen Versuch, durch das Gewühl zu sprinten.

Eine zahnlose alte Lady klammerte sich an ihren Gepäckwagen und wartete mit zusammengekniffenen Lippen darauf, daß Frannie ihr endlich aus dem Weg ging. Aber Frannie bemerkte sie gar nicht; sie stand vor dem Fahrplan und versuchte, über die Schultern anderer Leute hinweg ihren Zug zu finden. *York*, las sie schließlich, *17.34, Bahnsteig 3*. Sie schaute sich nach einem Gepäckwagen um, fand aber keinen, und so wuchtete sie den Baß und den Koffer zu der Schlange vor der Fahrkartenausgabe. Über den Lautsprecher dröhnte eine Ansage durch die Halle. Schweißperlen liefen ihr den Nacken hinunter. Sie kaufte die Fahrkarte und reihte sich in die Schlange vor Bahnsteig 3 ein. Der Zug rollte langsam ein, und aus dem Lautsprecher ertönte die Ansage: ANKUNFT DES ZUGES AUS YORK, FAHRPLANMÄSSIGE ANKUNFT 16.46 UHR. BRITISH RAIL BITTET DIE VERSPÄTUNG ZU ENTSCHULDIGEN.

Die Wagentüren öffneten sich, kaum daß der Zug zum Stehen gekommen war, und der Bahnsteig wurde in Sekundenschnelle von einer drängenden Menschenmenge überflutet. Frannie hörte einen Schrei, ein kleiner Junge rannte am Fahrkartenkontrolleur vorbei mitten in das Gedränge, ein gequält blickender Mann lief hinter ihm her. Frannie klemmte ihre Fahrkarte zwischen die Zähne, nahm den Koffer auf und schob den Baß vorwärts, blieb stehen, wiederholte die Prozedur, bis sie den Eingang erreicht hatte. Dann hielt sie dem Kontrolleur die Karte hin.

Der unterhielt sich gerade mit einem Kollegen, knipste die Karte, ohne hinzusehen, und gab sie Frannie zurück. Sie kämpfte sich mühsam weiter vor. Der Baß wurde immer schwerer, und nach einigen Metern mußte sie stehenbleiben, um zu verschnaufen. Irgendwo vor sich hörte sie ein Kind schreien.

»Nein! Ich will nicht! Ich will nicht!«

Das Geschrei übertönte alle anderen Geräusche. Einige Leute schauten sich um.

»Ich hasse dich!«

Die Passagiere verliefen sich langsam, und Frannie sah vor sich einen etwa acht Jahre alten Jungen. Es war der Junge, der kurz zuvor am Kontrolleur vorbeigerannt war. Er versuchte, sich aus dem Griff des Mannes loszureißen, der hinter ihm hergelaufen war und der ihn jetzt über den Bahnsteig zum Ausgang hinzerrte.

»Laß mich los, laß mich...« Als die beiden bei Frannie ankamen, hörte der Junge plötzlich auf zu schreien und starrte sie an. Frannie spürte ein seltsames Gefühl des Erkennens, als ob sie den Jungen schon einmal irgendwo gesehen hätte. Auch der Mann kam ihr irgendwie bekannt vor. Etwa Mitte Dreißig, wie sie schätzte; groß; attraktives, markantes Gesicht; braunes Haar, hoher Scheitel. Er erinnerte Frannie ein wenig an den Filmschauspieler Harrison Ford, und sie fragte sich, wo sie ihn schon einmal gesehen haben konnte. Vielleicht war er tatsächlich ein Schauspieler oder ein Politiker.

Er blieb stehen, als er die Veränderung in der Laune seines Sohnes und sein Interesse an Frannie bemerkte, und lächelte sie entschuldigend an. Das Benehmen des Kindes schien ihm peinlich zu sein. Der Junge schaute jetzt neugierig auf den Kontrabaß.

»Kann ich, ehm, Ihnen helfen?« fragte der Mann mit ruhiger, sicherer Stimme, aus der sowohl eine Spur von Humor als auch das unnachahmliche Selbstbewußtsein der englischen Oberschicht herauszuhören war. Er trug einen altmodischen, aber recht eleganten Leinenanzug, ein ausgebleichtes Jeanshemd und eine rosa-grün gestreifte Krawatte – und er hatte eine so gewinnende Art, daß Frannie sich sofort zu ihm hingezogen fühlte.

»Danke, es geht schon«, sagte sie. »Vielen Dank, ich kann...«

»Es, ehm, ist kein Problem für mich. In welchen Waggon wollen Sie? Haben Sie eine Platzkarte?«

»Ganz egal – ich habe keine Reservierung.«

»Wohin fahren Sie?«

»Nach York.«

»Aha, also, ehm, dann bringen wir Sie am besten zu den vorderen Wagen, das ist dann günstig bei der Ankunft.« Er nahm ihr den Baß und den Koffer aus der Hand.

»Danke, aber...«

»Was ist da drin?« fragte der Junge und klopfte auf den Kasten des Instrumentes. Er hatte ein ernstes, offenes, sommersprossiges Gesicht und einen rötlichen Lockenkopf.

»Ein Kontrabaß«, erklärte Frannie und ging, mit dem Jungen an ihrer Seite, hinter dem Mann her.

»Warum isser in dem Kasten?«

»Weil man ihn dann leichter transportieren kann.« Sie lächelte. Irgendwie verspürte sie eine seltsame Verbundenheit mit diesem Jungen.

»Wir waren gerade im Luftfahrtmuseum und im Zoo«, erzählte der Junge.

»Wie schön«, sagte Frannie höflich.

»Whipsnade-Zoo in Bedfordshire. Ich bin auf einem Elefanten und auf einem Kamel geritten. Das Kamel hat sich hingesetzt, damit ich draufsteigen konnte. Das machen die immer. Haben Sie das gewußt?«

»Ich wußte nicht, daß sie so höflich sind. Welches Tier hast du denn mehr gemocht – das Kamel oder den Elefanten?«

Der Junge überlegte einen Moment. »Das Kamel, glaub ich. Wenn man eins hat, muß man nicht jeden Tag dran denken, ihm Wasser zu geben. Aber sie können einen auch umbringen.«

»Wirklich?« Die sprunghaften Gedankengänge des Jungen amüsierten sie.

»O ja«, bestätigte er feierlich.

»Wie wär's hier?« fragte der Mann.

»Sehr schön. Wirklich sehr nett von Ihnen. Jetzt schaff ich's alleine. Vielen Dank.«

Aber der Mann wuchtete den Baß in den Waggon und bugsierte ihn in die Gepäckecke gleich hinter dem Eingang. Frannie hob den Koffer hoch, aber er kam sofort zurück, nahm ihn ihr aus der Hand und stellte ihn neben den Baß. »York ist eine sehr schöne Stadt«, sagte er.

»Eboracum«, antwortete Frannie und fragte sich sofort, warum sie das gesagt hatte.

Der Mann sah sie überrascht und mit neuem Interesse an, als studiere er ein Ausstellungsobjekt in einer Vitrine. Seine Augen waren von einem leuchtenden Kornblumenblau. Darüber spannten sich dichte, deutlich voneinander getrennte Augenbrauen. »Sieh mal an«, sagte er mit einem warmen Grinsen, »eine studierte Altphilologin.«

Frannie lächelte zurück. »Nein, ich bedauere, das bin ich nicht.«

»Ich habe Klavierunterricht«, sagte der Junge.

»So?«

»Ja. Aber mein Lehrer ist nicht sehr nett. Wenn ich älter bin, will ich lieber Gitarre lernen.«

Frannie sah dem Mann in die Augen. Erkannte darin ein Aufflackern des Interesses an ihr... Er zögerte, schien etwas sagen zu wollen, errötete ein wenig und sah dann auf seinen Sohn.

»Also... ehm...« Er klopfte wie geistesabwesend auf seine Taschen. Seine Jacke war ziemlich zerknittert, und die alten braunen Straßenschuhe waren zwar sauber geputzt, aber sehr abgetragen. Der Junge war bei weitem adretter gekleidet als sein Vater. Er trug ein weißes, offenes Hemd mit Button-down-Kragen, eine graue kurze Hose mit Aufschlägen, weiße Socken und schwarze Schnürschuhe. »Ich sollte... ehm... jetzt vielleicht besser... ehm... aussteigen«, lächelte der Mann noch einmal. Er zögerte, schien Mut zu sammeln, wollte noch etwas sagen, nickte ihr dann aber nur verabschiedend zu.

»Vielen Dank«, sagte Frannie, als er sich von ihr abwandte. »Vielen herzlichen Dank.« Sie wünschte sich, die Unterhaltung noch in Gang halten zu können, aber es war zu spät; der Mann und der Junge gingen draußen über den Bahnsteig auf den Ausgang zu.

Sie ging in das Großraumabteil, das sich langsam mit Fahrgästen füllte, und fand gerade noch einen Fensterplatz. Das Gesicht des Mannes hatte sie immer noch vor Augen, und sie war irgendwie aufgeregt. Dieser flüchtige Ausdruck des Erkennens darin, der gegenseitigen Anziehung. Sie verspürte plötzlich den dringenden Wunsch, aufzuspringen und hinter dem Mann herzulaufen, wollte diesen endgültigen Abschied nicht hinnehmen.

Nun, es konnte ja auch sein, daß sie sich sein Interesse an ihr nur eingebildet hatte. Gottlob hatte sie sich wenigstens nicht blamiert. Sie lächelte vor sich hin, fühlte sich plötzlich gut. Ja, es tat gut, daß sie sich nach so vielen Monaten wieder einmal zu einem Mann hingezogen gefühlt hatte. Sie lehnte sich zurück, öffnete ihre Tasche und holte zwei Zeitschriften heraus, ›Antiquity‹ und ›Antiquaries

Journal‹. Und auch den Roman, den sie gerade las, *Take No Farewell* von Robert Goddard. Der Titel war in dieser Situation merkwürdig passend, dachte sie.

Der Zug ruckte, fuhr an, rollte fast lautlos aus dem Bahnhof, und Frannie schlug eine der Zeitschriften auf, wie immer auf der letzten Seite. Aber es dauerte eine ganze Stunde, bis sie es fertigbrachte, sich auf den Inhalt zu konzentrieren.

# *Drei*

Der Verkehr war chaotisch. Motoren röhrten und tuckerten ununterbrochen, Hupen plärrten. Die Luft über den Motorhauben flimmerte in der Hitze, und die goldfarben gestrichenen Spitzen des Gitterzaunes auf der anderen Straßenseite glitzerten wie Lichtreflexe auf den Wellen eines Teiches. Hinter ihnen erhob sich das Gebäude des Britischen Museums, streng und majestätisch, ein riesiger Block im Stadtteil Bloomsbury, eingerahmt von vier Straßen – eine Insel, auf der die Zeit stehengeblieben zu sein schien.

In den Räumen und Galerien hinter seinen hoheitsvollen Portalen waren in unendlicher Vielzahl Zeugnisse und Fragmente der Vergangenheit ausgestellt, alle säuberlichst etikettiert, Zehntausende von Jahren des Chaos in eine scheinbare Ordnung gebracht: *Persische Frühzeit; Koptische Kunst; Italien vor dem römischen Weltreich.* Besucher konnten durch polierte Glasscheiben menschliche Leichen betrachten, die durch Jahrtausende in Torfmooren konserviert worden waren, juwelenbesetzte Kronen verblichener Herrscher, Tontafeln und Schnitzereien und Ming-Vasen und Fragmente neolithischer Suppenschalen, Seiten uralter Handschriften, die aufgeschlagen dalagen, als warteten sie darauf, daß ihre längst verwesten Skriptoren noch letzte Änderungen anbrächten.

Nur wenige Leute verließen das Museum unbeeindruckt, waren nicht zumindest von irgend etwas angerührt, hatten neue Gedanken oder neues Wissen erworben, waren von der Erkenntnis der Unzulänglichkeit des Menschen, aber auch vom Stolz auf seine Leistungen durchdrungen; ganz bestimmt aber konnte sich kaum jemand dem ehrfürchtigen Schauder entziehen, an einem Ort zu sein, an dem mehr Relikte der Vergangenheit zusammengetragen waren, als je ein einzelnes menschliches Wesen es vermöchte.

Hinter der geordneten Ruhe der Ausstellungsräume lag ein

Labyrinth von Korridoren, Büros voller Bücher und Kellerräumen, in denen viele der rund tausend Mitarbeiter ihrer Arbeit nachgingen. Dort waren viele der unschätzbaren Sammlungen während des Krieges untergebracht worden. Frannies Büro war eng und eines der wenigen fensterlosen, aber das machte ihr nichts aus. Sie liebte das Museum, und manchmal, nach beinahe drei Jahren, erfaßte sie ein ehrfürchtiger Schauder, wenn sie morgens durch das majestätische Portal ging, und sie konnte es immer noch nicht fassen, daß sie tatsächlich hier arbeiten durfte. Und hin und wieder, wenn die Monotonie ihrer derzeitigen Beschäftigung sie ein wenig niederdrückte, hielt sie sich vor Augen, daß sie ja erst am Anfang ihrer Karriere stand und aufregendere Stationen vor ihr lagen.

Seit zwölf Monaten arbeitete sie an der Überprüfung und Katalogisierung der zahllosen musealen Schätze, die wegen des Mangels an Ausstellungsfläche dem Publikum nicht gezeigt werden konnten und im Keller aufbewahrt werden mußten. Es war eine mühsame Tätigkeit, aber sie lernte unglaublich viel dazu, konnte ihr Wissen nicht nur in ihrem Fachgebiet *Orientalische Antike,* sondern auch in anderen Bereichen erweitern. Nach Weihnachten würde sie zum ersten Mal für sechs Wochen an einer Ausgrabung im Himalaya teilnehmen. Sie sah diesem Unternehmen voll freudiger Erwartung entgegen; darüber hinaus hatte ihr quirliger Abteilungschef, Declan O'Hare, ihr für danach eine neue, anspruchsvollere Aufgabe im Museum in Aussicht gestellt.

Nach der Universität waren ihre Hoffnungen und Erwartungen zunächst einmal durch die bedrückende Dimension der Realität gedämpft worden. Ein menschliches Wesen mit einer Kelle in der Hand konnte bei einer Ausgrabung nun einmal höchstens ein paar Quadratdezimeter am Tag freilegen, vielleicht ein Dutzend Quadratmeter in zwei Wochen. Und vielleicht ergab es sich, daß man an derselben kleinen Stelle sein Leben lang herumscharrte und doch nur einen kleinen Ausschnitt bewältigte und auch darin nur ein paar Fragmente fand. Weit mehr Zeugnisse der Vergangenheit lagen noch verborgen unter der Erde, als man bisher ausgegraben hatte. Die Erde gab ihre Geheimnisse nicht freiwillig preis. Manchmal sah es so aus, als sei eine höhere Macht am Werk, die mit den Archäologen herumspielte, sie Theorien aufstellen ließ, die sie bald darauf wieder in Frage stellen mußten; als ob die Spielregeln es nicht zuließen, daß man die Stücke jemals zu einem Ganzen zusammensetzen könnte.

Ein wesentlicher Teil ihrer Liebe zur Archäologie beruhte darauf, Artefakte aus der Vergangenheit in der Hand halten und sie in ihrer Vorstellung wieder zum Leben erwecken zu können. So war es ihr von Anfang an gegangen, seit sie in der Schule zum ersten Mal ein Buch über römische Geschichte gelesen hatte. Caesars Welt war in diesen Seiten wieder lebendig geworden, und in den Hunderten von historischen Werken, die sie seitdem verschlungen hatte, war es ihr nicht anders gegangen. Und die Welt der Antike war durch kleine Bruchstücke zu neuem Leben erwacht – Löffelstiele, Broschen, Perlen, tönerne Topfscherben, Mosaiksteinchen –, die sie bei den bisherigen Ausgrabungen gefunden hatte.

An schönen Tagen ging Frannie in der Mittagspause nach draußen und aß ihr Sandwich auf einer Bank in einem nahegelegenen Park. Manchmal kam die eine oder andere ihrer Freundinnen, die im West End arbeiteten, dazu und leistete ihr Gesellschaft. Hin und wieder traf sie dort auch andere junge Leute aus dem Museum. Heute aber war es anders. Mit einem ausgesprochen unbehaglichen Gefühl ging sie durch die weite Eingangshalle nach draußen, ging an dem Strom der Besucher vorbei und verließ den Museumskomplex durch das Tor des schwarz-goldenen Gitters, hinein in den Strom der Passanten in der heißen, schwül-feuchten Great Russell Street.

Sie hatte schon ihr ganzes Leben lang Angst vor Zahnärzten gehabt. Und so fühlte sich ihr Magen wie eine hohle Metallkugel an, als sie von der Charing Cross Street in eine kleine Nebenstraße einbog und vor dem kleinen Plastikschild ZAHNARZT stehenblieb, das dringend einmal einer Reinigung bedurft hätte. Sie ging die Treppe hoch und meldete sich bei der blonden Sprechstundenhilfe an.

»Francesca Monsanto. Ich habe einen Termin bei Mr Gebbie.«

Die junge Frau sah in einer Liste nach. »Bitte gehen Sie durch – die erste Tür rechts.«

In dem kleinen Wartezimmer stand etwa ein halbes Dutzend einfacher Plastikstühle. Eine ziemlich schlampige Frau mit einer überquellenden Tüte voller Gemüse zu ihren Füßen sah Frannie hoffnungsvoll an, als ob sie ihr gerne den Vortritt ins Arztzimmer lassen wolle.

Frannie setzte sich, öffnete die Handtasche und nahm ihren Notizkalender heraus. Sie mußte sich ablenken, um nicht immer nur an die bevorstehende Qual zu denken. Die auf einem Tischchen herumliegenden Hefte und Hinweiszettel des Nationalen Gesundheitsdienstes beachtete sie nicht. Sie schlug den Notizkalender an dem eingelegten roten Bändchen auf und schaute sich an, was am Wochenende und in der kommenden Woche an Terminen anstand. Clive Bracewells Party am Samstag abend. Er kannte eine Menge Leute, und es würde wohl ein arges Gedränge in seiner kleinen Wohnung in der Nähe der Portobello Road geben, aber es bestand auch die Möglichkeit, vielleicht einmal wieder einen netten, ungebundenen jungen Mann kennenzulernen.

Clive war, wie sie auch, Forschungsassistent am Museum. Das Leben dort unterschied sich eigentlich gar nicht so sehr vom Leben am College, ging ihr durch den Kopf. Gleiches Sozialverhalten, gleiche Cliquen. Derselbe Lerneifer. Alles ernsthafter natürlich, und man hatte dieses gute Gefühl, einem gleichen Zweck zu dienen und gemeinsame Ziele zu verfolgen. Sie hatte einen recht großen Freundeskreis am Museum, aber sie war bestrebt, ihn nicht zum Zentrum ihres Privatlebens werden zu lassen. Sie nutzte jede Gelegenheit zum Ausbrechen aus der Clique, wie zum Beispiel das vergangene Wochenende in York bei Meredith Minns, die gar nichts »mit den Museumsleuten« zu tun hatte.

Eine fröhliche Stimme unterbrach ihre Gedanken. »Mrs Lowe?«

Die Gemüsetüte knisterte, als ihre Besitzerin schwerfüßig ins Sprechzimmer watschelte. Frannie steckte den Notizkalender zurück in die Handtasche. Zwischen den Traktaten auf dem Tischchen lagen auch einige Illustrierte, ›New Woman‹ und die Satirezeitschrift ›Private Eye‹, wie sie sah. Sie zog die beiden Zeitschriften aus dem Stapel, und dabei fiel ›Private Eye‹ auf den Boden und blieb aufgeklappt liegen. Frannie hob das Heft hoch. Es war auf der Seite mit den privaten Anzeigen aufgeschlagen. »Liebe in Privat« war eine Spalte überschrieben. Frannie überflog sie amüsiert-neugierig.

»GLATZKOPF, IN DEN FÜNFZIGERN, mit eingezogenem Bauch nicht allzu fett. Habe ein Haus in London und völlig unzureichendes Einkommen. Geschieden. Kettenraucher. Sternzeichen sind mir schnuppe. Jemand Interesse?«

»SCHÖNLING, wäscht sich regelmäßig, 28, maßgeschneidert für

die schicke Londoner Karrierefrau. Einzigartiges Restexemplar. Kostet nur eine Briefmarke.«

»FRAU sucht Exzentriker zum Spaßhaben. Midlands, Postfach...«

Frannie fragte sich, was für Leute das waren, die solche Anzeigen aufgaben. Ob es Menschen waren wie sie selbst? Oder ob sie verzweifelt waren, vereinsamt? Vielleicht waren die Texte auch Codes, die sie nicht verstand. Sie wandte sich der Spalte »Gesucht in Privat« zu.

»VERZWEIFELTER STUDENT braucht dringend Geld zur Fortsetzung des Studiums. Ganz ernsthaft. Danke. Postfach...«

Und dann fesselte die fettgedruckte Anfangszeile der nächsten Anzeige ihre Aufmerksamkeit:

»MÄDCHEN MIT KONTRABASS! Sind Sie das Mädchen, das sich am Freitag, 10. August, mit einem Kontrabaß durch das Gewühl auf Bahnsteig 3 von King's Cross kämpfte und den Zug nach Eboracum nahm? Ich bin der Mann, der Ihnen geholfen hat. Ich würde Sie gerne wiedersehen.«

Frannie starrte ungläubig auf die Anzeige, meinte, ihre Phantasie spiele ihr einen Streich. *Eboracum.* Der lateinische Name für York. Sie hatte ihn dem Mann gegenüber erwähnt, und er hatte ihn verstanden.

Sie las die Anzeige noch einmal durch, seltsam verwirrt und aus der Fassung gebracht. Aber tief in ihrem Inneren war da auch freudige Aufregung. Vielleicht hatten sich ja auch andere Mädchen an diesem Tag mit anderen Bässen im Arm durch das Gewühl auf Bahnsteig 3 von King's Cross gekämpft. Aber *Eboracum!?*

»Jesus!« stieß sie aufgeregt aus. Dann aber kam sie sich reichlich albern vor. Und spürte eine leise Regung der Vorsicht in sich aufsteigen, fragte sich, ob sie vielleicht als Opfer eines subtilen Scherzes ausersehen war. Sie biß sich auf die Lippen, schaute zur Decke und dann auf die Leute um sich herum.

Dann las sie die Anzeige noch einmal durch. Ohne Zweifel, *sie* war gemeint! Ganz sicher. Sie grinste vor sich hin, als teile sie diesen Scherz mit dem Mann, der die Anzeige aufgegeben hatte. Unter all den Tausenden von Leuten, die diese Anzeige lasen – *sie* war gemeint, sie war für *sie* bestimmt, für sie ganz allein! Und sie hatte sie tatsächlich auch gesehen!

Sie versuchte, sich an das Gesicht des Mannes zu erinnern, aber es blieb verschwommen. Doch, ja, der intensive Blick der tiefblauen Augen. Die Ähnlichkeit mit Harrison Ford. Die Wärme in seinem Gesicht, in seiner Stimme. Die seltsame Art, wie der Junge sie angesehen hatte. Die rötlichen Locken, die Sommersprossen; das ernste, tränenverschmierte Gesicht...

Und sie erinnerte sich wieder an den Humor in den Augen und der Stimme des Mannes. Die freudige Aufregung meldete sich wieder, stärker noch als vorher. Verrückt – aber ihr fiel wieder ein, wie sie dieser Schauer der Sympathie, der Faszination für diesen Mann überfallen hatte. Sie spürte ihn auch jetzt wieder. So wie das manchmal ist: Man trifft einen völlig fremden Menschen, und es funkt sofort, als sei man seelenverwandt.

Frannie nahm den Notizkalender und einen Kugelschreiber aus der Handtasche und schrieb sich die Chiffre der Anzeige auf, dazu die Adresse der Zeitschrift.

Erst als sie den Notizkalender zurücksteckte, kamen ihr Zweifel. Als ob irgend etwas an der Sache nicht stimmen könne, etwas, was sie noch nicht durchschaute. Der dicke Haken an der Sache. Sie schüttelte diese Gedanken ab, las die Anzeige noch einmal, grinste dann wieder vor sich hin. Als sie zehn Minuten später ins Sprechzimmer gerufen wurde, lächelte sie immer noch.

Als sie mit zwei neuen Füllungen zurück ins Museum kam, saß Penrose Spode mit der ruhigen Gelassenheit eines Buddha hinter seinem Schreibtisch. Und mit derselben Aura gütiger Dominanz. Er war Frannies Kollege, der mit ihr das Büro teilte.

Wie die meisten Büros in diesem Teil des Gebäudes war es tiefer als breit, und an den Wänden reihte sich Regal an Regal voller Bücher und Kataloge. Die Textverarbeitungs-Computer und die digitalen Telefone auf den beiden antiken Holzschreibtischen wirkten äußerst unpassend in diesem altmodischen Büroambiente, wie Bühnenrequisiten, die in die Ausstattung des falschen Stücks geraten sind.

Ihre Schreibtische standen sich gegenüber. Spodes, wie die ganze Person, absolut makellos, die Papierstapel in sorgfältig geometrischer Asymmetrie geordnet; Frannies hingegen ein wahrhaft postnukleares Chaos. Spode saß sehr aufrecht da, die Brust herausgestreckt, und der Knoten seiner grüngrauen Krawatte stand exakt so weit vor wie sein Adamsapfel. Sein schwarzes Haar lag glatt am Kopf wie ein Robbenfell; die an sich kleinen, kurzsichtigen Augen sahen hinter den starken Brillengläsern noch kleiner aus, und der Rahmen der Brille hatte die Größe einer Motorradschutzbrille. Der kleine, stets fest geschlossene Mund war rund wie ein Gummipfropfen.

Er war achtundzwanzig Jahre alt, hatte einen trockenen, anarchischen Humor und eine fast krankhafte Besessenheit für Routine, Pünktlichkeit und Stetigkeit, die er als Grundpfeiler eines harmonischen Lebens ansah. Er tat alles mit immer gleicher Geschwindigkeit, als ob er erkannt hätte, daß Energie eine Kraftquelle sei, die man nicht unnötig vergeuden dürfe, und er ging seine Arbeit, ja sein ganzes Leben in einer Art gebremster Trägheit an. Die Archäologie war seine ganze Welt, er hatte keine anderen Interessen, keine Hobbys, und die tägliche Fahrt zum und vom Dienst mit einem altmodischen, zu senkrechter Sitzweise zwingenden Fahrrad war der einzige Sport, den er trieb. Seine Hosenklammern, sein Sturzhelm, seine Smogmaske und ein fluoreszierendes Schulterband hingen an Haken an der Rückseite der Tür.

Frannies eilige und verspätete Rückkehr von der Mittagspause schienen den Rhythmus seiner Konzentration durcheinanderzubringen; zwischen ihrem Eintreten und dem Platznehmen an ihrem Schreibtisch bemerkte Frannie, daß er dieselbe Zeile dreimal auf dem Bildschirm des Computers löschte und wieder neu hinschrieb.

Irritiert gab er es schließlich ganz auf. »Ich wußte gar nicht, daß du heute nachmittag überhaupt noch mal kommst«, sagte er. »Dachte, du bist drunten im Keller.«

»Zahnarzt«, nuschelte Frannie durch die noch tauben Lippen.

Er seufzte gequält, als Frannie auf der Suche nach Papier eine Schublade ihres Schreibtischs geräuschvoll aufzog und wieder zuschob.

»Ach ja – da war ein Anruf für dich. Ein Mr Jupp von der Bodleian. Er sagte, er hätte die gesuchten Quellenangaben gefunden.«

»Danke«, sagte Frannie abwesend.

»Er meinte, du würdest dich sicher sehr freuen.« In seiner Stimme klang eine leicht gepeinigte Note mit, als sie weiter herumrumorte, sich einen Platz zum Schreiben auf dem Tisch freiräumte, dann ein Blatt Papier hinlegte und zu schreiben anfing.

»Er hat um Rückruf bis drei Uhr gebeten«, sagte Spode und schaute demonstrativ auf die Uhr.

Frannie bemerkte es nicht. Sie konzentrierte sich darauf, ausnahmsweise einmal leserlich zu schreiben. Sie fragte sich, ob es vernünftig sei, ihre Privatadresse und die Telefonnummer anzugeben oder nur die Telefonnummer im Museum, aber dann fiel ihr ein, wie peinlich es ihr wäre, wenn der Mann hier anriefe; Penrose Spode hörte ihr mit einem Ohr immer zu, wenn sie telefonierte. Sie entschloß sich schließlich, nur ihre private Telefonnummer anzugeben, nicht aber die Adresse. Natürlich, ihr Familienname war sehr selten, und der Mann konnte ihre Anschrift leicht im Telefonbuch finden, aber irgendwie fühlte sie sich ein wenig sicherer, falls es sich bei dem Inserenten um einen Typ mit irgendwelchen unlauteren Absichten handelte.

Nach fünf Versuchen war sie zufrieden mit dem, was sie hingeschrieben hatte:

»Ich bin das Mädchen, das am Freitag, dem 10. August, den Kontrabaß über den Bahnsteig 3 von King's Cross schleppte. Handelt es sich bei Ihnen um den sehr freundlichen, hilfsbereiten Mann, der gerade mit seinem Sohn aus dem Zoo kam? Ich würde mich freuen, Sie wiederzusehen. Francesca Monsanto.«

Auf dem Weg nach Hause ging sie zur Post, klebte eine Marke auf den Umschlag, wog den Brief noch eine ganze Weile unschlüssig in der Hand und ließ ihn dann, mit einem seltsamen Gefühl der Endgültigkeit, durch den Schlitz in die schwarze Tiefe des Postkastens fallen.

Auf dem Weg zur U-Bahnstation war ihr Schritt leicht beschwingt.

# *Vier*

Frannies Zweifel und düstere Ahnungen begannen ein paar Stunden, nachdem sie den Brief eingeworfen hatte. Es war nichts Bestimmtes, nichts, das sie klar hätte benennen können, es war mehr das unangenehme Gefühl, überstürzt gehandelt zu haben. Und daß sie vorsichtig sein mußte.

Sie fragte sich, in welchen anderen Zeitschriften der Mann das Inserat noch aufgegeben hatte und ob er es von sich aus getan hatte oder ob er von Freunden wegen einer Wette dazu angestachelt worden war. Und sie fragte sich, noch pessimistischer, ob er so was vielleicht regelmäßig tat, um sich an Frauen ranzumachen.

Sie hatte den Brief am Freitag eingeworfen. Er würde am Montag bei ›Private Eye‹ eingehen. Wenn die Zeitschrift ihn sofort weiterleitete, würde der Mann ihn frühestens am Dienstag bekommen. Trotzdem zuckte sie das ganze Wochenende über jedesmal zusammen, wenn das Telefon klingelte, und sie meldete sich stets mit einer Mischung aus bangem Zittern und erwartungsvoller Aufregung.

Bei der Party am Samstagabend hatte sie sich Carol Bolton anvertraut, ihrer engsten Freundin beim Museum. Carol hatte sie damit überrascht und beunruhigt, daß sie in helle Aufregung geraten war; wenn Frannie sich mit diesem Mann treffe, sagte sie energisch, müsse das auf jeden Fall an einem öffentlichen Ort mit vielen Leuten geschehen. Sie bot an, als »Aufpasser« zum ersten Treffen mitzugehen, um aus der Ferne »die Sache zu überwachen«. Frannie versprach ihr, sich an einem öffentlichen Ort mit dem Mann zu treffen, sagte aber, daß sie sich nicht unbefangen dem Mann gegenüber verhalten könne, wenn sie wisse, daß Carol irgendwo im Hintergrund herumstreiche und sie beobachte.

Am Montag traf sie sich zum Lunch in einem Café in der Nähe des Museums mit Debbie Johnson, einer alten Schulfreundin seit dem dreizehnten Lebensjahr. Debbie war eine burschikose, verschmitzte junge Frau, klein und ein wenig pummelig, aber hübscher, als man ihr auf den ersten Blick ansah, mit großen Rehaugen und blondem Haar, das wie wildes Gras um ihr nachlässig geknotetes Haarband wucherte.

»Hm«, sagte Debbie, »klingt ja wie ein toller Hecht. Warum passiert mir so was nie!«

Debbie arbeitete als Public-Relations-Assistentin für eine Modehaus-Kette. Sie konnte sich spontan für alles im Leben begeistern, und das war einer der vielen Gründe, weshalb Frannie sie mochte. Debbie meinte, das klänge alles unglaublich romantisch, schärfte Frannie aber wie Carol Bolton ein, sich ja mit dem Mann an einem öffentlichen Ort zu treffen. Selbst wenn er ein Psychopath sei, meinte sie, könne er ihr wohl kaum in einer überfüllten Bar die Kehle durchschneiden.

Sie sprachen darüber, was es zu bedeuten hatte, daß er allein mit seinem Sohn auf dem Bahnhof gewesen war. War er geschieden? War er Witwer? Oder war er vielleicht glücklich verheiratet und nur auf eine Affäre aus? Debbie schloß die ›glücklich-verheiratet‹-Version aus; sie glaube nicht, daß er dann ein solches Inserat gewagt hätte. Frannie stimmte ihr zu.

Am Dienstag kam kein Anruf. Am Mittwoch schwänzte Frannie ihre Aerobic-Stunde, um zu Hause zu sein, wenn ein Anruf kam. Aber das Telefon verharrte in störrischem Schweigen.

Er rief am nächsten Abend an, als Frannie gerade in der Badewanne lag. Um halb zehn. Sie hatte gerade gar nicht an die Sache mit der Anzeige und dem Brief gedacht, sondern an die Auseinandersetzung, die sie mit ihren Eltern gehabt hatte, als sie zum üblichen Sonntagsessen bei ihnen in ihrer Wohnung in Bethnal Green gewesen war. Ihre Mutter hatte wieder einmal eine ihrer regelmäßigen Attacken auf sie losgelassen: Warum sie noch nicht verheiratet sei, obwohl schon fast sechsundzwanzig, warum sie nicht mal einen festen Freund hätte, und es wäre doch höchste Zeit, eine Ehe zu schließen und endlich Kinder zu kriegen.

Ihr Vater hatte sich in eines seiner häufigen Stimmungstiefs fallen lassen und wieder einmal kopfschüttelnd ihre Entscheidung kritisiert, Archäologie als Beruf gewählt zu haben. Er konnte es nicht verstehen, daß seine Tochter auf die Universität gegangen war, dann aber nicht in der Industrie oder der Juristerei arbeitete, wo man ordentlich Geld verdienen konnte, und wie sie nur mit einem so mageren Einkommen zufrieden sein konnte und mit einem Job, bei dem man nichts machte, als »alte Steine und Knochen zu begaffen«. Frannie hatte diese Nörgeleien mit monotoner Regelmäßigkeit zwei- bis dreimal im Jahr über sich ergehen lassen müssen, seit sie sich entschlossen hatte, Archäologie zu studieren. Während der Studienzeit hatte ihr Vater allerdings keinen so großen Druck auf sie ausgeübt; er hatte wohl insgeheim vermutet, Frannie habe ein cleveres wirtschaftliches Motiv für das Archäologiestudium, von dem er als einfacher Mann nichts wisse. Jetzt, in seiner schlechten Stimmung, ließ er seinen Ärger über seine eigenen wirtschaftlichen Mißerfolge an Frannie aus, die alle Werte, für die er gearbeitet hatte, verraten habe, wie er sich ausdrückte. Er verstand sie nicht. Wie konnte man nur so wenig Ehrgeiz haben, nach Reichtum zu streben? Er und ihre Mutter hatten große Opfer gebracht, hatten die Heimat verlassen, um in England zu ein bißchen Wohlstand zu kommen.

Frannie war wütend geworden und hatte gesagt, sie könne nicht verstehen, wie sie dreißig Jahre lang ein Café in der Stadtmitte von London betreiben konnten, ohne reich zu werden. Sie hatten sich angeschrieen, ihre jüngere Schwester Maria-Angela auf ihrer Seite, ihr Bruder Paolo auf der Seite der Eltern. Schließlich hatten sich alle wieder beruhigt, aber die Bitterkeit war geblieben, und sie war am Sonntag abend ziemlich unglücklich zurückgefahren, ärgerlich, daß sie selbst so aus der Haut gefahren war, und wütend auf ihre Eltern, die kein Verständnis für sie hatten. Und sie hatte ihr Leben als ziemlich trostlos empfunden und sich sehr einsam gefühlt.

Ihre Eltern hatten wirklich ihr Leben lang hart gearbeitet, hatten alles versucht, ein wenig Wohlstand zu erlangen, hatten ihr ja tatsächlich viel ermöglicht. Vielleicht hatten sie recht, vielleicht hatte Frannie sie wirklich im Stich gelassen. Tiere haben es viel einfacher, dachte sie, sie verlassen ihre Familie, sobald sie sich selbst ernähren können. Dann fielen ihr die unzähligen Gelegenheiten ein, bei denen sie zu ihren Eltern gelaufen war, wenn eine ihrer Beziehungen in die Brüche gegangen war oder sie einfach nur einen Durchhänger gehabt hatte und die Eltern sie in den Arm genommen und getröstet hatten, sie aufgeheitert, sie wieder aufgerichtet hatten. Sie fühlte sich scheußlich, daß sie sie angeschrieen hatte.

Sie legte sich in der Wanne zurück, zog die Beine an. Das Badezimmer war ein jämmerlicher Notbehelf, ein winziger, fensterloser Schlauch mit einer niedrigen, engen Wanne, die zu kurz war, um sich darin auszustrecken. Die Wasserhähne wackelten in der Verankerung, seit sie vor drei Jahren eingezogen war, und trotz regelmäßiger Anrufe im Büro der Wohnungsgesellschaft wurde nichts repariert; auch das Waschbecken nicht, das sich von der Wand zu lösen drohte und so klein war, daß man kaum beide Hände auf einmal reinstecken konnte.

Die Diele in der Wohnung hingegen war riesig, größer als das Schlafzimmer und auch als das Wohn-Eßzimmer. Sie war düster und schäbig, mit dicken, unverblendeten Rohren unter der Decke, die im Winter bei Heizungsbetrieb alarmierend gurgelten und vibrierten, und sie bildete einen guten Resonanzkörper für den Boiler im Badezimmer, der sich in unregelmäßigen Abständen mit lautem Klacken ein- und ausschaltete. Eines Tages, da war sich Frannie sicher, würde er explodieren und das ganze Gebäude in die Luft jagen.

Sie setzte sich auf und fing an, ihre Brüste einzuseifen. Das Klingeln des Telefons ließ sie zusammenzucken, und ein Schwall Wasser schwappte über den Wannenrand. Die Seife rutschte ihr aus den Händen und ging zwischen ihren Beinen auf Tauchstation. Sie stand auf und kletterte aus der Wanne.

Instinktiv wußte sie, daß *er* es war. Sie versuchte, sich an sein Gesicht zu erinnern, sich sein Bild vorzustellen, aber alles, was auftauchte, war ein kleiner Junge mit rötlichen Locken und Sommersprossen, der mit dem Finger auf den Kontrabaß zeigt. Doch, da war ein zerknitterter Leinenanzug – aber kein Gesicht.

Wasser lief ihr über das Gesicht und den Nacken hinunter. Ihre seifigen Finger rutschten am Türgriff ab, und sie legte das Ende des Handtuchs darüber, öffnete die Tür und hastete in die Diele. Das nasse, tropfende Haar klebte ihr in Strähnen am Kopf und im Nakken. Sie lief über den erbsengrünen Teppich ins Wohnzimmer zu dem braunen Telefon, das auf einem billigen, wackligen Tischchen in einer Ecke stand.

»Hallo?« meldete sie sich, versuchte, das Wort möglichst lässig zu sagen, aber es kam als ersticktes Quieken aus ihrer Kehle.

»Spreche ich… ehm… mit Francesca Monsanto?«

Sie erkannte die Stimme sofort wieder. Das anfängliche Zögern, dann die ruhige Autorität.

»Ja, am Apparat«, sagte sie. Seine Stimme hatte die Erinnerung an sein Aussehen sofort zurückgebracht, und sie sah ihn jetzt ganz deutlich vor sich.

»Hier ist Ihr Gepäckträger von King's Cross.«

Die Bemerkung irritierte sie zunächst, aber dann lachte sie. »Ach so... ja... hallo... Sie haben meinen Brief bekommen?« Zu spät wurde ihr klar, wie dumm diese Frage war.

»Heute morgen.«

Wasser lief ihr über die Wange. Verlegenes Schweigen trat ein. »Ich... eh... habe ihn Freitag eingeworfen.«

»Wie... ehm... wie war das Konzert?« fragte er.

»Konzert?«

»In York.«

»Konzert in York? Ach so...« Sie lachte nervös, und es klang, als hätte sie einen Kloß im Hals. »Das war nicht *mein* Baß. Ich habe ihn einer Freundin nach York gebracht. Er war zur Reparatur in London.«

»Ach so, verstehe. Ich dachte, Sie wären Musikerin.«

»Nein, nein... Ich bin nicht besonders musikalisch.«

Wieder ein verlegenes Schweigen. Dann: »Entschuldigen Sie, ich habe mich noch nicht vorgestellt – ich bin Oliver Halkin.«

»Hallo«, sagte sie, und die Förmlichkeit in ihrer Stimme kam ihr absurd vor.

»Haben Sie irgendwas mit der Firma zu tun?«

»Firma?«

»Monsanto – in der Textilbranche ja recht bekannt.«

»Nein. Nicht daß ich wüßte.« Ohne es zu wollen, beobachtete sie plötzlich die Leute draußen auf der Straße. Jenseits des Geländers tauchten die Hosenbeine eines Mannes auf, dann die Beine einer Frau. Wasser rieselte ihr den Rücken hinunter in das Handtuch um die Hüfte.

»Ich freue mich sehr, daß Sie die Anzeige gelesen haben«, sagte er.

»Ich war ganz schön erstaunt, als ich sie plötzlich gesehen hab, das können Sie mir glauben!« Sie wurde etwas ruhiger. »Ich hätte nicht... ich... ich lese ›Private Eye‹ normalerweise nicht. Es war reiner Zufall, daß ich sie gefunden habe.«

»Schrecklich nett von Ihnen, daß Sie reagiert haben.«

»Ich habe zuerst nicht geglaubt, daß ich gemeint war, verstehen Sie? Ich dachte, sie wäre für irgendein anderes Mädchen bestimmt. Aber dann las ich *Eboracum,* und es war alles klar. Sehr clever von Ihnen!«

»Könnten wir... ehm... uns mal treffen? Darf ich Sie vielleicht mal zum Lunch einladen?«

Lunch. Eine gute Idee. Am Tag. Eigentlich lag in dieser Einladung ja eine geradezu enttäuschende Unschuld. Lunch war jedoch nicht ganz einfach für sie, denn das bedeutete mindestens eine Stunde Abwesenheit; sicher, niemand beim Museum überwachte sie mit der Stoppuhr in der Hand, aber sie hatte ein schlechtes Gewissen, wenn sie die Mittagspause überzog. Frannie dachte an Carol Boltons und Debbies Warnung. Lunch war sicherer, obwohl sie nicht daran glaubte, daß dieser Mann eine Gefahr für sie war. Und sie konnte die Zeit ja abends nacharbeiten. »Gerne. Vielen Dank.«

»Arbeiten Sie in London?«

»Ja.«

»In der Stadtmitte?«

»Bloomsbury.«

»Sehr schön. Würde Ihnen der nächste Dienstag passen?«

»Nächsten Dienstag? Ich schau mal nach.« Sie preßte den Hörer an das Handtuch um die Hüfte, überlegte krampfhaft. Dienstag. Da war nichts, oder? Ihr Notizkalender lag drüben im Schlafzimmer. Aber sie war eigentlich sicher. »Ja, Dienstag würde mir passen.«

»Ich überlege gerade, wie ich es für Sie am einfachsten machen kann. Kennen Sie die Greville Street?«

»Die von der Gray's Inn Road abzweigt?«

»Ja. Dort ist ein hübsches kleines Lokal, es heißt ›Zum Blutenden Herzen‹. Wenn schönes Wetter ist, können wir draußen sitzen.«

»Okay. Ich find das schon.«

»Um ein Uhr? Paßt das?«

»Ja, in Ordnung. Bis dann.«

Frannie fand das ›Blutende Herz‹ schneller, als sie gedacht hatte, und jetzt war sie zehn Minuten zu früh dort. Sie hatte das einzige schicke Sommer-Outfit angezogen, das sie hatte – blaues Kostüm, weiße Bluse mit offenem Kragen und blaue Pumps. Als sie vor zwanzig Minuten aus dem Museum gegangen war, hatte sie sich gut gefühlt; jetzt war sie nur noch ein Nervenbündel.

Sie ging über den Hof des Lokals, aus der drückenden Mittagshitze hinüber in den kühlen Schatten auf der anderen Straßenseite. Und sie fragte sich, ob irgendein subtiler Humor hinter seiner Wahl des Treffpunkts steckte, den sie nicht auf Anhieb durchschaute.

Sie betrachtete sich in einer Schaufensterscheibe, ob ihr Gesicht und vor allem die Nase nicht glänzte, lief dann nervös die Straße hinunter und schaute die Auslagen der Geschäfte an, nahm aber kaum wahr, was da angeboten wurde. Ihre Gedanken waren ganz mit ihm beschäftigt. Oliver Halkin. Und die ganze Aufregung, dachte sie, wegen eines Mannes, den ich auf einem Bahnhof getroffen habe und wahrscheinlich nach dem heutigen Tag nie mehr wiedersehen werde. Jemand, an dessen Gesicht ich mich erst wieder richtig erinnere, wenn ich die Stimme dazu höre. Sie fragte sich, ob sie ihn überhaupt erkennen würde, wenn er auftauchte.

Um fünf vor eins ging sie zurück zu dem hübschen, gepflasterten Hof des Lokals, auf dem mehrere für das Mittagessen gedeckte Tische standen. Einige davon waren bereits besetzt. Eine Kellnerin fragte sie, ob sie reserviert habe. »Ich weiß nicht«, antwortete Frannie, »vielleicht auf den Namen Oliver Halkin.«

Die junge Frau verschwand im Lokal, kam aber sofort wieder zurück. »Er ist noch nicht da.« Sie führte Frannie zu einem Tisch in der Sonne. »Darf ich Ihnen was zu trinken bringen?« fragte sie.

»Ich warte noch ein paar Minuten.«

Sie schaute sich um. Am Nebentisch saßen drei schick gekleidete Frauen und unterhielten sich lebhaft. Am Tisch ihr gegenüber aß ein Mann Suppe, sein Begleiter zerlegte gekonnt eine Artischocke. Ein Mann in grell kariertem Jackett kam mit einer elegant gekleideten Dame am Arm an ihrem Tisch vorbei und verschwand im Inneren des Lokals. Von dort klang das leise Klirren von Besteck und Gläsern herüber. Es roch nach gegrilltem Fisch.

Ein großer Mann mit braunen Haaren kam eilig auf das Lokal zu: Er hatte das richtige Alter und auch die entsprechende Figur, und sie fragte sich einen Moment lang, ob das vielleicht Oliver Halkin sei. Der Mann erwiderte ihren Blick, zögerte, sah sie erwartungsvoll an, aber ohne Erkennen, ging schließlich weiter ins Lokal.

Eine besonders attraktive Frau Anfang Dreißig in weißem Hosenanzug rauschte mit klimpernden Goldkettchen und klappernden Absätzen an ihr vorbei. Ihre Parfümwolke driftete über Frannie hinweg. In der Ferne jaulte eine Polizeisirene. Und dann erschien Oliver Halkin.

Sie stand auf, als er mit einem scheuen Lächeln auf sie zugeschlendert kam. Alles Geschehen um sie herum trat in den Hintergrund. Er blieb vor ihr stehen, schien seinen Mut zusammennehmen zu müssen, streckte ihr dann den Arm entgegen und schüttelte ihre Hand mit einer seltsam formellen Bewegung. »Francesca – es tut mir leid, daß ich zu spät bin. Der Verkehr…« Er hob beide Hände und ließ sie in einer resignierend-entschuldigenden Geste wieder fallen. »Haben Sie lange gewartet?«

»Nur ein paar Minuten. Ich war ein wenig zu früh.«

Er war größer und kräftiger, als sie ihn in Erinnerung hatte, und in der grellen Sonne sah sie, daß er wohl näher an Vierzig war als an Fünfunddreißig. Er war ähnlich gekleidet wie damals auf dem Bahnhof, wirkte aber weitaus adretter in seinem korrekt gebügelten Leinenanzug, dem blau-weiß gestreiften Hemd und der Krawatte, auf der sich irgendwelche nilpferdähnliche Tiere tummelten. Und er sah tatsächlich so gut aus, wie sie es in Erinnerung hatte. Sogar noch besser.

Sie sahen sich einen Moment prüfend an, als ob sie sich des auf dem Bahnhof gewonnenen Eindrucks nicht mehr sicher wären und eine Bestätigung brauchten. Dann lehnte er sich vor und sagte mit gesenkter, gespielt konspirativer Stimme: »Wissen Sie, Sie sehen ohne Kontrabaß noch viel hübscher aus.«

»Aber ohne den Baß lernt man keine so netten Fremden kennen.« Sie lächelte und war von der Koketterie ihrer Antwort selbst überrascht. Jetzt, da er hier war, hatte sich ihre Nervosität fast völlig verflüchtigt, und sie fühlte sich wieder genauso spontan zu ihm hingezogen wie damals.

Er setzte sich ihr gegenüber, und die Kellnerin brachte zwei Speisekarten. »Darf ich Ihnen was zu trinken bringen?« fragte sie.

Frannie entschied sich in Anpassung an den Namen des Lokals für eine Bloody Mary, und Oliver schloß sich ihr an. Er schaute auf den Boden, dann wieder hoch, strich mit der Hand über die Tischkante, als müsse er das Tischtuch glattstreichen, dann bekam er

Schwierigkeiten mit seinen Händen, wußte nicht, wo er sie lassen sollte. Er faltete sie, nahm sie wieder auseinander, legte sie schließlich um den Tischrand. Es waren große, kräftige Hände mit schlanken, eleganten Fingern und kurzgeschnittenen Nägeln, auf die er jetzt starrte. Dann sah er Frannie wieder an. Sie bemerkte den Siegelring an seinem Ringfinger.

»Also, erzählen Sie mir doch mal ein wenig über Francesca Monsanto.«

Sie faltete die Hände im Schoß, wunderte sich, daß sie immer noch so gelassen blieb. »Erzählen Sie mir zuerst einmal von Oliver Halkin.«

»Da gibt es nicht viel Aufregendes zu erzählen.« Sie lächelte ihn zweifelnd an, und er trommelte nervös mit den Fingern auf der Speisekarte herum. »Ich bin Witwer und habe einen achtjährigen Sohn, den Sie ja kennengelernt haben. Ich besitze eine Farm, die mein Bruder für mich bearbeitet, und ich helfe ihm dabei an den Wochenenden. Unter der Woche bin ich Mathematiker bei einer Bank.«

»Aha?« Sie neigte fragend den Kopf.

»Ja, die Mathematik und die Fliegerei waren schon immer meine beiden großen Lieben. Derzeit kann ich es mir allerdings nicht leisten, viel herumzufliegen.«

»Besitzen Sie ein Flugzeug?«

»Ich habe eine alte Tiger Moth. Hab sie wieder zusammengebaut. Aber sie ist noch nicht flugtauglich.« Als sie fragend die Stirn runzelte, sagte er schnell: »Jetzt sind Sie dran. Erzählen Sie mir ein wenig von Francesca.«

»Also, nun ...« Sie schürzte die Lippen und lächelte. Sein erwartungsvoller Gesichtsausdruck amüsierte sie. »Also dann ... Sie ist Archäologin.« Sie unterbrach sich, um seine Reaktion zu beobachten, und es freute sie, daß sie ausgesprochen positiv zu sein schien. »Sie hat ihr Diplom in Archäologie und Anthropologie an der Universität London gemacht. Und sie ist Waage.« Sie dachte einen Moment nach, ließ die Zunge über die Zähne gleiten. »Ihre Glückszahl ist die Vier, ihre Lieblingsfarbe Blau. Und sie ist ziemlich abergläubisch. Sie hat zwei Brüder und eine Schwester.«

Die Kellnerin brachte ihre Drinks, und als Oliver sich zurücklehnte, bemerkte Frannie, wie breit seine Schultern waren. Ihr fiel der Spruch vom »Kind im Manne« ein, wenn sie Oliver Halkin betrachtete. In seinen Gesichtszügen, in der Art, wie er die Haare trug, in dem Anflug von Traurigkeit in seinen Augen war etwas Jungenhaftes; doch sein Äußeres, vom Körperbau bis zu den Krähenfüßen in den Augenwinkeln, war ausgesprochen männlich. Dazu paßte auch die ruhige Sicherheit, mit der er sich gab, nachdem er die erste Scheu vor ihr verloren hatte; er kam ihr vor wie ein selbstbewußter Löwe in seinem Habitat.

»Was machen sie beruflich – Ihre Brüder und die Schwester?« fragte er.

»Meine kleine Schwester Maria-Angela ist auf der Hauswirtschaftsschule. Mein älterer Bruder, Vittorio, ist Arzt, hat eine Praxis in Durham. Und mein jüngerer Bruder, Paolo, ist LKW-Fahrer.«

»Eine ganz schöne Mischung, Ihre Familie«, lächelte er und hob sein Glas. »Zum Wohl.«

»Zum Wohl.«

Er stieß mit ihr an, und es gab einen hübschen, volltönenden Klang. Ihre Augen trafen sich, und Frannie spürte, daß ihr Herz schneller schlug. Er schaute auf die Speisekarte. »Sollen wir bestellen? Dann werden wir wenigstens diese Monster von Karten los.«

Eine Weile beschäftigten sich beide schweigend mit der Karte. Frannie bestellte als Vorspeise eine Melone, als Hauptgang Steinbutt, Oliver eine Pastete und den Steinbutt.

Sie hätte gerne gewußt, wie seine Frau gestorben war, wollte aber nicht direkt fragen. »Bei welcher Bank arbeiten Sie?« fragte sie.

»Halkin-Northrop. Eine kleine Handelsbank.« Er hob die Augenbrauen. »Sie haben sicher noch nie von ihr gehört, oder?«

»Halkin? Eine Verbindung zu Ihrer Familie?«

»Fast nur noch durch den Namen. Wir haben keine großen Anteile mehr. Sie beschäftigen mich aus purer Freundlichkeit.«

»Na, das glaube ich nicht. Was machen Sie dort? Präsident?«

»O Gott, nein, ich bin nur so eine Art Berater. Ich spiele ein bißchen mit meiner Mathematik, und wenn ich hin und wieder mal was richtig mache, tätscheln sie mir den Kopf und geben mir zur Belohnung einen Keks.«

»Sind Sie so was wie ein Buchhalter?«

»Nein, auch das nicht. Ich bin Statistiker. Ich verfolge Trends, Verhaltens- und Entwicklungsmuster, und ich beurteile die verschiedensten Risiken. Wir haben viel mit Rückversicherungsfinanzierungen zu tun, und ich muß versuchen rauszufinden, wie viele Menschen zum Beispiel bei Verkehrsunfällen oder bei Flugzeugabstürzen in den nächsten zehn Jahren ums Leben kommen oder wie viele von Hunden gebissen werden.« Er lächelte gequält. »Oder wie viele Kavallerieoffiziere jährlich von Pferden totgetreten werden.«

»Sind es viele?«

»Eine erstaunlich konstante Zahl.«

»Ich war nie gut in Mathe.«

»Waren Sie denn wenigstens daran interessiert?«

»Nein, ich habe eigentlich nie richtig über den Wert oder Unwert der Mathematik nachgedacht, wahrscheinlich, weil ich von Anfang an ein hoffnungsloser Fall war.«

Er sah sie tadelnd an. »Das ist sehr schade.«

»Warum?«

Er klopfte mit der Innenfläche seiner Hand auf den Tisch, nur leicht, jedoch mit einem plötzlichen Ausdruck des Eifers im Gesicht, und lehnte sich vor. »Weil so viele im Grunde gescheite Leute die Mathematik vernachlässigen. Und leider gibt es nur wenige Lehrer, die sie an der Schule interessant gestalten; die meisten lehren sie, als wäre sie nichts als eine weitere langweilige Sache, die man halt lernen muß.« Seine Augen leuchteten auf, als ob ein vor sich hin glühendes Feuer plötzlich angefacht worden wäre. »Archäologie – Schönheit – Symmetrie. Denken Sie doch mal an die Proportionen von Gebäuden, von Vasen, von Möbeln. Mathematik und Gestaltung sind untrennbar miteinander verbunden. Die Gestaltung von Objekten...« Er hob seinen Dessertteller hoch, stellte ihn wieder hin. »Die Gestaltung der Dinge ist die Gestaltung der Welt.«

»Der Welt?« Sie runzelte die Stirn.

Er hob sein Glas und ließ die rote Flüssigkeit darin kreisen. Seine Augen leuchteten immer noch, und Frannie war von seinem Enthusiasmus gefesselt. »Die Mathematik ist die aufregendste aller Wissenschaften«, sagte er. »In ihr ist der Schlüssel zum Universum verborgen.«

Sie sah ihn zweifelnd an. »In welcher Weise?«

»Sie sagten eben, Sie seien Waage. Lesen Sie manchmal Ihr Horoskop?«

»Manchmal, ja.«

»Glauben Sie an Wahrsager?«

»Ich weiß nicht... Ein bißchen, glaube ich.«

»Ich bin ein Wahrsager.«

Ihre Augen weiteten sich. »Arbeiten Sie mit einer Kristallkugel?«

»Nein. Nur mit einem Taschenrechner.« Er lächelte. »Auf einer einfachen Ebene kann Ihnen die Mathematik die außergewöhnlichsten Dinge voraussagen.«

»Zum Beispiel?« Sie lehnte sich vor.

»Ich kann Ihnen vorhersagen, wie viele Menschen im nächsten Jahr in jedem einzelnen Land dieser Erde bei Unfällen, welcher Art auch immer, ums Leben kommen werden. Und wie viele Menschen an welchen Krankheiten sterben werden. Was aber noch wichtiger ist, ich bin in meinen Voraussagen zuverlässiger als jeder noch so berühmte Hellseher.«

Frannie würzte ihre Bloody Mary nach und umschloß das Glas mit beiden Händen. »Wobei Sie aber nicht voraussagen können, wer zu den Opfern gehören wird, nicht wahr?«

Er lächelte. »Nein, da haben Sie recht. Das kann ich nicht. Noch nicht.«

»*Noch* nicht? Glauben Sie, daß man das eines Tages kann?«

»Es gibt Ablaufmuster, Szenarien für alle zukünftigen Entwicklungen. Wenn man die in den Griff bekommt, kann man Ordnung ins Chaos bringen.« Er hob sein Glas. »Ich rede viel zu ernst daher.«

»Nein, nein, das interessiert mich sehr.«

Er trank einen Schluck und stellte das Glas mit übertriebener Vorsicht zurück auf den Tisch. »Erzählen Sie mir ein wenig von Ihren Eltern. Was machen sie beruflich?«

Die Zeit verging wie im Flug, ohne daß die beiden es merkten. Ihr Tisch wurde zu einer privaten Insel, auf der sie ganz allein waren und sich ungestört in ihren Gedankenaustausch vertieften, nur dadurch unterbrochen, daß die Kellnerin das Essen und neue Getränke brachte und später die Teller wieder abräumte. Frannie hatte das Gefühl, schon recht betrunken zu sein, aber dann brachte ein Weinkellner auch noch eine Flasche Sancerre und goß feierlich ein. Es erstaunte Frannie immer mehr, wie vieles sie gemeinsam hatten. Interessen und Standpunkte. Sie erzählte ihm, wie ein Buch über die Römer sie als Kind in der Schule fasziniert hatte und sie ihre Eltern überredet hatte, mit ihr an Wochenenden historische Gebäude und Museen zu besuchen.

Oliver sprach von seiner Liebe zur Mathematik, von seinem Glauben, daß sie eine Kunst und eine Wissenschaft zugleich sei und daß man letztlich alle Mysterien des Universums durch sie enträtseln könne. Sie sprach von ihrer Liebe zur Archäologie und von ihrem Glauben, daß man durch die Aufdeckung der Geheimnisse der Vergangenheit die Mysterien des Universums enträtseln könne.

Irgendwann bemerkte Frannie, daß sie noch als einzige Gäste im Hof saßen. Entsetzt sah sie, daß es bereits vier Uhr war.

Oliver brachte sie im Taxi zurück zum Museum. Er fragte sie, ob sie am Freitag mit ihm zum Essen gehen wolle. Sie sagte ihm, das würde sie gerne tun.

Sie hastete die Stufen hinauf in den Schatten des säulenverzierten Portals, und sie ging wie auf Wolken. Ihr Schuldgefühl, daß sie so spät zurückkam, wurde durch den Alkohol erheblich abgeschwächt.

Als sie eine Stunde später langsam wieder nüchtern wurde, erfaßte sie ein leichtes Gefühl des Unbehagens, wenn sie an Oliver Halkin dachte, und sie wußte nicht, warum es so war. Er war irgendwie »zu gut, um wahr zu sein«, wie sie sich sagte. Es war, als ob irgend etwas an ihm sei, das nicht zum Gesamtbild paßte, als sei da eine Lücke, als fehle ein Stück zur Vollendung der Gleichung. Vielleicht war es irgend etwas, das er ihr nicht gesagt hatte, das er vor ihr verheimlichte. Und das Gefühl, diesem Mann irgendwann schon einmal begegnet zu sein, beunruhigte sie immer noch.

Frannie war normalerweise zuversichtlich und selbstbewußt und ging optimistisch durchs Leben. Es quälte sie daher, daß sie solche düsteren Gedanken hatte. Um so mehr, als sie erkannte, wie sehr sie diesen Mann mochte.

# *Fünf*

Am Mittwoch abend rief Debbie Johnson noch recht spät an, als Frannie gerade von der Aerobicstunde zurückgekommen war. Debbie war natürlich neugierig, wie das gestrige Rendezvous verlaufen war. Frannie versuchte, nicht zuviel auszuplaudern; sie hatte Angst, es könne Unglück bringen, wenn sie zu früh davon erzählte. Sie versprach Debbie, am Samstag anzurufen und ihr dann von der Verabredung am Freitag zu berichten.

Als sie auflegte, klingelte das Telefon sofort wieder. Es war Oliver Halkin. Er entschuldigte sich, daß er bei dem Lunch gestern nicht auf die Zeit aufgepaßt habe und sie deshalb viel zu spät zur Arbeit zurückgekommen sei. Frannie sagte ihm, das sei kein Problem gewesen, obwohl in Wirklichkeit Declan O'Hare sie in seiner unberechenbaren Art ganz schön zusammengestaucht hatte. Sie gerieten ins Plaudern; er fragte sie, was sie den Tag über getan hätte, und sie sagte ihm, sie habe indische Dolche katalogisiert und sei bei ihrer Aerobicstunde gewesen. Er erzählte, er sei gerade vom Tennis zurückgekommen. Als das Gespräch versiegte, war sie versucht zu fragen, ob er nicht auf einen Drink zu ihr kommen wolle, aber das wäre wohl zu direkt und zu aufdringlich gewesen, also ließ sie es lieber sein. Es war ja schon großartig, daß er sie angerufen hatte. Und insgeheim war sie froh, daß er um neun Uhr abends zu Hause und nicht bei irgendeiner Verabredung war…

Am Donnerstag abend wusch sie ihre Haare, aber danach war sie zu unruhig, um sich zu entspannen, und sie war auch zu unkonzentriert zum Lesen oder zum Fernsehen. Statt dessen veranstaltete sie einen Großputz in der Wohnung. Sie war sich im klaren darüber, daß sie sich wie ein alberner Teenager benahm, und ärgerte sich über sich selbst, aber sie konnte es nicht ändern.

Am Freitag ging sie pünktlich um halb sechs aus dem Museum

und hastete nach Hause. Eine plötzliche, ihr bisher fremde Panik hatte sie überfallen, was sie zum Essen mit Oliver Halkin anziehen sollte. Sie holte das schwarze Kleid aus dem Schrank, ein Chanel-Modell von der Stange, für das sie sich entschieden hatte. Sie mochte es, weil es kurz und hübsch und sexy war, aber sie machte sich Sorgen, ob es denn auch schick genug für Oliver Halkin sei. Sie holte noch die paar anderen Kleider aus dem Schrank, die sie besaß, aber nichts gefiel ihr so richtig. Also blieb sie bei dem schwarzen Kleid.

Die Sonne zeichnete ein schmales Rechteck auf den Boden im Schlafzimmer, berührte die Ecke des weißen Wollteppichs, den sie vor ein paar Monaten in der Petticoat Lane gekauft hatte, um das Zimmer ein wenig aufzuhellen. Obwohl die Wände weißgestrichen und die Decke hoch war, kam ihr der Raum mitunter düster und bedrückend vor, und manchmal stimmte seine Atmosphäre sie regelrecht depressiv. Durch ein Fenster sah man auf einen Kellerlichtschacht, und das unterstrich die trostlose Realität, daß die Wohnung unter dem Straßenniveau lag.

Sie hatte einige Drucke altägyptischer Malerei an die Wand gehängt, und auf dem Sims des künstlichen Kamins hatte sie Fotos ihrer Familienangehörigen und zwei kleine Fragmente eines römischen Mosaiks aufgestellt, die sie bei ihrer ersten Ausgrabung heimlich eingesteckt hatte. Wenn sie sie ansah, überlief sie immer noch ein Schauer. Trotz der zahlreichen Objekte, die sie täglich im Museum in die Hand nahm, konnte sich nichts mit den wenigen Schätzen messen, die ihr ganz allein gehörten.

Um zwanzig nach sieben war sie ausgehfertig, viel zu früh. Vierzig Minuten waren totzuschlagen. Sie setzte sich ins Wohnzimmer und schaute sich um. Ihr gestriger Anfall, die Wohnung zu putzen und in Ordnung zu bringen, hatte erfreulicherweise dazu geführt, daß es ein wenig hübscher aussah als sonst. Das hier war die erste Wohnung, die sie für sich allein hatte, und ihre Schäbigkeit und die billigen Möbel störten sie im Grunde nicht. Sie verschaffte ihr die Freiheit und Unabhängigkeit, nach der sie sich so lange gesehnt hatte, und es machte ihr Spaß, Freunde hierher einzuladen. Die meisten von ihnen waren allerdings daran gewöhnt und akzeptierten, daß die Wohnung nicht besonders beeindruckend war; jetzt aber, in Erwartung von Oliver Halkin, sah sich Frannie mit einem äußerst unbehaglichen Gefühl die häßliche Vinyl-Sitzgruppe an, den

Couchtisch aus imitiertem Mahagoni, dessen oberste Plastikschicht sich abzulösen begann, und die schäbigen Netzvorhänge.

Eine persönliche Note hatte das Zimmer nur durch die gerahmten Poster von früheren Ausstellungen im Museum an den Wänden, ihre Bücher und ihren ganzen Stolz – einen kleinen, schlichten römischen Tonkrug, der auf dem Couchtisch stand. Er hatte die Form einer Birne und war recht plump, der Henkel und ein Teil des Randes fehlten. Der Amateurarchäologe, der die Scherben 1925 ausgegraben hatte, hatte sie jedoch sehr sorgfältig zusammengeklebt.

Frannie fragte sich oft, wie das Leben des römischen Künstlers, der den Krug geschaffen hatte, verlaufen war und wie er – oder sie – ausgesehen haben mochte. Die Beschaffenheit des Tons zeigte, daß der Krug in Italien hergestellt worden war; wahrscheinlich hatte ihn ein Immigrant, wie es ihre Eltern ja auch waren, aus Italien nach England mitgebracht. Frannie hatte vor drei Jahren fünfhundert Pfund für ihn in der Portobello Road bezahlt, an dem Tag, an dem sie die Nachricht vom Museum erhalten hatte, daß sie die Stelle als Forschungsassistentin bekommen hatte. Es war ein spontaner Anfall von Irrsinn gewesen, den Krug für so viel Geld zu kaufen, und ihre ganzen Ersparnisse waren dabei draufgegangen, aber sie hatte es nie bereut.

Sie machte das Deckenlicht aus und ließ nur die Lampe auf dem Tisch und die wacklige Stehlampe in der Ecke brennen, und das ergab eine weitere atmosphärische Verbesserung, machte den Raum fast gemütlich. In einem Jahr würde sie sich eine Eigentumswohnung kaufen. Die würde zwar klein sein, aber Frannie würde sie, dazu war sie fest entschlossen, sehr geschmackvoll einrichten.

Sie nahm den Roman von Jilly Cooper, den sie gerade las, vom Sofa, merkte sich die Seite, auf der sie war, und stellte ihn zurück ins Bücherregal. Dann zog sie ein Taschenbuch mit den Novellen von Guy de Maupassant heraus, klappte es irgendwo auf und legte es mit dem Einband nach oben auf das Sofa.

Als es langsam auf acht Uhr zuging, wurde Frannie immer nervöser. Sie ging ins Schlafzimmer, schaute sich im Spiegel an und war einigermaßen zufrieden mit dem Mädchen, das ihr da entgegenschaute. Das »kleine Schwarze« betonte ihre Beine und ihre Figur. Ihr

Selbstbewußtsein stieg wieder. Auf der Stirn zeigten sich ein paar Falten, wohl aus Verunsicherung über das bevorstehende Rendezvous, aber wenn sie sich entspannte und lächelte, verschwanden sie. Doch, ein attraktives, erotisches Mädchen mit dunklen, glänzenden Haaren, die das Gesicht vorteilhaft einrahmten und lose auf die Schultern fielen, lächelte da aus dem Spiegel zurück. Dieses Mädchen sah nett aus.

Sie sah großartig aus.

Sie ging zurück ins Wohnzimmer, blätterte in dem Maupassant, war aber unfähig, sich zu konzentrieren. Der Fernseher in der Wohnung über ihr war wieder mal zu laut eingestellt, und gedämpfte Revolverschüsse drangen zu ihr herunter. Sie wurde unruhig. Es war inzwischen Viertel nach acht. Dann halb neun. Er kam nicht. Kniff. Ließ sie einfach sitzen. Würde wohl ein Abend vor der Glotze werden.

Dann hörte sie Schritte. Ein Schatten vor den Vorhängen zum Eingang. Die Türklingel schellte.

Sie sprang auf, lief in den Flur, öffnete die Tür. Oliver Halkin sah sie über einen riesigen Blumenstrauß hinweg an, schien irgendwie erleichtert, daß er tatsächlich die richtige Wohnung gefunden hatte. »Entschuldigen Sie, daß ich so spät dran bin«, sagte er. Er hielt ihr die Blumen hin, als ob es ihm peinlich wäre, sie in seiner Hand zu halten. »Ich... ehm... hoffe, sie gefallen Ihnen...«

»Wow!« sagte sie. Der Duft der Blumen überlagerte für einen kurzen Moment den feucht-dumpfen, unangenehmen London-bei-Nacht-Geruch nach vollen Mülleimern, Abgasen und Staub, und er erinnerte sie daran, daß es irgendwo da draußen noch unversehrte Natur geben mußte. »Sind die toll!« Sie steckte die Nase in die Blumen und atmete den Duft tief ein. »Danke!« Sie küßte ihn spontan auf die Wange, aber er reagierte nicht darauf, und für einen Augenblick entstand ein peinliches Schweigen zwischen ihnen.

Er trug einen dunkelblauen Zweireiher, der ihm sehr gut stand, ein blaues Hemd mit weichem Kragen, eine gelbliche Krawatte und neu aussehende schwarze Halbschuhe. Das Haar schien er sorgfältiger gekämmt zu haben als sonst. Sein adretter, korrekter Aufzug stand im Widerspruch zu dem Eindruck, den Frannie bisher von ihm hatte. Sie bot ihm einen Drink an, aber er schaute auf die Uhr, dann zurück zu ihr, mit leerem Gesichtsausdruck.

»Ich glaube, wir müssen uns auf den Weg machen – ich habe für halb neun den Tisch reservieren lassen.«

»Okay, ich stelle nur schnell die Blumen ins Wasser.« Die Wohnung kam ihr plötzlich schäbiger denn je vor. Sie führte ihn ins Wohnzimmer, ging dann in die Küche und ließ kaltes Wasser in den Spülstein laufen. Sie war bedrückt, fühlte sich unbehaglich; warum gab er sich ihr gegenüber so reserviert?

Als sie zurück ins Wohnzimmer kam, sah sie erfreut, daß er interessiert den römischen Krug betrachtete.

»Ist das eines Ihrer Fundstücke?« fragte er.

»Nun ja, gewissermaßen – ich habe ihn in einem Antiquitätenladen gefunden.« Ihr Selbstbewußtsein war verschwunden, und sie merkte, daß sie steif und nervös klang.

»Aus welcher Zeit stammt er?«

»Um fünfzig vor Christus.«

»Donnerwetter!« Er ging in die Hocke und sah sich den Krug aus der Nähe an. »Ich habe zu Hause auch so einen. Sieht diesem sehr ähnlich. Ich hatte keine Ahnung, daß er so alt sein könnte. Wozu hat man ihn wohl benutzt?«

»Wahrscheinlich als Gefäß für Wasser oder Wein. Ich könnte mir Ihren Krug ansehen, wenn Sie mögen.«

»Ja, das wäre sehr schön.«

»Manchmal werde ich von Schuldgefühlen geplagt, daß ich ihn habe.«

»Warum das denn?« Er stand wieder auf.

Sie hob die Schultern. »Es ist dasselbe wie mit all den Schätzen, die in den Gewölben des Museums weggeschlossen sind. Ich meine, die Zeugnisse der Vergangenheit sollten für jedermann zugänglich sein. Ich sollte den Krug besser nicht hier unten verstecken wie einen geheimen kleinen Schatz.«

»Sie können Ihre Wohnung ja immer noch für den Publikumsverkehr öffnen.« Er grinste flüchtig.

»Großartige Idee. Englands erstes staatliches Museum in einer Untergeschoßwohnung!«

Er lachte, und obwohl es ein wenig gezwungen klang, schien sich die Atmosphäre zwischen ihnen zu verbessern.

Draußen war es inzwischen dunkel. Frannie folgte ihm zu einem kleinen Renault, der unter einer dicken Schicht Londoner Patina aus Ruß und Staub entweder grau oder blau war. Er war auf der Beifahrerseite arg zerbeult, und wo früher einmal eine Chrom- oder Gummileiste angebracht gewesen war, verlief jetzt eine Reihe rostiger Löcher.

Er hielt ihr die Tür auf, aber ehe sie einsteigen konnte, mußte er erst noch einen Stapel Papier vom Beifahrersitz nach hinten wuchten. Im Inneren des Wagens herrschte ein wildes Durcheinander. Frannie schob vorsichtig ihre Füße zwischen einen Haufen Bücher, die auf dem Boden lagen. Eine Anwohner-Parkerlaubnis für den Stadtteil Chelsea war neben der Zulassungsmarke für den Wagen an die Windschutzscheibe geklebt, daneben noch eine andere Parkerlaubnis, die sie nicht entziffern konnte. In der Vertiefung über dem Handschuhfach lagen mehrere Strafzettel für Falschparken in ihren Plastikhüllen, daneben eine unordentlich aufgerissene Pakkung mit Pfefferminzbonbons, mehrere Kugelschreiber, lose Zettel und ein Tennisball.

Sie legte den Sicherheitsgurt an. Oliver stieg auf der anderen Seite ein, saß leicht gekrümmt und mit eingezogenem Kopf hinter dem Steuer; der Wagen schien eine Nummer zu klein für ihn zu sein. Er ließ den Motor an, fuhr aber nicht gleich los, sondern wandte sich zu ihr. »Entschuldigen Sie, daß ich nicht ganz bei der Sache bin. Kurz vor der Abfahrt zu Ihnen habe ich eine ziemlich böse Nachricht bekommen.

»Oh, das tut mir leid.«

»Nein, es ist…« Er zuckte mit den Schultern. »Mein Sohn ist mit Freunden, die einen Jungen in seinem Alter haben, in Südfrankreich in Urlaub. Sie haben eine Villa da unten.« Seine Stimme wurde immer leiser. Er gab kräftig Gas und fuhr aus der Parklücke. »Sie haben mich vorhin angerufen – sie hatten gestern einen gräßlichen Unfall mit einem Rennboot.« Er bremste vor einer Kreuzung ab und starrte finster auf die Vorfahrtsstraße, als wolle er den Verkehr mit seinem vernichtenden Blick zum Stehen bringen. »Sie waren alle zusammen in dem Boot, fuhren zu einer Bucht, um zu picknicken und Wasserski zu fahren. Auf dem Rückweg haben sie eine Schwimmerin überfahren – ein Mädchen.«

»Um Gottes willen! Wie schrecklich! Wurde das Mädchen…«

»Es ist tot.«

»Das ist ja entsetzlich!«

Er beschleunigte scharf, überholte gefährlich dicht vor einem entgegenkommenden Wagen.

»Ist mit Ihrem Sohn... alles in Ordnung?«

Er machte ein weiteres gewagtes Überholmanöver, antwortete erst, als er wieder eingeschert war. »Ja. Edward ist okay.« Er sagte es auf ziemlich seltsame Art, wie sie meinte – als müsse er seinen Sohn verteidigen.

»Der Schock kommt bei solchen Sachen oft erst später«, sagte sie und erinnerte sich an einen Auffahrunfall auf der Autobahn, den sie vor vier Jahren miterlebt hatte. Einer der Wagen hinter ihr war in Brand geraten. Zunächst waren nur ein paar Flammen unter der Motorhaube hochgezüngelt, einige Leute hatten versucht, den eingeklemmten Fahrer herauszuziehen; aber sie bekamen die Tür nicht auf, und dann hatten die Flammen innerhalb von Sekunden den ganzen Wagen erfaßt. Die Helfer mußten aufgeben. Frannie hatte mit ansehen müssen, wie der Fahrer mit weit geöffnetem Mund geschrien und wild gegen die Scheibe getrommelt hatte. Schließlich ertrug sie den Anblick nicht mehr und mußte wegschauen. Eine Woche später hatte sie das gräßliche Bild zum erstenmal in einem Albtraum wieder heimgesucht, und auch heute noch träumte sie manchmal davon.

»Ja«, sagte er nur.

»Wer hat das Boot gesteuert?«

»Ich weiß es nicht. Jedenfalls nicht Edward.« Er schien noch etwas anfügen zu wollen, schwieg dann aber.

»Wie schrecklich für ein Kind, so etwas mit ansehen zu müssen«, sagte Frannie.

»Ich hab mit ihm telefoniert. Er scheint ganz in Ordnung zu sein – war weitaus mehr besorgt, ob ich seine elektrische Eisenbahn wieder in Gang gebracht habe. Der Transformator ist kaputt.«

Sie lächelte. Aber auf Olivers Gesicht zeigte sich keine Spur von Heiterkeit, und er fuhr schweigend weiter. Sie beobachtete ihn vorsichtig aus den Augenwinkeln. Die Straßenlampen erhellten sein Gesicht immer wieder für Sekundenbruchteile. Irgend etwas an seinem angespannten Ausdruck erinnerte sie an ein Kaninchen, das nachts von Autoscheinwerfern erfaßt wird und nicht weiß, wohin es entkommen soll. Nur einen Augenblick lang. Dann entspannte sich sein Gesicht wieder.

Das Restaurant war eine einfache, zwanglose Trattoria mit rotweißen Tischtüchern und Fischernetzen und Chiantiflaschen in Korbgeflechten an den Wänden. In der Luft hingen dicke Schwaden von Zigarettenrauch, und es roch intensiv nach heißem Olivenöl, Knoblauch, gebratenem Fleisch und gegrilltem Fisch. Alle Tische waren besetzt, und im Raum herrschte eine quirlige, lebhafte, laute Atmosphäre, in der sich Frannie sofort wohl fühlte.

Ein Ober, dessen Akzent Frannie als neapolitanisch identifizierte, führte sie eine Treppe hinunter ins ebenso überfüllte Untergeschoß. Von einem großen Tisch am Ende des Raumes mit jungen Leuten um die Zwanzig schallte ihnen dröhnendes Gelächter entgegen. Hier unten waren nur zwei Tische noch nicht besetzt, und der Ober führte sie zu dem in einer Nische nahe bei den fröhlichen jungen Leuten. »Möchten Sie einen Aperitif?« fragte er, als er Frannies Stuhl an den Tisch schob.

»Ja… ehm…« Oliver sah Frannie fragend an.

»Gerne«, sagte sie. Sie konnte einen Drink gebrauchen.

»Zwei von Ihren Cocktails.«

*»Due Vito Fizzo«*, bestätigte der Kellner feierlich. Er händigte ihnen große, handgeschriebene Speisekarten aus und wieselte davon. Neben jedem Gedeck lag ein Päckchen *Pannini.* Oliver machte seines auf.

Am Tisch hinter ihnen dröhnte wieder eine Lachsalve auf, und Frannie drehte sich instinktiv um. Eines der lachenden Gesichter kam ihr bekannt vor. Das dichte Haar war kürzer als damals, aber die dicken Lippen, die kräftige Gestalt, die laute Stimme ließen keinen Zweifel – es war Seb Holland. Sie beobachtete, wie er kräftig auf den Tisch klopfte und dem Kellner laut zurief: »He, Luigi, ein Alligator-Sandwich, und zwar eins mit Biß, sonst schnapp ich dich mir!« Er lachte dröhnend über seinen Witz und schaute beifallheischend seine Kumpane an.

Frannie hatte Seb Holland seit der Zeit an der Universität, also seit mehr als drei Jahren, nicht mehr gesehen. Er war damals ins Familiengeschäft eingestiegen, fiel ihr wieder ein. Eine große Versicherungsgesellschaft in der City, und er sah jetzt in dem breitgestreiften Anzug und der viel zu grellen Krawatte auch wie ein erfolgreicher Businessman aus. Ihre Blicke trafen sich, und er grinste freudig, als er sie erkannte. Er stand auf, taumelte angetrunken ein wenig, kam dann zu ihrem Tisch, stützte die Hände auf, sah sie strahlend an. »Frannie! Hi! Wie geht's dir? Donnerwetter, du siehst großartig aus!« Dann sah er Oliver flüchtig an. »Hör'n Sie, 'ntschuldigung«, sagte er, »ich war immer verdammt verknallt in dieses Mädchen – kann sein, ich spann's Ihnen aus, wenn ich mir genug Mut angezwitschert hab.« Seine Stimme war verschwommen vom Alkohol, und er sprach viel zu laut.

Frannie errötete und stellte die Männer vor.

»Hallo«, sagte Oliver. Es entstand ein kurzes Schweigen, als die beiden sich stirnrunzelnd ansahen, als ob sie sich vage erinnerten, einander schon einmal begegnet zu sein.

»Hab Sie schon mal getroffen«, sagte Seb. Er hatte Schwierigkeiten, aufrecht zu stehen, ohne zu schwanken, und er hielt sich an Frannies Stuhllehne fest.

»Ja, stimmt«, sagte Oliver freundlich. »Ich glaube, ich habe Sie...« Er runzelte die Stirn und kniff nachdenklich die Augen zusammen, was ihn recht grimmig aussehen ließ, wie Frannie auffiel.

»Halkin? Halkin-Northrop-Bank?«

»Richtig. Seb Holland? Verbindungen zu Holland Delarue?«

»Ja.«

»Aha!« Olivers Gesicht leuchtete auf, als ihm die Zusammenhänge zu dämmern schienen. »Ich kenne Victor Holland.«

»Das is' mein Bruder.«

»Sieh mal an! Ihr Bruder! Ich spiele manchmal Tennis mit ihm in Queens.«

»War'n Sie nicht bei unserer Weihnachtsparty im vergangenen Jahr? Ich meine, da hätten wir uns getroffen.«

»In Ihrem tollen Bürohochhaus?« Oliver kniff wieder die Augen zusammen, als suche er nach dem Namen des Gebäudes. »Richtig, jetzt fällt's mir wieder ein! Wir haben uns über Cricket unterhalten. Wie geht's Vic? Ich habe ihn schon lange nicht mehr gesehen.«

»Ihm geht's gut.«

»Sehr schön. Nun...« Oliver wirkte plötzlich verlegen, wußte wohl nicht, wie er die Unterhaltung zu Ende bringen sollte. »Grüßen Sie ihn herzlich von mir.«

»Mach ich.« Seb wandte sich Frannie zu. »Frannie, wie geht's dir? Was treibst du so?«

»Mir geht's gut. Ich arbeite beim Britischen Museum. Und wie sieht's bei dir aus?«

»Großartig.« Er zog ungeniert die Nase hoch. »Heirate nächsten Monat. Das da drüben ist meine Verlobte.« Er zeigte zum Nachbartisch, aber Frannie konnte nicht ausmachen, welches der Mädchen er meinte. »Lucy – kennst du sie?« Er runzelte die Stirn, hatte Schwierigkeiten, sich zu konzentrieren. »Nein, Quatsch, hab sie doch erst nach der Uni kennengelernt! Heirate nächsten Monat«, wiederholte er. »He, du mußt unbedingt kommen! Du kriegst 'ne Einladung. Ich hab noch die Adresse deiner Eltern. Aber wir müssen uns vorher noch mal zu 'nem Drink treffen. Unbedingt!«

»Gerne. Und herzlichen Glückwunsch.«

»Danke.«

Frannie freute sich insgeheim, daß sie erkannt und im Beisein Olivers angesprochen worden war. Es zeigte Oliver, daß sie keine graue Maus ohne Bekanntschaften war. Seb machte keine Anstalten, sich von ihnen zu verabschieden, und Frannie suchte krampfhaft nach weiterem Gesprächsstoff. »Du arbeitest noch in der Firma deiner Familie?«

»Ja. Macht Spaß. Bin die Hälfte der Zeit drüben in den Staaten.« Er schniefte wieder. »Hast du noch Kontakt zu andren Typen, mit denen wir an der Uni waren und die ich noch kennen müßte?«

»Meredith. Ich war vor vierzehn Tagen gerade erst wieder mal übers Wochenende bei ihr in York.«

»Meredith! Großartiges Mädchen! Mochte sie. Wie geht's ihr?«

»Gut. Sie ist sehr verheiratet.«

Er grinste. Dann aber wurde sein Gesicht schlagartig ernst. »He, erinnerst du dich an Jonathan Mountjoy?«

»Natürlich.« Jonathan – der große, stille Junge, immer sehr ernst, wortkarg.

»Der arme Kerl – wurde vor ein paar Wochen in Washington erschossen.«

Frannie sah ihn entsetzt an. Ihr Magen zog sich zusammen. »Um Gottes willen – was... was ist denn passiert?«

»Straßenräuber. Jonathan hat ihm seine Brieftasche gegeben, aber der Bastard hat ihn trotzdem erschossen.«

»Mein Gott, der arme Jonathan! Das ist ja schrecklich! Entsetzlich!« Ein Frösteln überlief sie, und sie fühlte sich elend.

Seb schob die Finger in die Brusttasche seiner Jacke und zog eine Visitenkarte heraus. »Ruf mich an, laß uns mal mittags zusammen essen gehn oder so was.« Er lächelte Oliver an. »Ich werde Vic sagen, daß ich Sie getroffen habe«, sagte er und trat einen Schritt vom Tisch zurück. Er zögerte, wandte sich noch einmal an Frannie: »War schön, dich wiederzusehn.«

»Ich hab mich auch gefreut, Seb.«

Jonathan Mountjoy. Erschossen. Tot. Weg.

»Waren Sie zusammen in der Schule?«

Olivers Stimme riß sie aus ihren Gedanken. Sie lächelte ihn entschuldigend an. »An der Universität.«

Ein Kellner brachte ihre Cocktails.

Oliver hob sein Glas. »Zum Wohl«, sagte er mit ruhiger Stimme. »Es ist schön, Sie wiederzusehen.«

»Ich freue mich auch.« Sie nippte an dem rosafarbenen, sprudelnden Gebräu. Es schmeckte angenehm nach Aprikosen, aber sie nahm den Geschmack nur nebenher wahr.

»Tut mir leid für Sie – die Nachricht vom Tod Ihres Freundes.«

»Danke.« Ihre Stimme schwankte. »Ich war nicht eng mit ihm befreundet, habe ihn auch seit der Universität nicht mehr gesehen. Aber er war ein sehr netter Junge.« Sie zog die Schultern hoch und lächelte ein wenig fröhlicher. »Scheint wohl so zu sein, daß keiner von uns beiden heute abend ohne böse Nachricht bleiben soll.«

»Anscheinend. Nun … außer der Tatsache, daß Sie hier sind, und das ist eine ziemlich gute Nachricht.«

Sie sahen sich in die Augen. »Danke«, sagte sie.

Jemand an Sebs Tisch erzählte eine Geschichte, und eines der Mädchen quiekte protestierend auf. Frannie spürte einen kühlen Luftzug im Nacken von der Klimaanlage, dann, wie ihr eine Gänsehaut den Rücken hinunterlief. Sie trank einen weiteren kräftigen Schluck von dem Cocktail, aber er wirkte nicht sofort. Oliver Halkin und der Tod Jonathan Mountjoys waren jetzt in ihrem Kopf irgendwie miteinander verbunden, als hingen sie zusammen, und sie versuchte krampfhaft, die wirre Vorstellung zu unterdrücken, daß die Todesnachricht ein Omen für ihre Verbindung mit Oliver sei. Und daß sie die Verbindung zu diesem Mann abbrechen sollte, solange es noch möglich war.

Ein Kellner trat hinter ihnen von einem Fuß auf den anderen, und sie bestellten. Dann entstand ein peinliches Schweigen zwischen ihnen. Oliver schüttelte ein Stäbchen aus seiner Pannini-Packung, legte es samt der Packung wieder auf den Tisch und schob beides so lange hin und her, bis es exakt parallel zu seinem Besteck lag. »Ich würde was dafür geben, wenn ich jetzt Ihre Gedanken lesen könnte«, sagte er.

»Ich denke über den Zufall nach – daß wir hier auf Seb gestoßen sind und wir ihn beide kennen.«

Oliver brach ein Stück von seinem Pannini-Stäbchen ab und aß es schweigend. »Zufälle beunruhigen mich.«

»Warum?«

Er hob die Schultern, schaute dann auf das Tischtuch, als ob ihm peinlich sei, was er zu sagen hatte. »In den vergangenen Jahren sind mir zu viele Zufälle begegnet; und es waren meist keine glücklichen. Zufälle sind für mich in der Regel auch immer schlechte Nachrichten. Sie sind mir unangenehm. Kann sein, daß das ziemlich blöd klingt, aber so ist es nun mal.«

Frannie lächelte ihn an. Sie war überrascht, daß er offensichtlich abergläubisch war. »Zufälle begegnen jedem Menschen, nicht wahr? Haben sich bei Ihnen nicht auch schon harmlose Zufälle ereignet, wie zum Beispiel, daß Sie gerade an einen bestimmten Menschen denken und er ruft Sie im selben Moment an?«

»Ich bin mir nicht sicher, ob es so etwas wie bedeutungslose Zufälle gibt.«

Als sie den Ernst auf seinem Gesicht sah, fühlte sie sich von seinen Gedankengängen ausgeschlossen, und ihr Lächeln verebbte. »Was hat Sie dazu gebracht, so zu denken?«

Er fummelte einen Moment an seiner Pannini-Packung herum, dann gab er ihr eine Antwort, die nicht dazu angetan war, ihre Verunsicherung zu beheben. »Das schlimmste Ereignis dieser Art war der Tod meiner Frau.« Er hob seine Hände in einer Geste der Hilflosigkeit.

»Tut mir leid«, murmelte Frannie. »Was ist passiert?« Sie hatte das Gefühl, sie müsse das jetzt wissen.

Er lehnte sich vor und zog mit dem Fingernagel unter größter Konzentration eine gerade Linie auf dem Tischtuch. »Fast jedes zufällige Zusammentreffen hat eine Bedeutung«, sagte er abwesend, als habe er ihre Frage nicht gehört. »Daß wir hier auf Seb Holland stoßen. Daß dieselbe Zahl in irgendeinem Zusammenhang wiederkehrt. Alles.«

Sein Gesichtsausdruck wechselte zu einem leisen Lächeln, das eher in die Weite des Universums gerichtet zu sein schien als auf Frannie. »Der französische Mathematiker Laplace hat einmal gesagt, der Zufall sei nichts anderes als der Ausdruck der menschlichen Unwissenheit.«

»Und das glauben Sie auch?«

Er hob sein Glas am Stiel hoch, umschloß den Boden mit der anderen Handfläche und schwenkte es langsam, wobei er die Flüssigkeit prüfend betrachtete. »Chaos. Alle Bläschen hier drin entstehen *zufällig*, weil ich das Glas schwenke. Wenn ich es stehen lassen würde, gäbe es sie nicht. Aber der grundsätzliche Effekt bleibt bestehen: Das Zeug schmeckt gut und hat eine berauschende Wirkung. Ordnung im Chaos! Verstehen Sie?« Er hielt das Glas weiter hoch, als ob er an seinem Experiment kindliche Freude hätte.

»Vielleicht wird mit dem nächsten Zufall eine Glückssträhne für Sie anbrechen«, sagte Frannie und nahm einen kräftigen Schluck.

»Vielleicht«, meinte er wenig überzeugt.

Ein Bild ging ihr durch den Kopf. Jonathan Mountjoy steht in seinem alten, zerknitterten Mantel auf der Straße, die Hände in den Taschen, schaut abwesend in den Himmel. So hatte sie ihn in Erinnerung, immer ein bißchen geistesabwesend, in einer anderen Welt. Der verträumte, stille Jonathan ... Er gibt dem Gangster seine Brieftasche, ein Revolver wird gehoben, ein Schuß fällt...

Aus und vorbei.

Sie schluckte, legte die Hände auf den Tisch, griff verlegen nach ihrem Glas, zuckte zurück, als sie merkte, daß es leer war.

*Ich bin mir nicht sicher, ob es so etwas wie bedeutungslose Zufälle gibt.*

»Mozzarella für die Signorina!« Ein Kellner stellte mit schwungvoller Geste die Teller vor sie hin und schwenkte einen riesigen Pfefferstreuer über Olivers Minestrone. Krachend drehte er ein paarmal die Kurbel.

Ein anderer Kellner kam mit der bestellten Flasche Wein, die er mit großem Zeremoniell öffnete. Frannie schaute auf ihren Teller, aber der Appetit war ihr vergangen. Sie wünschte sich, jemand würde ihr sagen, es sei absolut ungefährlich, sich in Oliver Halkin zu verlieben. Sie sah ihn über den Tisch hinweg an. Er probierte den Wein, hielt in einer Hand das Glas; die andere lag auf dem Tisch, groß und kräftig, das Zifferblatt der Uhr in das dichte Haar am Handgelenk gebettet. Die Traurigkeit war in seine Augen zurückgekehrt, und sie spürte das Verlangen, ihre Hand auf seine zu legen, ihn zu trösten – und Trost bei ihm zu suchen.

Sie fühlte sich immer mehr zu ihm hingezogen, aber gleichzeitig wuchs auch ihr Unbehagen. Er lächelte sie an, als ob er ihre Gedanken erraten hätte.

Sie unterhielten sich sehr angeregt während des Essens, und Frannie schaffte es, doch ab und zu einen Happen zu sich zu nehmen. Sie sprachen über ihre Ansichten zum Sinn des Lebens und setzten die Diskussion zu den Themen von ihrem Lunch am Dienstag fort. Er war ein anspruchsvoller, anregender Gesprächspartner, wie sie fand, und er bemühte sich, ihr seine Welt der Mathematik und der Physik noch näherzubringen. Sie erzählte ihm, sie habe versucht, *Eine kurze Geschichte der Zeit* von Stephen W. Hawking zu lesen, hätte es aber nach der Hälfte des Buches aufgegeben. Er lachte und sagte, er habe schon nach einem Viertel aufgeben müssen. Aber dann erklärte er ihr die ganzen Theorien in einer so klaren Weise, daß sie das meiste, eigentlich sogar fast alles, verstand.

Zum Kaffee gab es Sambucca, und Frannie war angenehm angeheitert, als sie kurz nach eins aufbrachen. Sie fühlte sich jetzt sicherer im Umgang mit ihm. Während sie am Sicherheitsgurt herumfummelte, wurde ihr irgendwie bewußt, daß sie weitaus mehr getrunken hatte als er und daß sie nicht einmal wahrgenommen hatte, ob Seb Holland bei ihrem Aufbruch noch im Lokal gewesen war oder nicht.

Oliver stellte den Wagen vor ihrer Wohnung ab und begleitete sie die Treppe hinunter bis zur Eingangstür. Sie hoffte, er würde sich jetzt nicht in irgendeiner Weise an sie heranmachen – einerseits wußte sie, daß sie es kaum schaffen würde, ihm zu widerstehen, andererseits wollte sie, daß es etwas Besonderes sein sollte, wenn sie sich zum ersten Mal liebten, und sie war in diesem Moment zu betrunken dazu. »Möchten Sie noch auf einen Kaffee mit reinkommen?« fragte sie.

»Ich... ehm... muß nach Hause, es ist ganz schön spät geworden.« Er sah plötzlich recht verlegen aus. »Ich... ehm... überlege gerade... Edward kommt morgen aus Frankreich zurück. Er hat nur noch dieses Wochenende, dann muß er zurück in die Schule...« Im Licht der Straßenlampe sah Frannie, daß er errötete, und sie fragte sich, was jetzt kommen würde. »Wenn... wenn Sie nichts anderes vorhaben, hätten Sie dann Lust, übers Wochenende mit aufs Land zu fahren? Er hat Sie auf King's Cross ein wenig ins Herz geschlossen.«

Sie dachte an die möglichen Konsequenzen dieser Einladung, aber ihr Herz schaltete den Verstand aus. Morgen abend war eine Party, aber sie hatte eigentlich keine besondere Lust darauf, und da war der übliche Sonntagslunch bei ihren Eltern, aber sie hatte sowieso schon vorgehabt, sich davor zu drücken; nach dem Spektakel am vergangenen Sonntag hatte sie für einige Zeit die Nase voll von ihren Eltern... »Ja, doch, sehr gerne«, sagte sie.

Er schien sich echt zu freuen. »Wie wär's, wenn ich Sie um zehn abhole?«

»Muß ich irgendwas Besonderes mitbringen?«

»Gummistiefel vielleicht. Ich habe nicht aufgepaßt, wie das Wetter werden soll. Ansonsten geht's bei uns sehr zwanglos zu. Und Schwimmzeug.«

»Gut, ich erwarte Sie also um zehn.«

Er sah ihr einen kurzen Augenblick in die Augen, küßte sie flüchtig auf die Wange, ging die Treppe hoch und wartete dort, bis sie sicher in ihrer Wohnung war.

Als sie die Tür hinter sich zudrückte und abschloß, hatte sie das Gefühl, als habe man sie in die Wolken gehoben und dann auf ein Siegerpodest gestellt. Alle bisherigen Bedenken und Ängste wurden überlagert von einem unbändigen Gefühl der Freude und der Erwartung. Schon allein das Wort *Land* ließ das Bild eines baufälligen Bauernhauses mit Steinfliesen und einem großen Kamin und Feldern und Wäldern drumherum vor ihr erstehen. Sie sah sich mit Oliver bei langen Spaziergängen, und vielleicht aß man im Garten eines dörflichen Pubs zu Mittag. Sich faul an einem Swimmingpool aalen, Schafe auf der anderen Seite des Zaunes. Der Junge hatte sie »ins Herz geschlossen«. Edward. Das freute sie und schmeichelte ihr.

Sie ging in die Küche, machte das Licht an und sah als erstes Olivers Blumen im Spülstein liegen. Auf der Suche nach einem passenden Gefäß fiel ihr ein, daß Meredith Minns ihr vor einigen Jahren einmal eine weiße Vase mit einer grünen Porzellanschleife zum Geburtstag geschenkt hatte; sie fand sie hinter einem Stapel von Keramikschüsseln im Küchenschrank.

Sie arrangierte die Blumen liebevoll in der Vase, und sie fühlte sich hellwach und fast trunken vor Glück. Sie trug die Blumen ins Schlafzimmer und stellte sie in die Mitte des Kaminsimses, zupfte die weißen und pfirsichfarbenen Nelken nach außen, arrangierte die gelben und orangefarbenen Lilien neu, nahm freudig die verschiedenen Düfte auf, trat einen Schritt zurück, ließ das schöne Bild auf sich wirken.

Es war schon nach zwei, als Frannie ins Bett ging. Sie stellte den Wecker auf acht und machte dann das Licht aus. Sie lag noch lange wach. Vielerlei Gedanken schwirrten ihr durch den Kopf.

Als sie schließlich einschlief, wurde sie von einem Albtraum gequält. Sie lief durch die dunklen, leeren Straßen einer Stadt. Vor sich sah sie Jonathan Mountjoy, seine Silhouette gegen die eines Hochhauses. Aber obwohl er sich nicht bewegte und sie auf ihn zurannte, kam sie ihm keinen Schritt näher. Aus einer Nebenstraße hallten eilige Schritte – jemand lief auf Jonathan zu, jemand mit einem Revolver in der Hand. Sie versuchte zu schreien, Jonathan zu warnen, aber es kam kein Laut aus ihrer Kehle. Sie sah, wie die Waffe auf Jonathan gerichtet wurde, sah die große, zitternde Hand, die sie hielt... »Jonathannnnnn!«

Der Schuß ließ sie aus dem Schlaf hochschrecken.

Leute schrien. Sirenen von Polizeiautos und Krankenwagen heulten. Dann merkte sie, daß es eine echte Sirene war, die da irgendwo in der Ferne jaulte. Aber der Schuß war hier gefallen, hier in ihrem Schlafzimmer; ein Knall oder ein Schlag.

Jemand war im Zimmer.

Sie erstarrte vor Angst, konnte sich nicht bewegen. Dann streckte sie langsam die Hand aus, ertastete den Knopf der Nachttischlampe, drückte ihn.

Die Dunkelheit verschwand blitzschnell in die Wände. Mit angstgeweiteten Augen blickte sie um sich. Nur unheimliche Stille im Zimmer. Keinerlei Bewegung, kein Atmen, nichts. Aber irgend etwas stimmte nicht. Schatten der Lampe an der Decke. Eine Fliege direkt über ihr. Sie starrte auf die Drucke an den Wänden, auf den Kleiderschrank. Ihre Kehle war wie zugeschnürt, der Mund trokken. Sie schaute zum Kaminsims. Auf die Stelle, wo sie die Vase mit den Blumen hingestellt hatte.

Die Vase stand noch dort. Aber es waren keine Blumen mehr darin.

Sie fuhr hoch. Die Blumen lagen verstreut auf dem Boden. Als ob jemand oder etwas sie in einem Wutanfall dorthin geschleudert hätte.

# *Sechs*

Oliver erschien kurz nach zehn. Er trug ein Rugbyhemd, eine ausgebeulte rote Hose und uralte, ausgelatschte Segelschuhe. Er schleppte Frannies Gepäck in einen schon recht betagten, schlammverschmierten Range Rover.

»Was ist passiert?« fragte Frannie. »Haben Sie den Renault über Nacht mit Wachstumshormonen behandelt?«

Er lachte. »Den Renault benutze ich nur, um in London rumzukurven. Er ist so klapprig, daß er wohl keine weitere Reise mehr überstehen würde.«

Das Innere des Range Rover war genauso unordentlich und voller Abfall wie der Renault; zusätzlich lagen ein paar verkrumpelte Teppichfetzen und ein Sortiment zerbissener Gummiringe und Beißknochen auf der Rückbank. »Captain Kirks Revier«, erklärte er.

»Captain Kirk?«

»Edwards Hund. Er benutzt den Wagen als Hundehütte.«

Sie fuhren nach Süden, in der Stadt und ihren Vororten herrschte noch dichter Verkehr, der dann aber auf der Autobahn immer schwächer wurde. Die Sonne brannte von einem wolkenlosen Himmel. Frannie hatte sich für ein kariertes Hemd, einen dünnen Pullover, den sie um die Schultern geschlungen hatte, eine weiße Baumwollhose und Turnschuhe entschieden. Dieser Aufzug war bequem und angenehm. Ihre Gedanken waren weniger angenehm, und sie war müde, ihre Augen brannten von der äußerst unruhigen Nacht.

Die Sache mit den Blumen ging ihr nicht aus dem Kopf. Sie hatte sofort die Wohnung durchsucht, aber alle Fenster und die Wohnungstür verschlossen und unversehrt vorgefunden; es konnte niemand eingedrungen sein. Sie hatte die Blumen wieder in die Vase gestellt, und am Morgen waren sie immer noch am gleichen Platz.

Sie hatte sich ernsthaft gefragt, ob sie nicht alles nur geträumt hätte. Oder ob der Vorfall nicht eine erklärliche Ursache haben könnte und sie überreagiert hätte.

Sie stellte Oliver Fragen zu seiner Farm, um sich ein Bild machen zu können. Er erzählte ihr, er habe die Verwaltung und den Betrieb des Gutes seinem jüngeren Bruder Charles überlassen, und der sei ein engagierter Grüner und betreibe es konsequent nach biologisch-organischen Grundsätzen. Sie seien dabei, größere Bestände organisch gezüchteter Rinder und Schafe aufzubauen, obwohl das mit großen Schwierigkeiten verbunden sei, von denen er ihr einige erklärte. Frannie erfuhr auch, daß Charles geschieden war und nach der Vereinbarung über das Sorgerecht seinen Sohn Tristram, wie Edward acht Jahre alt, nur an den Wochenenden bei sich auf der Farm hatte.

Oliver war, wie Frannie feststellte, kein Autofahrer, hinter dem sie gerne hergefahren wäre. Er fuhr im allgemeinen gut, wenn auch meistens ein wenig zu schnell, aber manchmal, wenn er über etwas sprach, das ihn fesselte, vergaß er einen Blinker wieder auszuschalten oder zu schalten, so daß der Motor wie wild röhrte oder fast abstarb. Einige Male war sie überzeugt, er würde vor einer roten Ampel nicht anhalten, und ertappte sich dabei, daß sie mit dem Fuß auf eine nicht vorhandene Bremse stieg.

Jetzt aber, auf der Autobahn, war die Fahrt nicht mehr so stressig. Er fuhr nicht zu schnell, und sie hatten die Scheiben heruntergekurbelt. Ein kühlender Luftzug fuhr durch den Wagen, wehte Frannie die Haare um den Kopf, und sie lehnte sich entspannt zurück und genoß den Blick auf die vorbeiziehende Landschaft.

Als London hinter ihnen zurückblieb, verblaßte auch die beunruhigende Erinnerung an die vergangene schlaflose Nacht gänzlich. Das vor ihr liegende Wochenende war so unendlich vielversprechend, und sie war fest entschlossen, es zu genießen. Die Rückfahrt nach London schien hundert Jahre weg zu sein – und sie fragte sich, ob sie und Oliver diese als Liebespaar antreten würden.

Die Freunde der Familie, mit denen Edward in Frankreich war, würden mit der Fähre heute morgen in Dover ankommen und den Jungen gegen Mittag zu Hause absetzen. Der Unfall mit dem Rennboot hatte Oliver offensichtlich bedrückt. Er hatte nicht viel über Edward gesprochen, aber Frannie hatte das Gefühl, daß der Junge seinen Vater gedanklich sehr beschäftigte und es eine sehr starke Bindung zwischen den beiden gab. Ihr wurde klar, wie wenig sie tatsächlich über Oliver wußte. Ihre Gespräche hatten sich stets um berufliche Dinge und um Lebensansichten gedreht, aber ihre privaten Lebensumstände hatten sie nur gestreift. Frannie hatte es nicht fertiggebracht, das Gespräch noch einmal auf den Tod seiner Frau zu lenken, und sie war neugierig zu erfahren, unter welchen Umständen sie gestorben war und welches die Zufälle gewesen waren, die ihn in diesem Zusammenhang anscheinend so sehr quälten und bedrückten. Aber sie wollte natürlich nicht den Eindruck erwecken, als sei sie aus makabrer Neugier daran interessiert.

Die Silhouette der South Downs tauchte wie eine Wand am Horizont auf, kam näher, und sie verließen die Autobahn und fuhren auf einer stark befahrenen Hauptstraße ostwärts weiter. Sie kamen für kurze Zeit durch ein Gebiet, über dem ein starker Gestank nach Gülle lag, aber Frannie empfand selbst das als erfrischend nach der Abgasluft in London.

»Wo geht Edward zur Schule?« fragte sie.

»In Stowell Park. Liegt nur zehn Minuten von zu Hause weg. Macht's einfach, ihn an den Wochenenden nach Hause zu holen.«

»Unter der Woche ist er dort im Internat?«

»Ja.«

»Gerne?«

»Ja. Er will es so haben.«

Durch eine Lücke in der Hecke auf ihrer Seite sah Frannie auf den überfüllten Abstellplatz eines Autohändlers. »Waren Sie auch im Internat?«

»Ja, vom siebten Lebensjahr an.«

»Und wie fanden Sie es?«

»Scheußlich. Ich habe die Schule überhaupt gehaßt.«

»Warum?«

Er hob die Schultern. »Ich glaube, weil ich nicht machen konnte, was ich wollte. Und weil ich mir nicht das geringste aus Mannschaftsspielen machte, und die werden an solchen Institutionen ja großgeschrieben.« Er lächelte und kratzte sich hinter dem Ohr. »Ich war als Kind ausschließlich an Mathematik und an Flugzeugen interessiert. Wir durften nur an einem Nachmittag in der Woche am Unterricht im Segelfliegen teilnehmen, und das auch nur im Sommer, und ich hielt damals meine Mathelehrer durch die Bank für ausgesprochene Langweiler.« Er lächelte wieder. »Ich glaube, ich konnte mich nicht besonders gut an die Schule und das Lernen anpassen. Sind Sie denn gerne zur Schule gegangen?«

»Ja, eigentlich fast immer. Wirklich. Mein Lieblingsfach war Geschichte. Und alte Sprachen. Die klassische Kunst und Literatur. In den Ferien wartete ich immer ungeduldig darauf, daß die Schule wieder anfing. Die Leute haben mich wahrscheinlich für eine arge Streberin gehalten.«

»Mich haben sie sicher für einen faulen Kerl gehalten, der sich durch nichts anspornen ließ. Und sie hatten wahrscheinlich recht.«

»Aber Edward macht es echt Spaß, oder?«

»Ja«, sagte er nur. Sie fuhren eine Weile schweigend weiter.

Sie mußten eine Umleitung fahren und kamen an einer Stadt vorbei, die sich malerisch über einen Hügel dahinzog. Auf der Spitze des Hügels lag eine alte Burg.

»Lewes«, erklärte Oliver. »Verwaltungssitz der County East Sussex.«

»In der Simon de Montford 1264 Heinrich III. besiegte und gefangennahm.«

Er warf ihr einen spöttischen Blick zu.

»Einst lebte hier Gideon Mantell, der den Dinosaurier entdeckte«, ergänzte sie. »Zunächst war hier eine Festung der Sachsen, dann die erste und größte Cluniazenserabtei Englands.«

»Frau Doktor Allwissend!« Er grinste.

Sie grinste zurück.

Sie fuhren jetzt durch einen tiefen Einschnitt in den Downs, durchquerten einige Meilen weit ein breites, flaches Tal, bogen dann ab und kamen auf eine schmale Straße, die sich in flachen Serpentinen einen Hügel hochschlängelte und an beiden Seiten von hochgewachsenen Hecken begrenzt war. Dann ging es in eine Senke, und Frannie sah einen dünnen Dunstschleier über einem sumpfigen Gelände vor sich. Schließlich erreichten sie ein Verkehrsschild, das eine Geschwindigkeitsbegrenzung auf fünfzig Kilometer vorschrieb, kurz danach ein Ortsschild, das von Brennesseln umwuchert war: MESTON. BITTE LANGSAM FAHREN!

Die Straße verlief jetzt eben. Links vor ihnen tauchte ein gepflegtes Bauernhaus aus Sussex-Granit auf, und Frannie fragte sich, ob das ihr Ziel sei. Aber Oliver verschwendete keinen Blick auf das Haus und fuhr geradeaus weiter, in ein kleines Dorf, in dem die Zeit stehengeblieben zu sein schien. Sie kamen an einem altmodischen Dorfladen vorbei, an einem Pub, der sich *Sherfield Arms* nannte, und an einer normannischen Kirche, die Frannie besonders gut gefiel.

Hinter dem Dorf stieg der Weg steil an. Rechts verlief ohne Unterbrechung eine hohe Ziegelmauer, hinter der sich ein ausgedehnter Park mit wuchtigen alten Bäumen erstreckte; links des Weges lagen umzäunte Felder. Oliver schaltete runter, und als sie um eine weitere Kurve kamen, sah Frannie vor sich auf dem Kamm des Hügels ein seltsames Gebilde in die Luft ragen – ein riesiger Vogel im Flug. Als sie näher kamen, erkannte sie, daß es sich um eine von zwei überdimensionierten Steinskulpturen handelte, zweibeinige Drachen mit ausgebreiteten Flügeln, die sich auf Torpfeilern in die Luft reckten.

Oliver bremste ab und setzte den rechten Blinker. Ein weißes Schild in einem schmiedeeisernen Rahmen verkündete in wuchtigen schwarzen Buchstaben:

MESTON HALL. Geöffnet von 10.00 bis 17.00 Uhr.

Frannie schaute ratlos zu Oliver hinüber, aber er verzog keine Miene. Er bog in die Einfahrt ein, und die Drachen thronten über ihnen, bedrohliche Kreaturen mit fauchenden Gesichtern und schuppigen Schwänzen. Dahinter ging es geradeaus weiter, einen auf beiden Seiten von Eibenhecken eingefaßten Fahrweg entlang, der auf ein altes, sehr schönes Stallgebäude zulief; in der Mitte war es von einem Torbogen durchbrochen, über dem in einer venezianischen Kuppel eine golden gestrichene Uhr funkelte. Ihre Zeiger standen auf 11.40 Uhr.

Sie fuhren durch den Torbogen; dahinter verzweigte sich der Weg nach einem von Eibenhecken eingefaßten Rondell in verschiedene Richtungen. Wegweiser gaben die Ziele an: KAPELLE. TEESTUBE. PARKPLATZ. SCHLOSS. GARTEN. FARM. Auf einem gesonderten Schild stand zu lesen: *Der Marquis von Sherfield bedauert die Unannehmlichkeiten, die den Besuchern durch die Instandsetzungsarbeiten an den Gebäuden entstehen.*

Frannie war völlig verunsichert. Was für ein Spiel trieb er mit ihr? Warum brachte er sie hierher? Er folgte den Schildern SCHLOSS und

PARKPLATZ, und als sie um das Ende der Hecke bogen, lag das Schloß plötzlich vor ihnen.

Es war ein elisabethanisches Gebäude aus rotem Backstein, nicht sehr groß, aber doch so groß wie viele der anderen Schlösser und Herrenhäuser, die Frannie als Kind mit ihren Eltern besichtigt hatte. Es stand in einer leichten Senke auf dem Hügelkamm und überschaute das ganze weite Tal.

Von der Bauart her war es ein romantisches und zugleich gebieterisch-kühles Gebäude; rote, majestätisch in den Himmel ragende Backsteinkamine, Reihen großer Sprossenfenster mit gotischen Kranzleisten darüber, das prunkvolle Eingangsportal in einem eigens dafür geschaffenen, mit malerischen Zinnen versehenen Turm. Quer zur Vorderseite des Gebäudes verlief ein breiter Kiesweg, der es von einer Rasenfläche trennte, die mit einer niedrigen Steinbalustrade zum Hang hin abschloß. Dahinter erstreckte sich der Park bis hinunter ins Tal.

»Ist es das hier?« fragte Frannie.

Er nickte mit einem schuldbewußten Schulbubenlächeln.

Am Rand des Weges vor ihnen gebot ein Schild »Keine Durchfahrt für Besucherfahrzeuge«. Rechts stand ein kleiner Kiosk, an dem die Eintrittskarten für die Besichtigung der Schloßanlage verkauft wurden. Davor führte eine Holzbrücke nach rechts über einen Graben zu einer leicht abfallenden Kiesfläche, auf der eine uralte, knorrige Eiche Schatten für mehrere planlos durcheinander geparkte Wagen von Besuchern spendete. Bei aller Erhabenheit und architektonischen Schönheit war an dem Schloßgebäude ein Hauch von Vernachlässigung nicht zu übersehen. Das galt auch für die Ländereien; man sah die Bemühungen, den Kampf gegen Verfall und wuchernde Natur zu führen, aber es schien ein fast aussichtsloser Kampf zu sein.

Oliver brachte den Wagen zum Stehen, als eine stämmige, etwa sechzigjährige Frau aus dem Kiosk trat und mit grüßend erhobener Hand auf sie zugeeilt kam. Ein Spaniel raste an ihr vorbei und sprang mit wildem Bellen an der Fahrertür hoch. Oliver machte die Tür auf, und der Hund kletterte ihm auf den Schoß und leckte ihm das Gesicht.

»Captain Kirk! Hallo, alter Junge! Hallo! Hallo! Sag Frannie Guten Tag!«

Der Hund kroch auf Frannies Schoß und wedelte aufgeregt mit dem Schwanz, als sie ihn kraulte. Dann drehte er sich blitzschnell um, sprang über Olivers Beine hinweg aus dem Wagen und bellte ihnen erwartungsvoll entgegen.

Die Frau hatte inzwischen den Wagen an Olivers Seite erreicht. Sie keuchte von der Anstrengung ihres Spurts, was sie jedoch nicht davon abhielt, Frannie einen kurzen, aber genauen Blick zuzuwerfen. Sie hatte ein freundliches, recht hübsches Gesicht und trug ein schlechtsitzendes kobaltblaues T-Shirt, auf dem in goldfarbenen Buchstaben die Worte *Meston Hall, East Sussex* prangten. Mit tiefer, kräftiger Stimme und dem Anklang eines schnarrenden Dialektes sagte sie: »Guten Morgen, Lord Sherfield.«

»Hallo, Mrs B. Wie geht's Ihnen?«

Frannie starrte ihn an, völlig perplex und verunsichert. Die Frau ließ noch einmal ihren Blick über sie wandern, und Frannie fühlte sich wie ein Ausstellungsstück in einer Vitrine. Es ärgerte sie etwas, daß Oliver keine Anstalten machte, ihr die Frau vorzustellen.

»Keine schlechte Woche«, sagte die Frau. »Auch heute ein ganz guter Anfang. Schon ungefähr ein Dutzend.«

Oliver nickte anerkennend. Der Hund bellte immer noch wie verrückt. »Still!« herrschte Oliver ihn an.

Die Frau keuchte immer noch und strich sich mit dem Handrükken über die Stirn. Sie schien die Hitze nicht zu mögen. »Guter Tag gestern in der Teestube. Eine Gruppe von Wanderern. Vierundzwanzig Leute. Haben fast die ganzen Teevorräte weggetrunken.«

»Großartig. Sehr schön. Gut gemacht.«

Der Motor brummte ungeduldig, und Frannie hörte mit höflichem Lächeln dem Gespräch zu. Die prüfenden Blicke der Frau streiften sie immer wieder. Es gab da offensichtlich vielerlei Dinge, von denen man ihr nichts gesagt hatte, und sie hoffte nur, die nächsten vierundzwanzig Stunden zu überstehen, ohne sich irgendwie zu blamieren. Sie hörte aufmerksam zu, als sich die Frau wieder an Oliver wandte. Trotz aller Nervosität und Aufregung, ja fast Panik, wollte sie nichts versäumen, was hier vor sich ging.

»Mit der Teestube könnten wir viel mehr rausschlagen. Wir sollten uns überlegen, ob wir das auch den Winter über weitermachen. Mit den Wanderern könnten wir sicher gute Geschäfte machen.«

»Ja… ehm… ja, ich glaube, Sie haben recht, ich… ehm…« Er nickte nachdenklich, sah dann Frannie an. »Das ist… ehm… Miss Monsanto«, stellte er vor. »Mrs Beakbane.«

Mrs Beakbane beugte sich tiefer und drehte den Kopf, um einen noch besseren Blick auf Frannie werfen zu können. »Guten Tag, Miss Monsanto«, sagte sie in einem freundlichen, aber auch recht servilen Ton, der Frannie etwas peinlich war.

»Hallo«, erwiderte sie zurückhaltend.

Oliver legte den Gang ein. »Also dann… ehm… wir sehn uns nachher…«

»Nur noch eins – der junge Cliff Webber aus dem Dorf möchte Sie dringend sprechen.«

Er nahm den Gang wieder raus. »Cliff Webber?« Der Name schien ihm nichts zu sagen.

»Charley Webbers Sohn.«

»Ach so.« Aber er schien immer noch nicht zu verstehen, worum es gehen könnte.

Mrs Beakbane schaute sich um, als müsse sie sich vergewissern, daß niemand mithören konnte. »Er heiratet. Will mit Ihnen über ein Haus sprechen.«

»Ich hatte sowieso vor, heute nachmittag bei der Häuserverwaltung vorbeizufahren.«

»Ich sag ihm Bescheid, er soll dorthinkommen. In Ordnung?«

»Ja, okay. Ungefähr um drei.«

Er fuhr langsam weiter. Captain Kirk jagte vor ihnen her, den Kiesweg hinunter und an der Vorderseite des Schloßgebäudes vorbei. »Mrs B. kann ein ziemlicher Drachen sein«, sagte Oliver, »aber sie hat ihren Job als Verwalterin fest im Griff.« Er hielt an und wartete geduldig, bis ein junger Japaner ein Foto von seiner Freundin unter dem Eingangsportal gemacht hatte.

Frannie sah ihn an. *»Lord Sherfield?«*

Er machte ihr die Freude, peinlich berührt dreinzuschauen. »Ich… ehm… mache nicht viel Gebrauch von dem Titel. Meine Frau pflegte…« Er brach ab und schwieg.

»Sie sind also ein richtiger Peer?«

»Kein sehr aktiver, fürchte ich. Wenn ich nicht bei der Bank arbeite, bin ich die meiste Zeit damit beschäftigt, diesen Besitz hier halbwegs zu erhalten.«

Frannie schaute aus dem Wagenfenster. Wenn man näher an dem Schloßgebäude war, sah man, daß der Verfall weiter fortgeschritten war, als man aus der Ferne vermutet hatte. Die Fensterflügel und -rahmen waren irgendwann einmal gestrichen worden, aber jetzt blätterte die Farbe ab; dicke Brocken hatten sich aus dem Mauerwerk gelöst; die Ziegelsteine waren von Wind und Wetter im Lauf der Jahrhunderte zerbröselt und brauchten dringend einen schützenden Anstrich; ein grüner, schleimiger Belag bedeckte die Mauern hinter den Regenrinnen; Büsche und Sträucher wucherten ungehindert bis zu den unteren Fensterreihen hoch, verdeckten bereits einige Scheiben, und manche Ranken hatten die morschen Rahmen einiger Fenster durchbohrt und den Weg ins Innere gefunden.

Sie schaute interessiert auf das Wappen, das auf einer Steintafel über dem Portal angebracht war. Unter den heraldischen Symbolen erkannte sie einen geflügelten Drachen. Eine lateinische Inschrift unter dem Wappen war zu verblaßt und verrottet, um sie noch lesen zu können. Der Japaner hatte inzwischen seine Fotos geknipst und lächelte strahlend zu ihnen herüber. Oliver fuhr langsam weiter. Während Frannie sich bemühte, alles um sich herum aufzunehmen, hatte sie das Gefühl, es sei nicht wahr, was sie da sah, und sie mußte sich immer wieder sagen, daß sie nicht träumte, daß das wirklich Olivers Zuhause war und sie bei ihm hier für das Wochenende bleiben würde. Sie stellte sich vor, wie zufrieden ihr Vater mit ihr wäre, wenn er das wüßte.

Die Fahrt endete vor einer niedrigen Mauer. Dahinter stand ein mit Ornamenten reich verzierter runder Brunnen, dessen Fontäne jedoch nicht lief. Auf einem großen Schild stand: PRIVAT. KEIN ZUTRITT FÜR BESUCHER.

Oliver zog die Handbremse an und stellte den Motor ab. Es war sehr still um sie herum; nur Captain Kirks sporadisches Bellen und Jaulen war zu hören. Frannie stieg aus. Der Hund schien plötzlich durchzudrehen, raste wie verrückt im Kreis herum, schnappte nach seinem eigenen Schwanz, schlitterte über den Kies, sprang dann über die Mauer, sauste um den Brunnen, raste schließlich davon, auf eine Gruppe von Birken zu. Frannie schlug die Wagentür zu, und das Geräusch hing für einen Augenblick in der Luft, dann herrschte wieder tiefe Stille um sie herum. Sie wurde nur durch das entfernte Blöken eines Schafes unterbrochen.

Oliver nahm ihr Gepäck aus dem Kofferraum. Frannie ging über den Rasen zu der Balustrade, schaute über den Park hinweg ins Tal hinunter und sog den Duft des Grases ein. Durch das Tal unten erstreckten sich sanftgewellte Wiesen. Auf einer grasten Pferde, auf einer anderen eine große Schafherde. Durch die Mitte des Tals verlief ein breiter Waldstreifen aus hohen, alten Laubbäumen, und durch sie hindurch schimmerte die Wasserfläche eines Sees. Auf der anderen Talseite erstreckte sich ein bewaldeter Höhenzug, der gegen den Kamm hin wieder in Weiden auslief, die mit winzig aussehenden Schafen gesprenkelt waren. Im ganzen Tal waren Obelisken, Steinkreuze, klassische Säulenreste und Statuen verstreut, die den Eindruck des Unwirklichen bei Frannie noch verstärkten.

Sie sah Oliver an, der mit dem Gepäck in den Händen zu ihr gekommen war. »Das ist wirklich überwältigend«, sagte sie. Ihre Faszination wurde jedoch von einem Gefühl des Unbehagens gedämpft, und dann brach plötzlich ihr Ärger durch: »Ich möchte Sie am liebsten erwürgen.«

»Warum? Was ist los mit Ihnen?«

»Wieso haben Sie mir nichts von all dem hier erzählt? Dachten Sie, es könnte mich abschrecken?«

»Aber warum *hätte* ich davon erzählen sollen?«

Sie ging ein paar Schritte zurück in das knöchelhohe Gras. »Ich ... ich weiß nicht ...«

»Was ärgert Sie denn so daran?«

»Sie haben mich in eine peinliche Lage gebracht. Ich habe noch nicht mal ein halbwegs hübsches Kleid dabei.«

»Großer Gott! Wir legen keinen Wert auf Formalitäten. Und im übrigen sind wir ganz unter uns – nur Sie und ich.«

»Und all Ihre Bediensteten?«

Er legte den Arm um ihre Schulter und drückte sie sanft. »Sie sehen wunderschön aus, so wie Sie sind. Sie brauchen kein Abendkleid. Wir laufen hier meistens in Jeans rum.« Er küßte sie leicht auf die Wange. »Kommen Sie, lassen Sie uns reingehen.«

Sie sah ihn von der Seite an, immer noch ein wenig verärgert, aber doch auch lächelnd. »Seit wann leben Sie hier?«

»Seit 1580.«

»Ich hätte nicht gedacht, daß Sie schon so alt sind.«

Die Krähenfüße in seinen Augenwinkeln verzogen sich zu einem

Lächeln, und der Wind verwirbelte sein Haar, arrangierte die Strähnen auf seiner Stirn zu einem neuen Muster. »Die Halkins leben hier, seit das Schloß gebaut wurde. Es wurde nicht immer vom Vater auf den Sohn vererbt – dadurch sind im Lauf der Jahrhunderte ein paar Nebenlinien mit hineingekommen.« Er ging durch einen offenen Torbogen in der Mauer. Frannie sah jetzt zu ihrer Überraschung, daß vom Hauptgebäude rechtwinklig ein Nebenflügel abzweigte; nicht direkt von seinem Ende, sondern ein wenig zur Mitte hin abgesetzt und von der Ecke durch eine französische Gartenanlage mit rechteckigen Beeten getrennt, die dringend der Pflege bedurften. Der Nebenflügel war im selben Stil wie das Hauptgebäude gebaut und offensichtlich genauso alt. An seinem Ende sah sie eine Reihe von Gewächshäusern und einen von einer niedrigen Mauer umgebenen Küchengarten. Von einem Feuer dort stieg eine dicke weiße Rauchfahne auf, und Frannie wurde daran erinnert, daß der Sommer langsam seinem Ende zuging.

»Das ist der... ehm... Teil, in dem ich... ehm... wir wohnen.«

Frannie folgte ihm über einen schmalen Kiespfad, der auf beiden Seiten von wild wucherndem Gras und Gebüsch eingerahmt war. Sie kamen an einer Hummel vorbei, die wie ein Zirkusakrobat kopfunter am schwingenden Zweig einer Kletterrose hing, an einer Hortensie, die außer Kontrolle geraten war und den Pfad überwucherte; dann erreichten sie die Eingangstür. Sie war aus Eiche und im selben Stil geschnitzt wie die Eingangstür des Hauptflügels, jedoch in einen Türrahmen eingelassen, nicht nach außen vorstehend. Darüber prangte wieder das Familienwappen, und Frannie bemerkte auch wieder den geflügelten Drachen in einer der heraldischen Rauten.

Während Oliver den Schlüssel in das Schloß schob und mit einem lauten, schweren Klacken drehte, registrierte Frannies Gehirn, daß ihr das Familienmotto, das in Latein unter dem Wappen stand, bekannt vorkam. In der Ferne ertönte der einzelne, düstere Glokkenschlag einer Turmuhr. Es war 11.45 Uhr, wie ein Blick auf ihre Armbanduhr bestätigte.

Sie las das Motto noch einmal. *Non Omnis Moriar.* Automatisch übersetzte sie sich den Spruch: *Ich werde nicht gänzlich sterben.*

Oliver hielt ihr die Tür auf, und als sie in die große, dunkle Halle trat, überlegte Frannie, woher sie den Spruch kannte. Sicher, er war ihr im Lateinunterricht begegnet, aber sie war auch noch bei einer anderen Gelegenheit auf ihn gestoßen. Und dieser Gedanke beunruhigte sie. Sie wußte nur nicht warum.

# *Sieben*

Oliver wartete, bis Captain Kirk durchgeschlüpft war, und schloß dann die Tür. Es war angenehm kühl hier drinnen, aber auch recht düster. Frannie nahm die Sonnenbrille ab, aber selbst als sich ihre Augen an die Lichtverhältnisse angepaßt hatten, wurde es nicht viel heller. Durch die kleinen Fenster fiel Sonnenlicht; es schuf ein phantastisches, unwirkliches Halbdunkel und fing in seinen Strahlen Staubteilchen ein.

Sie waren in einer großen, ringsum getäfelten Halle. Auf dem Fliesenboden lagen an einigen Stellen kostbare alte Teppiche. In der Mitte stand ein runder Tisch mit Intarsien, darauf eine Vase mit frischen Blumen. Eine breite Eichentreppe führte nach oben zu einem Treppenabsatz, auf dem eine eiserne Ritterrüstung stand.

Frannies Blick wurde von einem wuchtigen Bronzegefäß auf dem Boden gefesselt; es hatte die Form zweier Widder, die Rücken an Rücken auf den Hinterbeinen stehen. Sie ging hinüber und sah es sich näher an. Das Metall fühlte sich kühl und trotz der sehr wirklichkeitsgetreuen, eckig-spitzen Darstellung der Widderfelle auch glatt an. Sie schaute aufgeregt zu Oliver hoch. »Seit wann haben Sie das hier?«

Oliver sah mit leicht amüsiertem Gesichtsausdruck auf das Gefäß. »Ich hab nie richtig rausbekommen, woher es stammt und was es überhaupt ist«, sagte er.

»Es ist chinesisch. Wird *Zun* genannt.«

*»Zun?«* Er schien sich über ihren Eifer lustig zu machen.

»Man hat es wahrscheinlich als Weinbehälter benutzt. Haben Sie eine Vorstellung, wie alt es ist?«

»Etwa zweihundert Jahre, nehme ich an. Einer meiner Vorfahren hat es aus dem Fernen Osten mitgebracht – die Familie hatte Geschäftsverbindungen dorthin.«

Frannie studierte den Schwung der Hörner und sah sich im Halbdunkel Einzelheiten der Gestaltung aus der Nähe an. Sie hob das Gefäß mit einigen Schwierigkeiten an einem Ende hoch und schaute unter einen der Widderhufe. »Ich bin ziemlich sicher, daß es aus der Shang-Dynastie stammt – irgendwann zwischen 1700 und 1050 vor Christus.«

Der leichte Spott in seinen Zügen verwandelte sich in Erstaunen. »Mein Vater hat das Ding als Schirmständer benutzt.«

Sie wußte nicht, ob er scherzte, sah dann aber, daß er es ernst meinte. »Es ist ein unbezahlbares, uraltes Kunstwerk.«

»Wir haben ziemlich viele solcher Sachen hier im Haus. Sie sind nie richtig erfaßt und katalogisiert worden. Vielleicht sollte ich Sie mal dafür einstellen.«

»Soweit es sich um orientalische oder römische Kunst handelt, würde ich mir das zutrauen. Auf allen anderen Gebieten bin ich nicht so firm.«

»Ursprünglich war auf dem Gelände des Schlosses eine römische Villa.«

»Hat man irgendwann einmal Ausgrabungen gemacht?«

»Ja, etwa um 1820. Man hat einen Mosaikboden und mehrere Bäder gefunden. Dann haben sie alles wieder aufgefüllt und Birken darauf gepflanzt.«

»Mein Gott, warum das denn?«

»Ich nehme an, mein damaliger Ahnherr hatte die Nase voll von Leuten, die überall herumstocherten.« Er nahm das Gepäck wieder auf. »Lassen Sie uns das jetzt erst mal verstauen.«

Sie gingen die Treppe hoch, an deren Wänden dicht an dicht Gemälde von Jagdszenen hingen, kamen durch eine hohe Tür mit Rundbogen, an einem Feuerlöscher vorbei, der sehr profan in dieser Umgebung wirkte, dann auf einen breiten, dunklen Treppenabsatz. Ihre Schuhe quietschten auf den polierten Bodenbrettern.

Oliver blieb vor einer Tür stehen und deutete den Flur hinunter. »Durch diesen Flur kommen Sie ins Haupthaus, in den Teil, der für Besucher offensteht. Nur für den Fall, daß Sie mal Lust auf einen Spaziergang bekommen. Natürlich müssen Sie sich eine Eintrittskarte kaufen.«

»Eine Eintrittskarte?« Dann sah sie seinen Gesichtsausdruck und merkte, daß er nur Spaß machte.

Er hielt ihr die Tür auf. Frannie kam in ein großes, spärlich möbliertes Schlafzimmer, das nach muffigem Stoff roch. Trotz des durch die Fenster hereinströmenden Sonnenlichts herrschte in dem Raum eine kalte, leicht modrige Atmosphäre, als ob er nur selten benutzt würde und seit Jahrzehnten nichts mehr verändert worden sei.

Oliver drehte den Schalter an der Tür und schien selbst überrascht zu sein, daß das Licht anging. Er starrte die Lampe verwundert an und machte sie wieder aus. Er trug Frannies Gepäck zu einer Chaiselongue, die am Fußende des riesigen, nach Begräbnis aussehenden Bettes stand. »Das Klo ist im Flur, zweite Tür links, eins weiter das Bad. Tut mir leid, aber die Leute in der elisabethanischen Zeit hatten anscheinend noch kein Bedürfnis für En-suite-Badezimmer.«

Frannie schaute aus dem Fenster über das Tal. »Eine wunderschöne Aussicht! Wieviel davon gehört zu Ihrem Besitz?«

»Nach Norden bis zur Abzweigung von der Hauptstraße, auf der wir gekommen sind, und nach Süden bis zum Fluß runter, den Sie von hier aus nicht sehen können.«

»Ihr Besitz geht bis zu dem Dorf, durch das wir gekommen sind?«

»Das Dorf... ehm... gehört zum Besitz.«

»Das Dorf gehört Ihnen?«

»Ja.« Er kratzte sich an der Nase und lächelte entschuldigend. »Es sind etwa siebzig Häuser. Wir nehmen allerdings nur eine nominale Miete. Ein großer Teil des Landes ist verpachtet, und die Häuser sind an die Bauern und Landarbeiter vermietet.«

»Wie feudal!«

»Ja, das ist es... Also dann, Sie wollen sich sicher ein bißchen frisch machen. Ich koche uns inzwischen einen Kaffee. Wir treffen uns dann unten, okay?«

Im Badezimmer gab es eine gußeiserne Badewanne, deren Belag an mehreren Stellen abgeplatzt war, und ein Waschbecken, das nicht viel besser aussah. Als Frannie den Wasserhahn aus Messing aufdrehte, ertönte ein lautes Rattern und Gurgeln, dann donnerte ein Schwall rostfarbenes Wasser wie aus einem Feuerwehrschlauch in das Becken.

Sie betrachtete ihr Gesicht in dem großen Spiegel und kämmte sich. Wieder ergriff sie dieses Gefühl der Unwirklichkeit – als ob sie in eine neue Dimension vorgestoßen sei, deren Regeln sie nicht beherrschte.

Als sie die Treppe hinunterging, erfüllte ein intensiver Kaffeeduft die Halle. Sie ging durch einen kurzen Flur und kam in eine große Küche, die einen anheimelnden, bewohnten Eindruck machte. Auf einem Regal über dem gußeisernen Herd standen Kupferkessel in verschiedener Größe; an Haken darunter hingen Zwiebel- und Knoblauchzöpfe. Auf einer niedrigen Anrichte waren mehrere Spielzeugautos verstreut, und auf einem altersschwachen Sofa lag ein zerkauter Turnschuh. Eine offene Tür führte in eine Spülküche.

Oliver saß an dem alten Tisch aus Kiefernholz, hatte einen Telefonhörer am Ohr, balancierte gefährlich auf den Hinterbeinen seines Stuhls und klopfte ungeduldig mit einem Bleistift gegen sein Knie. Auf einer Anrichte hinter ihm leuchtete düster das rote Licht einer gurgelnden Kaffeemaschine.

»Also gut«, sagte er gerade, »ich komme heute nachmittag für eine Stunde oder so zur Häuserverwaltung, aber zu mehr reicht's an diesem Wochenende nicht.« Er blinzelte Frannie fröhlich zu, als sie vor ihm stand.

In einer Ecke war Captain Kirk eifrig damit beschäftigt, verschiedenes Spielzeug aus seinem Körbchen zu werfen und die Decke neu zu richten. Er knurrte und japste dazu und wedelte wild mit dem Schwanz. Die Fenster schauten zu einem schattigen Innenhof, in dem ein rostiger Grill und verschiedene Gartenmöbel ungeordnet herumstanden.

»Ja, drei Uhr. Bis dann«, sagte Oliver etwas widerwillig und legte auf. »Aber die Gottlosen haben keinen Frieden.«

Frannie sah ihn fragend an.

»Diese Pächter! Nichts als Probleme. Sie mißbrauchen mich dauernd als Heirats- und Eheberater.« Ziemlich desinteressiert ging er einen Stapel Post durch. »Das Schlimme daran ist, daß sie meinem Rat auch meistens folgen.«

»Vielleicht geben Sie gute Ratschläge.«

»Glaub ich nicht. Ich klinge nur überzeugend.« Er ging zu der Anrichte und nahm zwei Becher heraus.

»Wie viele Bedienstete haben Sie denn hier?«

Er schüttelte den Kopf. »Keine.«

»Keine?« Sie war sehr überrascht. »Und die Frau, die wir eben getroffen haben – Mrs Deakdene?«

Er stellte die Becher auf die Anrichte. »Beakbane. Nein, sie ist keine Bedienstete in dem Sinne, wie Sie es meinen. Sie und ihr Mann wohnen im Dorf. Neben ihrem Job kümmert sie sich um Edward, wenn ich nicht dasein kann. Dann haben wir noch vier Frauen, die jeden Tag zum Putzen kommen.« Ein Brief schien ihn jetzt doch zu interessieren. Er riß ihn mit dem Zeigefinger auf, warf einen Blick auf den Inhalt, schmiß ihn dann in den Mülleimer.

»Und wer kocht?«

»Entweder Mrs B. oder ich.« Er zeigte stolz mit dem Daumen auf seine Brust. Dann knipste er die Kaffeemaschine aus und füllte die Becher. »Es tut mir leid, daß es hier bei uns so einfach und in mancher Hinsicht primitiv ist. Das ganze Geld geht für den Unterhalt des Besitzes drauf. Zwischendurch ist an dem Schloß mal ziemlich lange fast nichts gemacht worden, und jetzt ist es in einem desolaten Zustand. Nehmen Sie Zucker, Milch?«

»Ohne alles bitte. Aber Sie bekommen doch Zuschüsse, oder?«

»Wenige – von der Denkmalpflege und vom County. Aber das macht immer nur einen Teil der Kosten aus, meistens sogar nur einen kleinen Teil.« Er nahm eine Milchflasche aus dem Kühlschrank und riß den Deckel aus Silberpapier ab. »Für den Nordflügel kriege ich einen ganz ordentlichen Zuschuß. Das Baugerüst steht ja schon. Aber es kostet eine dreiviertel Million, um die Mauern wieder zu befestigen und die schlimmsten Schäden zu beheben.« Er lächelte grimmig.

»Müssen Sie deshalb das Schloß für Besucher öffnen?«

»Wir nehmen damit nicht viel ein. Es kommen jährlich etwa sechstausend Besucher für drei Pfund Eintritt, dazu bringt der Verkauf am Kiosk und in der Teestube noch eine Kleinigkeit, aber das geht fast alles wieder für die Löhne der Angestellten drauf. Wir müssen zum Beispiel für jedes Zimmer einen Wärter einsetzen. Aber nur wenn wir das Schloß für die Öffentlichkeit zugängig machen, bekommen wir Zuschüsse für die Instandsetzung – vierhunderttausend Pfund für den Nordflügel zum Beispiel.«

»Und den Rest müssen Sie selbst aufbringen?«

»Ja.« Er brachte ihr den Becher zum Tisch, blieb neben ihr stehen und lächelte sie liebevoll an. »Danke, daß Sie gekommen sind.«

Sie lächelte gerührt. »Danke, daß Sie mich eingeladen haben.«

Ein warmes Schweigen des Einverständnisses entstand zwischen ihnen, und Frannie wünschte sich plötzlich, Edward würde nicht kommen, und sie und Oliver könnten für sich bleiben. »Und Sie haben den Besitz von Ihren Eltern geerbt?«

Er setzte sich auf die Tischecke und pustete auf seinen Kaffee. »Mein Vater hat mir den Besitz schon zu seinen Lebzeiten überschrieben, um die Erbschaftssteuer zu umgehen. Er zog mit meiner Mutter in ein kleineres Haus auf der Farm.« Er starrte auf den Dampf, der aus dem Becher hochstieg. »Die Erbschaftssteuer wird nur dann *nicht* fällig, wenn der Erblasser, in diesem Fall also mein Vater, nach der Überschreibung noch sieben Jahre lebt. Er starb vierundzwanzig Stunden *vor* Ablauf dieser Frist.«

»Großer Gott! Sie mußten also zahlen?«

»Ja.« Er zuckte mit den Achseln. »Es hat mich fast ruiniert. Ich bin immer noch dabei, die Schulden abzuzahlen.«

»Mußten Sie irgend etwas von Ihrem Besitz verkaufen, um das Geld aufzubringen?«

»Die zwei wertvollsten Gemälde, die wir besaßen. Einen Canaletto und einen Vermeer.« Er zog die Schultern zusammen und hielt seinen Becher näher an die Brust, als ob er sich wärmen wolle. »Ich halte nichts davon, Teile des Besitzes zu verscherbeln, wenn es nicht unbedingt notwendig ist. Ich bin der Meinung, daß jeder, der hier leben darf, die Verpflichtung hat, den Besitz ungeschmälert weiterzugeben – möglichst sogar in besserm Zustand als vorher. Ich muß alles tun, was ich kann, und eines Tages, so hoffe ich, wird Edward dasselbe tun.«

»Der *Zun* ist sehr wertvoll. Wenn Sie…«

Die Türklingel schrillte, gleichzeitig ertönten krachende Schläge des Türklopfers. Captain Kirk raste aus der Küche, durch den Flur in die Halle, bellte wie wild. Oliver stellte seinen Becher auf den Tisch und sprang auf. »Das sind sie wahrscheinlich!« rief er und lief hinter dem Hund her.

Frannie blieb verunsichert sitzen. Sollte sie auch in die Halle gehen? Sie hörte, wie die Tür geöffnet wurde, dann ein Stimmengewirr.

»Edward! Hallo, hallo, hallo! Wie geht's dir?«

»Captain Kirk! Hallo, Captain Kirk! Guter Junge! Daddy, weißt du was? Wir hatten beinahe einen Unfall! Wir sind beinahe mit einem anderen Auto zusammengestoßen!« Frannie hatte Edwards Stimme zwar nur einmal gehört, erkannte sie aber sofort wieder.

»Nein, stimmt gar nicht, du Doofkopp!« sagte eine andere Jungenstimme empört.

»Doch, Daddy! Das andere Auto ist ganz dicht vor uns ausgeschert, und wir mußten wie wild bremsen.«

»Das Auto war meilenweit weg, Doofkopp. Und wir mußten fast gar nicht bremsen!«

»Hallo, Clive«, sagte Oliver. »Caroline! Ihr seht alle großartig aus!«

Frannies Blick fiel auf ein Arrangement von Fotos an der Wand, und sie ging hin. Einige stammten von einer hübschen, rothaarigen Frau etwa in ihrem Alter, eines von Oliver, einem Jungen, in dem sie Edward erkannte, und der Frau – vermutlich Olivers verstorbener Frau. Die drei standen vor einem kleinen Flugzeug. Die Ähnlichkeit zwischen der Frau und dem Jungen war erstaunlich. Frannie konnte ihre Neugier nicht beherrschen und sah sich Lady Sherfield näher an. Die klassischen rosigen Gesichtszüge der Engländerin. Laura-Ashley-Garderobe. Frannie meinte, sich auch die Stimme vorstellen zu können: geschliffenes Kristall, artikuliert, selbstbewußt. Und unangenehm?

Auf dem Foto kam eine glückliche Harmonie zum Ausdruck. Eine Familie auf einem Ausflug posiert für den Fotografen. Sie schaute sich noch einmal die Frau an, und sie stellte sich die absurde Frage, ob man an einem Foto ablesen könne, ob jemand bald sterben würde. Ihre düsteren Gedanken erschreckten sie, und sie trat einen Schritt zurück. Irgendwie fühlte sie sich verunsichert, meinte, sie müsse etwas tun, sie wollte interessant aussehen, wenn Oliver mit seinen Besuchern hereinkam und sie Frannie vorstellte.

»Wir sind verdammt müde«, sagte eine Frauenstimme in der Halle. »Das Hotel, in dem wir letzte Nacht übernachtet haben, lag an einer Hauptstraße, und ununterbrochen donnerten Lastwagen vorbei.«

»Du, Daddy, ich hab gestern abend Schnecken gegessen«, hörte sie Edward sagen. Sie kam sich wie eine heimliche Lauscherin vor.

»Nein, hast du nicht«, sagte der andere Junge. »Jedenfalls waren's keine richtigen Schnecken.«

»Doch, waren wohl richtige. Es gibt überhaupt keine falschen Schnecken.«

»Mummy, es waren keine richtigen, oder?«

»Möchtet ihr einen Kaffee oder einen Saft?«

»Wir müssen weiter«, sagte ein Mann. »Carolines Mutter erwartet uns zum Lunch.«

»Ich habe eine Überraschung für dich, Edward!« sagte Oliver.

»Was ist es? Sag's mir!«

Draußen wurde es still, als ob Oliver flüsterte. Frannie verlor auch noch den letzten Rest Selbstbewußtsein. Sie hörte Schritte, drehte sich um. Edward stand unter der Tür, in einem weißen T-Shirt, Jeans und Bastsandalen. Sein Gesicht war gebräunt, mit noch mehr Sommersprossen als bei ihrem ersten Zusammentreffen, und an seiner Nasenspitze schälte sich die Haut.

Seine wachen braunen Augen weiteten sich, als er sie sah, und sein Mund verzog sich zu einem breiten Grinsen, das dem seines Vaters exakt glich. »Hallo! Sie sind die Lady vom Bahnhof!«

Frannie entspannte sich, lächelte zurück, und das Gefühl der Verbundenheit mit diesem Jungen war sofort wieder da. »Richtig.«

Er sah sie plötzlich sehr ernst an. »Wir hatten beinahe einen Unfall.«

»Tatsächlich?«

»Eine Frau scherte ganz plötzlich vor uns aus. Onkel Clive mußte eine Vollbremsung machen.« Er unterbrach sich. »Er ist nicht mein richtiger Onkel, ich nenn ihn nur so.«

»Wie waren die Ferien?«

Er sah sie an, gab aber keine Antwort, als ob er ihre Frage nicht gehört hätte.

»Eine scheußliche Sache«, sagte die Frau in der Halle.

»Wer hat das Boot gesteuert?« fragte Olivers Stimme.

»Jean-Lucs Sohn Albert. Er ist sonst ein sehr vorsichtiger Junge. Aber du weißt ja, wie das ist – den Kindern macht es einen Mordsspaß, so ein schnelles Boot zu steuern. Edward und Dominic haben es ja auch ein paarmal gemacht. Das Problem war nur, daß wir Erwachsenen ein bißchen angeheitert waren, hatten alle zuviel getrunken an diesem Tag. Wir haben die Rückfahrt eigentlich den Kindern überlassen.«

»Und keiner von euch hat die Schwimmerin gesehen?«

»Sie war ziemlich weit draußen, wo man keine Schwimmer erwartet, aber die See war ruhig, Albert hätte sie sehen müssen. Er hat auch nicht etwa Quatsch mit dem Boot gemacht oder so was. Er weiß nicht, wie es passiert ist. Der arme Jean-Luc ist in einem erbärmlichen Zustand.«

»Können Sie Wasserski fahren?« fragte Edward Frannie.

»Nein.«

»Ich kann jetzt sogar mit einem Ski fahren. Das ist toll! Ich komme beim Anfahren mit einem Ski aus dem Wasser. Dominic hat das nicht geschafft. Er kann nur mit beiden Skiern anfahren und dann einen wegkicken.«

Ein anderer Junge in einem grellbunten T-Shirt und Bermudashorts erschien unter der Tür. Er hatte ein fettes, aggressives Gesicht und zerzauste blonde Haare. Er blieb in sicherer Entfernung von Edward stehen. Sein Gesicht war wutverzerrt, und er brüllte Edward an: »Weißt du was? Du bist blöd! Echt blöd! Und saudoof! Ich will nichts mehr mit dir zu tun haben! Du bist ein beklopptes, doofes Arschloch!« Dann rannte er auf Edward zu und trommelte ihm mit den Fäusten gegen den rechten Arm und die Brust, dann lief er aus dem Zimmer.

Edward ließ die Beschimpfung und den Angriff, ohne mit der Wimper zu zucken, über sich ergehen, und Frannie bewunderte seine Zurückhaltung. »Dominic hat Angst gehabt, ins Wasser zu gehn, weil er 'ne Qualle drin gesehen hat«, sagte er, als ob nichts passiert sei.

Eine große, dünne Frau tauchte unter der Tür auf. Sie sah müde und erhitzt aus. Das ausgebleichte blonde Haar wurde von einem geblümten Band zusammengehalten, und sie trug ein leichtes, von der Reise zerknittertes Sommerkleid. Das Gesicht hatte einen arroganten Ausdruck, und ihr Akzent paßte dazu – sie dehnte jedes Wort und bewegte beim Sprechen kaum die Lippen.

»Ohh, haalloo«, sagte sie.

»Hallo«, antwortete Frannie. Sie fühlte sich dieser Frau unterlegen.

Die Frau warf ihr ein dünnes, herablassendes Lächeln zu und ging zurück in die Halle.

»Ist das euer neues Kindermädchen, Oliver?« hörte Frannie sie fragen.

*Verdammtes Miststück*, dachte Frannie.

Olivers Stimme klang verlegen. »Nein, nein... Das ist Frannie. Ich möchte euch mit ihr bekanntmachen. Mein Gott, ich benehme mich sehr flegelhaft...«

»Nein, wir müssen jetzt wirklich gehen«, sagte die Frau bestimmt. Sie und der Mann riefen Edward nacheinander Abschiedsgrüße zu.

Edward ignorierte sie. »Giftquallen können einen in Sekunden töten«, sagte er.

»Edward, sie gehen, komm und verabschiede und bedanke dich!« rief Oliver.

Der Junge verzog das Gesicht und ging dann betont langsam zur Halle.

»Ich rufe dich mal an, Oliver«, hörte man die Frau sagen. »Es gibt da jemanden, den ich dir unbedingt vorstellen möchte. Enge Freundin von mir. Sieht ganz toll aus. Hat gerade eine entsetzliche Scheidung hinter sich. Sie wird dir bestimmt gefallen. Und das Interessanteste: Sie hat ein abgeschlossenes Mathematikstudium! In Cambridge! Ich arrangiere da mal was in den nächsten Wochen.«

Frannie spitzte die Ohren, um Olivers Antwort zu hören, aber vergebens. Eine Welle der Eifersucht überspülte sie, und am liebsten wäre sie hinausgegangen und hätte diese Frau erwürgt. Sie fühlte sich ausgestoßen. Sie fragte sich, ob sie nicht besser in London geblieben und doch zu dieser Party gegangen wäre.

Die Stimmen verebbten. Erleichtert wandte sich Frannie wieder den Fotografien zu. Die Attacke des dicken Jungen auf Edward und dessen auffällig überlegene, so gar nicht jungenhafte Reaktion darauf gingen ihr durch den Kopf. Da war ein Foto von Edward, wie er auf einem See in einem kleinen Ruderboot sitzt und angelt. Im Hintergrund waren ein Bootshaus und mächtige Weiden mit weit überhängenden Zweigen zu sehen. Edward hielt die Angelrute mit grimmiger Entschlossenheit in das unbewegte Wasser.

»Können Sie reiten?«

Sie zuckte zusammen, als Edward unerwartet wieder hinter ihr auftauchte. »Nein«, antwortete sie und wandte sich ihm zu.

»Ich könnte es Ihnen beibringen, wenn Sie wollen. Mein Pferd Sheba ist sehr brav und folgsam.«

Sie lächelte. »Ich kann's ja mal versuchen.«

Er strahlte. »Ehrlich? Sheba ist schon ziemlich alt – vierzehn. Sie ist ein Jagdpferd.«

»Gehst du mit auf die Jagd?«

Draußen hörte man das Zuschlagen einer Autotür. Dann noch eines. Und dann einen Schrei, der als Aufschrei begann und sich dann zu einem durchdringenden Heulen steigerte. Es klang wie das Jaulen einer Sirene. Frannie brauchte einen Moment, bis ihr klar wurde, daß es der Schrei eines Menschen war.

»Ich würde ganz gerne bei der Jagd mitmachen, aber es gefällt mir nicht, daß es dabei manchmal so grausam zugeht«, sagte Edward ganz ruhig, als hätte er nicht das geringste gehört.

»Ich glaube, wir sollten doch lieber mal nachsehen, was da draußen los ist«, sagte Frannie, als der Schrei immer lauter wurde. Sie lief zur Tür. Edward machte keine Anstalten, ihr zu folgen. Frannie rannte durch die Halle, aus der Eingangstür, über den Kiespfad.

Neben dem Range Rover stand ein großer silberfarbener Volvo, und um ihn herum herrschte hektische Aufregung. Die blonde Frau kreischte hysterisch. Ein fast kahlköpfiger, ziemlich dicker Mann versuchte verzweifelt, die hintere Tür des Wagens aufzuziehen. Er hatte einen Fuß gegen den Reifen gestemmt und riß mit beiden Händen am Türgriff.

Der Schrei kam aus dem Inneren des Wagens.

Man sah das Gesicht des Jungen durch die hintere Wagenscheibe. Er war es, der so ununterbrochen kreischte, und sein Gesicht war von irrem Schmerz völlig verzerrt.

Zu ihrem Entsetzen sah Frannie, daß seine Hand in der Tür eingeklemmt war; die Finger ragten zwischen der Türsäule und dem Fensterrahmen heraus.

Ein Mann kam auf den Wagen zugelaufen. Und Mrs Beakbane und eine andere Frau, beide in ihren Meston-Hall-T-Shirts. Die blonde Frau, sicherlich die Mutter des Jungen, kletterte in rasender Eile durch die andere hintere Wagentür, lehnte sich über den Jungen und stieß mit den Fäusten verzweifelt gegen die Tür.

Der Junge schrie und schrie, fast noch lauter als bisher, brüllte vor Schmerz, in wilder Panik. Blutstropfen liefen den Lack hinunter, dunkles Rot auf staubigem Silber. Oliver griff mit den Fingerspitzen in den oberen Türrahmen, der einen kleinen Spalt hervorragte, und zerrte ebenfalls an der Tür. Der Fuß des kahlköpfigen Mannes rutschte auf dem Kies aus, als er seine Anstrengung noch verstärkte. Mit einem lauten Knirschen, wie bei der Tür eines Safes, die man mit dem Stemmeisen aufbricht, sprang die Wagentür endlich auf.

Der Junge unterbrach für einen Augenblick sein Schreien.

Drei Finger lösten sich von der Tür, einer nach dem anderen. Frannie dachte zuerst, der Junge öffne nur seinen Griff. Aber dann fielen die Finger kraftlos nach unten auf die Erde. In der Stille hörte Frannie den leisen Aufprall jedes einzelnen auf den Kies.

Oliver übernahm das Kommando. Er schickte Mrs Beakbane zum Telefon, einen Krankenwagen zu alarmieren. Frannie rief er zu, mit ihm zu kommen, und sie rannten zum Haus, in die Küche. Edward war nicht mehr dort, aber in ihrer Panik nahm Frannie das nur nebenbei wahr. Captain Kirk tauchte in der Halle auf und lief bellend hinter ihnen her.

»Handtücher, in dieser Schublade!« befahl Oliver und drehte den Wasserhahn auf. Sein Blick irrte durch den Raum. »Anfeuchten!« Er riß eine Schublade auf, dann eine andere, wühlte darin herum, zog eine lange Stahlfeile heraus. Frannie hielt ein Bündel Geschirrhandtücher unter den Wasserstrahl. Er half ihr, sie auszuwringen. Dann liefen sie zurück zum Volvo.

Die wie gelähmt wirkende Mutter des Jungen drückte ein blutdurchtränktes Taschentuch auf seine Hand. Oliver ergriff seinen Arm und zog das Taschentuch weg. Der Zeigefinger hing nur noch an einem Streifen Haut. Blut spritzte in unregelmäßigen Abständen aus den Stümpfen der anderen Finger. Es sprühte wie Regen auf Frannies Jeans, die sich mit den nassen Handtüchern neben Oliver gekniet hatte, und sie mußte mit aller Kraft das Würgen in ihrer Kehle unterdrücken. Der Junge schrie jetzt wieder wie verrückt, unterbrach nur, wenn er Luft holen mußte. Ein Spritzer warmen Blutes traf Frannies Wange, ein anderer ihre Stirn, und sie spürte, wie es ihr ins Auge lief. Sie drehte den Kopf weg, schluckte heftig, um sich nicht übergeben zu müssen, unfähig, weiter auf die Hand des Jungen und in sein verzerrtes Gesicht zu schauen. Oliver wikkelte eines der Tücher um die Hand, und Frannie half ihm, es um das Handgelenk zu legen. Sie wiederholten die Prozedur mit einem zweiten Tuch, dann einem dritten, und schließlich drehte Oliver mit Hilfe von Frannie und der Mutter ein weiteres Tuch mit der

Feile fest, um den Arm abzubinden. Der Vater beugte sich ebenfalls über die Hand seines Sohnes, drängte die Helfer aufgeregt, und ein unkontrolliertes Zucken in seinem Gesicht verstärkte den Ausdruck völliger Hilflosigkeit darin.

Oliver hob die drei Finger auf und wickelte sie in ein anderes Handtuch. Er gab Frannie das Paket und sagte: »Packen Sie sie in Eis!«

Das Geschrei des Jungen und die Hektik um den Volvo hatten die Aufmerksamkeit einiger Besucher erregt. Sie schauten dem Geschehen aus einiger Entfernung zu und versuchten herauszufinden, was passiert war. Eine Frau sagte, wahrscheinlich habe der Hund den Jungen gebissen.

»Dom? Bist du okay, Dom?«

Edward kam mit entsetztem Gesicht angelaufen. »Dom?« Er schaute auf seinen Freund, dann auf Frannie. »Was ist passiert?« Sein Blick fiel auf den abgebundenen Arm. »He, Dom, was...« Er wurde kreidebleich.

Frannie rannte zurück zum Haus und fragte sich, wo Edward in den vergangenen Minuten gewesen war und warum er nicht mit ihr herausgelaufen war. Sie breitete das Handtuch auf der Spüle aus und starrte auf die Finger, aus denen immer noch Blut sickerte. Ein Schwindel erfaßte sie, ihr Magen drehte endgültig durch, sie taumelte, klammerte sich am Spülbecken fest und übergab sich. Tränen strömten aus ihren Augen. Sie wischte sie mit dem Hemdärmel ab, machte das Becken sauber, wusch die Hände ab, atmete tief durch und wandte sich ihrer Aufgabe zu.

Im Eisschrank standen mehrere Schalen mit Eiswürfeln. Sie suchte nach einem passenden Behälter. Das Schreien näherte sich, und Oliver kam mit dem Jungen auf dem Arm in die Küche, dahinter die Eltern und Edward. Mrs Beakbane versuchte, den Jungen zu beruhigen, indem sie ihm immer wieder versicherte, der Krankenwagen würde bald kommen. Oliver legte den Jungen auf das Sofa. Mrs Beakbane kam zu Frannie und sah sich ungerührt die Finger aus der Nähe an. Frannie fühlte sich plötzlich überflüssig.

»Ich war im Krieg Krankenschwester beim Roten Kreuz«, erklärte Mrs Beakbane und half Frannie, die Eiswürfel aus den Schalen zu klopfen. Frannies Gefühl, ausgeschlossen und eher im Weg zu sein, verstärkte sich.

Das Schreien des Jungen ging in ein auf- und abschwellendes Wimmern über. Edward stand bei ihm, trat unsicher von einem Bein aufs andere und sah verstört aus. Er legte seinem Freund zaghaft den Arm um die Schulter, aber Dominic schüttelte ihn ab und brüllte wieder los, fast noch lauter als vorher. Seine Mutter saß mit kreidebleichem Gesicht neben ihm.

»Hör mal, Oliver«, sagte der Vater, »dieser verdammte Krankenwagen braucht anscheinend Stunden. Ich fahre Dom selbst zum Krankenhaus.«

»Nein«, sagte Oliver. »Er muß irgendwohin, wo sie Mikrochirurgie beherrschen und die Finger vielleicht wieder annähen können. Du verlierst zuviel Zeit, wenn du zum falschen Krankenhaus fährst. Soweit ich weiß, sterben die Nervenenden nach ein paar Stunden ab.«

»Sechs«, sagte Mrs Beakbane sehr bestimmt. »Mein Harry hat sich mit dem Rasenmäher den kleinen Finger abgemäht, und als wir ihn nach langer Sucherei endlich gefunden hatten, war's zu spät.«

Der Vater ging zur Spüle, machte aber schnell wieder kehrt, als er die Finger sah. Frannie trat zurück und überließ es Mrs Beakbane, die Finger in einer Picknick-Kühlbox zwischen Schichten von Eiswürfeln zu verstauen.

Oliver rief einen befreundeten Arzt an, der ihm ein Krankenhaus empfahl, das nicht weiter als eine halbe Stunde entfernt war. Der Vater beruhigte sich daraufhin ein wenig.

Ein paar Minuten später kam der Krankenwagen. Er nahm den Jungen und die Mutter mit, und der Vater fuhr im Volvo hinterher. Frannie, Oliver und Edward sahen wie betäubt zu, wie sie abfuhren. Noch kurze Zeit war das Heulen der Sirene zu hören, dann herrschte wieder Stille.

Sie gingen zurück zum Haus, Oliver mit gedankenvoll gesenktem Kopf, Frannie unsicher, was sie sagen sollte. Edward blieb beim Brunnen stehen. Frannie wartete einen Moment auf ihn, ging dann aber hinter Oliver her ins Haus. In der Küche entschuldigte sich Mrs Beakbane, sie müsse zum Teezimmer, dort habe es ein Problem mit der Spülmaschine gegeben.

Oliver goß den Rest des Kaffees aus dem Glasbehälter der Maschine in den Spülstein und drehte den Wasserhahn auf. Frannie nahm die beiden Becher vom Tisch und trug sie hinüber.

»Die stellen wir in die Spülmaschine«, sagte er, und Frannie fühlte sich wieder einmal nutzlos und überflüssig. Als ob sie die Rolle, die sie in dieser Umgebung spielte, noch nicht gefunden hätte. Er sah sie an und sagte mit gesenkter Stimme: »Sie haben noch ein wenig... ehm... Kriegsbemalung auf dem Gesicht.«

Sie strich mit den Fingern über ihre Wange, sah Blut auf den Spitzen. »O Gott!«

Sie lief nach oben ins Badezimmer. Ihr Spiegelbild erschreckte sie. Streifen von eingetrocknetem Blut zogen sich über ihre Stirn und die Wangen. Ihr Augen-Make-up hatte sich aufgelöst und mit dem Blut vermischt. Ihr Magen fing wieder an zu revoltieren, Säure stieg die Speiseröhre hoch, sammelte sich in ihrem Mund. Sie spuckte sie ins Waschbecken. Dann zog sie sich aus und wusch sich, ließ danach Wasser ins Becken laufen, steckte ihre Jeans und das Hemd zum Einweichen rein, schlang ein Badetuch um und ging in ihr Schlafzimmer, um andere Sachen anzuziehen.

Als sie zurück in die Küche kam, saß Edward am Tisch und blätterte wie ein Erwachsener die Zeitung durch. Er wandte sich seinem Vater zu.

»Glaubst du, daß sie Doms Finger wieder annähen können, Daddy?«

»Heutzutage kann man mit Mikrochirurgie großartige Sachen machen.«

»Es ist schade, daß es nicht seine linke Hand war«, sagte Edward. »Dann könnte er wenigstens weiter Sport treiben.«

Dieser Feststellung folgte ein langes Schweigen, in dem nur Captain Kirks Knabbern an einem seiner Beißknochen zu hören war. Edward schlug die ›Daily Mail‹ zu und nahm sich dann die ›Times‹ vor. »Du hast vergessen, meine Eisenbahn zu reparieren, Daddy«, rügte er dann.

»O nein. Der Kontakt an einem der Waggons war unterbrochen.«

»Aber sie geht nicht.«

Frannie runzelte die Stirn, fragte sich, wann Edward Zeit gehabt hatte, sich mit irgendeinem Spielzeug zu beschäftigen. Und wonach er in den Zeitungen suchte.

»Doch, sie ist wieder in Ordnung. Hast du den Transformator auch richtig eingeschaltet?«

»Du kannst so was nicht, Daddy. Du hättest sie zu dem Mann in Lewes zur Reparatur bringen sollen.«

»Na, nun hör mal, am letzten Sonntag hat sie funktioniert. Ich habe eine ganze Stunde gebraucht, sie wieder hinzukriegen.«

Edward schien nicht überzeugt. Oliver sah auf die Uhr. »Also, nun laßt uns mal Pläne für heute nachmittag machen.« Er machte eine entschuldigende Geste zu Frannie. »Ich muß leider ein paar geschäftliche Dinge erledigen. Habt ihr nicht Lust, euch an den Pool zu legen und zu faulenzen? Ein bißchen zu schwimmen? Das Wasser ist schön warm.«

»Darf ich Frannie draußen ein bißchen rumführen? Ihr alles zeigen?«

Oliver signalisierte Frannie, daß sie das nicht mitmachen müsse. Sie blinzelte zurück, lächelte dann Edward an. »Danke, das wäre sehr schön.«

»Darf ich ihr auch das Flugzeug zeigen, Daddy?«

»Ich muß sowieso hin und den Motor mal durchstarten. Wir könnten uns dort treffen.«

»Ist Ihr Name wirklich Frannie?« fragte Edward.

»Ja. Ich finde, du solltest du zu mir sagen.«

Er streckte ihr die Hand entgegen, und sie schlug ein, dachte, er wolle sie zur Bestätigung ihres Angebotes schütteln. Aber er hielt sie nur fest, zog Frannie sanft zu sich, als hätte er eine wichtige Nachricht zu übermitteln. Dann, ohne seinen Griff zu lockern, führte er sie zur Tür.

Sie blickte zu Oliver hinüber und bemerkte einen seltsamen Ausdruck der Besorgnis auf seinem Gesicht, als er seinen Sohn anschaute. Der Schatten in seinen Augen – das war sogar mehr als Besorgnis, das war *Angst.* Sie blickte in Edwards Gesicht, aber alles, was sie sehen konnte, war ein zutraulicher kleiner Junge, der eine neue Freundin gefunden hatte.

# *Acht*

Frannie und Edward, dicht gefolgt von Captain Kirk, schlenderten am Range Rover vorbei zur Frontseite des Haupthauses. Ein Vogel tschilpte, und es klang, als schlage man mit einem Silberlöffel an ein Kristallglas. Frannie atmete die Gerüche um sie herum tief ein und genoß die Wärme der Nachmittagssonne auf dem Gesicht. Die Gedanken an das schreckliche Erlebnis, das erst eine gute Stunde zurücklag, verflogen allmählich – nicht aber das allgemeine Unbehagen. Warum hatte ihr Oliver seinen Titel verschwiegen? Warum hatte er ihr nichts von Meston Hall erzählt? Hatte es vielleicht irgendwas mit dem Tod seiner Frau zu tun? Gab es noch weitere Dinge, die er ihr verschwieg?

Sie vermied es, auf den Boden zu schauen, um nicht noch einmal die Blutspuren auf dem Kies sehen zu müssen. Statt dessen betrachtete sie die Fassade des Haupthauses und sah jetzt Einzelheiten des Verfalls. Ein fehlendes Stück in der Dachbrüstung; eine gesprungene Fensterscheibe; ein Vogelnest unter dem Dachgesims; ein Loch in der zerbröselnden Backsteinfassade, durch das Wespen ein- und ausflogen.

Ein älterer Mann mit einer abgetragenen Kameratasche und eine Frau mit Strohhut gingen gerade durch das Portal, und Frannie erhaschte einen Blick auf einen Marmorboden und weiße Säulen im Inneren. Edward zeigte über das Tal. »Hinter diesen Hügeln ist schon der Kanal. Brighton liegt rechts da drüben; in klaren Nächten sieht man den Lichtschein am Himmel.«

»Wohnst du gerne hier?«

»Ja, ganz gerne.«

»Nur *ganz* gerne?«

»Na ja... Einige Dinge hier mag ich *echt* gerne.«

»Hast du viele Freunde hier?«

»Ja, ich denke schon.« Er schien noch etwas sagen zu wollen, ließ es dann aber sein.

Sie kamen zum Ende des Gebäudes, auf den Weg, der zu dem von Hecken eingefaßten Rondell führte.

»Ist Frannie eine Abkürzung?«

»Mein Taufname ist Francesca.«

»Ist das italienisch?«

»Ja.«

»Heißt das, daß du katholisch bist?«

»Ja, ich bin katholisch.« Seine Frage überraschte sie. »Und was bist du?«

Edward antwortete nicht gleich. Er steckte die Hände in die Hosentasche und starrte auf den Boden. »Wir haben unsere eigene Kapelle«, sagte er schließlich.

»Zeigst du sie mir mal?«

»Da gibt's nicht viel zu sehen.«

»Ich wäre aber interessiert daran.«

Er zeigte nach vorne. »Sie liegt dort drüben. Es lohnt sich aber nicht, reinzugehen.«

»Kann ich denn nicht trotzdem mal einen kurzen Blick reinwerfen?«

»Warum?«

Seine Stimme klang seltsam angespannt, und Frannie machte sich fast Vorwürfe, daß sie diese Bitte geäußert hatte. »Weil ich an alten Kirchengebäuden interessiert bin«, sagte sie.

»Na ja, dann ...«

Sie warteten ab, bis ein vollbesetztes Besucherauto vorbeigefahren war, überquerten den Weg, gingen durch eine Öffnung in der Hecke und sahen die Kapelle vor sich liegen. Sie war recht klein und niedrig, von Unkraut und Gebüsch überwuchert, und in genauso einem desolaten Zustand wie alles andere. Durch einen kleinen Friedhof mit alten Grabsteinen führte ein offensichtlich vielbegangener Kiesweg zum Eingang.

Das Innere war besser in Schuß gehalten. Entlang der Seiten erhoben sich Marmor- und Alabastergrabmale, und in den Boden waren Gedenktafeln eingelassen. Frannie las eine von ihnen: *Lord Thomas Bouverie Henry Halkin, 15. Marquess von Sherfield, 1787–1812.*

Edward ging langsam den Gang hinunter und ließ abwesend die

Hand über die Schnitzerei der Kirchenbänke gleiten. Frannie sah sich die Struktur des Gebäudes an und versuchte, seine Entstehungszeit zu datieren. Solides Mauerwerk, solide Stützpfeiler; Lanzettfenster mit ausgefeilten geometrischen Mustern. Geometrie, schoß ihr plötzlich durch den Kopf. Mathematik. Olivers Worte bei ihrem Lunch am Dienstag fielen ihr wieder ein: *Mathematik und Gestaltung sind untrennbar miteinander verbunden.*

»Sei vierhundertfünfzig Jahren ist jeder Marquess von Sherfield hier begraben worden«, sagte Edward. »Bis auf einen.« Er starrte auf den Boden vor sich, und Frannie ging zu ihm. Eine Grabplatte aus Onyx war in den Boden eingelassen, und auf einer Messingplakette in der Mitte stand: *Lady Sarah Henrietta Louise Halkin, Marchioness von Sherfield. 1963–1988.*

Edwards Gesicht rötete sich, und Frannie spürte plötzlich, daß sich eine Spannung zwischen ihnen aufbaute, als ob sie in eine private Sphäre eingedrungen sei. War er deshalb so ungern mit ihr in die Kapelle gegangen? Sie ärgerte sich, daß sie nicht daran gedacht hatte, daß seine Mutter hier begraben sein könnte.

Er fing leise an zu summen, und nach den ersten Takten erkannte Frannie die Melodie – es war *Swing Low Sweet Chariot.* Dann drehte er sich um und schlenderte langsam, als habe er alle Zeit dieser Welt, auf den Ausgang zu. Er summte die Melodie jetzt lauter, wie jemand, der allein in einem dunklen Zimmer ist und zeigen will, daß er sich nicht fürchtet.

Captain Kirk lag gehorsam vor der Tür. Edward hörte auf zu summen, kniete sich neben ihn und lobte ihn, er sei ein braver Junge. Dann führte er Frannie quer über den Friedhof zu einem schmalen Feldweg, der den Hang hinunter auf eine Ansammlung von Farmgebäuden zulief. Eine unsichtbare Barriere hatte sich zwischen ihnen aufgebaut. Frannie wußte nicht, was sie sagen sollte, um den angerichteten Schaden wieder zu beheben, und ihr wurde klar, wie wenig sie über Kinder wußte. Sie hatte keine Ahnung, wie man mit den Problemen eines mutterlosen kleinen Jungen umging, und sie wußte einfach nicht, was sie tun sollte. Fast wünschte sie sich, Mrs Beakbane würde auftauchen. Und sie fragte sich, wie Edward eigentlich darauf reagierte, daß sein Vater plötzlich mit einer fremden Frau in Meston Hall erschienen war.

Ein Flugzeug malte einen Kondensstreifen an den Himmel. Kies knirschte unter ihren Füßen. »Du hast eben gesagt, ein Marquess sei nicht in der Kapelle beerdigt – wer war das?«

»Lord Francis Halkin«, antwortete er. »Der zweite Marquess.«

»Wo ist er denn begraben?«

»Ich weiß nicht.« Er senkte seine Stimme, als lasse er sie an einem Geheimnis teilhaben. »Es hat 'ne ganze Menge von Leuten gegeben, die ihn nicht mochten.«

»Und warum nicht?«

»Ich möchte an einem ganz geheimen Platz beerdigt werden«, sagte er, ohne auf ihre Frage einzugehen. »Daß niemand weiß, wo ich bin.«

»Damit du die Ewigkeit nicht mit deinen Vorfahren verbringen mußt? Und nach dem Tod andere Leute treffen kannst?«

Edward fing an zu kichern. »Ich glaube, sie wären wirklich *tod*-langweilig, meinst du nicht auch?« Er kicherte noch mal.

»*Tod*-sicher!«

»*Tod*-sicher!« rief er laut. »Du mußt deine Hand ausstrecken.«

Sie hielt ihm ihre Hand entgegen, und er drehte die Handfläche nach oben; dann schlug er klatschend mit seiner Handfläche darauf. »*Tod*-sicher!« rief er noch einmal dazu. »Das muß man immer so machen, wenn man ›todsicher‹ sagt.«

»Jetzt erinnere ich mich«, bestätigte Frannie und schlug jetzt auf seine Hand. »*Tod*-sicher!«

Ein paar Schritte weiter blieb sie stehen und hob einen Stein von der Erde auf. Sie spuckte darauf und rieb mit dem Taschentuch eine Seite sauber, die fast flach war, studierte ihn dann sorgfältig, während Edward ihr schweigend zusah. Schließlich hielt sie ihm den Stein vor die Augen. »Schau mal!«

Er schaute sich ihn verständnislos an. »Was ist da zu sehen?«

Frannie zeigte es ihm mit dem Zeigefinger der anderen Hand. »Sieh doch – hier ist der Kopf, da das Auge, da der Schnabel.«

Er sah näher hin, runzelte aber immer noch unsicher die Stirn.

»Es ist ein Fossil – die Versteinerung eines kleinen Vogels.«

Seine Augen leuchteten. »Stimmt! Jetzt seh ich's! Ist das sehr alt?«

»Zehntausend Jahre. Vielleicht sogar mehr.«

»Ist es viel Geld wert?«

Sie schüttelte den Kopf. »Es gibt viele solche Fossilien in England.«

»Ich habe aber noch nie so was gesehen.«

»Wahrscheinlich, weil du noch nie danach gesucht hast.« Sie hielt ihm den Stein hin. »Du darfst ihn behalten.«

»Nein, du hast ihn ja gefunden, er gehört dir.«

»Ich schenke ihn dir.«

»Wow, das ist toll! Vielen Dank!«

Sie gingen weiter, und Frannie hatte das Gefühl, daß sie mit Olivers Sohn doch ganz gut zurechtkam. Aber seine nächste Bemerkung versetzte sie bereits wieder in Bestürzung.

»Sind die Toten für immer tot, Frannie?«

Sie dachte an seine tote Mutter und war deshalb sehr vorsichtig bei ihrer Antwort. »Ich glaube nicht, daß dieser Vogel jemals wieder zum Leben erweckt wird.«

»Vielleicht aber sein Geist.«

Ein Mähdrescher dröhnte im Getreidefeld rechts von ihnen. Er hatte bereits den Großteil seiner Arbeit erledigt, und die kurzen, harten Stoppeln erstreckten sich bis ins Tal. Frannie sog ihren trokkenen, prickelnden Geruch tief ein. Edward ist ein seltsamer Junge, dachte sie. Frühreif und altklug. Und beim Gehen neigt er sich so nach vorne, als ob ihn tausend Sorgen niederdrückten.

Als sie in die Nähe einer riesigen Wellblechscheune kamen, ertönte plötzlich ein Knall wie ein gedämpfter Gewehrschuß, und Frannie zuckte zusammen. Captain Kirk bellte. Aus der Scheune drang jetzt ein anhaltendes Klicken, als ob ein Zahnrad über eine Sperrklinke liefe; dann knallte es wieder laut. Edward lief los.

Olivers Range Rover stand auf dem Zementboden vor dem Eingang der Scheune, deren Türen geöffnet waren. Im Inneren stand ein sehr alt aussehender, einmotoriger Doppeldecker. Die Flügelenden waren auf beiden Seiten höchstens fünfzig Zentimeter von den Wänden entfernt.

Oliver stand vor der Maschine. Er hatte beide Hände dicht nebeneinander um die Mitte des unteren Propellerblattes gelegt und drehte es langsam gegen den Uhrzeigersinn. Edward sah ihm aus einiger Entfernung zu. Aus dem Motor kam ein dumpfes, saugendes Geräusch. Oliver drehte den Propeller noch mehrmals herum, dann spannte er den Körper an, wechselte den Griff zum Ende des Blattes, zog es mit aller Kraft nach unten und trat schnell einen Schritt zurück. Wieder ertönte ein lauter Knall, als der Motor ansprang und erneut abstarb. Der Propeller machte noch eine halbe Umdrehung, wobei wieder dieses laute Klicken ertönte, blieb dann stehen. Eine kleine Wolke aus öligem blauem Rauch schwebte über Frannie hinweg. Oliver war so in die Vorgänge um sein Flugzeug versunken, daß Frannie sich fragte, ob er vielleicht nur einmal für sich allein hatte sein wollen.

Dann drehte er sich um und lächelte sie fröhlich an. Mit den ölverschmierten Händen schob er die Haare aus der Stirn. Schweiß lief über sein Gesicht. »Letztes Wochenende hab ich's geschafft, die Maschine zum Laufen zu bringen. Ich wollte sie wieder ein paar Minuten laufen lassen, damit das Öl zirkuliert, aber das launische Mädchen will anscheinend nichts davon wissen.« Er schaute stolz auf das Flugzeug. »Was halten Sie von ihr?«

Frannie hatte solche Maschinen bisher nur in Filmen über den ersten Weltkrieg gesehen. Es war ein primitiv wirkender, offener Zweisitzer mit Streben und Drähten unter den Flügeln und einem viel zu schwach aussehenden Fahrwerk; die Nase ragte hoch in die Luft. Ein Teil der Verkleidung am Rumpf und an den Flügeln fehlte, und darunter war skeletthaft der Rahmen sichtbar. Der Motorblock ragte unverkleidet aus der Nase. Im Gegensatz dazu wirkte der Propeller makellos; er war aus dunklem, lackiertem Hartholz und wurde von einer blankpolierten Nabenhaube aus Aluminium gehalten.

»Sie ist wunderschön«, antwortete sie auf seine Frage. »Sind Sie schon einmal mit ihr geflogen?«

»Nein, mit diesem alten Mädchen noch nicht. Sie ist seit mindestens dreißig Jahren nicht mehr flugtauglich. Ich habe sie vor fünf Jahren als völliges Wrack hergebracht. Noch ein paar Monate, dann gehn wir hoch damit.«

»Ja!« rief Edward aufgeregt. »Daddy sagt, wir können damit bis nach Frankreich fliegen.«

Oliver schaute auf die Uhr. »Ich muß los zur Häuserverwaltung. Die Leute warten um drei auf mich.«

»Aber die Gottlosen haben keinen Frieden«, sagte Frannie.

»Richtig. Wir sehen uns in ungefähr einer Stunde.« Er schob die Scheunentore zu, und Frannie und Edward halfen ihm dabei. Dann setzte er sich in den Range Rover und fuhr davon.

»Sollen wir jetzt zum See gehen?« fragte Edward.

»Ja, gerne.« Sie fühlte sich von Oliver im Stich gelassen und fragte sich, ob Dominics versnobte Mutter eigentlich so falsch lag, als sie Frannie für das neue Kindermädchen hielt. Ärger stieg in ihr hoch. Hatte Oliver sie vielleicht tatsächlich nur hierhergelotst, um eine Aufpasserin für Edward zu haben? Sie dachte wieder an die Party heute abend in London. Hatte sie einen Fehler gemacht?

Sie umrundeten ein gepflügtes Feld, sprangen über einen Graben und kamen zum unteren Ende des Besucherparkplatzes. Captain Kirk rannte immer wieder voraus, kam zurück, lief ein Stück neben ihnen her, sauste wieder los. Sie kletterten über einen Zaun und gingen dann eine langgestreckte, zum Tal hin abfallende Weide hinunter. »Gefällt es dir hier, Frannie?« fragte Edward.

»Es ist wunderschön hier.«

»Ich habe Daddy ganz schön drängeln müssen, bis er endlich versucht hat, dich wiederzufinden.«

Sie blieb abrupt stehen und starrte ihn an. »Wie bitte?«

»Er hatte anfangs nicht den Mut dazu. Er sagte, es wäre ihm peinlich, und außerdem könnte es ja gut sein, daß du ihn gar nicht magst.«

»*Du* warst das? Du hast ihn dazu gebracht, die Anzeige aufzugeben?«

Er schüttelte den Kopf. »Ich habe ihm nur gesagt, er muß versuchen, dich zu finden. Er meinte, du wärst sehr nett, aber er ist ja ziemlich schüchtern, weißt du.«

»Und wie hast du ihn dann dazu gebracht, etwas zu unternehmen?«

Er sah recht selbstgefällig aus. »Ich habe einfach immer wieder an ihm rumgebohrt. Ich glaube aber, er hat gar nicht so viel Druck gebraucht.«

Sie kamen zwischen einigen Bäumen hindurch. Frannies Ärger verflog, und sie lächelte vor sich hin. Die altklugen Bemerkungen des Jungen amüsierten sie. In der Ferne ertönten drei Glockenschläge einer Uhr. Sie stießen auf einen zusammengefallenen Steinpavillon; dahinter lag ein kleines Feld voller Lavendelbüsche. Grabsteine ragten aus der Erde, die meisten von Flechten und Unkraut überwuchert. Frannie konnte die Inschrift auf einem der Steine entziffern: *Sam (Nimo San). Labrador. 1912–1925.*

Edward blieb vor einem der Lavendelbüsche stehen, deutete darauf und sagte: *»Nana atropurpurea.«*

»Was?« Frannie war sich nicht sicher, ob sie richtig gehört hatte. Ein lautes Knurren Captain Kirks ließ sie zusammenfahren, und sie drehte sich um, um zu sehen, was mit dem Hund los war. Sie sah, daß er Edward anknurrte.

Edward ging ein paar Stufen hinunter und blieb vor einem Rhododendronbusch stehen. *»Rhododendron campanulatum«*, sagte er.

Der Spaniel knurrte lauter, entblößte spitze weiße Zähne in hellrotem Zahnfleisch; Speichel lief ihm aus den Lefzen, die weichen Haare im Nacken stellten sich zu harten Borsten auf, und in seinen braunen Augen brannte ein so wütendes, irres Feuer, daß Frannie Angst bekam. Der Hund kauerte auf den Hinterbeinen, als ob die Pfoten in der Erde festgehalten würden, den Kopf in Edwards Richtung vorgestreckt, und das Knurren wurde lauter. Er zerrte sich in heftigen Rucken vorwärts, auf Edward zu, als wolle er sich von der unsichtbaren Kraft, die ihn am Boden festhielt, befreien und auf den Jungen stürzen. In panischer Angst bückte sich Frannie und griff ihn am Halsband, um ihn zurückzuhalten.

Der Kopf des Hundes fuhr herum, und Speichelfetzen sprühten ihr ins Gesicht. Sie konnte gerade noch die Hand vor den zuschnappenden Zähnen wegziehen. Der Hund drehte sich wieder zu Edward um, knurrte noch lauter, kochte geradezu vor Haß und Wut. Edward stand ganz ruhig da und starrte den Hund mit hypnotischem Blick an. Frannie spürte, wie sich die Haare in ihrem Nakken hochstellten und ihr eine Gänsehaut den Rücken hinunterlief. Sie war Zuschauerin bei einem unerwarteten, grausigen Duell. Der Hund machte einen Satz auf Edward zu, blieb dann wie angewurzelt stehen, als ob ihn diese unsichtbare Macht wieder zurückhielt, kauerte sich nieder, versuchte noch einmal loszuspringen, aber Edwards starrer Blick schien ihn zu bannen und hilflos zu machen.

Frannie beobachtete voller Entsetzen das Schauspiel, das sich ihr da bot. Die Nackenhaare des Hundes glätteten sich plötzlich, er begann zu zittern, stieß ein jämmerliches Winseln aus, kroch auf allen vieren rückwärts, jaulte auf, warf sich schließlich herum und raste davon, als ob der Teufel hinter ihm her wäre.

Eine unwirkliche Stille trat ein. Die Sonne verschwand hinter einer Wolke. Edward stand schweigend da, schaute auf den Rhododendron, als sei nichts geschehen. Frannie schaute dem Hund nach; er war schon fast außer Sicht, raste auf das Haus zu. Sie zitterte, konnte nicht fassen, was sie gerade gesehen hatte.

»Edward, was um Himmels willen war mit Captain Kirk los?«

Er antwortete nicht. Dann deutete er plötzlich auf einen anderen Rhododendron mit weißen Trompetenblüten auf der linken Seite des Pfades. *»Auriculatum«*, sagte er.

»Lernst du Latein in der Schule?« fragte sie mit zitternder Stimme.

Er schien ihre Frage nicht gehört zu haben, betrachtete den Busch noch einen Moment, ging dann weiter, den Pfad entlang, der jetzt durch dichtes Gebüsch führte. Nach einigen Minuten kamen sie auf ebenes Gelände, und durch einen Schilfgürtel sah Frannie Wasser aufglitzern. Als sie ans Ufer kamen, lag der See in seiner ganzen Größe vor ihnen; er war etwa vierhundert Meter breit und sechshundert Meter lang.

Sie folgte dem Jungen am Ufer entlang zu einem Bootshaus, das sich in einem jämmerlichen Zustand befand. Sein ursprünglich weißer Anstrich war völlig von Moos überwachsen und blätterte in großen Fladen von der Holzwand. Edward zog mit einiger Mühe das verrottete Tor auf, und sie gingen in das feuchtkalte, düstere Innere. Frannies Gesicht streifte eine Spinnwebe, und sie warf entsetzt den Kopf zur Seite, strich mit den Fingern die klebrigen Fäden von der Wange. Es roch sehr unangenehm nach Moder und Fäulnis.

»Du gehst zuerst rein und setzt dich hin«, kommandierte Edward und zeigte auf ein flaches Ruderboot.

Frannie gehorchte. Sie setzte vorsichtig den Fuß über das Ruder hinweg in das Boot. Es schaukelte gefährlich, und sie bückte sich und hielt sich am Steg fest. Dann zog sie den anderen Fuß nach und setzte sich schnell auf die hintere Sitzbank.

Edward band das Boot los, schob es an und sprang geschickt hinein. Er legte die Ruder in die Haken am Bootsrand. Sie glitten hinaus ins Freie, in den Sonnenschein.

Der Junge ruderte, und sie spürte den Ruck, der das kleine Boot bei jedem Schlag durch das Wasser trieb, hörte das klatschende Eintauchen der Ruderblätter. Dann ließ Edward das Boot treiben, und Frannie tat dasselbe mit ihren Gedanken. *Jonathan Mountjoy; »Ist sie das neue Kindermädchen?«; Sarah Henrietta Louise Halkin. Die Onyxplatte auf dem Boden. 1963–1988.*

»Ich hoffe, du hast nicht vor, mit meinem Daddy zu schlafen.«

Sie zuckte zusammen, und vor Verblüffung blieb ihr der Mund offenstehen. Edward lehnte sich über den Bootsrand und schaute verträumt ins Wasser, so wie sie es gerade auch getan hatte. Sein Gesicht hatte einen abwesenden Ausdruck. Sie starrte ihn an, fragte sich, ob sie ihn nicht richtig verstanden hätte. »Wie bitte?«

Er schaute nicht auf, reagierte nicht. Sein Gesicht blieb ausdruckslos und undurchsichtig. Frannie fragte sich, ob sein Gehirn einen Defekt hatte oder ihres.

Ein Fisch sprang in der Nähe des Bootes und hinterließ einen kleinen Wasserstrudel, der sich ringförmig ausbreitete, flacher wurde, verebbte. Als ob das Wasser nicht mehr wisse, daß es ihn je gegeben hatte. Gestern abend beim Essen, als er über Mathematik und Zahlenspiele gesprochen hatte, war Oliver auch auf das Kopf-oder-Zahl-Beispiel eingegangen: Eine Münze, hatte er gesagt, weiß natürlich nicht, mit welcher Seite sie beim letzten Mal oben lag, wenn man sie geworfen hat. Es besteht beim nächsten Versuch immer die gleiche Chance, daß sie mit dem Kopf oder der Zahl nach oben landet, egal, wie oft die eine oder andere Seite bisher oben lag. Das Wasser hatte auch keine Erinnerung, wußte nicht mehr, daß es eben aufgewirbelt worden war. »Aber die Menschen erinnern sich an alles«, hatte Oliver gesagt. »Manchmal an viel zuviel, so daß es gelegentlich schwierig ist, unvoreingenommen auf die Zeit vor oder nach einem bestimmten Ereignis zurückzublicken. Unser Gehirn gaukelt uns dauernd etwas vor.«

Sie betrachtete den kleinen Jungen mit den intelligenten traurigen braunen Augen und dem sommersprossigen Gesicht und versuchte herauszufinden, was ihr Gehirn ihr da gerade vorgegaukelt hatte.

Als sie den Weg bergauf zum Haus hinter sich hatten, war Frannie völlig verschwitzt; das Hemd klebte ihr am Körper. Sie kamen unter einer Gruppe riesiger Buchen hindurch zum hinteren Rand des Küchengartens. Das Licht der Sonne war inzwischen schwächer geworden, und das Gurren der Tauben hing in der Luft wie der wehmütige Zapfenstreich eines einsamen Hornisten.

Sie fühlte sich unbehaglich. Spielte Edward ein Spiel mit ihr, dessen Regeln man ihr nicht beigebracht hatte? Versuchte er absichtlich, ihr Selbstbewußtsein zu untergraben? Aber er war doch erst acht – ganz sicher zu jung, um so verschlagen zu sein. Oder? Der häufige Wechsel in seinen Stimmungen machte sie ratlos, ließ sie fragen, woran sie mit ihm war. Sie kam einfach auf keinen grünen Zweig mit ihm und überlegte, ob es ihr Fehler war oder ob es dafür andere Gründe gab. Sie dachte an das Verhalten des Hundes, fragte sich, wo er jetzt war, vor allem aber, ob sein Anfall bösartiger Wildheit von Edward absichtlich provoziert worden war, um sie zu erschrecken. Sie konnte das allerdings kaum glauben, denn es hatte sehr spontan ausgesehen.

Edward war in den letzten zehn Minuten sehr gesprächig gewesen und hatte sie mit Fragen zu den Fossilien überschüttet. Sie hatte ihm erklärt, wie man ihr Alter datieren könne, und sich über sein offensichtliches Interesse gefreut.

Als sie die Eingangstür erreichten, fragte er: »Spielst du Tischtennis?«

»Ich hab's seit einer Ewigkeit nicht mehr probiert.«

»Hast du Lust, mit mir zu spielen?«

Sie lächelte ihn an. »Okay, aber nur ein kurzes. Ich bin ziemlich müde.«

Er grinste sie lausbubenhaft an, und sie hätte ihm am liebsten zärtlich übers Haar gestrichen, aber sie erinnerte sich daran, wie unangenehm berührt er ausgesehen hatte, als sein Vater es bei ihm getan hatte. Und noch etwas hielt sie davon ab – sie wagte es einfach nicht.

Zuerst aber gingen sie in die Küche, um sich schnell noch Brote zu machen. Frannie war als erste damit fertig und ging durch die Halle in die Bibliothek, um dort auf Edward zu warten. Es war ein überraschend kleiner und niedriger Raum, und er schien gleichzeitig auch als Arbeitszimmer zu dienen. Mehrere große, handgezeichnete Übersichten hingen an der Wand zu beiden Seiten des Schreibtisches. Eine sah aus wie ein Familienstammbaum. Eine andere war mit mathematischen Berechnungen vollgekritzelt. An allen anderen Wänden standen Bücherregale, vom Boden bis zur Decke. Sie hätte sich lieber die Bücher angesehen, als mit Edward Tischtennis zu spielen, aber sie betrachtete es als ihre Pflicht, sich um den Jungen zu kümmern.

Edward tauchte auf und führte sie eiligst, damit sie gar nicht erst auf die Idee kam, sich anders zu besinnen, die Treppe hoch und durch den dunklen Flur, an ihrem Zimmer vorbei. Bei der Tür danach sagte er: »Das ist mein Zimmer. Ich zeige es dir später mal, wenn du willst.«

»Ja, gerne.«

Sie kamen noch an einer Reihe anderer Türen vorbei, dann knickte der Flur nach links ab. Es ging eine schmale Treppe hoch, dann kamen sie in einen großen, düsteren Mansardenraum. Er schien sich über die ganze Länge des Hauses zu erstrecken. In der Mitte stand die Tischtennisplatte.

Sie machte ihre Sache ganz gut bei dem Spiel, fand sie, obwohl sie sich geschlagen geben mußte. Sie versprach Edward, am nächsten Tag mit ihm zum Obstgarten zu gehen, dann verabschiedete sie sich und ging in ihr Zimmer. Erleichtert schloß sie die Tür hinter sich, froh darüber, endlich einmal für sich allein zu sein.

Durch das Fenster sah sie, daß der Besucherparkplatz leer und die Fenster des Kiosks geschlossen waren. Eine dicke Fliege summte durchs Zimmer und taumelte immer wieder gegen die Wand und die Fensterscheiben.

*Ich hoffe, du hast nicht vor, mit meinem Daddy zu schlafen.*

Schweißperlen liefen ihr die Stirn herunter, und sie wollte sie mit ihrem Taschentuch abwischen, fand es aber nicht in ihrer Tasche. Ihr fiel ein, daß sie es beim Tischtennis benutzt und dort wahrscheinlich verloren hatte. Sie ging zurück zum Mansardenspielzimmer. Das schwache Licht, das durch die schmalen Dachfenster hereinfiel, ließ den Raum wie eine riesige Gefängniszelle aussehen.

Ein Vogel flog draußen an den Fenstern vorbei, und sein Schatten glitt an der gegenüberliegenden Wand entlang. Die absolute Stille im Raum ängstigte sie ein wenig. Eine Holzdiele quietschte unter ihrem Fuß, und sie ging auf den Zehenspitzen weiter; sie wollte nicht, daß Edward sie hörte.

Das Taschentuch lag unter der Tischtennisplatte. Sie hob es auf und wedelte den Staub aus ihm heraus. Ein trauriger Raum, dachte sie und stellte sich vor, wie Edward hier oben ganz allein spielte. Ein altes Schaukelpferd, vielleicht noch aus der viktorianischen Zeit, stand in einer Ecke. Wahrscheinlich waren schon Generationen junger Halkins darauf geritten. Auch Oliver. Und Olivers Vater.

Sie ging zu den Bücherregalen an der Wand und sah sich die Titel und Autoren an. *William. Jennings. Biggles. Die berühmten Fünf.* Meist alte Bücher, manche mit zerrissenen Deckeln, einige ganz ohne Einbände. Ein paar der Bücher hatte sie als Kind auch gelesen: *Grimms Märchen* und *Der Struwwelpeter* und Jahresausgaben der *Adler*-Hefte und *Das Weihnachtsbuch*. Dazwischen stand ein Fotoalbum. Sie zog es aus dem Regal.

Es war ziemlich schwer, und sie legte es auf die Tischtennisplatte. Das erste Foto, ein Farbfoto, zeigte ein Baby, das nackt auf dem Rücken lag und lachend Arme und Beine in die Luft streckte.

*Edward, zwei Tage alt,* hatte jemand mit schwarzer Tinte daruntergeschrieben.

Sie drehte das dicke Blatt um. Mehrere Fotos von Edwards Mutter, die den Jungen im Krankenhausbett an sich drückt. Die jüngere Ausgabe von Sarah Henrietta Louise gegenüber den Fotos in der Küche faszinierte Frannie; aber auch hier dieselbe stolze Haltung, dieselben klassischen Gesichtszüge – sie kam sich im Vergleich dazu recht einfach und unscheinbar vor. Ihr Verdacht über Olivers Motive für ihre Einladung nach Meston Hall regte sich wieder. Sie blätterte weiter. Fotos von Edwards Heranwachsen. Sie sah sie sich prüfend an, studierte seine Gesichtszüge, suchte nach Anzeichen für sein seltsames Verhalten. Aber da waren keine.

Als sie die letzte Seite umdrehte, fand sie einen zusammengefalteten Zeitungsartikel. Sie klappte ihn neugierig auf. Er stammte aus der ›Mid-Sussex Times‹ und trug das Datum des 10. August 1991. Der Artikel war rot umrandet. Die Überschrift lautete: MANN AUS SUSSEX BEI ÜBERFALL IN DEN USA ERSCHOSSEN.

Frannie begann zu lesen.

*Während eines Urlaubs in den USA wurde ein Mann aus Cuckfield bei einem Straßenraub erschossen.*

*Jonathan Mountjoy, 25, Keramikexperte bei Sothebys, war am vergangenen Freitag in der High Street in Cuckfield zu seinem Traumurlaub in die USA aufgebrochen.*

*Die Einwohner Cuckfields zeigen große Bestürzung über das Verbrechen. »Er war ein höflicher junger Mann, der keiner Fliege etwas zuleide tun konnte«, meinte Ann Wilson, eine Nachbarin.*

*Ein Sprecher der Kriminalpolizei in Washington, DC sagte: »Es handelt sich hier um ein besonders verwerfliches Verbrechen, da es an einem unbewaffneten Touristen begangen wurde. Wir setzen alles daran, den Verbrecher ausfindig zu machen und seiner gerechten Strafe zuzuführen.«*

Frannie las den Artikel noch einmal durch, um ganz sicher zu sein, daß sie sich nicht getäuscht hatte. *Jonathan Mountjoy.* Ein Foto neben dem Artikel, das etwa um die Zeit aufgenommen worden sein mußte, als sie zusammen an der Universität waren, ließ keinen Zweifel. Der ernste Gesichtsausdruck, die hageren Züge mit den hohen Wangenknochen, das kurze schwarze Haar. Ein freundliches Gesicht. Ein brillanter junger Mann, auch wenn es so aussah, als ob er dauernd träumte.

Sie dachte daran, wie Seb Holland ihr am vergangenen Abend in dem Restaurant von Jonathans Tod erzählt hatte. Ein beklemmender Angstschauer durchfuhr sie, als ihr einfiel, wie Edward vorhin in der Küche die Zeitungen durchgeblättert hatte, als suche er nach etwas. Hatte er den Artikel ausgeschnitten? Oder war es Oliver gewesen, weil er meinte, er sei interessant für sie? Die Buchstaben zerflossen vor ihren Augen. Wirre Gedanken gingen ihr durch den Kopf. Nein, es ergab keinen Sinn, Oliver hatte ihn nicht ausgeschnitten; wenn er ihn gelesen hätte, hätte er ihn ihr gezeigt und nicht im Fotoalbum seines Sohnes versteckt. Außerdem war der Artikel mehrere Wochen alt.

Sie faltete das Zeitungsblatt wieder zusammen, legte es zurück und stellte das Album wieder ins Regal. Sie entschloß sich, ein Bad zu nehmen, und sie hoffte darauf, daß Oliver zurück sei, wenn sie damit fertig war.

# *Neun*

Sie beeilte sich bei ihrem Bad, und als sie sich danach kämmte und im Spiegel betrachtete, sahen ihr dunkle olivgrüne Augen entgegen. Verängstigte Augen. Die immer wieder auf das Spiegelbild der Tür hinter ihr abirrten. War Jonathan Mountjoy ein Verwandter der Halkins? Ein Cousin vielleicht? Aber wenn es so war, warum hatte Oliver es nicht erwähnt?

Vielleicht war es nur ein Zufall. So was gab es manchmal. Olivers Worte fielen ihr wieder ein: *Zufälle beunruhigen mich... Ich bin mir nicht sicher, ob es so etwas wie bedeutungslose Zufälle gibt.*

Sie überdeckte den Glanz auf ihrer Nase mit etwas Puder. Es gab Leute, die hatten Angst vor Spinnen; andere vor dem Fliegen; wieder andere vor der Dunkelheit; und wieder andere vor der Zahl 13 – jeder hatte irgend etwas, das ihm Angst machte. Oliver Halkin hatte *zufällig* Angst vor Zufällen. Aber das hieß ja nicht, daß sie sich davon anstecken lassen mußte.

Wie sie gehofft hatte, wartete Oliver in der Küche auf sie. Captain Kirk schlief auf dem Boden vor dem Ofen. »Hat Edward Sie endlich aus den Klauen gelassen?« fragte Oliver und blinzelte ihr zu.

»Gerade erst.«

»Tut mir leid, daß er Sie so mit Beschlag belegt hat.«

»Ich war gern mit ihm zusammen.« Sie zögerte, wollte Oliver nach dem seltsamen Schweigen fragen, das Edward manchmal überfiel, aber sie fand nicht die richtigen Worte, es taktvoll zu tun.

»Möchten Sie Tee – oder etwas Stärkeres?«

»Tee bitte.« Ihr Blick fiel auf die Spüle aus rostfreiem Stahl, und sie mußte schlucken, als sie an die Finger dachte, die da vor ein paar Stunden in dem blutdurchtränkten Geschirrtuch gelegen hatten.

»Normalen Tee oder Earl Grey?«

»Earl Grey bitte.« Sie behielt sein Gesicht im Auge. »Sagt Ihnen der Name Jonathan Mountjoy etwas?«

»Jonathan Mountjoy?« Er holte einen Teebeutel aus einer Dose, hängte ihn in einen Becher und goß heißes Wasser aus dem schweren Messingkessel darüber. »Jonathan Mountjoy«, murmelte er noch einmal vor sich hin und runzelte die Stirn. »Der Name kommt mir bekannt vor.«

»Gestern abend«, sagte sie.

»Ja, richtig! Hieß nicht der arme Bursche so – Ihr Bekannter, den ein Straßenräuber erschossen hat?«

»Ja.« Seinem Gesichtsausdruck war nichts zu entnehmen.

»Warum fragen Sie?«

Sie wurde rot. »Ich... ich dachte nur, bei dem Namen würde es bei Ihnen klingeln. Das ist alles.«

Er schüttelte den Kopf. »Erzählen Sie mal, was haben Sie heute nachmittag gemacht?«

»Als erstes waren wir in der Kapelle.«

»Aha.« Er nahm eine große Dose aus dem Schrank. »Möchten Sie ein Stück Kuchen?«

»Nein, danke.« Sie schaute auf den Spaniel. »Wie alt ist Captain Kirk?«

Er dachte einen Moment nach. »Drei, glaube ich.«

»Kommt er mit Edward gut zurecht?«

»Ganz prima.« Er zögerte, sah sie fragend an. »Warum?«

»Heute nachmittag sah es mal so aus, als wollte er auf Edward losgehen.«

Oliver schüttelte den Kopf. »Er ist manchmal ganz schön scharf – ging am vergangenen Wochenende wie wild auf ein paar Zigeuner los. Aber er würde Edward niemals was tun. Er...«

»Darf ich mir ein Video ansehen, Daddy?«

Edward kam mit einem Gameboy in der Hand in die Küche. Er kniete sich neben Captain Kirk, legte den Arm um seinen Hals und drückte sein Gesicht an das des Hundes. »Du willst doch auch ein Video sehn, nicht wahr, Captain Kirk?«

»Was willst du dir ansehen?« fragte Oliver.

*»Terminator 2.«*

Frannie sah ängstlich auf den Hund, aber der leckte zärtlich Edwards Gesicht, zeigte keinerlei Anzeichen für ein aggressives

Verhalten. Oliver strich dem Jungen übers Haar. »Okay. Ich zeige Frannie inzwischen das Haus. Was möchtest du zum Abendessen?«

Als Oliver die Hand von Edwards Kopf nahm, fuhr sich der Junge mit leicht verärgertem Blick schnell über die Haare. »Fischstäbchen, oder wie Mrs Beakbane immer sagt: Fischfinger. Captain Kirk mag sie.« Er sah den Hund liebevoll an. »Stimmt doch, nicht wahr?« Er drückte seine Nase gegen die des Hundes.

Frannie sah Edward verstört an. War er absichtlich so geschmacklos, oder war ihm das unbeabsichtigt herausgerutscht?

»Ich denke, wir haben heute die Nase voll von Fingern, oder?«

Edward sah enttäuscht aus. »Warum?«

»Ich glaube, wir haben gar keine mehr.«

Edwards Gesicht verfinsterte sich. »Ich *möchte* aber Fischfinger haben. Bitte, Daddy!«

Er stampfte mit dem Fuß auf. Frannie fühlte sich irgendwie unbehaglich, als ob sie schuld daran sei, daß der Junge offensichtlich übermüdet war.

»Okay, okay.«

Tränen liefen Edwards Gesicht hinunter, und Frannies Herz war voller Mitleid für ihn. Vielleicht litt er immer noch sehr unter dem Tod seiner Mutter. Vielleicht war das auch die Erklärung für sein seltsames Verhalten. Aber nicht für den ausgeschnittenen Zeitungsartikel. Sie sah zu Oliver, und er lächelte sie wehmütig an. Der Reflex einer Fensterscheibe im oberen Stockwerk lag im Innenhof, verschwand plötzlich, als ob ein Licht ausgeknipst worden wäre. Edward drückte Captain Kirk an sich, wiegte sich vor und zurück, weinte bitterlich. Oliver zog den Teebeutel aus Frannies Becher und hob fragend das Milchkännchen. Sie nickte.

Oliver sah einen Augenblick auf seinen Sohn, dann legte er die Hand auf seine Schulter und drückte sie. Edward sah nicht zu ihm auf, schluchzte:

»Ich habe Angst, Daddy.«

»Es ist alles in Ordnung«, sagte sein Vater. »Es ist alles okay.« Er reichte Frannie ihren Tee, lächelte sie matt an, hob Edward hoch, nahm ihn auf den Arm. »Da haben wir doch einen ganz müden Jungen, nicht wahr? Will er sich bestimmt noch ein Video ansehen oder vielleicht schon ins Bett gehn?«

»*Terminator 2* sehen.«

Oliver blinzelte Frannie zu und ging mit dem Jungen auf dem Arm aus der Küche. Captain Kirk lief aufgeregt hinterher.

Frannie blieb am Tisch sitzen und pustete auf ihren Tee. Und dachte an Edwards seltsame Bemerkung seinem Vater gegenüber. *Ich habe Angst.* Wovor hat der Junge Angst? fragte sie sich.

Oliver führte Frannie zunächst die Treppe hinunter ins Untergeschoß, zeigte ihr die alten, längst nicht mehr benutzten Küchenräume mit den großen Herden und den hohen schmalen Fenstern, die sie an die in dem Mansardenspielzimmer erinnerten. Frannie ging neben ihm her, irgendwie verlegen, fühlte sich wie eine Touristin, die an einer Führung teilnimmt. Ihr war immer noch nicht klar, welche Rolle sie in diesem Haus spielte. Im Erdgeschoß zeigte er ihr ein Schlafzimmer, in dem ein Himmelbett mit einem Seil gegen die Besucher abgesperrt war; in diesem Bett hatte Oliver Cromwell einmal eine Nacht verbracht. Was sie aber wirklich fesselte, das waren die kleineren kostbaren Gegenstände in den Räumen. Es kam ihr vor, als ob sie durch eine endlose Schatzkammer wandere. Sie stieß zum Beispiel auf einen unschätzbaren etruskischen Bronzespiegel.

Im Obergeschoß kamen sie in eine langgestreckte, eichengetäfelte Galerie mit gobelingeschmückten Fenstersitzen, eleganten Sofas und großen Tischen, auf denen aufgeschlagene Alben mit der Familiengeschichte auslagen. Rötlich-gelbe Sonnenstrahlen, die von dem polierten Eichenboden wie von der Oberfläche eines Sees reflektiert wurden, erfüllten den Raum mit einem unwirklichen Licht. Von der Decke hingen massive schmiedeeiserne Kronleuchter, deren Arme kunstvoll zu geflügelten Drachen gearbeitet waren.

»Unglaublich«, staunte Frannie und blieb bewundernd stehen. Sie genoß den warmen Geruch des Holzes und die tiefe Stille.

»*Sie* sind unglaublich«, sagte Oliver und legte den Arm um sie. Frannie war völlig überrascht.

»Ich?«

Er zog sie sanft an sich. »Ja.«

Sie sah lächelnd zu ihm hoch. »Nein, das bin ich nicht. Ich bin ganz durchschnittlich.« Seine blauen Augen sahen sie intensiv an, und sie spürte die Stärke seines Armes um ihre Schulter.

»Nein, Sie sind wirklich unglaublich«, wiederholte er. »Und Sie sind wunderschön.« Er zog sie noch näher an sich.

Eine Welle glücklicher Erregung überspülte Frannie, und sie spürte plötzlich ein starkes erotisches Verlangen nach ihm. Er gab sie jedoch frei und ging zu einer Ausstellungsvitrine. Sie folgte ihm. »Danke«, sagte sie verlegen. »Ich finde Sie auch sehr attraktiv.« Sie standen Schulter an Schulter vor dem Glaskasten, die Harmonie und das Einvernehmen zwischen ihnen, wie sie es beim Verlassen des Restaurants gestern abend empfunden hatten, waren wieder da.

An der Wand hinter dem Glaskasten hing das Porträt eines Mannes in der Kleidung des 17. Jahrhunderts. Er trug eine purpurrote Samtrobe, die mit einem schweren Hermelinkragen abschloß. Das Gesicht zeigte einen kalten, arroganten Ausdruck. Auf den dünnen, zusammengepreßten Lippen lag das grausame Lächeln eines Inquisitors. Das schulterlange Haar war akkurat in König-Karl-Locken gedreht, und die kleinen Hände, kaum größer als die eines Kindes, drückten ein Buch an die Brust. Dasselbe Buch, wie Frannie feststellte, das vor ihnen auf einem Samtkissen in der Vitrine lag. Die Handschrift auf den Blättern, die wie schlecht erhaltenes Pergament aussahen, war verblichen und kaum mehr lesbar, und sie war in einer Sprache abgefaßt, die Frannie nicht identifizieren konnte.

Olivers Schatten fiel auf das Buch. »Das ist das einzige, auf dessen Besitz ich gerne verzichten würde.«

»Das Buch da?«

»Ja.«

»Warum? Was ist es für ein Buch?« Ihr Blick fiel auf ein Kärtchen an der Glaswand. Darauf stand: *Maleficarium. Um 1650.*

»Ein Handbuch für satanische Rituale«, erklärte Oliver. »Es ist angeblich auf Menschenhaut geschrieben.«

»Wirklich?«

»Das hat die Familie zumindest immer geglaubt. Ich habe keine Ahnung, ob es stimmt.«

Frannie lehnte sich mit makabrer Neugier vor und sah sich das Buch näher an. Es war wunderschön gestaltet, und doch ein so perverses Werk. Die Seiten hatten eine scheußliche dunkelbraune Farbe, und die Maserung bestand aus dünnen, durcheinanderlaufenden Linien. Ekel stieg in ihr hoch. Sie hatte oft genug konservierte menschliche Haut an Mumien und Artefakten primitiver Stämme gesehen. Sie hatte ledrig ausgesehen – wie diese Blätter hier. »Haben Sie es mal von einem Fachmann untersuchen lassen?«

»Nein.«

»Ich könnte das für Sie arrangieren.«

»Ich glaube nicht, daß ich jemals wissen will, woraus es besteht«, sagte er zurückhaltend. »Es ist ein verdammt übles Ding, aus was auch immer es gemacht ist. Ich habe es niemals angerührt und will das auch in Zukunft nicht tun.«

»Weiß man denn etwas über seine Entstehung?«

»Es wurde von einem meiner Vorfahren geschrieben – dem zweiten Marquess.« Er nickte zu dem Porträt an der Wand hin.

»Das ist er?«

»Ja. Lord Francis Halkin.«

»Ist er der einzige Marquess, der nicht in der Familienkapelle beigesetzt ist?«

Er runzelte die Stirn. »Woher wissen Sie das denn?«

»Edward hat es mir erzählt, als wir in der Kapelle waren.«

»Ach so.« Sein Gesicht verfinsterte sich. »Nach allem, was man über ihn weiß, war er ein verdammt übler Bursche.« Er sah angeekelt auf das Buch. »Er hat sich mit Hexerei beschäftigt. Mit Schwarzer Magie. Einer ganzen Palette solcher widerlicher Sachen. Er war so was wie ein Nachahmer von Gilles de Rais.«

»Der Name kommt mir bekannt vor. Wer war er?«

»Ein äußerst unangenehmer Zeitgenosse. Franzose. Pflegte Sex mit kleinen Jungen zu treiben. Schnitt ihnen während des Geschlechtsverkehrs die Kehlen durch.«

Oliver trat zurück, und als sein Schatten nicht mehr auf dem Buch lag, sah es für einen Moment so aus, als ob die Blätter zu atmen anfingen. Frannie trat erschrocken ebenfalls zurück. Eine Holzdiele knarrte unter ihren Füßen.

Er schob die Hände in die Hosentaschen. Das Sonnenlicht im Raum kam Frannie plötzlich unpassend vor. Er ging langsam weiter, und sie folgte ihm. »Man sagt Gilles de Rais nach, er habe mehr als neunhundert Jungen getötet – er wäre damit der größte Massenmörder aller Zeiten. Ich weiß nicht, wie viele Menschen der zweite Marquess umgebracht hat. Und ich weiß auch nicht, woher er sein Schreibpapier bekommen hat.« Er blieb stehen und drehte sich zu ihr um. »Ich kann die Vorstellung von der Aristokratie nicht ganz ernst nehmen. Kein Adliger hat nur nette Leute unter seinen Vorfahren.«

»Auch unter den Nichtadligen gibt es viele Leute, die nicht besonders nett sind«, meinte Frannie. »Wie viele ›normale‹ Menschen begehen Verbrechen und Greueltaten! Sie sollten mal einige der Waffen und Folterwerkzeuge sehen, die ich im Museum gerade katalogisiere! Wie zum Beispiel die wunderschön verzierten indischen Schlagringe mit ausgeklügelten Vorrichtungen, um Menschen die Ohren abzureißen. Ist es ein Fortschritt der Menschheit, wenn sie es fertigbringt, sich gegenseitig die Ohren abzureißen?«

»Wenn es dazu führt, daß die Betroffenen keinen Walkman mehr tragen können, dann ja.«

Sie kicherte, schaute dann zurück zu der Vitrine. »Warum behalten Sie das Buch? Warum verkaufen Sie es nicht an ein Museum?«

Er hob die Schultern. »Es gehört zum Erbe von Meston Hall, ob ich es gut finde oder nicht. Es gibt noch viele andere Dinge hier, auf die ich keinen großen Wert lege. Ich würde am liebsten einige von diesen langweiligen alten Porträts verkaufen und von dem Geld moderne Bilder kaufen, junge Künstler unterstützen. Aber die Leute wollen die Familiengeschichte an den Wänden hängen sehen...« Er ging weiter. »Das Buch zieht einige Besucher an – manche von diesen verqueren okkulten Spinnern kommen von weit her, um einen verzückten Blick darauf zu werfen. Es ist in der einschlägigen Literatur häufig erwähnt. Und jedes Jahr bekomme ich ein paar Briefe, in denen mir andere Spinner aus der Wiedergeborenen-Liga dringend raten, das Buch schleunigst zu verbrennen.«

Sie gingen durch eine Tür am Ende der Galerie und kamen in ein Eßzimmer. Ein runder Mahagonitisch war für ein festliches Dinner gedeckt.

»Hier haben meine Vorfahren intime Dinnerpartys gegeben.«

»Intime Dinners für sechzehn Personen?« Sie hatte die Gedecke gezählt.

»Man kann den Tisch auch verkleinern.«

An jeder der vier Wände hing ein einzelnes Porträt. Frannies Blick wurde von dem Porträt eines Mannes gefesselt, der dem zweiten Marquess sehr ähnlich sah. Sein Gesicht war nicht ganz so hager, aber es zeigte dieselbe harte Arroganz und gemeine Hinterlist.

»Das ist der dritte Marquess«, erklärte Oliver. »Lord Thomas. Er hat seinen älteren Bruder, den zweiten Marquess, an Cromwell verpfiffen. Auf diese Weise erbte er den Titel.«

Frannie sah jetzt auch die Selbstgefälligkeit auf dem Gesicht des Mannes und glaubte sofort, was Oliver gerade gesagt hatte.

»Das Ganze hat sich während des Bürgerkrieges abgespielt. Die Familie hatte ein Stadthaus in London. Es ist später beim Großen Feuer abgebrannt. Von diesem Haus aus gab es einen unterirdischen Geheimgang zur Themse, und der zweite Marquess stellte den Royalisten das Haus für geheime Treffen zur Verfügung. Sie haben ihn dafür, wie es heißt, mit kleinen Jungen versorgt.«

»Was ist mit ihm passiert?«

Oliver vermied es, sie anzusehen. »Man hat ihn mit dem ›Heißen Eisen‹ behandelt.«

»Was ist das denn?«

»Dasselbe, was die Lords schon 1327 mit Edward dem Zweiten angestellt haben. Ein glühender Schürhaken wurde durch den After in die Därme und inneren Organe geschoben. Man hat das damals als gute Methode angesehen, jemand zu ermorden – es hinterließ äußerlich keine Spuren.«

Frannie wurde bleich vor Entsetzen. Sie war froh, daß sie in Olivers Gesicht keine Ähnlichkeit mit dem Mann auf dem Bild an der Wand feststellen konnte. Sie schaute schnell wieder auf den Tisch, der mit einem dicken, karmesinroten Seil gegen die Besucher abgesperrt war, damit diese nicht auf die Idee kamen, sich an dem schweren Silberbesteck oder dem Porzellan zu bedienen. »Benutzen Sie den Raum noch manchmal?« fragte sie.

»Nur ganz selten. Früher haben wir mal festliche Bankette für amerikanische Touristen hier gegeben.«

»Könnten wir heute abend hier essen?« fragte sie kokett.

Er sah sie überrascht an. »Möchten Sie das?«

»Ich fände es toll!«

Er wurde von ihrem Enthusiasmus angesteckt. »Es müßte eigentlich möglich sein«, sagte er.

»Meinen Sie nicht auch, das wäre gut für die Räume, wenn sie hin und wieder benutzt würden?«

Er kniete sich auf den Boden und schaute unter den Tisch. »Ich bin mir nicht sicher, ob ich es noch hinkriege, den Tisch kleiner zu machen.«

Frannie sah, daß das Familienmotto in die Griffe des Silberbestecks und die Essig- und Ölfläschchen eingraviert war. Weitaus größer prangte es in Goldschrift auf den Platten: *Non omnis moriar.*

Die Worte riefen bei ihr dieselbe Beklemmung hervor, die sie bereits empfunden hatte, als sie sie zum ersten Mal über dem Eingangsportal gelesen hatte. *Ich werde nicht gänzlich sterben.* Ein Horaz-Wort. Es war ihr erstmals begegnet, als sie Horaz im Lateinunterricht an der Schule durchgenommen hatten. Aber es war ihr danach noch einmal begegnet. Sie las die Worte noch einmal. Die Erinnerung an diese zweite Begegnung war irgendwo in einer abgelegenen Ecke ihres Gehirns vergraben, kam nicht in ihr Bewußtsein – wie ein unartiges Kind, das sich hinter einem Baum versteckt.

Wie Edward. Ein Schauder überlief sie, als ihr die seltsame Frage einfiel, die er ihr gestellt hatte, als er das Fossil in den Händen hielt: *Glaubst du, die Toten bleiben für immer tot, Frannie?*

*Non omnis moriar.* Sie wiederholte die lateinischen Worte in ihrem Geist, dann die Übersetzung, und sie starrte dabei in die stählernen Augen des dritten Marquess, als ob er ihr helfen könne, ihre Erinnerung wiederzufinden. Und als ob er ihr erklären könne, warum diese Worte sie in eine so tiefe und unerklärliche Angst versetzten.

Der Lichtschein flackerte unruhig über dem zweiarmigen, silbernen Kerzenleuchter auf dem Tisch; er zuckte in der Zugluft und spiegelte sich hundertfach in den Facetten der Weingläser.

Frannie hatte einen Pullover über ihr Hemd angezogen, spürte aber dennoch die feuchte Kälte der Nachtluft. Oliver saß ihr gegenüber an dem Magahonitisch; er hatte es geschafft, ihn auf eine für zwei Personen angenehme Größe zu reduzieren. Er sah entspannt aus; er hatte die Manschetten seines Jeanshemdes umgeschlagen und schwenkte sein Glas langsam in der Hand. Sein Haar hing über seine Schläfen, aber er machte keine Anstalten, es hochzuschieben. Um den Hals der Weinflasche auf dem Tisch lag eine dünne Kruste, und das Rot des Weines in ihren Gläsern hatte einen leicht bräunlichen Ton. Auf dem Etikett der Flasche stand *Gevrey Chambertin, 1978.* Die dicken Filetsteaks auf ihren Tellern dampften.

Frannie nahm sich Pilze, eine große Tomate und kleine neue Kartoffeln aus der Folienpackung, in der sie das Essen hochgetragen hatten. »Gibt es irgendwelche Geister im Schloß?«

Er grinste sie an, und seine blauen Augen glitzerten im Kerzenlicht. »Ich glaube nicht.«

»Ich dachte, alle alten Schlösser haben ihre Hausgeister.«

»Alle alten Familien haben ihre Gerippe im Keller, aber die geistern normalerweise nicht klappernd und heulend nachts durch die Gegend.« Er schnippelte an seinem Steak herum. Es war wunderbar gelungen, außen gut durchgebraten, innen zartrosa, so wie Frannie es mochte.

Sie schnitt ein Stück von ihrem Fleisch ab, und ihr Blick fiel auf den Saft, der daraus hervortröpfelte. Der Anblick ekelte sie – er erinnerte sie an das Blut, das aus den Fingern des Jungen gequollen war. Sie sah schnell weg, und ihr Blick fiel auf das Porträt des dritten Marquess – auch kein beruhigender Anblick. Von draußen drang das Pfeifen eines Windstoßes und das Rascheln der Blätter in den Bäumen herein. Das Fenster hinter den geschlossenen Vorhängen war nur angelehnt und klapperte im Luftzug.

Sie sah nach oben, auf den großen Kronleuchter über ihnen. Das Licht der Kerzen auf dem Tisch spiegelte sich hundertfach in seinen dicken Kristalltropfen. Die Kerzen brannten jetzt wieder ganz ruhig; schmale, glänzende Streifen erhitzter Luft stiegen über ihnen hoch. »Wie ist Ihre Frau gestorben?« Endlich hatte sie diese Frage gestellt.

Oliver antwortete nicht sofort. Er wirkte plötzlich erschöpft und müde. Langsam legte er das Besteck weg, setzte die Ellenbogen auf den Tisch und stützte sein Kinn auf die gefalteten Hände. »Es… es ist etwa dreieinhalb Jahre her.« Er strich abwesend mit beiden Daumen über seine Kehle. »Wir hatten Edward mit nach London genommen – es war Sarahs Geburtstag. Sie ging zum Friseur; Edward und ich wollten sie zum Lunch in der City treffen. Wir sahen sie auf der anderen Straßenseite, und sie ging bei Grün los, kam auf uns zu. Ein Lieferwagen, hinter dem die Polizei her war, überfuhr die Ampel und erfaßte sie.«

»Mein Gott!«

»Sie wurde auf die Kühlerhaube geschleudert, und der Wagen raste mit ihr durch die Scheibe eines Ladens.«

Frannie sah ihn entsetzt an. »Sie haben es beide mit angesehen?«

Er verzog nur das Gesicht.

»Und das war vor dreieinhalb Jahren?« fragte sie, und ihre Stimme zitterte.

»Ja.«

»Wo ungefähr ist es passiert?« Sie fühlte, wie sich ihr Körper verkrampfte.

»In der City. Ich hatte eine Besprechung und nahm Edward mit ins Büro. Danach hatten wir noch etwas Zeit, ehe wir Sarah treffen sollten, und ich wollte Edward die Guildhall zeigen. Er war ziemlich sauer, weil ich ihm versprochen hatte, mit ihm zu Hamleys zu gehen, es aber bis dahin nicht geschafft hatte. Wir tranken was in einem kleinen Café, und als wir dann zur Poultry kamen, sahen wir Sarah auf der anderen Straßenseite. Sie hatte sich die Haare kurzschneiden lassen, und ich habe sie zuerst gar nicht erkannt. Sie ging los, der Lieferwagen kam angerast, krachte mit ihr auf der Kühlerhaube durch die Scheibe des Ladens. Das Glas hat ihr... den Kopf vom Rumpf abgetrennt.«

»Um Gottes willen!«

Er starrte auf seinen Wein, sagte nichts mehr.

Frannies Gefühle waren in verwirrender Weise gemischt – Entsetzen und Überraschung. »War es ein Buchladen?« fragte sie dann ruhig.

Er sah sie erstaunt an. »Ja.«

»Und in dem Café – Edward trank einen Schokoladen-Milchshake und Sie einen Espresso?«

»Ich kann mich nicht mehr genau erinnern...« Er runzelte die Stirn. »Ja, ich glaube schon...« Dann lehnte er sich zurück. »Wie zum Teufel können Sie das wissen?«

»Ich war das Mädchen, das Sie an der Theke bedient hat. Es war das Café meiner Eltern.«

Oliver schüttelte ungläubig den Kopf. Sie schwiegen lange.

Dann fuhr Frannie plötzlich ein kühler Luftzug ins Gesicht. Die Kerzenflammen flackerten heftig, gingen fast aus. Hinter Oliver bewegte sich ein Schatten. Es war die Tür. Sie schwang auf. Frannie drückte die Fingernägel in ihre Handflächen. Oliver drehte den Kopf, folgte ihrem entsetzten Blick.

Edward stand unter der Tür. In einem wollenen Bademantel und Cordpantoffeln. »Daddy, in der Mansarde war so ein komisches Geräusch!«

Frannies Blut pulste warm durch ihre Adern, als der Schreck verflog. Sie löste die verkrampften Finger, atmete tief durch, und sie lächelte Edward erleichtert an, als er auf den Tisch zukam. Oliver stand auf und legte den Arm beruhigend um die Schultern des Jungen. »Tatsächlich? Das sind vielleicht Eichhörnchen. Ich lasse gleich morgen ein paar Fallen und Gift auslegen.«

Edward erwiderte Frannies Lächeln nicht. Er schien sie kaum wiederzuerkennen. Sein Blick war auf ihre Teller gerichtet. »Kann ich ein bißchen Pudding haben?«

Oliver strich ihm durchs Haar. »Morgen kriegst du welchen. Komm, ich bringe dich zurück in dein Bett. Sag Frannie gute Nacht.«

Der Junge murmelte »g'nachtfrannie« und drehte sich um.

Oliver blinzelte Frannie zu. »Paar Minuten«, sagte er.

Als die beiden aus dem Zimmer gingen, murmelte Edward noch etwas, das sie nicht verstand; die Stimmen der beiden verebbten, und sie wurden von der Dunkelheit verschluckt, die sich hinter der offenen Tür den Flur hinunter erstreckte. Frannie schaute auf ihr Steak, das sie noch kaum berührt hatte, und schnitt sich einen Bissen ab. Die Stille um sie verstärkte das Geräusch des Messers auf dem Teller übermäßig. Sie dachte zurück an das Geschehen vor dreieinhalb Jahren, und sie war selbst überrascht, daß sie sich plötzlich so deutlich an den Mann erinnern konnte, der damals die Getränke für sich und seinen Sohn bestellt hatte. Und sie dachte über den Zufall – oder die Zufälle – im Leben nach.

Sie trank einen Schluck von ihrem Wein, und ihre Augen begegneten dem arroganten Blick des dritten Marquess. Sie fühlte sich beobachtet, und das machte sie nervös.

Der grauenvolle Tod von Olivers Frau ließ sie nicht los. Sie konnte sich gut an die Szene damals erinnern. Und an das, was ihre Eltern und die benachbarten Ladenbesitzer ihr erzählt hatten. Daß der Kopf der Frau durch das Fensterglas glatt vom Rumpf getrennt worden und bis zum Ende des Buchladens gerollt sei. Und daß alle Bücher, wirklich alle, weggeworfen werden mußten, weil sie mit Blut bespritzt waren.

Frannie war von zwiespältigen Gefühlen erfaßt – von Angst und einer gewissen Hochstimmung. War da eine seltsame, unbegreifliche Macht der Vorbestimmung am Werk? War sie, Frannie, Teil ihres Planes? Aber Oliver schien ihr irgend etwas zu verheimlichen. Hatte er gewußt, daß sie sich vorher schon einmal begegnet waren?

Hatte er einen bestimmten, ihr noch unbekannten Grund, Kontakt zu ihr aufzunehmen? Sie hierherzubringen?

Die Flammen der Kerzen fingen wieder bedenklich an zu flakkern, als sich draußen ein neuer Windstoß erhob. Hinter ihr ertönte ein scharfes Knacken, als ob ein Fuß auf eine Holzdiele träte, aber Frannie wollte dem Marquess an der Wand nicht zeigen, daß sie nervös war. Alte Häuser quietschten und knackten nun mal. Temperaturwechsel vom Tag zur Nacht. Zusammenziehung und Ausdehnung. Im Britischen Museum hörte man das jeden Tag. Sie war oft genug allein unten in den Kellergewölben und Krypten gewesen, umgeben von Mumien und ungeöffneten Särgen. Die Toten schreckten sie nicht, aber die Lebenden. Vor Geistern hatte sie jedenfalls keine Angst.

Sie wußte, daß außer ihr niemand im Zimmer war; die Tür hinter ihr war abgeschlossen, und durch die offenstehende Tür ihr gegenüber konnte sie in den dunklen Flur sehen. Als aber irgend etwas gegen ihren Hinterkopf stieß, fuhr sie entsetzt zusammen. Ihre Kehle war wie zugeschnürt, sonst hätte sie laut aufgeschrien. Dann streifte dasselbe Irgendwas ihre Wange. Dann ihr Ohr. Ein Schatten zitterte vor ihren Augen. Eine Motte, die in einer unregelmäßigen Parabel vor ihrem Gesicht auf und ab tanzte. Ihr Schatten strich über die Tischplatte vor ihr.

Als sich ihr Atem gerade wieder ein wenig beruhigt hatte, erschreckte sie ein lauter Knall hinter ihr derart, daß sie fast vom Stuhl kippte.

Sie fuhr entsetzt herum. Die Wand hinter ihr war leer. Wo bisher das Porträt eines bleichgesichtigen Mädchens aus längst vergangenen Tagen gehangen hatte, war jetzt nur noch ein großes, helles Rechteck zu sehen und ein dicker Haken in der Mitte. Das Porträt lag mit dem Bild nach unten auf dem Boden, und der Rahmen war unter dem Aufprall zersplittert. Dann hörte Frannie ein scharfes Zischen, und die Vorhänge wurden in das Fenster gesaugt. Beide Kerzen gingen aus. Und die Tür schlug zu.

»Frannie?« Olivers Stimme.

Sie öffnete den Mund, brachte aber keinen Ton heraus. Dann hörte sie ein lautes Klicken, und helles Licht durchflutete plötzlich den Raum. Sie mußte blinzeln. Oliver stand an der Tür und sah sie besorgt an. Schaute dann auf das heruntergefallene Bild. »Was ist passiert? Alles okay mit Ihnen?« Er ging zu dem Bild, kniete sich hin, hielt zwei Drahtenden hoch. »Verdammt dünner Draht. Ich möchte wissen, welcher Dummkopf das gemacht hat. Das hätte leicht jemanden verletzen können.«

»Ich habe beinah einen Herzschlag bekommen.«

Er betrachtete prüfend die anderen Bilder. »Ich muß mich für Edward entschuldigen – normalerweise schläft er um diese Zeit ganz fest.«

»Er hat vielleicht den Unfall mit dem Boot oder mit Dominics Fingern noch nicht verarbeitet. Jedes Kind hätte da Albträume.«

Olivers Gesicht hatte sich entspannt. »Sie sind weiß wie ein Leintuch.«

»Ich habe aber auch einen Schreck gekriegt – entsetzlich!«

»Das tut mir sehr leid.« Sein Blick verfing sich in ihrem, und er lächelte. »So ist das also. Wir sind uns gar nicht so fremd!«

»Ich hatte schon auf dem Bahnhof das Gefühl, daß ich Sie vorher schon einmal gesehen hatte. Das hat mich sehr beschäftigt.«

»Haben Sie oft in dem Café gearbeitet?«

»Ja. Als Schülerin und Studentin in den Ferien fast immer. Mein Dad bezahlte mich ganz gut, und das konnte ich brauchen. In dem neuen Café dann nicht mehr. Vor ein paar Jahren lief der Mietvertrag für das alte Café aus. Die Stadtplaner hatten ein neues Konzept für das ganze Viertel, die alten Geschäfte sollten abgerissen werden, also mußten meine Eltern sich woanders wieder ein Café mieten.« Er machte einen Schritt auf sie zu, und sie sah ihn fragend an.

»Ich... ich bin sehr glücklich, daß Sie hier sind«, sagte er.

»Obwohl es ein... Zufall war?«

Er legte die Hände um ihre Hüfte, und sie spürte den sanften Druck seiner kräftigen Finger. Er legte den Kopf ein wenig schräg. Sein Haar hing immer noch über die Schläfen, und in seinen Augen tanzten die Lichtreflexe der Kronleuchterkristalle. »Vielleicht können Sie mein Schicksal wenden«, sagte er ernst.

»Ich... hoffe es.«

Sie sahen sich in die Augen, langsam näherten sich ihre Gesichter, und ihre Lippen berührten sich, ganz leicht nur, wie versuchsweise, lösten sich wieder. Noch einmal sahen sie sich an, fragend, und dann küßten sie sich wieder. Frannie war überrascht, wie weich und zart seine Lippen waren, wie sanft sein Mund sich auf ihren Lippen bewegte. Seine Hände hielten sie jetzt fester, streichelten ihren Rükken, und sie fühlte sich geborgen, hatte keine Angst mehr, vor nichts in der Welt, spürte nichts anderes mehr als ein tiefes Verlangen. Sie küßte ihn wild, ließ ihre Finger durch sein Haar gleiten, atmete den Duft seiner Haut, spürte die Stärke seines Körpers.

Wieder lösten sich ihre Lippen, wieder sahen sie sich an. Er nahm ihr Gesicht in beide Hände und küßte sanft ihre Augenlider, schaute ihr dann in die Augen. Voller Zärtlichkeit und Erwartung. »Laß uns zu Bett gehen«, sagte er.

# *Zehn*

Ein lautes Klicken ließ Frannie aus einem verworrenen Traum hochfahren. Es hatte wie das Abschalten einer Maschine oder das Zuschieben einer Schublade geklungen. Sie setzte sich verwirrt auf, brauchte einen Moment, um sich zu erinnern, wo sie war. Dann atmete sie tief durch und ließ sich zurück ins Kissen sinken. Ganz langsam, um Oliver nicht aufzuwecken. Er schlief fest neben ihr. Auf dem Nachttisch hinter ihm brannte flackernd ein Kerzenstumpf. Draußen drang das Heulen einer Eule durch die Dunkelheit.

Sie war hellwach. Irgend etwas beunruhigte sie. Wieder schrie die Eule, ein sanfter, einsamer Ruf, ein unbeantwortetes Signal in der Weite des Weltalls. Die Kerze flackerte auf, Schatten zuckten über die Wände. Sie schaute sich um, sah den dunklen Baldachin des Himmelbettes über sich, die dicken Teppiche auf dem Boden, die Gemälde an den Wänden mit den pausbäckigen Engeln und den fülligen Frauen im Rubens-Stil.

Unter der dünnen Bettdecke lag Olivers Arm über ihrem Bauch. Er bewegte sich, und die harten Stoppeln seines Kinns kratzten über ihre Schulter. Frannie lächelte vor sich hin, als sie an das wunderschöne Erlebnis der vergangenen Stunden dachte, und ihre Angst verflog. Sie fühlte sich erschöpft, wie eine leere Hülle, und gleichzeitig doch wunderbar erfüllt, als ob sich das Prinzip des Gleichgewichtes in ihr verkörpere. Sie hatten sich die ganze Nacht geliebt, nur unterbrochen von kurzen Augenblicken erschöpften Schlafes, und wie es schien, sollte das endlos so weitergehen – Oliver schlief nicht mehr, knabberte zärtlich an ihrem Ohr und ließ seine Hände verlangend über ihren Körper gleiten.

Sie küßte ihn, ihre Lippen waren klebrig, ihre Haut feucht von Schweiß. Er ließ seine Lippen, seine Finger über ihren Nacken, ihre

Schultern, ihre Brüste gleiten, sah ihr liebevoll in die Augen, und sie begehrte ihn, als ob die Nacht eben erst begonnen hätte. Sie zog ihn an sich, streichelte ihn, auch mit den Lippen, küßte ihn zart, dann wild, wieder zart; ihr Körper bebte, reagierte mit Verlangen auf jede seiner Zärtlichkeiten, jeden Kuß, bis sie sich zusammennehmen mußte, nicht laut zu schreien. Sie legte die Arme um seinen Hals, stöhnte, wimmerte vor Erregung, vor einer unsäglichen Erfüllung, die kaum von Schmerz zu unterscheiden war, und sie stieß seinen Namen hervor, wieder und wieder, als ob die Erde aufhören würde sich zu drehen, wenn sie verstummte.

Dann lagen sie erschöpft da, atmeten schwer. Frannie hatte den Geruch von Sex in der Nase, spürte den salzigen Geschmack seiner Haut auf den Lippen. Sein Gesicht lag zwischen ihren Brüsten, und sie streichelte sein Haar, glättete es, ordnete die Strähnen.

An seinem Hinterkopf fand Frannie eine kleine Stelle weißer Haut, an der ihm die Haare ausgegangen waren. Das ließ ihn verwundbar erscheinen – als ob man auf seine Schädeldecke sehen könnte, durch sie hindurch, in sein Gehirn. Ein kleiner Schauer überlief sie, aber sie starrte fasziniert weiter auf diese Stelle. Sie wußte, daß die menschliche Haut sich ständig erneuert, eine ganze Lage jeden Tag, und daß die abgestoßenen Hautpartikel ausreichen würden, eine Suppenschüssel zu füllen. Und sie fragte sich plötzlich, wieviel menschliche Haut man brauchte, um ein Buch daraus zu machen.

Ihre Gedanken machten ihr angst, und sie barg ihr Gesicht in seinem Haar, küßte die kahle Stelle.

Er kehrte ihr sein Gesicht zu, sah sie ernst an, suchte ihren Blick mit einem ängstlichen Stirnrunzeln.

»Was bedrückt dich?« fragte sie.

Er antwortete zunächst nicht. Dann streichelte er ihre Schulter. »Wie viele Sprachen sprichst du?«

Seine Frage überraschte sie. »Englisch. Italienisch. Ein wenig Französisch. Latein. Warum fragst du?«

»Kein Arabisch? Keine andere alte Sprache außer Latein?«

Sie lächelte. »Nein. Willst du irgendwas übersetzt haben?«

Er antwortete nicht.

»Ich war sehr überrascht, als ich Edward heute Latein sprechen hörte«, sagte sie.

Oliver schien zu erstarren. »Er hat Latein mit dir gesprochen?«

Ihr wurde plötzlich kalt, und sie schmiegte sich an ihn, suchte die Wärme seines Körpers. »Seine Kenntnisse der Flora sind wirklich unglaublich. Er kennt anscheinend die lateinischen Namen aller Pflanzen.«

»Pflanzen?« fragte er ruhig.

Sie schob eine Haarsträhne aus seiner Stirn. »Gescheiter Sohn eines gescheiten Vaters.«

Oliver sagte nichts.

Sie schliefen ein.

Als sie das Schlagen der Turmuhr aufweckte, war der Raum in helles Sonnenlicht getaucht. Die Augen taten ihr weh, und die Lider glitten wie Sandpapier über die Augäpfel, als sie ins Licht blinzelte. Oliver saß in seinem Paisley-Morgenmantel auf der Bettkante und lächelte sie an. In seinem müden, blassen Gesicht hoben sich die dunklen Bartstoppeln deutlich ab, die Haare hingen ihm in die Stirn, und das ließ ihn verwegen, ja wild aussehen – ein Anblick, der Frannie ausgesprochen gut gefiel. Sein Atem roch nach Zahnpasta. »Guten Morgen«, strahlte er.

»Wieviel Uhr ist es?«

»Sechs«, sagte er ruhig. »Ich möchte dich natürlich gerne bei mir behalten, aber Edward kommt oft morgens hier rein, und ich... ich möchte nicht...«

Sie nickte.

Er drückte ihre Hand und sah sie einen Moment gedankenvoll an. »Schlaf in deinem Zimmer noch ein bißchen weiter«, sagte er dann. »Solange du willst. Ich mache dir dann das Frühstück. Wir machen uns einen richtig faulen Tag, okay?«

Sie schob die Füße aus dem Bett, setzte sich auf, schüttelte das Haar aus dem Gesicht. Oliver zog seinen Morgenmantel aus und legte ihn ihr um die Schultern. »Zieh ihn an.«

Der Morgenmantel war ihr viel zu groß – die Hände kamen nicht aus den Ärmeln, und als sie aufstand, schleifte er auf dem Boden. Sie raffte ihre Kleider zusammen und ging zur Tür. Oliver folgte ihr in den Flur, und dort standen sie noch einen Moment wie ein heimliches Liebespaar beisammen. Sie sah ihn verliebt an, und er zog sie an sich und küßte sie sanft auf die Stirn. »Bis nachher«, flüsterte er.

Sie schlich barfuß durch den Flur, an Edwards Zimmertür vorbei, die einen Spalt offenstand, schlüpfte in ihr Zimmer, schloß ganz leise die Tür hinter sich.

Sie atmete auf, genoß die milden Gerüche des Zimmers, kroch unter das frische, kühle Laken und schlief ein.

# Elf

Frannie hatte die Story auf der Titelseite der Zeitung ihres Vaters gelesen, als sie neun Jahre alt war. Eine Familie war mit ihrer Jacht im Kanal auf eine Mine gelaufen, die die Deutschen im Krieg gelegt hatten. Die Mine hatte sich von ihrer Verankerung am Meeresboden gelöst und war wahrscheinlich schon mehrere Tage an der Wasseroberfläche getrieben. Es sei seit zehn Jahren der erste Zwischenfall dieser Art gewesen, hatte ein Sprecher der Küstenwache gesagt. Die ganze Familie war dabei ums Leben gekommen.

Sie zählte die Schläge der Uhr. Sieben. Sie fragte sich, warum sie jetzt plötzlich an diese Geschichte gedacht hatte. Als Kind war sie sehr betroffen gewesen, und noch Jahre danach hatte sie sich gefürchtet, mit dem Boot oder Schiff irgendwohin zu fahren.

Sie hörte es 7.15 Uhr schlagen, dann 7.30. Sie war inzwischen hellwach, eingehüllt in die Wärme des Bettes, und zu aufgeregt, um wieder einzuschlafen. Sie lauschte dem Gesang der Vögel draußen und ließ das Sonnenlicht auf den geschlossenen Augenlidern spiegeln. Schließlich schlüpfte sie aus dem Bett, zog ihre Kleider an und ging nach unten.

Als sie in die Halle kam, hörte sie zu ihrer Überraschung das Geräusch eines eingeschalteten Fernsehgerätes. Es kam aus einem kleinen Raum neben der Küche. Frannie ging hin und steckte den Kopf durch die Tür. Edward lag in einem Garfield-Bademantel auf dem Fußboden und schaute sich einen Zeichentrickfilm an.

»Hallo«, sagte Frannie. »Du bist früh auf.«

Er reagierte nicht, starrte weiter auf den Fernseher. Neben ihm auf dem Teppich lag eine große Streichholzschachtel. Das Geschehen des Films strebte dem Höhepunkt entgegen, wie Frannie amüsiert feststellte. Ein Hund schlitterte über einen polierten Fußboden, sauste durch ein geöffnetes Fenster, hing mit dem Kopf nach unten hoch über einer Straße von Manhattan, gehalten nur von dem großen Fuß eines Mannes auf seinem Schwanz. Dann fokussierte ein schwarzer Kreis die Szene, und sie entschwebte in immer größere Entfernung. Der Abspann des Films setzte ein.

Edward drehte sich zu Frannie um. Sein Gesicht war blaß, und er hatte geweint. Seine Augen waren noch ganz rot.

Frannie erschrak. »Was ist los, Edward?« fragte sie und kniete sich neben ihn.

»Ich habe wieder diese böse Sache gehabt«, sagte er.

Seine Antwort steigerte ihre Beunruhigung. »Was meinst du damit?«

Er antwortete nicht gleich. »Das ist mein letzter Sonntag, bevor ich wieder in die Schule muß«, sagte er dann.

Sie lächelte erleichtert, meinte ihn jetzt zu verstehen, und sie hatte Mitleid mit ihm. »Wir machen das Beste aus dem heutigen Tag, okay?«

»Magst du Insekten?« fragte er bedrückt.

»Nein. Warum?«

Er drückte die Stummtaste des Fernsehers, nahm dann die Streichholzschachtel in die Hand. »Das ist mein neuer Freund.«

Frannie sah zunächst nichts, bis er die Schachtel seitlich kippte und mit dem Zeigefinger leicht gegen den Boden klopfte. »Komm, Mr Bean, zeig dich mal! Ich nenne ihn Mr Bean, weil er wie Rowan Atkinson in diesem Film aussieht.« Zitternde Fühler tauchten auf, dann krabbelte ein kleiner, dunkelbrauner Käfer aus dem Inneren der Schachtel. Für Frannie sah er ziemlich eklig aus.

»Hast du Jonathan Mountjoy gekannt, Edward?« Sie sah ihn aufmerksam an, aber sein Interesse war auf den Käfer konzentriert.

»Umdrehn, Mr Bean«, befahl er und schüttelte die Schachtel. Der Käfer gehorchte jedoch nicht, sondern krabbelte weiter bis zum Rand, versuchte, daran hochzusteigen. Auf dem Fernsehschirm begann der nächste Zeichentrickfilm, was Edward nicht entging. »Den muß ich sehn. Willst du nicht mitgucken, Frannie?«

»Ich möchte erst mal einen kleinen Spaziergang machen. Danach schau ich mir vielleicht was mit dir an.«

Er stellte den Ton wieder ein und konzentrierte sich ganz auf das Geschehen auf dem Bildschirm. Die Schachtel mit dem Käfer lag unbeachtet neben ihm. Ihre Antwort auf seine Frage schien ihn bereits nicht mehr zu interessieren. Wie er auch ihre Frage nach Jonathan Mountjoy nicht beachtet hatte.

Frannie hatte schon oft von überdurchschnittlich begabten Kindern gehört, die sich irgendwie auffällig verhielten. Sie fragte sich, ob das bei Edward auch so war. Sie wollte mit Oliver darüber sprechen.

Sie zog die Eingangstür hinter sich zu und ging hinunter zum See. Der Morgen war wunderschön, und sie blieb auf der anmutigen Steinbrücke stehen, die den See an seiner schmalsten Stelle überspannte, und genoß die Stille und die Schönheit der Landschaft.

Als sie die Hände auf das Steingeländer der Brücke legte, bemerkte sie zum ersten Mal, daß sie gealtert waren; die Finger waren zwar noch schlank und glatt, aber die Haut auf den Handrücken war eingetrocknet und rauh – vielleicht von den Ausgrabungsarbeiten, dachte sie. Olivers Geruch hing noch in ihrer ungewaschenen Haut und in ihren Haaren, und sie wünschte sich sehnlichst, er wäre jetzt bei ihr.

Trotz allen Glücks, das sie in den letzten Stunden erfahren hatte, war da auch ein Schatten, der auf ihren Gedanken lastete. Ein undefinierbares Nagen. Wieder das Gefühl, daß irgend etwas nicht stimmte. Eine Mine, die sich von ihrer Verankerung losgerissen hatte, unter der Wasseroberfläche trieb, auf einen Kontakt lauerte.

Sie bekreuzigte sich – eine Gewohnheit aus ihrer Kindheit.

Ihre düsteren Gedanken verstärkten sich noch, als sie den Weg zurück zum Schloß einschlug. Sie ging einen anderen Pfad entlang als gestern und verirrte sich für ein paar Minuten in einem Waldstück. Dann kam sie auf einen Feldweg, der an einem ihr unbekannten Getreidefeld mit einem Hochspannungsmast in der Mitte vorbeiführte. Schließlich merkte sie, daß sie zu weit nach Osten gekommen war.

Sie korrigierte ihre Marschrichtung, und nach einer Viertelstunde war sie wieder auf bekanntem Terrain. Sie kam an dem Hundefriedhof mit dem zusammengefallenen Steinpavillon vorbei, auf dem Captain Kirk gestern so aggressiv geworden war, und näherte sich dem Buchenhain.

Als sie in den Schatten der mächtigen Bäume trat, sah sie etwas

Seltsames vor sich; zunächst glaubte sie, es sei ein abgeknickter Ast, der nach unten hing, aber als sie näher kam, erkannte sie, daß es ein Tier war. Es sah aus wie ein Fuchs, der in einer Schlinge hing. Ihr Magen gefror zu einem Eisklumpen. Das Tier hing regungslos am Ast einer Buche.

Und dann schlug sie die Hand vor den Mund, um ihren Schrei zu unterdrücken, und sie blieb erstarrt stehen. Entsetzen packte sie. Sie keuchte, ihr Magen bäumte sich auf.

Ein dunkelbraunes Auge starrte sie an, glitzerte wie eine Glasmurmel in dem Sonnenstrahl, der durch das Blätterdach fiel.

Frannie taumelte zurück, stolperte über eine Bodenfurche. Das Auge blieb reglos auf ihr haften. Blinzelte nicht. Nahm nichts mehr auf. Das offene Maul enthüllte das Zahnfleisch, das gestern noch voller Geifer gewesen war, jetzt aber wie ein eingetrockneter roter Gummischlauch aussah. Captain Kirks Beine waren gespreizt, wie er es beim Schlafen auf dem Küchenboden getan hatte – nur daß er jetzt an einer dünnen Drahtschlinge vom Ast eines Baumes hing.

Wellen der Angst jagten durch Frannie, aber sie riß sich zusammen und ging zu dem Hund, wollte sicher sein, daß sie nichts mehr für ihn tun konnte. Eine kurze Berührung genügte – unter dem weichen Fell war die Haut kalt wie Porzellan.

Sie rannte zum Haus, die Treppe hoch zu Olivers Zimmer. Es war leer. Aus dem Badezimmer kam das Geräusch von laufendem Wasser, und sie trommelte gegen die Tür.

Oliver öffnete mit einem Handtuch um die Hüfte, strahlte sie an, aber sein Lächeln gefror, als er ihren Gesichtsausdruck sah.

Während er schnell in seine Kleider schlüpfte, sagte sie: »Ich weiß nicht, ob Edward es gesehen hat. Als ich eben runterging und ihn sah, hatte er geweint, aber ich dachte, es wäre wegen des Schulbeginns morgen.«

»Zigeuner«, knurrte Oliver, als ob er ihr nicht zugehört hätte, und schlüpfte in seine Turnschuhe. »Vorige Woche hat es Ärger mit Zigeunern gegeben, die drüben auf unserem Land kampiert haben. Captain Kirk hat einen von ihnen gebissen.«

Sie schlichen sich aus dem Haus, hofften, daß Edward sie nicht hörte. Oliver nahm eine Drahtzange und einen Müllsack mit. Er schnitt die Drahtschlinge durch und legte den Spaniel in den Sack.

Frannie meinte, er solle die Polizei verständigen, aber er schien das nicht zu wollen. Er stellte den Plastikbeutel in den Range Rover und fuhr damit zu seinem Wildhüter, der den Hund irgendwo begraben sollte.

Frannie ging zurück zum Haus und ließ sich ein Bad einlaufen. Sie blieb lange darin liegen und versuchte, ihre Gedanken zu ordnen. Sie konnte nicht anders – sie mußte immer wieder an den gestrigen Zwischenfall denken, als der Hund so aggressiv gegen Edward geworden war, und sie konnte den Gedanken nicht verdrängen, daß es vielleicht nicht die Zigeuner gewesen waren, die Captain Kirk getötet hatten.

Dann aber erinnerte sie sich daran, mit welcher Liebe Edward gestern abend in der Küche den Hund umarmt und gestreichelt hatte, und sie gab es auf, nach einer Antwort zu suchen.

Als sie eine Stunde später in die Küche kam, wurde sie vom Geruch nach frischem Kaffee und Rühreiern begrüßt, und das gab ihr das beruhigende Gefühl, daß die Normalität noch existierte. Es erinnerte sie an einen der häufigsten Gerüche im Café ihrer Eltern.

Oliver hatte eine Metzgerschürze über sein ausgebleichtes Jeanshemd gestreift und war gerade damit beschäftigt, Knoblauchzehen als Füllung in ein Hähnchen zu stopfen. Edward kniete auf dem Boden und schubste seinen Käfer durch eine rechteckige Umzäunung aus Legosteinen. Auf dem Tisch war zwischen einem Wust aus Sonntagszeitungen, Cornflakes-Schachteln und Marmeladedosen ein Gedeck aufgelegt, das offensichtlich für sie vorgesehen war.

»Hi«, sagte Oliver und verzog das Gesicht zu einer konspirativen Grimasse.

Edward schaute nicht auf, als sie hereinkam. Wie immer fühlte sie sich in der Gegenwart des Jungen gehemmt. Lag es daran, daß sie noch nicht herausgefunden hatte, ob er ihr Freund oder ihr Feind war? Aber er war ja nur ein Kind, sagte sie sich. Und jetzt war sein geliebter Hund tot. »Lust auf ein Frühstück? Französischer Toast ist die heutige Spezialität des Küchenchefs.« Oliver spielte die Rolle des gutgelaunten Hausvaters recht überzeugend.

»Ja, bitte«, sagte Edward fröhlich.

»Hee, du hast doch schon gefrühstückt!«

»Kann ich trotzdem noch einen Toast haben? Bitte!«

»Möchtest du wirklich noch einen?«

Edward nickte. »Du, Daddy«, sagte er dann, »bist du einverstanden, daß ich mit Frannie heute nachmittag reiten gehe?«

Frannie sah den Jungen erstaunt an, dann Oliver – wußte Edward noch nichts vom Tod Captain Kirks? Doch, Oliver mußte es ihm gesagt haben, sonst würde der Junge bestimmt nach dem Hund suchen.

Das Telefon klingelte. »Du gehst heute nachmittag zu einer Party«, erinnerte ihn Oliver.

Edward verzog enttäuscht das Gesicht. »Was für eine Party?«

»Jamie Middletons Geburtstag. Er wird neun.«

»Du lieber Gott, Jamie Middleton!« Er produzierte ein paar gespielte Würgelaute. »Muß ich da wirklich hingehen?«

»Du hast seine Einladung angenommen.« Oliver nahm den Hörer ab, bedeckte aber die Sprechmuschel noch mit der Hand. »Ich dachte, du magst ihn. Vor ein paar Wochen wolltest du noch, daß er für ein Wochenende zu uns kommt.«

»Er ist echt doof, Daddy. Ist überhaupt nicht erwachsener geworden.«

Oliver und Frannie sahen sich an. Dann nahm Oliver die Hand von der Muschel. »Hallo? Clive!« Seine Stimme war plötzlich sehr ernst. »Ich habe gestern abend mehrmals versucht, dich zu erreichen. Wie sieht's aus?«

Frannie beobachtete ihn schweigend. Er sagte nicht viel, hörte angespannt zu, legte dann mit bedrücktem Gesicht auf. Der Glanz der Morgensonne schien sich einzutrüben.

»Dominic«, sagte er. »Sie haben einen Finger wieder annähen können, sind aber ziemlich pessimistisch, ob er wieder anwächst. Bei den anderen war nichts mehr zu machen – die Knochen waren zu stark zertrümmert.«

Edward klopfte auf den Boden, als der Käfer in eine unerwünschte Richtung krabbelte.

»Der arme Junge!« seufzte Frannie.

»Es wäre besser, wenn es die linke Hand gewesen wäre, nicht wahr, Daddy?« fragte Edward, ohne den Blick zu heben.

»Das hast du gestern schon mal gesagt. Es wäre besser, wenn es überhaupt nicht passiert wäre.« Oliver sah Frannie an. »Tee oder Kaffee?«

»Kaffee, bitte. Ich hol ihn mir.«

»Bleib sitzen und entspann dich. Lies die Zeitung. Möchtest du Cornflakes?«

Frannie hatte seit Jahren keine Cornflakes mehr gegessen, schüttelte jetzt aber welche in eine Tasse und goß Milch darüber. Sie war trotz ihrer Bedrückung ziemlich hungrig, als ob sich ihr Körper irgendwie für noch bevorstehende Ereignisse rüsten müsse. Oliver gab einen Klumpen Butter in eine Bratpfanne.

»Daddy, machst du mir noch einen Toast? Ich hab wirklich immer noch Hunger.«

»Nur wenn du mir versprichst, gleich nach dem Frühstück ein paar Pflaumen zu holen.«

»Kann Frannie mitkommen und mir helfen?«

»Frannie will wahrscheinlich ihre Ruhe haben.« Er blinzelte ihr zu und ließ die zerflossene Butter in der Pfanne rotieren. Er schlug zwei Eier in eine Schüssel und zerquirlte sie, tunkte zwei Scheiben Brot in die gelbliche Masse und legte sie dann in die Bratpfanne.

»Frannie, willst du mit mir kommen?« fragte Edward.

»Ja, gerne.«

Frannie lächelte, als Edward Faxen machte, um seinen Hunger darzustellen; er rollte mit Blick auf den Herd erwartungsvoll die Augen und schmatzte gierig mit den Lippen.

Oliver nahm die Toasts aus der Pfanne, legte sie auf Teller und goß Ahornsirup darüber. »Fertig!«

»Daddy, Frannie, schaut mal!«

Edward hatte dem Käfer eine trockene Erbse in den Weg gelegt, und das Insekt rollte sie vor sich her. »Gleich macht er ein Tor!« rief der Junge aufgeregt.

Der Käfer änderte seine Richtung. »Nein, du Blödmann!« Edward blockierte ihm mit der Hand den Weg. »Da rüber sollst du!«

»Der Toast wird kalt«, sagte Oliver. Er stellte die Pfanne in den Spülstein und ließ Wasser darüberlaufen.

Edward stand auf. »Auf Wiedersehen, Mr Bean«, sagte er und trat auf den Käfer. Dann setzte er sich an den Tisch und nahm unbekümmert sein Besteck in die Hand.

Frannie starrte ihn ungläubig an, dann auf die Überreste des Insekts. Oliver wischte gerade die Pfanne aus und hatte nicht mitbekommen, was Edward getan hatte. Der Junge schnitt ein Stück von seinem Toast ab, tunkte es in den Sirup und steckte es in den Mund. Ein Tropfen Sirup lief über sein Kinn. Er kaute begeistert und schnitt den nächsten Bissen ab, noch ehe er den ersten hinuntergeschluckt hatte.

Frannie sah in das offene, sommersprossige Gesicht des Jungen, in die warmen braunen Augen und auf das gewellte helle Haar. »Warum hast du das getan?«

Er aß weiter, reagierte nicht auf ihre Frage.

Seine Angewohnheit, ihre Fragen einfach zu ignorieren, ging Frannie zunehmend auf die Nerven. Sie kam sich wie ein Narr vor. Der Appetit war ihr vergangen, und sie schnitt nur halbherzig ein kleines Stück von dem Toast ab und schob es in den Mund. Der süße Geschmack munterte sie ein wenig auf. Sie versuchte, nicht auf den plattgedrückten Käfer zu schauen, aber er zog magisch ihren Blick an. »Warum hast du das getan, Edward?« wiederholte sie.

Edward fing an, geschäftig die Seiten der ›Mail on Sunday‹ durchzublättern. Er ließ die Augen über die Spalten wandern, als suche er nach etwas.

Oliver runzelte die Stirn. Edward blätterte weiter schweigend die Seiten der Zeitung um und schob einen Bissen nach dem anderen in den Mund, bis er schließlich fertig war und das Besteck ablegte. Dann widmete er sich ganz der Zeitung.

Oliver sah Frannie an, hob fragend die Augenbrauen. Sie zeigte auf die Überreste des Käfers. Sein Gesicht verfinsterte sich. »Edward, hast du den Käfer zertreten?«

Der Junge ignorierte auch seinen Vater und blätterte eine weitere Seite um.

»Edward!« sagte Oliver ärgerlich. »Warum hast du das getan? Warum hast du den Käfer totgetreten?«

»Käfer sind Ungeziefer, Daddy.«

»Das sind sie nicht! Und du sollst Tiere nicht quälen!«

Edward sah seinen Vater an, als sei *er* das Kind, das getadelt werden müsse.

Frannie bemerkte in Edwards Gesicht denselben Ausdruck, dieselbe seltsame Konzentration, die gestern den Hund zum Zittern und zum Weglaufen gebracht hatte. Und jetzt brachte diese Kraft Oliver zum Schweigen. Ein kalter Schauer überlief sie. In Olivers Augen las sie Ärger, aber auch Verwirrung und Bestürzung.

»Mein Gott, Daddy, ich habe ihn doch nicht gequält. Ich wollte ihm beibringen, wie man Fußball spielt, das ist alles. Frannie, bist du fertig? Können wir gehn und die Pflaumen holen?«

Er ging in die Spülküche und kam mit zwei Weidenkörben mit Trageriemen zurück. Einen davon hielt er Frannie hin. Sie trank ihren Kaffee aus und folgte ihm dann nach draußen.

Sie gingen eine frisch gemähte Spur an der Mauer des Gemüsegartens vorbei. Es war heiß, aber es wehte eine kräftige Brise, die die Büsche und Bäume sanft hin und her wiegte und sie wie entfernte Meereswellen rauschen ließ. Das Gras hatte man in der Spur liegenlassen, und in der Trockenheit der vergangenen Tage war es zu Heu geworden und erfüllte jetzt die Luft mit seinem würzigen Geruch.

»Captain Kirk ist weggelaufen«, sagte Edward plötzlich. Und eher beiläufig.

»Weggelaufen?« Sie fragte sich, was Oliver dem Jungen erzählt hatte.

»Ja, er ist weggelaufen«, wiederholte er und verfiel wieder in Schweigen.

Frannie machte einen weiteren Versuch. »Edward, in deinem Fotoalbum in der Mansarde habe ich einen Zeitungsausschnitt über einen Mann namens Jonathan Mountjoy gesehen. Er ist in Amerika von einem Räuber erschossen worden. Weißt du, daß dieser Ausschnitt in dem Album liegt?«

»Ja.«

»Hast du ihn ausgeschnitten?«

Er nickte.

»Warum?«

»Ich weiß es nicht«, antwortete er, und es klang arglos und treuherzig.

»Schneidest du denn öfter Artikel aus Zeitungen aus?«

»Manchmal.«

»Zu welchen Themen?«

Keine Reaktion. Sie sah ihn an. »Edward?« Wieder einmal ignorierte er sie einfach.

Sie kamen in einen hoffnungslos vernachlässigten Obstgarten. Lange Reihen von Bäumen ließen ihre Äste unter dem Gewicht der Früchte nach unten hängen, manche fast bis auf den Boden. Pflaumen und Reineclauden lagen darunter im hohen, unkrautdurchwachsenen Gras, und Wespen, Schmeißfliegen und anderes Getier krabbelten auf ihnen herum, hatte tiefe Löcher in manche der Früchte gebohrt. Frannie trat auf eine Pflaume und spürte, wie sie unter ihrem Fuß zermatscht wurde. Angeekelt schaute sie auf die braune Masse des überreifen Fruchtfleisches. Durch eine Lücke vor sich sah sie eine Reihe von Apfelbäumen, die ebenso voller Früchte hingen, die aber noch nicht reif waren.

Edward sprang hoch und zog den Ast eines Pflaumenbaumes nach unten, ließ ihn dann wieder los. Ein Regen aus Pflaumen plumpste um sie herum auf den Boden. Eine Pflaume traf Frannies Kopf, fiel zwischen ihre Füße. Sie hob sie auf, wischte sie an ihren Jeans ab und biß hinein. Sie war sehr weich und schmeckte schon leicht angefault.

»Die Victorias sind die besten, Frannie«, sagte Edward und griff nach ihrer Hand. »Laß uns davon welche holen!«

»Wie ist denn ihr lateinischer Name?«

Er gab wieder einmal keine Antwort, klammerte sich nur fester an ihre Hand, zerrte sie hastig vorwärts, als ob er Angst hätte, die Früchte könnten plötzlich verschwinden. Sie kamen zu einer Gruppe von Bäumen, die voller großer, eiförmiger Pflaumen hingen, von denen einige grün, andere gelb mit roten Streifen waren. »Das sind sie!« rief Edward.

Frannie hob eine der Früchte vom Boden auf und biß hinein. Sie war hart und schmeckte bitter.

»Sie werden viel später reif als die anderen Pflaumen«, sagte Edward. »Man muß gut hinsehen, um die reifen zu finden. Ich hol dir eine!« Er ließ ihre Hand los und ging vor ihr her, die Augen auf die Äste des nächsten Baumes gerichtet. Er sah sich eine große, tiefgelbe Pflaume aus der Nähe an, umschloß sie dann sanft mit den Fingern, als ob er Angst habe, sie zu beschädigen, und zog sie langsam, mit äußerster Konzentration, vom Ast. »Da haben wir sie!« rief er und hielt sie ihr hin.

»Danke.« Sie steckte die Pflaume in den Mund und biß zu. Im selben Moment spürte sie ein Kitzeln an der Innenseite ihrer Lippen. Ein Krabbeln, ein seltsames Surren, und dann durchzuckte ein stechender Schmerz ihre Unterlippe. Sie spuckte entsetzt aus, voller Panik, aber dann fuhr ein zweiter Schmerz wie eine glühende Nadel in ihre Zunge. Sie warf den Kopf hin und her, spuckte aus, aber dieses Krabbeln in ihrem Mund hörte nicht auf, krallte sich fest, und dann war da wieder ein stechender Schmerz in ihrem Mund.

Sie spuckte und spuckte, immer wieder, würgte, röchelte, und kleine Stücke der Pflaume sprühten von ihren Lippen. Und auch ein dickerer, dunkler Klumpen kam aus dem Mund, prallte auf den Boden, tanzte schwirrend hoch. Eine Wespe. Sie flog taumelnd davon.

Frannie schlug die Hand auf den Mund. Der Schmerz war fast unerträglich. Sie drückte die Unterlippe mit den Fingern zusammen, dann die Zunge, um den brennenden Schmerz zu lindern. Als eine andere Wespe um ihren Kopf schwirrte, schrie sie auf, warf in Panik den Kopf hin und her. »Edward! Hilf mir!« Sie drückte die Zunge noch fester mit den Fingern zusammen, preßte dann die Lippen ganz fest aufeinander, stolperte nach vorne, konnte wegen der Tränen in den Augen kaum etwas sehen. »Edward!« Sie stieß mit dem Kopf gegen einen Ast. »Edward!« Ein Zweig bohrte sich in ihr Auge.

Ammoniak für Bienen, Essig für Wespen. Ihr Vater hatte ihr das gesagt, als sie als Kind einmal gestochen worden war. AB. EW. Immer wieder rasten diese Buchstaben durch ihren Kopf, wurden zum Sprechgesang: AB. EW. AB. EW... Sie taumelte aus dem Obstgarten, lief am Küchengarten vorbei auf das Haus zu.

AB-EW – AB-EW...

Sarsons Essig. Sie sah die Flasche vor sich. AB. EW.

Sarsons Essig. Auf jedem Tisch im Café ihrer Eltern hatte eine kleine Flasche davon gestanden. Sarsons Essig und HP-Sauce. Der Schmerz brannte wie verrückt in ihrem Mund. Sie kämpfte gegen weitere Tränen an. Es wurde immer schlimmer.

AB. EW. Die Buchstaben summten wie Wespen durch ihren Kopf. Sie zwang sich dazu, sie zu wiederholen, wieder und wieder, denn wenn sie zum Haus kam, mußte sie wissen, was zu tun war. Edward war irgendwo. Sie hatte immer noch den Korb für die Pflaumen in der Hand. Ein klagendes Heulen brach aus ihrer Kehle. Sie stopfte ihr Taschentuch in den Mund und taumelte weiter, auf das Haus zu...

Im Obstgarten schüttelte Edward einen anderen Baum, suchte auf dem Boden geschäftig die besten Pflaumen aus, prüfte jede einzelne sorgfältig, ob keine Insekten daran waren, legte sie vorsichtig in den Korb, um sie nicht zu beschädigen, und er arbeitete sehr methodisch, dachte sogar daran, den Korb nicht zu voll zu machen, damit er ihn auch ohne Schwierigkeiten zum Haus tragen konnte.

Das Haus lag hinter dem Buchenhain. Der Schmerz würde nachlassen, wenn sie erst einmal im Haus war. Das Haus war die Rettung. Oliver war die Rettung. Sie rannte an einer jungen Frau vorbei, die sich für einen Mann mit Kamera gerade in Pose stellte. »Entschuldigung«, sagte sie, aber das Wort kam gar nicht aus ihrer Kehle, blieb in ihrem Gehirn gefangen, hallte wie ein Echo durch ihren Kopf. Entschuldigung. Entschuldigung. Entschuldigung.

Sie warf den Kopf von einer Seite auf die andere, als ob sie damit das entsetzliche Brennen in ihrem Mund lindern könnte. Biß auf das Taschentuch. Ihre Lippen fühlten sich wie angeschwollene Blasen an. Der Schmerz arbeitete sich hoch bis hinter ihre Augen, drang nach unten bis tief in ihre Kehle.

Sie riß die Eingangstür auf, stürzte in die Halle, die nach dem hellen Sonnenschein stockdunkel für sie war, sah Oliver am Küchentisch, den Telefonhörer am Ohr, voll konzentriert auf sein Gespräch. Ein Schneebesen ragte aus einer weißen Porzellanschüssel vor ihm auf dem Tisch. Das Radio lief – die Zusammenfassung der Nachrichten der vergangenen Woche.

»Elf?« fragte Oliver gerade. »In der vergangenen Nacht die elfte?« Er hob zur Begrüßung die linke Hand, nahm Frannie aber kaum wahr, trommelte mit dem Zeigefinger auf den Tisch. »Dieselben Symptome? Meint der Tierarzt immer noch, es wäre das Milchfieber?«

Frannie drehte sich um, wollte Edward um Hilfe bitten, merkte aber jetzt erst, daß er nicht hinter ihr hergekommen war, wie sie angenommen hatte. Sie riß eine Schranktür auf. Nur Porzellan- und Glasschüsseln. Nächste Tür – nichts als Teller. Nächste – ein Wok und Bratpfannen. Immer mehr Tränen stiegen ihr in die Augen. Der Schmerz in der Zunge wurde unerträglich. Sie drückte sie wieder zwischen Daumen und Zeigefinger.

»Aber der Tierarzt muß doch wissen, was zu tun ist«, sagte Oliver ruhig.

Sie riß die nächste Schranktür auf. Die Tränen verzerrten alles zu einem milchigen Nebel. Ein Rührgerät und verschiedene Zusatzgeräte. Sie biß noch fester auf das zusammengeknüllte Taschentuch. Stieß einen unartikulierten Laut aus der Kehle.

»Charles, einen Moment mal«, sagte Oliver und sah zu ihr herüber. »Frannie, was ist los?«

Warum zum Teufel sah er nicht, in welch einer verzweifelten Lage sie war? »Esssg!« Das Taschentuch verzerrte das Wort.

Jetzt sah er sie aufmerksam an, stand auf, plötzlich sehr besorgt.

»Esssg!« wiederholte sie und kramte ein Schrankfach durch. Dann drehte sie sich zu ihm um und flehte ihn mit den Augen an.

»Mein Gott! Charles, ich rufe dich gleich zurück.«

Sie riß weitere Schranktüren auf. Porzellan... Glasschalen... Pfannen... Und endlich ein Fach voller Flaschen. Mixpickles, Ketchup, Worcestersauce, Sojasauce, Olivenöl... Essig. Verschiedene Flaschen. Leichter Essig, Apfelessig. Und dunkelbrauner Essig. Sie nahm diese Flasche aus dem Schrank, öffnete den Drehverschluß, zog das Taschentuch aus dem Mund, goß von dem Essig darüber, stopfte es wieder in den Mund.

Der saure Geschmack schoß ihr in die Nase, und sie kniff die Augen zu. Sie zog das Taschentuch wieder aus dem Mund, wankte zum Spülstein, würgte. Der Wasserhahn und der Boden des Spülsteins schwankten vor ihren Augen, als ob sie auf einem Schiff auf hoher See wäre. Sie spürte Olivers Hand auf ihrer Schulter.

»Frannie, um Gottes willen, was ist los? Was ist passiert?«

Sie sah ihn an, wollte sprechen, aber ihre Zunge verstopfte den Mund, und ihre Lippen ließen sich nicht richtig bewegen. »Wesssp«, zischte sie und schloß die Augen. Er legte die Hände um ihr Gesicht und untersuchte ihren Mund.

Sie zog mit Daumen und Zeigefinger die Unterlippe vor. »Wsssp. Stochn. In Pfflaum.«

»Eine Wespe? Du bist gestochen worden?«

Sie nickte fieberhaft, zeigte auf zwei Stellen an ihrer Lippe, eine auf der Zunge.

»Auf der Zunge? O Gott! Bist du auf ein Nest gestoßen?« Sein Gesicht war plötzlich ganz faltig vor Sorge um sie, und aus seinen blauen Augen schien die Farbe zu weichen.

Sie atmete tief ein, kniff die Augen zusammen, stieß die Luft wieder aus. Mehrmals hintereinander. »Ich bringe dich sofort ins Krankenhaus«, sagte er. »Ich habe oben im Arzneischrank zwar ein

Mittel gegen Wespenstiche, aber das darf man nicht im Mund anwenden.« Er zog sanft ihre Lippen vor, schaute in ihren Mund. Dann sah er auf die Uhr an der Wand. »Nein«, überlegte er, »es geht schneller, wenn ich unseren Doktor herhole. Hoffentlich ist er erreichbar.« Er nahm den Telefonhörer ab.

Frannie öffnete die Augen. Ihr wurde von dem scharfen Geschmack des Essigs wieder schlecht, und sie beugte sich über den Spülstein, starrte auf Kartoffelschalen und Möhrenreste und einen kleinen Löffel, der im eingetrockneten Kaffeerest einer Tasse festklebte. Das Feuer in ihrem Mund brannte wie die Hölle, und sie wollte es mit einem Schluck Wasser löschen, aber das machte den Schmerz nur noch schlimmer.

Sie sah ihr Spiegelbild im Teekessel und versuchte, die Stiche zu betrachten, aber das Bild war zu verzerrt. Ihr fiel ein, daß in der Halle ein Spiegel hing. Sie lief taumelnd hin.

In dem schwachen Licht sah ihre Haut bleich und leblos aus. Wimperntusche lief ihr in schwarzen Streifen die linke Wange hinunter, aber das war ihr im Moment völlig egal. Sie war überrascht, daß ihre Lippen kaum geschwollen waren, nur ein wenig aufgedunsen. An der Innenseite der Unterlippe waren zwei kleine rote Pünktchen zu sehen, auf der Zunge ein roter Fleck wie ein Pickel.

Sie steckte das Taschentuch wieder in den Mund; der Schmerz ließ ein wenig nach, aber ihre Augen füllten sich durch den Essiggeschmack sofort wieder mit Tränen. Sie wischte sie mit den Ärmeln ab und wankte zurück in die Küche. Sie taumelte und streifte einige der Fotos von der Wand.

»Ja, bitte«, sagte Oliver gerade. »Sie hat wirklich schlimme Schmerzen.«

Sie setzte sich ihm gegenüber an den Tisch. Eine Träne fiel auf die Titelseite der ›Mail on Sunday‹ und breitete sich zu einem grauen Fleck aus. »Bush beweist Stärke« lautete die Schlagzeile, wie Frannie verschwommen erkannte. Sie wollte auch Stärke beweisen und versuchte, sich zusammenzureißen und nicht mehr zu weinen.

Oliver legte den Hörer auf. »Er wohnt in Glynde, ist in zehn Minuten hier. Er sagt, Essig sei tatsächlich das beste Mittel.«

Sie schloß die Augen und nickte dankbar.

Er schaute noch einmal sorgfältig in ihren Mund. »Du bist hoffentlich nicht allergisch gegen Wespenstiche?«

Sie schüttelte den Kopf.

»Deine Zunge sieht nicht arg geschwollen aus. Du kannst doch ohne Probleme atmen, oder?«

Diesmal nickte sie.

Er legte den Arm um sie und drückte sie fest. Dann küßte er sie auf die Stirn. »Du tust mir so leid. Schrecklich! Diese verdammten Wespen haben uns schon den ganzen Sommer über geplagt.«

Als sie zu ihm aufschaute, sah sie, daß er mit einem sehr besorgten Ausdruck ihr Gesicht betrachtete. Er schien nicht nach Wespenstichen oder sonst etwas zu suchen, es schien eher so, als wolle er ihre Gedanken lesen. Er sah schnell weg, und auch sie drehte bestürzt den Kopf zur Seite.

Edward kämpfte sich mit seinem Korb voller Pflaumen durch die Tür. Sein Gesicht war rot vor Anstrengung. Stolz zeigte er seinem Vater das Ergebnis seines Fleißes.

»Schau mal, wie viele ich habe, Daddy!«

»Frannie ist von einer Wespe gestochen worden«, sagte Oliver steif.

Edward erschrak sichtlich. Er ließ den Korb auf den Boden fallen, kümmerte sich nicht um die Pflaumen, die über den Boden kullerten. »Nein, Frannie! Wespen! Geht's dir gut?« Er sah ihr mit aufgerissenen Augen ins Gesicht, mit einem so entsetzten Ausdruck, daß sie meinte, er würde gleich anfangen zu weinen. »Wo hat sie dich gestochen?«

Sie sah ihn argwöhnisch an und zeigte auf ihren Mund. Ihr Gesichtsausdruck war anklagend.

»In der Pflaume? In der, die ich dir gegeben habe?«

»Hmmm.«

Sein Gesicht verzog sich entsetzt, und seine Stimme klang weinerlich: »Es war keine Wespe drin! Es kann gar keine drin gewesen sein! Frannie, wirklich, es kann keine drin gewesen sein, ich hab doch aufgepaßt! Ich hab früher selbst mal fast in eine mit 'ner Wespe drin gebissen, und ich guck immer genau hin! Frannie, es tut mir leid! Hast du arge Schmerzen?«

Sie nickte.

Er sah Oliver an, schluchzte. »Ich hab sie ausgesucht. Extra für Frannie.« Eine Träne lief seine Wange hinunter, und trotz ihrer Schmerzen hätte Frannie sich am liebsten geohrfeigt, daß sie sich dem Jungen gegenüber so anklagend verhalten hatte. »Es ist meine Schuld«, wimmerte er.

Frannie legte den Arm um ihn und drückte ihn an sich. Dann barg sie ihr Gesicht in die freie Hand, als der Schmerz wieder unerträglich wurde.

Der Doktor untersuchte ihren Mund sehr sorgfältig und zeigte ein fast überfließendes Mitgefühl. Er fragte sie, ob sie irgendwelche Allergien habe, und gab ihr eine Hydrocortison-Spritze. Dann sagte er ihr, die Schmerzen könnten noch eine Weile andauern, und gab ihr eine Schachtel Aspirin, um sie zu bekämpfen.

Sie verbrachte den Rest des Morgens auf einer Liege am Swimmingpool, der vor den Augen der Touristen durch eine dichte, kunstvoll gestutzte Eibenhecke geschützt war. Edward blieb immer in ihrer Nähe, als ob er die Verantwortung für ihre Genesung übernommen hätte. Zu Frannies Erleichterung beschäftigte er sich jedoch über längere Zeiträume mit seinem Gameboy, so daß sie dazu kam, die Sonntagszeitungen zu lesen.

Eine Seite der ›Sunday Times‹ am Boden wurde von der leichten Brise erfaßt und mit leisem Knistern umgedreht. Sie sah von ihrer Lektüre auf und beobachtete Edward, der völlig von seinem Spiel mit dem Gameboy gefesselt war. Er biß sich auf die Unterlippe und drückte entschlossen auf die verschiedenen Tasten. Sie hörte die leisen Töne der synthetischen Musik und die gedämpften Explosionen, wenn er einen Treffer erzielte. Sie betrachtete den Jungen aufmerksam, als ob sie dadurch lernen könnte, ihn zu verstehen. Das Rätsel, das er ihr aufgab, mußte gelöst werden. Wie konnte er einerseits so warmherzig und aufgeweckt sein und dann wieder so verschlossen und abwesend und unberechenbar? Es war wirklich verwirrend mit ihm. Trotz ihres Vorsatzes hatte sie noch nicht mit Oliver darüber gesprochen – sie hatte irgendwie das Gefühl, sie würde damit verbotenes Territorium betreten.

Vielleicht war ja gar nichts Finsteres oder gar Unheimliches in dem Verhalten des Jungen. Vielleicht hing es mit dem Tod seiner Mutter zusammen. Mit dem Trauma, daß er zugesehen hatte, wie seine Mutter geköpft wurde. Sie fragte sich, wie sie selbst unter diesen Umständen reagiert hätte. Vielleicht war Oliver froh, daß der Junge überhaupt geistig halbwegs gesund geblieben war.

Sie rekapitulierte noch einmal die Szene, als Edward ihr die Pflaume gegeben hatte. Sah wieder die Unschuld in seinem Gesicht. Verglich sie mit dem unschuldigen Gesichtsausdruck, den er gestern auch bei ihrer Bootsfahrt gezeigt hatte.

Er schaute plötzlich zu ihr auf, und sie senkte den Blick auf den Pool. Sie betrachtete die Rohrleitung, die sich entlang des Randes dahinzog, und sah der geschäftig hin- und herfahrenden automatischen Reinigungsanlage zu. In einer Ecke hatte sich ein unappetitlicher Teppich aus Schaum und toten Insekten angesammelt.

*Ich hoffe, du hast nicht vor, mit meinem Vater zu schlafen.*

Ihr Unbehagen steigerte sich.

Edward sah sie mit seinen warmen braunen Augen an. »Wie geht es dir, Frannie?«

»Ein wenig besser.«

»Möchtest du ein Spiel mit meinem Gameboy machen?«

»Gerne.«

»Ich bring jede Wespe um, die mir noch mal begegnet.«

Sie lächelte. »Das mußt du nicht tun.«

»Doch, das mach ich«, sagte er mit finster entschlossenem Gesicht. »Du bist meine Freundin. Es wird den Biestern noch leid tun, was sie mit dir gemacht haben.«

Die Sonne verschwand hinter einer Wolke, und sie schauderte unter einem plötzlichen Gefühl der Angst. Sie erinnerte sich an das Schicksal des Käfers. Und an die Worte, die Edward gesagt hatte, als er die Streichholzschachtel geöffnet hatte. *Das ist mein neuer Freund.*

Sie erinnerte sich nur zu gut daran, wie er sich von diesem neuen Freund getrennt hatte.

# *Zwölf*

Sie aßen im Hof zu Mittag. Die Sonne schien nur noch zeitweise aus immer dichteren Wolken. Oliver war das Hähnchen gut gelungen; es war saftig und schmeckte dezent nach Knoblauch und Estragon. Das Kauen schmerzte Frannie immer noch, und sie trank um so mehr, fast zuviel, von dem eisgekühlten Rosé. Edward verstrickte sich in einen erbitterten Kampf gegen die Wespen, was Oliver ziemlich auf die Nerven ging und beim Essen störte. Edward fing einige Wespen unter einem umgedrehten Glas und zerquetschte sie mit einer Gabel, eine ertränkte er in seinem Glas mit Cola. Er aß kaum etwas. Schließlich legte er sein Besteck hin.

»Das Hähnchen schmeckt irgendwie komisch, Daddy. Was hast du reingetan?«

»Knoblauch und ein Kräutergewürz namens Estragon.«

Edward verzog das Gesicht. »Du willst immer *Gourmet*-Essen machen, und dann schmeckt es nicht.« Er grinste Frannie an.

Frannie lächelte zurück. Oliver sah recht geknickt aus. Sie fragte sich, ob seine Frau eine gute Köchin gewesen war.

»Das nennt man nun Dankbarkeit!« sagte Oliver. »Kaum ist der Knabe vierundzwanzig Stunden wieder zu Hause, schon meckert er an meinem Essen herum!« Er sah seinen Sohn mit gespielt zornigem Gesicht an. »Okay, Paul Bocuse junior, warum zauberst du nächstes Mal nicht was für uns?«

Edward schaute ernst zurück. »Kannst du die Sachen nicht ganz normal kochen? Wie Mrs Beakbane?« Er wandte sich an Frannie. »Er liest zu viele Rezeptbücher.«

Bevor sie etwas zu Olivers Verteidigung sagen konnte, erschien ein Mann mit einem Jungen etwa in Edwards Alter im Hof. Der Mann war groß und kräftig und etwas jünger als Oliver. Er hatte ein freundliches Gesicht mit einer gesunden, wettergegerbten Farbe, das Haar sonnengebleicht. Er trug schäbige Jeans und ein uraltes Hemd. Der Junge hatte ein rundes, ziemlich blasses Gesicht mit einem spitzbübischen Ausdruck, eine hohe Stirn und dünnes, blondes Haar, das er versucht hatte, flach an den Kopf zu kämmen, was ihm bis auf eine trotzig hochstehende Locke auch gelungen war. Er trug ein gelbes Mickymaus-T-Shirt, eine saubere, aber zerknautschte Hose und Turnschuhe.

Oliver stand auf. »Hallo, Charles!« sagte er und stellte die beiden vor. »Das sind mein Bruder Charles und mein Neffe Tristram – das ist... ehm... Frannie Monsanto.«

»Guten Tag«, sagte Charles scheu und schüttelte ihr mit festem Griff die Hand, schaute dabei jedoch verlegen auf den Boden. Frannie sah jetzt die Ähnlichkeit zwischen den beiden Brüdern.

»Hallo, Tristram«, sagte Edward. »Willst du dir mal mein neues Gameboy-Spiel ansehen?«

Die Augen des Jungen leuchteten auf. »Ja, gerne!«

»Hast du Zeit für einen Drink?« fragte Oliver seinen Bruder.

»Nein... ehm... danke. Ich muß gleich wieder los, muß auf dem Weg zu den Middletons noch ein paar Sachen beim Tierarzt abholen.«

»Wann kommt dieser homöopathische Knabe und schaut sich die Kühe an?«

»Morgen früh.«

Die beiden Jungen wollten sich davonstehlen, aber Oliver erwischte sie gerade noch. »Halt! Wo wollt ihr hin?«

»Tristram will ein Spiel mit meinem Gameboy machen.«

»Später mal. Onkel Charles muß weg.«

Charles kratzte sich am Kopf und sah Frannie an. »Kennen... ehm... Sie diese Gegend hier?«

»Nein, fast gar nicht.«

»Aha.« Er sah wieder auf den Boden, als ob er nachdenken müsse, was er noch sagen könnte.

»Sie haben Probleme mit dem Vieh, nicht wahr?« Der Schmerz in ihrem Mund war zwar durch den Wein betäubt, aber die Lippen fühlten sich geschwollen an, und sie fragte sich, ob sie irgendwie seltsam aussah.

Er steckte die Hände in die hinteren Taschen seiner Jeans und senkte wieder den Kopf. »Ja, leider.« Dann schaute er auf seine Uhr, sah Oliver an, schließlich wieder Frannie. »Hat mich gefreut, Sie kennenzulernen. Entschuldigen Sie meine Eile. Die Kinder werden alle zu einer Schnitzeljagd in den Wald gebracht, und Jamies Mutter hat dringend gebeten, wir sollen ja pünktlich sein.«

»Hat mich auch gefreut, Sie zu sehen«, sagte Frannie.

»Vergiß dein Geschenk nicht«, sagte Oliver zu Edward.

»Muß ich Jamie Middleton das Geschenk geben, Daddy?«

»Natürlich. Es ist sein Geburtstag.«

»Ich würde es viel lieber Tristram geben.«

Die Augen seines Cousins leuchteten auf. »Ja, mach das!«

Frannie überkam ein Gefühl der Freiheit, als Charles mit den beiden Jungen in seinem dreckverspritzten Landrover um die Ecke des Hauptflügels verschwand. So hatte sie sich auch als Teenager immer gefühlt, wenn ihre Eltern ausgegangen waren. Es war aufregend, Oliver für ein paar Stunden für sich allein zu haben. Sie nahm seine Hand und drückte sie fest. Oliver streichelte ihre andere Hand und küßte sie leicht auf die Stirn. »Geht's dir besser?«

»Viel besser.« Sie sah ihm in die Augen, suchte nach einer Bestätigung – nach der Bestätigung, daß sein Sohn ihr nicht absichtlich eine Pflaume mit einer Wespe darin gegeben hatte.

Sie legten sich am Pool in die Sonne. Aber nur für kurze Zeit. Dann gingen sie in die hölzerne Umkleidekabine und liebten sich auf dem harten, staubigen Boden. Über ihren Köpfen spielten Sonnenstrahlen wie die Strahlen eines Kinoprojektors. Einige über eine Stange gehängte und anscheinend vergessene Badeanzüge reicherten die dumpfe Luft mit dem Geruch nach Gummi an.

Danach blieben sie schweigend nebeneinander liegen. Frannie knabberte an seinen Fingerspitzen, streichelte ihn sanft, spürte seinen warmen Atem in ihrem Gesicht. Schweiß lief ihr die Stirn und die Schläfen und den Nacken hinunter, das Haar klebte ihr am Kopf. Sie sah einer Spinne zu, die vorsichtig an einem glitzernden Faden hochkletterte. Der Schmerz in ihrem Mund kehrte zurück. Sie sog die kühle Luft durch die zusammengebissenen Zähne ein, und das Brennen ließ tatsächlich ein wenig nach.

Oliver drehte sich auf die Seite und stützte sich auf den Ellenbogen, sah ihr in die Augen. »Es tut mir schrecklich leid, daß du von dieser Wespe gestochen worden bist«, sagte er.

»Meinst du, Edward könnte ein wenig eifersüchtig auf mich sein?«

Ihre Worte schienen ihn wie ein elektrischer Schlag zu treffen. Sie spürte die Veränderung in seiner Haltung sofort; ihre Frage schien ihn wütend zu machen. »Was meinst du damit?« fragte er barsch. Er rückte von ihr ab, und die Wärme in seinen Augen erlosch.

»Nichts, nichts.« Seine Reaktion erschreckte sie.

»Du meinst, er hat es absichtlich getan?«

»Nein, nicht absichtlich, nicht aus Bosheit. Ich frage mich nur, ob es bei ihm eine Gefühlsregung gibt, von der er – verstehst du? – von der er selbst gar nichts weiß, eine Gefühlsregung, die mich ablehnt, so wie er jede Frau ablehnen würde, mit der du... ausgehst.«

»Du glaubst wirklich, Edward könnte dir absichtlich eine Pflaume mit einer Wespe darin gegeben haben?« Seine Stimme war kalt; die Stimme eines Fremden. Er setzte sich auf, beugte den Oberkörper über die Knie. Sein Gesicht war zornig.

Frannie sah der Spinne zu, die fast das Ende ihres Fadens erreicht hatte. Und sie hatte Angst, Oliver anzusehen. »Nein. Nein, das glaube ich nicht.« Und kaum hatte sie das gesagt, als sie sich auch schon ärgerte. Denn sie glaubte es ja. Genau das.

Wie zwei Fremde schwammen sie getrennt voneinander im Pool. Oliver preschte in einem kräftigen Kraulstil durch das Becken, Frannie zog langsam und stetig im Bruststil ihre Bahnen. Wenn sie sich am Beckenrand ausruhte, kam Oliver nicht zu ihr.

Sie holten sich den Tee an den Pool. Die Sonne stand schon tief am Himmel. Sie unterhielten sich nur mühsam, sprachen verlegen und gezwungen über allerlei banale Dinge. Frannie war verzweifelt, hatte Angst, alles verdorben zu haben, und sie bemühte sich krampfhaft, die Situation zu normalisieren. Oliver berührte sie nicht und reagierte auch nicht, als sie seine Hand drückte. Sie verfluchte sich, daß sie ihre Zweifel über Edward geäußert hatte.

Dann sagte er, er wolle einen weiteren Versuch machen, den Flugzeugmotor zum Laufen zu bringen, lud sie aber nicht ein, ihn zu begleiten. Sie blieb am Pool zurück und hörte, wie der Range Rover gestartet wurde und mit aufheulendem Motor losfuhr – mit einem Mann am Steuer, der sich offensichtlich geärgert hatte. Ein paar Minuten später wurde die Stille von einem gedämpften Knall durchbrochen, der wie ein Gewehrschuß klang. Dann noch einmal, danach ein lautes Röhren, das aber nach wenigen Sekunden wieder erstarb. Diese Prozedur wiederholte sich in der nächsten Viertelstunde noch mehrere Male, bis das Röhren in ein beständiges, monotones Dröhnen überging. Frannie fühlte sich sehr einsam.

Sie würden heute abend zurück nach London fahren. Oliver hatte sich einen Tag freigenommen, um mit Edward am Montag in den Zoo zu gehen. Seltsam – auch als sie sich zum ersten Mal getroffen hatten, waren die beiden gerade aus einem Zoo gekommen; Zufall, dachte sie, ein bedeutungsloser Zufall.

In ein paar Stunden würden sie sich vor der Treppe zu ihrer Wohnung verabschieden, und sie würde wieder in ihre Welt zurückkehren. Zu den Blumen in der Vase auf dem Kaminsims im Schlafzimmer. Und zu einem unangenehmen Telefongespräch mit ihren Eltern, denen sie erklären mußte, warum sie ihnen nicht Bescheid gesagt hatte, daß sie heute nicht zum Lunch hatte kommen können. Und zu dem erwartungsvollen Anruf von Debbie Johnson, die alles über den Ablauf des Wochenendes wissen wollte.

Der sie sagen mußte, wie sie alles verdorben hatte.

Wolken zogen sich wie ein großer Vorhang vor die untergehende Sonne. Sie schauderte in der einsetzenden Kühle.

Die Turmuhr auf dem Stallgebäude schlug fünfmal. Jeder einzelne Schlag hing in der Stille wie eine Warnung. Bong, dröhnte es. Laß die Finger davon! Bong – Gefahr! Bong – *Ich hoffe, du hast nicht vor, mit meinem Vater zu schlafen.* Bong – *Non omnis moriar.* Bong – *Ich werde nicht gänzlich sterben.*

Der erste Regentropfen näßte ihre Wange wie eine Träne.

Es regnete stark, als sie von der Autobahn fuhren und in den Smog kamen, der über den Industrievororten Londons lastete. Die Scheibenwischer quietschten und knirschten, und der Regen platschte schneller auf die Scheibe, als die Wischer ihn wegfegen konnten. Vor ihnen glitzerten bis in die Ferne die Rücklichter von Autos. Sie leuchteten plötzlich von vorne nach hinten auf, als die Wagen abbremsten. Hinter einer Kurve zuckte kaltes blaues Licht. Oliver bremste ab.

»Was ist los, Daddy?« fragte Edward mit verschlafener Stimme vom Rücksitz.

Oliver schaltete zurück. »Sieht aus, als ob wir in einen Stau kommen.« Er mußte laut sprechen, um das Röhren des Motors und Michael Jacksons Song »Thriller« zu übertönen. Edward hatte darauf bestanden, daß Lied in ohrenbetäubender Lautstärke zu hören.

Edward drückte sein Gesicht gegen die Scheibe. Der Verkehr auf der zweispurigen Straße reihte sich auf eine Fahrspur ein. Ein Schild tauchte auf: POLIZEI. UNFALL. LANGSAM FAHREN! Ein weißer Wagen lag auf dem Dach am Straßenrand. Er war gegen einen Laternenmast gerast, der ihn fast in zwei Teile zerrissen hatte. Ein Stück weiter stand ein anderer Wagen, dessen Vorderteil fast gänzlich eingedrückt war. Sein Dach ragte in die Luft, als ob es jemand unfachmännisch mit dem Büchsenöffner aufgeschlitzt hätte. Er war gegen die Fahrtrichtung geschleudert worden. Im ersten Wagen saßen bewegungslos zwei Menschen auf den Vordersitzen, ihre Körper eingeklemmt, seltsam verdreht, die Köpfe nach unten hängend. Die Windschutzscheibe war gesplittert. Frannie schaute weg, spürte das Grauen in sich aufsteigen, das sie jedesmal bei Unfällen dieser Art überfiel, mußte aber dennoch wie unter einem Zwang wieder hinschauen.

Eine Polizeisirene heulte hinter ihnen. Ein Polizist winkte den Verkehr zur Seite. Ein Feuerwehrwagen fuhr an ihnen vorbei, dicht gefolgt von einem Krankenwagen. Ihr Blaulicht zuckte über den nassen Asphalt.

»Was meinst du, wie das passiert ist, Daddy?«

Mehrere Leute standen um ein lebloses Bündel, das auf der Fahrbahn lag. Frannie sah mit Entsetzen, daß es eine junge Frau war. Eine dunkle Masse lief aus ihrem Kopf.

»Ist die Frau tot, Daddy?«

»Ich glaube, sie ist nur bewußtlos.«

Eine Gruppe von Menschen hatte sich um die Unfallwagen versammelt, und immer mehr kamen dazu. Zwei Männer zerrten an einer Wagentür. Als sie aufging, hörte Frannie durch das Dröhnen der Musik hindurch das protestierende Kreischen des Metalls, genau in einer Frequenz, die geradezu unerträglich an ihren Nerven zerrte.

Edward tippte ihr aufgeregt auf die Schulter und senkte die Stimme. »Ich glaube, sie ist tot. Sie bewegt sich nicht mehr.«

Ein Polizist winkte wütend, schneller zu fahren. Edward drehte sich um und schaute durch das Rückfenster. »Daddy, mach den Scheibenwischer an, bitte. Schnell! Schnell! Ich kann nichts sehen.«

Beide Fahrspuren waren jetzt wieder frei, und sie konnten mit normaler Geschwindigkeit weiterfahren. Frannie hatte immer noch das Bild des Mädchens auf der Fahrbahn vor Augen.

Edward sagte: *»Elephas maximus.«*

Frannie fuhr herum.

*»Loxodonta africanus. Giraffidae.«* Er sprach ruhig und deutlich, aber es war für Frannie zunächst schwierig zu erkennen, was er da sagte: *»Diceros bicornis. Diceros simus.«*

Frannie blickte zu Oliver. Er schaute mit gerunzelter Stirn in den Rückspiegel. Frannie drehte sich wieder zu Edward um. Er lächelte nicht, sah sie nicht an. Im Wagen war es plötzlich kalt. Eine Gänsehaut überlief sie. Eine Nachwirkung des Schocks wegen des Unfalls, dachte sie.

*»Hippopotamus amphibius. Hippopotamus libieriensis.«* Er starrte vor sich hin, zitierte die Worte ohne besondere Betonung.

»Sind das die Tiere, die du morgen im Zoo sehen wirst?« fragte Frannie.

*»Lama huanacus glama. Panthera pardus. Panthera unica. Neofelis nebulosa. Panthera leo. Erethizontidae. Hystricidae. Hyaena hyaena. Hyaena brunnea. Hyaena crocuta.«*

Es lag etwas unerklärlich Zwingendes, Gebieterisches in diesen lateinischen Worten, und Frannie spürte, daß sich ihre Nackenhaare sträubten. Angst. Sie sah Oliver an, der immer noch im Rückspiegel auf seinen Sohn starrte. Sein Gesicht wirkte wie versteinert. Sie konnte den Ausdruck darauf nicht deuten.

*»Crocodylus. Osteolaemus. Crocodylus porosus.«*

»Edward, das reicht jetzt!« sagte Oliver plötzlich.

Sie waren eine Weile recht flüssig vorangekommen, und bekannte Gebäude tauchten auf. Das rußgeschwärzte Gebäude, das aussah wie ein altes Lichtspielhaus, aber in Wirklichkeit das Lagerhaus eines Weinhändlers war. Die Tankstelle. Clapham South, die Station der Untergrundbahn. Das wie eine Moschee wirkende indische Restaurant mit dem rötlichen Schimmer in den Fenstern. Die Apotheke. Der Weinladen und die Pizzeria, deren Straßentische verlassen im Regen standen.

*»Struthio. Gorilla gorilla. Gorilla berengei.«*

»Okay, Edward, jetzt reicht es wirklich!« sagte Oliver, diesmal lauter und schärfer. »Die nächste rechts, nicht wahr?«

Frannie nickte beklommen. Die Kälte in seinem Ton ihr gegenüber hatte sich um keinen Deut verändert.

*»Anthropopithecus troglodytes. Camelus dromedarius. Camelus bactrianus.«*

»Ruhig jetzt!« Oliver schien die Geduld zu verlieren. »Nun sag uns mal, wo du das alles gelernt hast!« Er schaute wieder in den Rückspiegel.

»Hier geht's rechts«, sagte Frannie.

Edward verfiel in Schweigen.

Oliver fuhr die Straße mit den Reihenhäusern und den auf beiden Seiten geparkten Wagen hinunter und bog an ihrem Ende nach links in Frannies Straße ein. Vor ihrem Haus hielt er an.

»Ist das dein Haus?« fragte Edward.

»Ich hab hier nur eine Wohnung.«

»Darf ich mit reinkommen und sie mir ansehen?«

»Nein, heute nicht«, sagte Oliver. »Es ist spät, und du bist ziemlich müde.«

»Ich bin nicht müde, Daddy. Können wir nicht ein paar Minuten mit Frannie reingehen?«

*»Nein.«*

Frannie drehte sich zu dem Jungen um. Ihr Mund tat ihr plötzlich wieder weh. »Mach's gut, Edward. Am Dienstag geht die Schule wieder los, nicht wahr?«

Er nickte, dann verzog er traurig das Gesicht. »Ich will nicht, daß du weggehst, Frannie.« Er legte von hinten den Arm um ihren Hals und drückte seine Wange fest an ihre. »Seh ich dich denn wenigstens bald wieder?«

»Ich hoffe«, sagte sie flach.

Oliver öffnete die Hecktür und holte ihr Gepäck heraus. Sie stieg aus. Das Pflaster war naß. Edward sah ihr mit traurigem Gesicht nach. »Auf Wiedersehn, Frannie.«

»Auf Wiedersehn!« Sie hauchte ihm einen Kuß zu.

»Hee, Frannie!« rief er plötzlich noch. »Tod-sicher!«

Sie runzelte die Stirn, lächelte dann. »Tod-sicher!« Sie streckte ihm die Hand hin, mit der Handfläche nach oben, und er schlug klatschend darauf. Dann schloß sie die Wagentür. Es regnete wieder stark, und sie wurde naß. Oliver trug das Gepäck die Treppe hinunter, wartete, bis sie aufgeschlossen hatte, ging dann mit ihr in den Flur und stellte die Reisetasche neben einige Werbeprospekte auf den Boden. Sie machte das Licht an. Ein verlegenes Schweigen entstand zwischen ihnen. Oliver senkte den Kopf, öffnete den Mund, als wolle er etwas sagen, rieb dann aber nur mit seinen Händen über die Oberschenkel. Frannie hätte am liebsten losgeheult.

Dann aber machte er plötzlich einen Schritt auf sie zu, legte seine Hände auf ihre Schultern und sah sie ernst an. »Ich danke dir, daß du mitgekommen bist. Und es tut mir leid, daß du einige unangenehme Dinge erlebt hast.«

Sie sah ihn ebenso ernst an. »Ich bin trotzdem froh, daß ich mitgekommen bin. Ehrlich.«

Die Versteinerung wich aus seinem Gesicht, und zum ersten Mal seit seinem Zornesausbruch in der Umkleidekabine lächelte er sie an. »Ich... ich habe eine Einladung zu einer privaten Ausstellung bei einem Maler, den ich sehr schätze. Er heißt Andrew Kiewzka. Am Mittwoch. Möchtest du mitkommen?«

»Gerne.« Sie schob alle Gedanken an die Aerobicstunde beiseite.

»Das fängt um sieben an. Ich könnte dich am Museum abholen, natürlich aber auch hier.«

»Besser am Museum, weil es ja recht früh ist. Wann kommst du?«

»Zehn vor sieben?«

»Okay. Am Haupteingang?«

»Okay.«

Sie umarmten sich und schmiegten sich eng aneinander. »Es war schön, bei dir zu sein«, murmelte sie in sein Ohr. »Und es tut mir leid, was ich gesagt habe. Ich habe es nicht so gemeint.« Tränen stiegen ihr in die Augen. Er roch immer noch schwach nach dem Chlor vom Swimmingpool.

»Ich gehe jetzt besser, ehe Edward meint, er müßte uns nachkommen.« Sie küßten sich sanft, und dann stand sie unter der Haustür und sah ihm nach, wie er im Regen mit hochgezogenen Schultern und gesenktem Kopf die Treppe hochlief. Sie wartete, bis sie das vertraute Aufheulen des Motors und das Platschen der Reifen hörte, als er anfuhr.

Sie schloß die Haustür und hob die Prospekte vom Boden auf. Ein Pizza-Auslieferungsdienst, ein Entrümpelungsdienst und ein

Bauunternehmen – STAPELMANN, DER BILLIGSTE IN DER STADT! – boten ihre Dienste an. Sie legte die Broschüren auf das Tischchen im Flur. In der Wohnung über ihr fing ein Baby an zu schreien, wurde aber alsbald übertönt vom wütenden Schimpfen eines Mannes. Dann wieder Stille; nur das Trommeln des Regens.

Ein Schauder überlief sie, als sie von der Düsterkeit des Flurs umschlossen wurde, und der Weg zum Schlafzimmer kam ihr wie hundert Meilen vor. Sie ging ganz langsam, horchte auf jedes noch so kleine Geräusch. Vor der Schlafzimmertür, mit der Hand an der Klinke, schaute sie noch einmal prüfend zurück – auf die Wohnzimmertür, die Küchentür, die Badezimmertür. Sie drückte die Klinke nach unten, stieß die Tür auf, ging ins Zimmer, und sofort umgab sie der Duft von Olivers Blumen. Sie machte das Licht an.

Und stieß erleichtert die angehaltene Luft aus.

Die Blumen waren noch dort, wo sie sie zurückgelassen hatte – in der weißen Vase mit der grünen Schleife auf dem imitierten Kaminsims. Lilien und Nelken. Sie ging zu ihnen hin und steckte die Nase in die Blüten. Sie waren noch nicht verwelkt und rochen immer noch sehr intensiv. Das Telefon klingelte. Wahrscheinlich ihre Eltern oder Debbie. Sie ließ es klingeln, zweimal, dreimal, sog den Duft der Blumen ein. Das Klingeln hörte nicht auf. Sie ging ins Wohnzimmer und hob den Hörer ab.

»Hallo, Frannie.«

Die Stimme eines Mannes. Eine bekannte Stimme. Aber sie konnte sie nicht sofort zuordnen.

Wer es auch war, die Stimme klang ernst. Anders als sonst. Wie die Stimme auf einer Schallplatte, die mit der falschen Geschwindigkeit abgespielt wird.

»Hi«, sagte sie und verbarg hinter dieser Floskel, daß sie den Anrufer nicht sofort einordnen konnte.

»Ich habe schon das ganze Wochenende über versucht, dich zu erreichen.«

»Ich war nicht zu Hause.«

Stille.

Paul Bryce. Der Mann von Meredith. Natürlich, es war Paul.

»Ach so«, sagte er dann. »Ich verstehe. Du hast es also noch nicht gehört?«

Die Worte klangen düster, unheilschwanger. Frannies Stimmbänder verkrampften sich, und sie brachte nur ganz schwach aus der Kehle: »*Was* gehört?«

»Von Meredith?«

Frannie spürte, wie sich ihr Körper plötzlich anspannte. Ihr Kinn, ihr Nacken, ihr Magen, ihre Beine. Der Boden schien sich zu heben, und sie mußte die Beine biegen, um sich dieser Bewegung anzupassen. Sie sank in einen Sessel, und die Furcht stieg in ihr hoch wie Wasser in einer Schleuse.

»Nein. Von Meredith?« Sie konnte nur noch flüstern.

»Sie ist am Freitag morgen bei einem Autounfall ums Leben gekommen.«

# *Dreizehn*

Die Landschaft glitt draußen am Zugfenster vorbei, farblos, leblos, als ob das düstere Grau des Himmels sich darauf herabgesenkt hätte. Eintönige Siedlungen, hohe Kamine auf den Dächern, Wassertürme, Fabriken, Kanäle, Kohlehalden, Straßen hinter geschlossenen Schranken. Frannie beobachtete eine Frau, die ihre Wäsche von der Leine im Garten nahm, einen Mann, dessen Hund gerade sein Bein an einem Laternenpfahl hob, einen Lastwagen, der sich einen Berg hinaufquälte. Das Leben ging weiter, nahm seinen alltäglichen Verlauf; unbarmherzige Routineabläufe und Verhaltensmuster. Für alle Menschen außer Meredith und ihre Familie.

Früher hatte diese Zugreise Frannie immer so gut gefallen. Jetzt machte sie sie wahrscheinlich zum letzten Mal. Vor einem Monat hatte sie den Kontrabaß zu Meredith gebracht und dabei Oliver und Edward auf dem Bahnsteig getroffen. Meredith hatte noch gelebt, und sie hatte nicht geglaubt, Oliver jemals wiederzusehen. Sie hatte damals nicht einmal seinen Namen gekannt.

Der Zug ruckte, und ein Schwall heißen Kaffees schoß über den Rand des Plastikbechers auf ihre Finger. Sie biß in ihr klebriges Frühstücksbrötchen, und der heiße Hamburger und die glitschige Tomate verbrannten ihren Gaumen. Sie kaute verzweifelt; das Brötchen schmeckte nach Karton. Es war halb zehn, und der Zug sollte kurz vor elf in York eintreffen. Die Beerdigung fand um zwölf statt.

In der Nacht zum Montag hatte sie schlaflos im Bett gelegen und über Zufälle nachgedacht – und sich an Olivers Aussage erinnert, es gebe keine bedeutungslosen Zufälle. Sie hatte an den Unfall gedacht, durch den Olivers Frau ums Leben gekommen war. Und an den Unfall auf der Rückfahrt nach London. Und daß sie danach die Nachricht von Merediths Tod erhalten hatte. Zu viele Unfälle.

Und so viele *Zufälle.* Daß sie Oliver und Edward auf dem Bahnsteig getroffen hatte, nachdem sie drei Jahre vorher im Café ihrer Eltern gewesen waren; daß sie in dem Restaurant auf Seb Holland gestoßen war, der ihr von Jonathan Mountjoys Tod erzählt hatte; daß Edward die Zeitungsnachricht darüber ausgeschnitten hatte. Meredith und Jonathan – zwei Kommilitonen aus dem gleichen Jahrgang innerhalb weniger Wochen gestorben.

Sie versuchte herauszufinden, ob irgendeine Bedeutung, ein Sinn dahinterstecken konnte. Oliver hatte beim Dinner am Freitag über Jung und seine Theorie von der sinnvollen Koinzidenz gesprochen. Sie hatte sich in einer Zeit, als sie sich für Träume und ihre Deutung interessiert hatte, ein wenig mit Jung befaßt. *Synchronizität. Das kollektive Unbewußte. Kausalzusammenhänge.* Die einzige Verbindung, die sie herstellen konnte, war die, daß alle Ereignisse eingetreten waren, seit sie Oliver kennengelernt hatte. Aber das konnte natürlich nicht die Ursache der Geschehnisse sein.

Sie hatte gestern bei der Arbeit einen miserablen Tag gehabt. Ihr Mund hatte ihr immer noch weh getan, und die Sache mit Meredith war ihr nicht aus dem Kopf gegangen. Sie hatte sich nicht konzentrieren können. Erst abends, als sie schließlich Debbie Johnson angerufen und ihr über den neuesten Stand in der Oliver-Halkin-Affäre berichtet hatte, war sie ein wenig aufgetaut, und dann hatte auch noch Oliver bei ihr angerufen, nur um »Hallo« zu sagen. Er hatte viel Mitgefühl über Merediths Tod gezeigt. Auch Edward war an den Apparat gekommen und hatte ihr aufgeregt mit warmer, unschuldiger Stimme von seinem Tag im Zoo berichtet. Sie hatte ihm alles Gute zum Schulbeginn gewünscht, und als sie aufgelegt hatte, waren ihr wieder einmal die Fragen durch den Kopf gegangen, warum er manchmal in dieses abwesende Schweigen verfiel, was es mit seinem unerklärlichen Lateinvokabular auf sich hatte – und ob er wirklich unschuldig an der Sache mit der Wespe war.

Ihr ging wieder durch den Kopf, wie aufgebracht Oliver über ihre Andeutung gewesen war, Edward hätte ihr vielleicht absichtlich eine Pflaume mit einer Wespe darin gegeben. An welchem bloßliegenden Nerv hatte sie damit gezerrt? Olivers Reaktion beunruhigte sie, wie es sie beunruhigte, daß er nicht die Polizei eingeschaltet hatte, als Captain Kirk umgebracht worden war. Nahm er Edward in Schutz?

Dennoch, das alles beeinträchtigte die Intensität ihrer Gefühle für Oliver nicht im geringsten. Wenn überhaupt – es vertiefte sie höchstens. Seltsam, aber es war so. Sie dachte an ihre anderen Beziehungen zurück, fragte sich, ob es immer so gewesen war, daß die Menschen, die sie am meisten liebte, sie gleichzeitig auch am meisten beunruhigt hatten. Aber ein solcher Vergleich ließ sich nicht sinnvoll ziehen – sie hatte niemals vorher einen Mann so geliebt wie Oliver.

Das Taxi fuhr durch das Tor des Friedhofs, dann einen sanft ansteigenden Kiesweg entlang bis vor die kleine Backsteinkapelle.

Frannie bezahlte den Fahrer, stieg aus und stand zunächst unsicher herum. Vor der Kapelle standen zwei Leichenwagen, eine Reihe schwarzer Limousinen und eine größere Menschenmenge, die sich in kleinere Gruppen aufgeteilt hatte. Es sah aus wie eine Cocktailparty, bei der es keine Getränke gab.

Sie sah sich prüfend die Gesichter der Leute an, wußte nicht, wer zu Merediths Beerdigung gekommen war und wer zu einem offensichtlich vorher noch stattfindenden Begräbnis gehörte. Ein Frösteln überlief sie in ihrem schwarzen Kostüm aus Baumwolle, sie hätte jetzt gerne etwas Wärmeres angehabt. Sie hatte nicht daran gedacht, wieviel kälter es in Yorkshire war als in London.

Die Männer trugen alle dunkle Anzüge, und einige der Frauen trugen Hüte mit Schleiern. Der Geruch von Mottenkugeln und Parfüm mischte sich mit dem Duft von frischgemähtem Gras. Sie erkannte ein Gesicht von der Universität, aber es war niemand, den sie näher kennengelernt hatte. Und dann sah sie Merediths Mann Paul, der sich tapfer durch die Menschengruppen arbeitete und Hände schüttelte. Sein sonst rötlich-gesundes Gesicht war blaß und eingefallen, und Frannie merkte, daß sie kämpfen mußte, um ihren eigenen Kummer unter Kontrolle zu halten.

Die Leere, die sie bereits beim Empfang der Nachricht von Merediths Tod empfunden hatte, verstärkte sich hier auf dem Friedhof. Durch das Rückfenster des Leichenwagens sah man den Sarg, der aus den Blumen und Kränzen um ihn herum herausragte. Zwei Angestellte des Bestattungsunternehmens in schwarzen Anzügen waren emsig damit beschäftigt, die Blumen und Kränze aus dem Wagen zu laden und an der Längsseite der Kapelle zu drapieren.

Dahinter sah Frannie einen Zierbrunnen und eine lange Mauer, in die beschriftete Steintafeln eingelassen waren. Davor standen Rosenbüsche in geraden Reihen. Sie trugen noch die Plastiketikette mit ihren Namensbezeichnungen.

Der andere Leichenwagen war leer; der Sarg befand sich offensichtlich in der Kapelle, hinter deren geschlossener Eichentür Orgelmusik und der gedämpfte Gesang des Liedes *Jerusalem* ertönte. Durch das Friedhofstor schob sich bereits der nächste Leichenwagen. Er blieb in respektvoller Entfernung stehen – wie ein Schiff, das zum Einlaufen in den Hafen auf die Flut wartet.

Frannie ging zur Kapelle und schloß sich einigen anderen Trauergästen an, die die Blumensträuße und Kränze betrachteten. Sie fand auch das Gebinde, das sie geschickt hatte. Sie las die Inschrift auf der Schleife: *Für Meredith. Ich habe dich geliebt, und ich werde dich nie vergessen. In Liebe – Spaggi.*

*Spaggi* war ihr Spitzname an der Universität gewesen. Meredith hatte sie auch danach noch so genannt, manchmal auch Paul. Eine Träne rollte über ihre Wange, und als sie ihr Taschentuch aus der Handtasche holte, sah sie, daß jemand auf sie zukam. Sie war nicht besonders erfreut, als sie Phoebe Hawkins erkannte, eine ehemalige Kommilitonin.

Phoebe Hawkins war ein irgendwie verschrobenes, einsames Mädchen, das seine eigenen großen und kleinen Geheimnisse strikt für sich behielt, andererseits aber eine unerschöpfliche Quelle für Klatsch über alle anderen Menschen in ihrem Umkreis war; sie bemühte sich verzweifelt darum, als »dazugehörend« betrachtet zu werden, und sie schien zu glauben, Klatsch und Tratsch seien die richtige Währung, sich bei den anderen einzukaufen. Sie hatte ein hageres, fast männliches Gesicht, das weder hübsch noch häßlich zu nennen war, und sie betonte seine Strenge noch durch einen extrem kurzen Haarschnitt und eine altmodische Nickelbrille. Sie trug ein mattschwarzes Kleid und Ledersandalen und stand in derselben Haltung vor Frannie wie damals an der Universität: gekrümmter Rücken, vorgeschobener Kopf – eine Schildkröte, die unter ihrem Panzer hervorlinst.

Frannie hatte immer ein wenig Mitleid mit Phoebe gehabt und sich während der Zeit an der Universität bemüht, sie am Leben in der Clique teilhaben zu lassen, obwohl sie sie nie so recht gemocht hatte. Meredith hatte nach der Universitätszeit nie mehr von ihr gesprochen, und so war Frannie überrascht, Phoebe hier zu sehen. Aber, fiel ihr ein, sie war ja immer versessen darauf gewesen, schlechte Nachrichten oder böse Geschehnisse mitzubekommen und auszuschlachten; es hatte Frannie damals oft abgestoßen, wenn sie feststellen mußte, daß Phoebe offensichtlich am Leid anderer Menschen ein gewisses Vergnügen empfand.

Phoebe schüttelte mit tiefem Ernst, der echt zu sein schien, Frannies Hand. »Ist das nicht schrecklich, Frannie?« sagte sie.

»Ja, das ist es.«

»Und wie geht es dir?«

»Gut, danke.« Frannie schaute sich um, ob noch jemand da sei, den sie kannte. »Und wie geht es dir?« fragte sie dann mechanisch.

»Mir geht es gut. Richtig gut, kann man sagen.«

»Spaggi! Du hast es geschafft! Ich danke dir.« Paul stand plötzlich vor ihr und küßte sie zur Begrüßung auf beide Wangen. »Es ist wirklich großartig von dir, von so weit her zu kommen. Du hättest anrufen und mir sagen sollen, mit welchem Zug du ankommst – ich hätte dich natürlich am Bahnhof abgeholt.«

»Du hast ganz bestimmt anderes im Kopf, Paul.« Sie lächelte. »Ich weiß nicht, was ich zu Merediths Tod sagen soll. Ich bin schrecklich traurig. Ich kann es immer noch nicht fassen. Wie kommen die Kinder damit zurecht?«

»Sie sind noch nicht alt genug, um es in seiner ganzen Tragweite zu verstehen.« Er sah Phoebe neugierig an, schien sie aber nicht zu kennen. »Guten Tag«, sagte er höflich.

»Ich bin Phoebe Hawkins – ich war mit Meredith an der Uni.«

»Ach ja, richtig«, sagte er zuvorkommend, aber recht formell. »Sehr freundlich von Ihnen, heute herzukommen.« Er wandte sich wieder Frannie zu. »Bitte komm nachher noch mit zum Haus. Auch Sie, Miss Hawkins, sind herzlich eingeladen. Das Beerdigungsinstitut stellt ein paar Wagen bereit – einfach einsteigen, wenn alles vorbei ist.« Er ging auf ein Ehepaar zu, das darauf wartete, ihn begrüßen zu können. »Aileen! Richard! Danke, daß ihr gekommen seid.«

»Ich habe gehört, du arbeitest beim Britischen Museum?« fragte Phoebe.

»Ja.«

»Kennst du dort jemand namens Penrose Spode?«

»Wir teilen uns ein Bürozimmer«, antwortete Frannie überrascht.

»Mein Gott! So was!« Phoebe lächelte so warm und herzlich, wie Frannie es noch nie bei ihr gesehen hatte, und sie fragte sich, ob sie sich nicht doch vielleicht in Phoebe getäuscht hatte.

»Woher... woher kennst du ihn?« fragte Frannie.

»Wir waren in dem Sommer, als ich mein Examen machte, für vier Monate zusammen bei einer Ausgrabung im Iran. Ziemlich komischer Typ, findest du nicht auch?«

»Ein bißchen schon. Aber er ist eigentlich ganz in Ordnung.« Frannie studierte aufmerksam Phoebes Gesichtsausdruck, ob daraus irgendwelche Hinweise auf ihr Verhältnis zu Spode abzulesen seien, irgend etwas, mit dem sie Penrose hänseln konnte, und sie fragte sich plötzlich, ob es vielleicht tatsächlich so etwas wie ein Liebesverhältnis zwischen den beiden gegeben hatte. Sie schaute auf Phoebes Hände, aber sie trug keinen Ring. »Wie sieht es denn bei dir aus – wo arbeitest du?«

»Bis vor kurzem war ich in Bath – beim Roman Baths Museum. Aber vor knapp einem Monat bin ich nach London umgezogen; ich arbeite jetzt beim Natural History Museum.«

»Und wie gefällt's dir?«

»Sehr gut. Macht echt Spaß.« Sie zögerte einen kurzen Moment. »Arme Meredith. Fürchterlich, so ums Leben zu kommen.«

Durch das gedämpfte Gemurmel der Leute hindurch hörte Frannie das laute Klicken eines Türgriffs, und sie sah, daß die Türen der Kapelle aufgestoßen wurden. Trauergäste defilierten an einem Pfarrer vorbei, der sich an der Tür aufgebaut hatte und jedem die Hand schüttelte. »Weißt du genau, wie es passiert ist?« fragte sie Phoebe.

Phoebe zögerte, als ob sie nicht gerne ein großes Geheimnis mit jemand teilen wolle, schaute sich dann um, als müsse sie sich vergewissern, daß niemand mithören könne, und schob dann ihren Kopf noch weiter vor, bis dicht vor Frannies Gesicht. Frannie konnte ihre Seife riechen – einen recht unangenehmen Geruch nach Karbol und Krankenhaus. Phoebe erzählte ihr die Einzelheiten mit einer seltsamen Art von Besitzerstolz, als sei sie der einzige Mensch, dem man sie anvertraut hätte:

»Es ist anscheinend am Freitag morgen passiert. Sie hatte ihren Sohn, Charles, beim Kindergarten abgeliefert und fuhr zu einem

Flohmarkt in der Nähe von Harrogate. An einer Ampel hielt sie bei Rot an. Als sie dann bei Grün losfuhr, stieß ihr ein Wagen, der die Ampel nicht beachtet hatte, mit voller Wucht in die Seite.« Phoebe machte eine Pause, ließ aber durch die hochgezogenen Augenbrauen erkennen, daß es noch mehr zu erzählen gab.

»O Gott, die arme Meredith!« stieß Frannie entsetzt aus.

»Man wird den Kerl natürlich strafrechtlich verfolgen, und es wird einen Prozeß geben.«

Das hilft Meredith auch nicht mehr, dachte Frannie, sagte aber nichts. Sie sah drüben eine andere Freundin, die sie lange nicht mehr getroffen hatte, aber Phoebe wollte sie noch nicht entlassen.

»Sie hat wenigstens nicht lange gelitten«, sagte sie, »aber es muß dennoch schrecklich gewesen sein.«

»Nicht *lange* gelitten?«

»Der Wagen brannte lichterloh. Sie war bei Bewußtsein, kam aber nicht mehr raus.«

Frannie schloß die Augen. Ihr wurde übel. »O mein Gott!«

»Ein riesiger Feuerball. Sie verbrannte bis zur Unkenntlichkeit.«

Als Frannie die Augen wieder öffnete, sah sie, daß die Sargträger den Sarg aus dem Leichenwagen hoben. Meredith lag da drin. Sie starrte auf die kahle, rote Backsteinmauer. Über den Himmel zog sich der Kondensstreifen eines Flugzeuges.

Verbrannt bis zur Unkenntlichkeit.

Sie versuchte, das Bild aus ihren Gedanken zu verbannen, aber es gelang ihr nicht. Sie sah Meredith vor sich – wie sie am Steuer des Wagens sitzt, das Haar ein wirres Knäuel, eine Zigarette zwischen den nachlässig geschminkten Lippen, wie sie sich vorlehnt, um die Popmusik im Autoradio noch lauter zu stellen, wie sie aufschaut und sieht, daß die Ampel auf Grün geschaltet hat, wie sie den Gang einlegt, Gas gibt. Entsetztes Zusammenzucken. Fuß auf die Bremse. Quietschende Reifen. Der Aufprall. Flammen. Meredith versucht, die eingedrückte Tür aufzustoßen. Leute kommen angelaufen, zerren an der Tür – wie sie in Meston Hall an der Tür des Volvo gezerrt hatten, in der die Finger des Jungen eingeklemmt waren. Die Flammen prasseln immer höher. Sie verbrennt bei lebendigem Leib. Sie schreit, stößt gegen die Tür, trommelt gegen die Scheiben – wie der Fahrer bei dem Inferno auf der Autobahn, dessen Zeugin sie vor vier Jahren geworden war.

Frannie brachte kein Gebet zustande.

Sie schwankte ein wenig, zitterte, schluckte, unterdrückte ein Aufschluchzen. »Das ist ja schrecklich!« brachte sie schließlich heraus. »Um Gottes willen!« Sie schloß die Augen, riß sie aber sofort wieder auf – aus Angst, das Bild könnte erneut auftauchen.

»Ja, schrecklich.« Phoebe nickte zu der Gruppe von Meredith' Verwandten hinüber, die hinter dem Sarg in die Kapelle gingen. »Wenn man sich vorstellt, man hätte sie identifizieren müssen.«

Frannie wechselte schnell das Thema. »Hast du, hast du noch Verbindung zu anderen aus unserer alten Clique?«

»Sarah Hobday arbeitet zur Zeit für sechs Monate an einem Sonderprojekt in Bath. Und voriges Jahr habe ich Keith Stanley bei einem Seminar an der Middlesex Poly getroffen. Und natürlich habe ich Susie Verbeeten ein paarmal besucht.« Sie machte eine bedeutungsschwere Pause. »Das arme Ding.«

Da war wieder eine Andeutung dieses altbekannten, seltsamen Lächelns um Phoebes Mund, wie Frannie sah. Sie spitzte dabei die Lippen – der Rüssel eines Moskitos, der Blut aus den Menschen saugt und Gift dafür in sie hineinspritzt. »Warum sagst du das?«

»Oh, hast du es noch nicht gehört?«

Eine böse Ahnung stieg in Frannie auf. »*Was* gehört?« Sie sah Susie Verbeeten deutlich vor sich. Die große Organisatorin. Die große Macherin. Die herrische Susie. Manchmal gut zu haben, aber meistens ging sie ihrer Umgebung ganz schön auf die Nerven, weil sie einfach alles zu wissen schien.

»Sie ist blind geworden.«

»Blind geworden?« Frannie schauderte. »Susie?«

»Ja. Ich dachte, du wüßtest das.«

»Ich habe sie seit der Uni nicht mehr getroffen.« Ein neues, noch nicht definierbares Angstgefühl stieg in Frannie auf, legte sich wie ein Nebel über ihr Gehirn. »Woher weißt du... Ich meine, sag mir... Wie ist das passiert? Ist sie... für immer blind?«

»O ja, keine Chance mehr. Ihre Netzhäute sind zerstört.«

Die Gruppen der Trauergäste um sie herum lösten sich auf, formierten sich zu einem Zug, der in die Kapelle strömte. »Aber wie um Himmels willen konnte das denn passieren?« fragte Frannie verzweifelt.

»Durch einen Virus, den sie sich in Malaysia geholt hat. Im Südchinesischen Meer. Es ist anscheinend mit irgendeinem Virus verseucht, gegen den die Leute dort immun sind, wir Europäer aber nicht. Er greift die Netzhäute an und zerstört sie.«

»Aber das ist doch... Warum kann man... Ich meine, kann man denn wirklich nichts dagegen tun?«

»Nein, nichts.« Phoebe schaute sich um. »Wir müssen gehn.«

Irgend etwas rührte sich in Frannies Bewußtsein – schwach, ganz schwach, wie ein schlummerndes Monster, das sich im Schlaf bewegt, aber noch nicht aufwacht... Sie folgte Phoebe wie betäubt in die Kapelle und setzte sich neben sie auf die harte Bank, starrte schweigend auf den Eichensarg, auf den Kranz aus weißen Lilien.

Der Tod, das ist eine leise, einsame Sache. In einigen Minuten würde man Meredith in ihrem Sarg in den Verbrennungsofen des Krematoriums schieben. War das denn noch notwendig, nachdem sie bereits bis zur Unkenntlichkeit verbrannt war? Und die Tür würde sich für immer hinter ihr schließen.

Vielleicht würde Gott sich ihres Geistes annehmen. Vielleicht war ihre Seele bereits bei Gott. Frannie zweifelte daran – ihr Glaube war nicht sehr gefestigt. Sie schloß die Augen, kniete sich auf die Kniebank und bedeckte ihr Gesicht mit den Händen.

Während des ganzen Trauergottesdienstes weinte sie leise vor sich hin. Phoebe saß regungslos neben ihr. Frannie hörte kaum, was der Pfarrer in seiner Ansprache sagte. Meredith war keine fromme Kirchgängerin gewesen, und was von den Worten des Pfarrers in Frannies Bewußtsein drang, klang nicht so, als ob er sie überhaupt gekannt hätte.

Wirre Gedanken gingen ihr durch den Kopf. Schein und Wirklichkeit – irgendwann während der Schulzeit war ihr dieses Thema einmal begegnet. Shakespeare hatte darüber geschrieben. Daß nichts so sei, wie es scheine. Susie war stark, unbesiegbar, unzerstörbar erschienen. Der Leitwolf des Rudels.

Blind.

Und Meredith war voller Leben gewesen, voller Lebensfreude. Voller Charme und Wärme. Immer fröhlich, immer glücklich. Frannie kniete da und betete für Meredith, aber dann stieg nach und nach ein eisiges Angstgefühl in ihr auf, und sie spürte kalten Schweiß auf ihrer Haut. Ja, sie hatte schreckliche Angst. Sie mußte über vieles nachdenken, mußte herausfinden, was da vor sich ging.

Draußen hatte Nieselregen eingesetzt, und Paul dirigierte sie eilig in eine der bereitstehenden Daimler-Limousinen. Frannie wandte sich an Poebe: »Erinnerst du dich an Jonathan Mountjoy?«

»Ja, natürlich. Hast du ihn inzwischen mal wieder getroffen?«

»Er ist vor ein paar Wochen in Washington von einem Straßenräuber erschossen worden.«

Phoebe wurde blaß. Wich Frannies Blick aus. Der Fahrer hielt ihnen die Tür auf, und sie stiegen ein, setzten sich auf die Lederbank im Fond. »Ist das wahr, Frannie?«

»Ja.«

»Vor ein paar Wochen?«

»Anfang August.« Frannie klammerte ihre Hände ineinander, um sie zu wärmen, aber auch, um sich mit dieser Geste selbst zu beruhigen. »Es scheinen eine Menge böser Dinge mit den Freunden aus unserem Uni-Jahrgang zu passieren, nicht wahr, Phoebe? Meredith ist tot. Jonathan ist tot. Susie ist blind. Drei schreckliche Ereignisse. Das ist doch ein unglaublicher Zufall, nicht wahr?«

Phoebe schüttelte den Kopf. »Nein. Ich glaube nicht, daß es Zufall ist.«

»Was denn sonst? Wie meinst du das?«

Phoebe antwortete nicht. Sie bat den Fahrer, sie am Bahnhof abzusetzen, sie müsse zurück nach London. »Ich rufe dich an, Frannie.«

»Sag mir doch, warum du nicht glaubst, daß das alles Zufall ist.«

»Kann ich dich im Britischen Museum erreichen?«

»Ja.«

Phoebe wechselte das Thema, plauderte bei der Fahrt durch York mit falscher Ungezwungenheit über alte Bekannte, schaute wie ein verängstigter Vogel nach draußen und vermied es krampfhaft, Frannie anzusehen.

Vor dem Bahnhof verabschiedete sie sich. »Ich ruf dich morgen an«, sagte sie. Dann stieg sie aus und ging, ohne sich noch einmal umzusehen, in die Bahnhofshalle.

# *Vierzehn*

»Es sei denn, Sie wollen einen zweirädrigen Streitwagen kaufen, Madam«, sagte Penrose Spode in die Sprechmuschel des Telefons.

Er war auf dem Weg zum Museum mit dem Fahrrad gestürzt, und ein großes Heftpflaster auf der Stirn und eine aufgeschürfte Nasenspitze waren die sichtbaren Folgen. Sein schwarzes Haar lag wie immer glatt und weich wie Seehundsfell am Kopf. Er trug ein weißes Hemd, das gut zu seiner käsigen Gesichtsfarbe paßte, eine grüne Kordjacke und eine braune, äußerst akkurat geknotete Krawatte. Er saß steif aufgerichtet hinter seinem Schreibtisch gegenüber von Frannie und hielt den Hörer ein wenig vom Ohr ab, als sei er schmutzig. »Nein«, sagte er sehr betont. »Nein«, wiederholte er frostig.

Frannie übertrug ihre Notizen von den Schildchen, die sie an den noch nicht katalogisierten Objekten unten in den Kellerräumen angebracht hatte, auf den Museumscomputer und hatte einige Schwierigkeiten, ihre eigene Handschrift zu entziffern. Sie fröstelte, war müde, und sie hatte Kopfweh. Der Regen draußen schien ihr ins Museum gefolgt zu sein, umgab sie wie ein nasser Mantel. Und zusätzliche Kälteschauer überliefen sie, wenn sie an Phoebe Hawkins' seltsame Reaktion auf die Nachricht vom Tod Jonathan Mountjoys dachte. Die Kälte erfaßte nicht nur ihren Körper, sie legte sich auch auf ihre Seele.

Es hatte die ganze Nacht hindurch geregnet, und der Wind war immer stärker geworden. Sie hatte frierend in ihrem Bett gelegen, war nur wenige Male in einen unruhigen Schlaf gefallen.

»Nein, ganz bestimmt nicht«, sagte Spode.

Frannie beugte den schmerzenden Kopf und tippte in den Computer ein:

Büffelschwert; Ram-Dao; Versenkter, juwelenbesetzter Handgriff.
Dolch; Gupta-Dynastie; Knochenhandgriff.
Kukri; nepalesisch; Eisenklinge; Kupfereinfassung am Handgriff.

»Madam«, sagte Spode, »wie ich Ihnen schon sagte, man hat Sie mit der falschen Abteilung verbunden. Ich bin hier in der Abteilung Orientalische Antike. Sie müssen mit jemandem von der Abteilung Römisches Reich sprechen.« Er legte die Hand über die Sprechmuschel. »Die tickt nicht richtig. Total beknackt.«

Frannie war sich nicht sicher, ob Spode das zu ihr gesagt hatte oder ganz allgemein in den Raum hinein oder zu sich selbst. Er war schon den ganzen Morgen über in gereizter Stimmung gewesen, und Frannie hatte versucht, ihn zu ignorieren, wie sie es immer tat, wenn er schlecht gelaunt war. Aber sie konnte sich nicht gut auf ihre Arbeit konzentrieren. Vor einer Stunde hatte sie ein weiteres Aspirin genommen, aber das schien nicht zu wirken. Sie trank einen Schluck aus ihrer Cola-Dose und lehnte sich zurück. Coca-Cola hatte ihr schon oft geholfen, wenn sie einen Kater hatte oder sich nicht wohl fühlte.

Es war halb elf. Noch zweieinhalb Stunden bis zum Lunch. Ihre Willenskraft hielt nicht länger stand, und sie holte die Schokoladenkekse aus der Handtasche, die eigentlich als Dessert zum Lunch vorgesehen waren. Spode schaute sie verächtlich an, als sie die Pakkung aufriß und in den ersten Keks biß.

»Ja, Madam«, fauchte Spode in den Hörer, »ich bin mir dessen *sehr wohl* bewußt.«

Der Cursor auf Frannies Bildschirm blinkte geduldig, ein kleines helles Rechteck auf der dunklen Scheibe. Einen Moment war es still, als Spode kommentarlos dem Anrufer zuhörte. Draußen gingen Leute an der Tür vorbei. Sie hörte die joviale Stimme von Declan O'Hare, ihrem Abteilungsleiter, dann schallendes Gelächter eines Mannes in seiner Begleitung. Die Tür wurde einen Spalt geöffnet, und O'Hare streckte den Kopf ins Zimmer.

»Oh, Frannie, Sie sehen heute noch hübscher aus als sonst. Gehe ich recht in der Annahme, daß Sie eine besonders wichtige Verabredung haben?«

Sie lächelte nur schwach, war nicht in der Stimmung für seine üblichen Scherze. Ein Mann mit Spitzbart stand hinter ihm.

»Frannie wird bald aus dem ewigen Feuer der Schinderei in den Kellerräumen erlöst«, fuhr O'Hare fort. »Die Morgenröte einer neuen Zeit leuchtet am Horizont. Könnte sogar Penrose einschließen, wenn er sich würdig erweist. Frannie, würden Sie morgen um halb zehn in mein Büro kommen? Wir planen eine neue Ausstellung, und ich möchte Sie von Anfang an dabeihaben. Wie weit sind Sie mit der Arbeit an der Katalogisierung?«

»Fast fertig.«

»Schaffen Sie es heute noch?«

»Ich versuch's.«

»Vielleicht könnten Sie Überstunden machen.«

»Spätestens um Viertel vor sieben muß ich weg. Ich mach die Mittagspause durch.«

»Sehr schön. Sie sind die Frau meines Herzens!« Er zog den Kopf zurück und schloß die Tür. Frannie lehnte sich zurück. Sie freute sich, daß ihr die Möglichkeit geboten wurde, der Monotonie ihrer jetzigen Arbeit zu entkommen.

»Madam«, sagte Spode in die Sprechmuschel, »wenn Sie sich einmal die Mühe machen würden, in Ihren Geschichtsbüchern nachzusehen, dann würden Sie feststellen, daß die Icener keine Römer waren und daß Boadicea eine Frau war und kein geheimnisvoller indischer Prinz.«

Frannie stellte die Helligkeit des Bildschirms ein wenig dunkler und schaute auf ihre Notizen. Ihr Telefon klingelte, und im ersten Moment durchzuckte sie eine panische Angst, es könnte Oliver sein und ihre Verabredung absagen. Sie sehnte sich so sehr danach, ihn wiederzusehen. Ihn in den Armen zu halten. Von ihm bestätigt zu bekommen, daß er sie liebte. Sie hob den Hörer ab. »Hallo?«

»Frannie?«

Es war ein anderer Forschungsassistent, Julian Egon. »Declan O'Hare hat mir gesagt, ich solle die weitere Katalogisierung unten im Keller übernehmen. Kannst du mir eine Liste von den Räumen machen, mit denen du fertig bist?«

»Natürlich. Wann brauchst du sie?«

»Es eilt nicht so sehr. In den nächsten Tagen.«

»Ich mache sie heute noch fertig.« Sie legte den Hörer auf und starrte auf die Kekspackung. Bei dem Gedanken an Schokolade wurde ihr übel.

Penrose Spode legte den Hörer auf. »So was!« schimpfte er.

Frannie hob die Augenbrauen.

»Verdammtes Weibsstück!« Er runzelte die Stirn, als Frannie ihre Cola austrank. »Weißt du, wieviel Zucker in diesem Zeug ist?«

»Wahrscheinlich hilft's mir deshalb.« Sie gab die nächsten Daten in den Computer.

Wieder läutete das Telefon. Es war Carol Bolton, und sie fragte Frannie, ob sie Lust und Zeit hätte, sich am Abend einer kleinen Gruppe anzuschließen, die sich die Ausgrabungsarbeiten auf einer Baustelle ansehen und danach chinesisch essen gehen wolle. Frannie dankte ihr, sagte aber, sie hätte schon was anderes vor. »Aha«, kicherte Carol, »dann weiß ich auch, mit wem.« Sie legte auf.

Frannie stellte fest, daß ihr Gehirn und ihre Finger hoffnungslos unkoordiniert waren und sie dauernd Fehler machte. Penrose Spode war in Telefonierlaune, und sein eisiger Sarkasmus gegenüber den Damen an der Vermittlung, den Bibliothekaren und Archivaren ging ihr auf die Nerven. Sie unterbrach um elf ihre Arbeit, fragte Spode, ob sie ihm etwas mitbringen solle, und ging zur Kaffeemaschine vor der Kantine und holte zwei Becher Kaffee. Als sie zurückkam, telefonierte er nicht mehr; er schien damit beschäftigt, sich neue sarkastische Bemerkungen für künftige Gesprächsteilnehmer auszudenken.

»Ich glaube, du kennst jemand, mit dem zusammen ich an der Uni war«, sagte sie und stellte den Plastikbecher vor ihn auf den tadellos aufgeräumten Schreibtisch. Er betrachtete argwöhnisch einen Tropfen, der an der Seite des Bechers hinunterlief.

»So? Wer ist das denn?«

»Phoebe Hawkins.«

Er sah sie mißtrauisch an, als sei sie dabei, einen ihm sehr unangenehmen Einbruch in sein Privatleben zu begehen, und sein Gesichtsausdruck erinnerte sie an eine Krähe, die argwöhnisch ihr Nest bewacht. »Ja«, knurrte er ausweichend. »Ich erinnere mich dumpf an sie. Wir waren bei einer Ausgrabung im Iran zusammen.«

»Tausendundeine Nacht?«

Er verzog das Gesicht, als sei eine Antwort unter seiner Würde, und tat so, als nehme er seine Arbeit wieder auf. »Nein, um die

Sache klarzustellen«, sagte er dann plötzlich, und Frannie merkte, daß Spodes Erinnerung an das Zusammensein mit Phoebe weit weniger romantisch war als das ihrer ehemaligen Kommilitonin. Sie mußte sich allerdings eingestehen, daß sie die Neugier plagte, welcher Art die Bekanntschaft oder Freundschaft der beiden denn nun wirklich gewesen war. Spode hatte einmal angedeutet, daß er bei seiner Mutter wohnte, aber wenn man nachhakte, gab er stets ausweichende Antworten. Auch keiner der anderen Kollegen wußte mehr über ihn. Sie teilten sich jetzt seit einem Jahr das Büro, aber es war ihr bisher nicht gelungen, den Panzer, den er um sein Privatleben gelegt hatte, aufzubrechen.

»Komischer Zufall, daß wir beide Phoebe kennen«, sagte sie.

Er reagierte nicht darauf.

Sie aß ein Sandwich mit Ei und Tomate in der Kantine, spülte es mit einem Apfelsaft hinunter, kaufte sich eine neue Packung Schokoladenkekse, die sie in die Handtasche steckte, und ging dann geradewegs in den Keller. Sie hatte noch zwei Schränke mit Objekten zu katalogisieren, dann war die Arbeit in diesem Raum abgeschlossen. Wenn sie zügig arbeitete, konnte sie heute noch fertig werden, wie Declan O'Hare gefordert hatte. Die Katalogisierung indischer Waffen würde damit zwar noch nicht abgeschlossen sein, aber Julian Egon würde einen klaren Ausgangspunkt für die Fortführung der Arbeit haben.

Sie eilte durch den langen, düsteren Flur im zweiten Untergeschoß, vorbei an Feuerlöschern und numerierten Türen, hinter denen noch so viele antike Schätze lagerten. Ein Teil der Objekte war während der deutschen Bombenangriffe hier unten in Sicherheit gebracht und seitdem nicht wieder hervorgeholt worden; ein anderer Teil lagerte hier, weil in den Ausstellungsräumen einfach nicht genug Platz für sie war und sie nur für Spezialausstellungen hervorgeholt wurden. Ein kleiner Teil wurde hier aufbewahrt, weil die Unterlagen verlorengegangen waren und sie neu erfaßt werden mußten.

Frannie öffnete die Tür mit der Nummer 2 (f), machte das Licht an und ging in den stickigen Raum. Die Fratze eines fast einen Meter hohen Scheusals aus rotem Marmor grinste sie an, nur Zentimeter vor ihrem Gesicht. Es stand als Wächter auf einem Steinsarg. Die

Fratze war wirklich furchterregend, und Frannie bekam eine Gänsehaut. Declan O'Hare hatte ihr mit einem bösartigen Grinsen erzählt, der Sarg sei noch nie geöffnet worden, und es laste ein Fluch auf ihm, der viel schlimmer sei als der Fluch Tutenchamuns.

Artefakte stapelten sich in Regalen bis zur hohen, gewölbten Decke: Statuen, Totenmasken, Totems, Helme, Helmvisiere, Waffen. Ein Folterstuhl mit spitzen Nägeln in der Sitzfläche stand an der Wand, und sie zwängte sich daran vorbei, um an einen der beiden Zedernholzschränke zu kommen, deren Inhalt sie noch zu bearbeiten hatte. Zu ihrem Erstaunen war der Schrank leer – bis auf die beschädigte, schartige Messingskulptur eines Tigers, der von eigenartigen Symbolen umgeben war. Sie stand etwa auf Augenhöhe am hinteren Ende eines Faches. Um sicherzugehen, daß sich keine anderen Gegenstände in dem Schrank befanden, zog sie eine kleine Trittleiter davor und schaute in die oberen Fächer. Er war bis auf die Skulptur tatsächlich leer.

Sie stieg von der Trittleiter und legte ihre Hand um die Skulptur. Als sie fester zugriff, um sie nach vorne zu ziehen, spürte sie einen Stich im Mittelfinger. Sie erschrak, dachte, sie sei wieder von einer Wespe gestochen worden, zog die Hand schnell zurück. Aus einer kleinen Wunde im Finger tröpfelte Blut. Sie saugte es auf, spuckte es aus und band ihr Taschentuch fest um den Finger.

Als sie die Figur dann vorsichtig umdrehte, sah sie, woran sie sich gestochen hatte: ein nadelspitzer Metallzacken, der entstanden war, als die Klinge des Schwertes einer der kleinen Symbolfiguren abgebrochen war. Frannie zog die Skulptur nach vorne, und sie wunderte sich, wie schwer sie war. Sie drehte das alte Schild, das daran befestigt war, zu sich hin und machte sich schreibbereit. Die übliche Routine.

Das Schild war vor langer Zeit mit Tinte beschriftet worden. Sie war verblaßt und in ein wäßriges Braun übergegangen, aber man konnte die Schrift noch deutlich lesen: »Beschädigte Messingfigur eines Tigers aus dem frühen 18. Jahrhundert. Gefunden bei der Belagerung von Seringapatam, Mysore, im Jahre 1799. Dem Britischen Museum geschenkt im Jahre 1865 von Lord William Halkin, 14. Marquess von Sherfield.«

Ein unkontrollierbares Lächeln drängte sich auf Frannies zitternde Lippen, breitete sich aus wie Risse in dünnem Eis. Sie sagte sich sofort, daß nichts Unheilvolles mit diesem Fund verbunden sei, daß das nichts zu bedeuten hatte, gar nichts, und sie versuchte, die nagenden Zweifel und bösen Ahnungen, die sie seit Meredith' Beerdigung erfaßt hatten, beiseite zu schieben. Aber sie hatte plötzlich das unheimliche Gefühl, daß noch jemand hier in diesem Raum war und sie beobachtete. Sie drehte sich um. Nichts. Schaute wieder auf den Tiger, las das Schild noch einmal. Hörte dann ganz deutlich schlurfende Schritte hinter sich. Drüben an der Tür.

»Hallo?« rief sie.

Keine Antwort.

»Hallo?« rief sie wieder, diesmal lauter.

Stille. Aber jemand, etwas, beobachtete sie. Von der Decke. Die Mauern schienen sich ein Stück auf sie zuzuschieben. Unsichtbare Finger krallten sich in die Haut ihres Rückens, drückten sie zusammen. Sie kämpfte gegen die aufsteigende Panik an. Außer ihr arbeitete niemand hier unten, niemand würde sie hören, wenn sie schrie. Sie schob sich langsam auf die Regale zu, hielt Ausschau nach einer Waffe. Die Fächer waren ja voll davon. Dann riß sie sich zusammen, ging auf die Tür zu. Erstarrte. Das Scheusal aus rotem Marmor stand nicht mehr auf dem ungeöffneten Steinsarg. Es stand daneben auf dem Boden. Versperrte ihr den Weg.

Und dann wisperte eine krächzende Stimme jenseits der Tür: »Ich geh nur mal ein bißchen spazieren. Du darfst aus deinem Sarg kommen, solange ich weg bin, wenn du versprichst, brav zu sein...«

Dann wurde die Tür aufgestoßen, und Frannies Chef stand vor ihr. Er grinste diabolisch.

»Declan O'Hare! Sie verdammter Bastard!« sagte Frannie.

Er wiegte den Kopf hin und her und steckte die Hände in die Seitentaschen seines Blazers. »Ich habe ja immer gesagt, in diesem Raum spukt es, nicht wahr?«

Sie drückte die Hände auf ihr Herz. »Mein Gott, haben Sie mich erschreckt!« Sie war natürlich erleichtert, aber auch verärgert. »Ich hatte schreckliche Angst!«

Er grinste wieder breit. »Die Angst ist eine der Würzen des Lebens, Frannie. Wie kann man die Vergangenheit respektieren, wenn man sie nicht auch fürchtet? Man kann nichts im Leben lieben, ohne auch gleichzeitig Angst davor zu haben. Wußten Sie das nicht?«

Sie fragte sich, ob er geistig ein wenig verwirrt sei. »Nein, das habe ich nicht gewußt. Es gibt eine Menge Dinge in meinem Leben, die ich liebe, ohne sie zu fürchten.«

Er streichelte den Kopf des Marmorscheusals, als sei es eine Katze. »Tatsächlich? Dann sagen Sie mir doch mal ein Beispiel.«

»Meine Eltern.«

Er schüttelte den Kopf. »Nein, nein. Sie lieben sie nur deshalb, weil Sie vorher gelernt haben, sie zu fürchten. Es gibt ja einen Unterschied zwischen *mögen* und *lieben,* nicht wahr, Frannie? Man kann alle möglichen Dinge *mögen* – eine schöne Landschaft, eine hübsche Vase oder ähnliches –, aber man kann etwas nur *lieben,* wenn man es auch respektiert. Und wenn man es respektiert, dann fürchtet man es auch bis zu einem gewissen Grad.« Er hob das Marmorscheusal mit einigen Schwierigkeiten wieder auf den Sarg. »Cesare Lombroso hat einmal gesagt, daß der unwissende Mensch immer das bewundert, was er nicht versteht. Wie sieht es da bei Ihnen aus?«

»Was soll das? Ein Quiz?«

»Sagen Sie mir doch, ist es bei Ihnen so?«

»Daß ich bewundere, was ich nicht begreife? Das weiß ich nicht. Worauf wollen Sie hinaus?« Sie fragte sich plötzlich, ob es zwischen Declan O'Hare und Oliver Halkin eine Verbindung gab, von der sie nichts wußte. Die Anschrift auf dem Schild an der Tigerskulptur hatte sie auf diesen Gedanken gebracht. Vielleicht waren die Halkins Mäzene des Museums. Versuchte O'Hare, sie zu warnen? Sie von Oliver wegzubringen? Lächerlich.

Er schlenderte in seinem leicht schwankenden Gang durch den Raum. Er war Anfang Vierzig, liebte seine Arbeit über alles und hatte das gepflegte, attraktive Aussehen eines Fernsehansagers. Er blieb vor einer furchteinflößenden Maske stehen. »Wissen Sie, warum die Krieger damals diese Masken im Kampf trugen?«

»Um ihren Feinden Angst zu machen.«

Er verzog sein Gesicht zu seinem Fernsehansager-Lächeln. »Nein, Frannie. Um ihre Angst vor den Feinden zu verbergen.«

»Declan, heute ist kein besonders günstiger Tag, um mit mir über Angst zu sprechen.«

»Nein?« Er sah sie fragend an. »Geht es Ihnen gut? Was haben Sie mit Ihrem Finger gemacht?«

»Nichts Schlimmes. Nur ein kleiner Stich.«

»Sie sehen ein wenig angegriffen aus. Mein kleiner Scherz? Ach so, nein, natürlich. Das Begräbnis Ihrer Freundin. Entschuldigung, ich hatte das ganz vergessen. War's schlimm?«

»Ja.«

»Die westliche Betrachtungsweise des Todes führt dazu, daß man ihn immer als schlimm betrachtet. Aber das ist ein anderes Thema. Jetzt aber geht es Ihnen um die Befreiung von Angst, von Furcht, nicht wahr?«

Sie nickte.

Er starrte auf eine der Totenmasken. »Sie sind ein sehr nettes Mädchen, Frannie. Und eine gute Forschungsassistentin. Wirklich. Sie haben eine verheißungsvolle berufliche Zukunft vor sich. Nur, werden Sie nicht gleichgültig oder gar blasiert gegenüber der Vergangenheit. Das ist alles, was ich Ihnen rate.«

»Ich glaube nicht, daß ich das bin.«

Er schüttelte kurz den Kopf. »Ich glaube das ja auch nicht.« Die Maske schien ihn zu faszinieren. »Meinen Sie nicht auch, es wäre eine wunderbare Sache, wenn wir vollen Zugang zur Vergangenheit hätten? Wenn man mit einer Zeitmaschine zurückreisen, das Energiefeld des Mannes orten könnte, der diese Maske im Kampf getragen hat, wenn man alles über ihn herausfinden könnte, über seine Gedanken, seine Gefühle, seine Lebensumstände? Wäre das nicht großartig?«

»Ja, das wäre es.«

»Das ist für mich das Faszinierende an den Funden aus dem Altertum, Frannie. Ist es bei Ihnen auch so?«

»Sie meinen, Sie können in ihnen tatsächlich die Vergangenheit lesen?«

Seine ausdrucksvollen blauen Augen weiteten sich. »Unglücklicherweise nicht. Ich wollte, ich wäre parapsychologisch veranlagt, dann wäre es vielleicht möglich. Es gibt Leute, die das können. Behaupten sie jedenfalls. Sie sollten darüber mal mit Penrose sprechen, er kennt sich in diesen Dingen aus.«

»Penrose?« Sie war überrascht.

Er rollte in eher skeptischer Bestätigung mit den Augen. »Aber ich möchte Ihnen sagen, wie ich darüber denke: Wir Menschen erinnern uns prinzipiell an alles, was jemals mit uns geschehen ist, an alles, was wir einmal gesehen oder getan haben. Aber es gibt viele Dinge, zu denen wir erst unter Hypnose Zugang haben. Die Dinge sind da, aber sie sind verschüttet. Ich glaube übrigens, daß auch Objekte und Orte sich erinnern können. Ihre Atome, ihre subatomaren Teilchen, was auch immer, sind mit allem aufgeladen, was einmal in ihrer näheren Umgebung geschehen ist. Man muß nur den Zugang finden.«

»Und damit beschäftigen Sie sich? Einen Weg zu finden, wie man das anstellen könnte? Eine Maschine zu erfinden, die den Zugang eröffnet?«

»Nein«, sagte er lächelnd und ging zur Tür. »Nein, natürlich nicht. Ich bin nichts als ein einfacher Archäologe, der in der Erde nach alten Knochen und Töpfen und Gartenzwergen herumstochert.« Er ging auf seinen Gummisohlen geräuschlos in den Flur, und Frannie schüttelte den Kopf, amüsiert über die für ihn typische Exzentrizität.

»Declan!« rief sie ihm nach.

Er blieb an der Tür am Ende des Flurs stehen. »Ja?«

»In einem der Schränke bin ich eben auf eine indische Messingskulptur aus dem 18. Jahrhundert gestoßen, die dem Museum 1865 von Lord William Halkin, dem 14. Marquess von Sherfield, gestiftet wurde. Gibt es eine besondere Verbindung zwischen dem Museum und dieser Familie?«

Er legte die Hände auf den Rücken, runzelte die Stirn, schaute nachdenklich auf den Boden. »Ich meine mich zu erinnern, daß es mal eine Verbindung zwischen ihnen und der Ostindischen Kompanie gegeben hat. Und sie waren früher einmal große Förderer der Künste.«

Als sie bei ihm angekommen war, gingen sie zusammen weiter, durch die Tür und die Treppe hoch.

»Seltsames Volk, diese Halkins«, sagte er. »Total verrückt. Jedenfalls die Hälfte von ihnen. Aber das trifft ja auf die meisten Aristokraten zu.«

»Und warum sind die Halkins so seltsam?«

»Nun ja... Ich glaube, es war im 18. Jahrhundert – welcher Marquess es war, weiß ich nicht mehr, der elfte oder zwölfte – jedenfalls, als seine Frau starb, ignorierte seine Lordschaft diese Tatsache einfach und lebte weiter wie bisher, als sei nichts geschehen. Die

Diener mußten die tote Lady jeden Abend zum Dinner umkleiden und zur Tafel bringen. Noch Jahre nach ihrem Tod dinierte er allabendlich mit ihr. Die Diener liefen natürlich reihenweise davon, weil sie dieses grausige Spektakel nicht ertragen konnten.« Er hielt ihr die Tür am Ende des Treppenhauses auf. »Und dann war da natürlich noch der gute alte zweite Marquess im 17. Jahrhundert. Hatte sich ganz dem finstersten Okkultismus verschrieben. Und der Zahlenmystik.«

»Sie scheinen viel über die Halkins zu wissen.«

»Nein, keine Details. Ich bin sehr an der englischen Geschichte interessiert, das ist alles. Sie gehörten zu den bedeutenden Familien, aber nicht zu den führenden. Ein paar von ihnen waren Parlamentsmitglieder, andere höherrangige Offiziere, so auf dieser Ebene. Ich weiß nicht mal, ob die männliche Linie nicht inzwischen ausgestorben ist.«

»Ist sie nicht«, sagte Frannie.

»Aha«, sagte er ohne besonderes Interesse. »Wenn Sie mehr darüber wissen wollen, können Sie sich ja in der Bibliothek mal näher informieren.«

»Ja, das hab ich auch vor.«

»Sprechen Sie mit Archie Weir, dem Bibliotheksleiter. Er nimmt Sie am Händchen und führt Sie zum richtigen Regal.«

Als sie kurz vor fünf zurück ins Büro kam, war Penrose Spode nicht da. Ein Blick zur Rückseite der Tür zeigte, daß sein Sturzhelm und sein reflektierendes Sicherheitsband verschwunden waren; er war also bereits nach Hause gefahren. Als sie sich an den Schreibtisch setzte, fand sie eine Notiz in seiner akkuraten Handschrift: »14.35 Uhr Anruf Phoebe Hawkins. Du sollst sie dringend und so bald wie möglich zurückrufen. Sie ist in einer Besprechung, aber man stellt dich durch.«

Während sie die Nummer wählte, fragte sie sich, ob Spodes Gespräch mit Phoebe seinen untypisch frühen Aufbruch veranlaßt hatte. Aber welchen Grund er auch gehabt hatte, Frannie war froh, daß sie ungestört telefonieren konnte.

»Frannie?« Phoebes Stimme klang gereizt.

»Tut mir leid, ich habe gerade erst die Nachricht gefunden.«

»Hör zu, ich kann im Moment nicht sprechen. Können wir uns heute abend treffen?«

»Nein, das geht nicht. Unmöglich. Wie wär's mit morgen irgendwo zum Lunch?«

»Das geht bei mir nicht, ich habe wieder eine Besprechung. Morgen abend? Kannst du zu mir in die Wohnung kommen? Ich mach uns was zum Essen.«

»Ja, ich... ich hoffe, das geht bei mir.« Was war, wenn sich Oliver wieder mit ihr treffen wollte? »Wo wohnst du?«

»In Clapham. Thetford Avenue.«

»Kenne ich. Ist nur ein paar Straßen von mir weg.«

Phoebe reagierte nicht auf diesen Hinweis. »Es ist wirklich wichtig, Frannie. *Wirklich!*«

»Keine Sorge, ich komme. Um wieviel Uhr?«

»Um sieben?«

»Okay. Die Hausnummer?«

»Achtunddreißig. Wohnung drei.«

Frannie schrieb alles auf.

»Frannie. Hat die Zahl *sechsundzwanzig* irgendeine Bedeutung für dich?«

»Warum?« Was war das für eine seltsame Frage? Frannie hörte, daß jemand ungeduldig nach Phoebe rief.

»Hör zu, ich muß weg. Sei vorsichtig mit dieser Zahl.«

»Vorsichtig? Was meinst du damit?« Der ungeduldige Mensch rief schon wieder nach Phoebe.

»Bis morgen. Sieben Uhr.« Phoebe legte auf.

# *Fünfzehn*

Irgendwann im Lauf des Nachmittags hatte der Regen aufgehört. Die Straßen waren noch naß und glänzten unter dem abendlichen Himmel. Es war fünf vor sieben. Frannie wartete in ihrem Regenmantel vor dem Museum. Die Rush-hour war vorbei und der Verkehr nicht mehr besonders stark, aber der Gestank von Auspuffgasen hing immer noch schwer über der Great Russell Street. Ein lautes Hupen ließ Frannie zusammenfahren, und dann bremste Oliver den Renault mit quietschenden Reifen vor ihr ab.

Als sie eingestiegen war, entschuldigte er sich, daß er zu spät sei, er habe in einer Sitzung festgesessen. Und dann begrüßte er sie mit einem langen Kuß, der ihr den Atem raubte und sie erröten ließ. »Du siehst wunderbar aus«, sagte er.

»Du siehst auch nicht allzu schlecht aus.« Er gefiel ihr wirklich sehr in seinem hellblauen Hemd und der gestreiften, vorherrschend orangefarbenen Krawatte. Sie küßte seine Handknöchel, und sie sahen sich in die Augen, während der Motor röhrend weiterlief. Er sah entspannt aus; die Falten, die am Sonntag sein Gesicht noch so zerfurcht hatten, waren fast ganz verschwunden, und seine Züge wirkten klarer und markanter.

»Ich habe dich vermißt«, sagte er.

»Ich dich auch.« Sie war sich bewußt, daß alle Leute, die aus dem Museum kamen, sie beide sehen konnten, aber es machte ihr nichts aus.

»Ging mit Edwards Schulbeginn alles klar?«

»Ja. Er machte einen glücklichen Eindruck.« Er hob den Zeigefinger. »Ich mußte allerdings ein feierliches Versprechen ablegen – daß du am Samstag nachmittag in Meston bist, wenn er für das Wochenende nach Hause kommt.« Er legte den Kopf schief und lächelte sie an. »Wäre das möglich?«

Ihre Trauer über Merediths Tod und die Besorgnis wegen Phoebes düsteren Andeutungen waren für einen Moment vergessen. Sie legte die Arme um seinen Hals, berauscht von der Wärme, die von ihm auf sie überströmte, und ihrer Reaktion darauf. »Ich denke, das ließe sich arrangieren«, sagte sie sanft.

»Was machen die Stiche?«

»Tun manchmal noch ein bißchen weh, aber heute war's schon viel besser.«

Oliver fuhr los, scherte in den Verkehr ein. Frannie lehnte sich zurück. »Darf Edward eigentlich jedes Wochenende nach Hause?«

»Ja. Ab Samstag mittag.«

»Hast du ihn heute vermißt?«

»Weil ich Montag und Dienstag freigemacht habe, mußte ich heute in der Bank ganz schön ran; ich hatte nicht viel Zeit, an ihn zu denken.«

»Was hast du denn heute bei der Arbeit alles gemacht?«

»Ich habe die Statistik über Kraftfahrzeugunfälle analysiert und dann mit den führenden Leuten diskutiert.«

Aus der Geschwindigkeit und Aggressivität seiner Fahrweise schloß Frannie, daß diese Statistik ihn wohl nicht besonders beeindruckt hatte. »Wozu mußte das gemacht werden?«

»Die Bank ist involviert in Rückversicherungen für einige der großen Kraftfahrzeug-Versicherungsgesellschaften. Wir müssen unsere Entscheidungen auf der Basis von Statistiken treffen.« Er schwieg einen Moment, als er die Fahrspur wechselte. Und er schien die Gedanken, mit denen sie sich herumquälte, zu erraten. »Erzähl mal, wie war's bei der Beerdigung?«

»Schrecklich. Merediths Mann war sehr tapfer. Ich glaube, er wird den Schock erst später spüren.«

»Bist du gestern abend zurückgekommen?«

»Ja. Und heute hab ich dann im Museum eine gute Nachricht erhalten. Ich arbeite an einer neuen Ausstellung mit, darüber freu ich mich sehr.«

»Großartig! Gut gemacht!«

»Es ist wohl vor allem Glück, nehme ich an.« Sie zögerte. »Und dann hatte ich eine recht interessante Begegnung mit deiner Familie.«

»Ja...?«

Sie erzählte ihm von der Messingskulptur, erwähnte aber nichts von dem Stich in ihren Finger.

»Der vierzehnte Marquess, Lord William Halkin«, sagte er nachdenklich. »Er hatte Geschäftsbeziehungen mit der Ostindischen Kompanie, glaube ich. Hatte auch mit der indischen Politik zu tun. Und er war ein großzügiger Mäzen für englische Museen.«

»Um ehrlich zu sein, ich fand die Skulptur irgendwie unheimlich. Ich glaube, deine Angst vor *Zufällen* färbt langsam auf mich ab.« Sie wurde in den Sicherheitsgurt geworfen, als er vor einer roten Ampel scharf abbremste.

»Wie meinst du das?«

»Erinnerst du dich, wie wir auf der Rückfahrt nach London diesen Unfall gesehen haben?«

Er nickte ernst.

»Nun, ich war kaum zu Hause, als das Telefon klingelte und ich die schreckliche Nachricht von Merediths Tod erhielt. Du hast gesagt, Zufälle hätten immer eine Bedeutung und deuteten auf schlechte Nachrichten hin. Ich fand das alles ziemlich seltsam.«

Die Ampel schaltete um, und Oliver fuhr weiter, jetzt etwas langsamer. »Ich hab am Sonntag abend auch noch schlechte Nachrichten bekommen. Ich hab's am Telefon nicht erwähnt. Charles rief an und hat mir berichtet, daß sechs weitere Kühe an dem Virus eingegangen sind und daß der Veterinär den weiteren Verkauf unserer Milch verboten hat, bis die Herde wieder virusfrei ist.«

»Heißt das, daß ihr viel Geld verliert?«

In der Charing Cross Road staute sich der Verkehr. Der Renault kam hinter einem Taxi, dessen Passagiere den Halt zum Aussteigen nutzten, zum Stehen. »Ja. Und das Schlimme ist, daß unsere Versicherung nicht dafür aufkommt.«

»Vielleicht kann der homöopathische Tierarzt, den ihr einschalten wollt, die Sache in den Griff kriegen.«

»Vielleicht«, sagte er, aber es klang wenig überzeugt.

Sie umrundeten den Trafalgar Square und bogen in die Mall ein. Oliver parkte am Straßenrand. Frannie fand es herrlich, mit Oliver Hand in Hand an den weißen georgianischen Häuserreihen der Mall vorbeizugehen und den letzten Schimmer des Tageslichts durch die Bäume zu beobachten.

Am Eingang der Galerie zeigte Oliver seine Einladung vor, und aus dem Inneren drang das gedämpfte Stimmengewirr einer Vernissage. Am Ende einer kurzen Treppe stand eine Kellnerin mit einem Tablett voller Drinks. Es roch nach Tabakrauch und Parfüm und einem Hauch von Alkohol. Sie gingen zur Garderobe, wo Frannie aus ihrem Regenmantel schlüpfte und ihn auf den Tisch legte; eine ältere, grauhaarige Garderobenfrau schob einen Bügel unter die Schultern, hängte ihn an einen Ständer und gab Frannie eine Plastikmarke.

Frannie öffnete ihre Handtasche und ließ die Marke hineinfallen. Dabei durchzuckte sie ein Schreck. Irgendwas an der Marke war seltsam. Sie kramte sie wieder heraus. Sie trug die Nummer sechsundzwanzig.

Eine Gänsehaut lief ihr den Rücken hinunter. Was hatte Phoebe mit verängstigter, tonloser Stimme am Telefon gesagt? *Sei vorsichtig mit dieser Zahl.*

Zu ihrer Überraschung merkte sie, daß auch Oliver auf die Marke starrte, die Stirn runzelte und irgendwie beunruhigt aussah. Vielleicht runzelte er aber auch über irgend etwas anderes die Stirn, dachte sie und ließ die Marke wieder in die Tasche fallen. Sie versuchte, ihre Verunsicherung mit einem Lächeln zu überspielen. Sie würde einen schönen Abend haben. Und sich ganz bestimmt von einer Garderobenmarke nicht in Gruselstimmung versetzen lassen.

Die Party war ein Gedränge aus schicken Frauen und Männern in Geschäftsanzügen und bunten Krawatten oder aber auch nur in saloppen Jacken und T-Shirts. Frannie fühlte sich wohl in ihrer schwarzen Baumwolljacke, den engen Shorts und dem weißen T-Shirt, zweifelte aber doch, ob es nicht besser gewesen wäre, sich ein wenig eleganter herauszuputzen. Oliver aber schien ihren Aufzug schick zu finden und stellte sie stolz seinen Freunden und Bekannten vor.

Sie stieß auf einen Kunsthändler namens James Shenstone, der mit Declan O'Hare am Trinity College in Dublin gewesen war und ihr zu ihrer Freude einige Storys über ihn erzählte, bei denen er nicht immer gut wegkam. Oliver stellte ihr auch den Künstler vor, dessen Namen sie vergessen hatte und auch nicht behielt, als sie ihn jetzt wieder hörte. Er war ein kleiner Mann, machte einen schüchternen und verlegenen Eindruck und betonte Frannie gegenüber mehrmals, es sei nicht seine Idee gewesen, eine Ausstellung zu veranstalten. Als er hörte, daß sie Archäologin war, verwickelte er sie in ein langes Gespräch über die Zusammenhänge zwischen Archäologie und Anthropologie, bis ihn jemand, zu seinem sichtlichen Unbehagen, für ein Foto davonzerrte.

Dann geriet Frannie an einen fürchterlich langweiligen Mann, der ihr mit einer Stimme wie ein knirschendes Getriebe zehn Minuten lang eine Vorlesung über den Prozeß hielt, den er gerade gegen irgend jemanden führte – »haben Sie das nicht in der Zeitung gelesen?« –, ohne ihr auch nur eine einzige Frage über ihre Lebensumstände zu stellen.

Oliver erlöste sie schließlich. Er legte beschützend den Arm um sie und flüsterte ihr ins Ohr: »Sollen wir uns verkrümeln?«

Sie nickte dankbar, warf dem Langweiler ein süßliches Lächeln zu und ging mit Oliver zur Garderobe. Er half ihr in den Mantel, und sie gingen nach draußen. Es war inzwischen fast dunkel. »Tut mir leid, daß du an diesem Kerl hängengeblieben bist. Hat es dir sonst gefallen?«

»Es war großartig. Ich habe zum Beispiel tolle Munition gegen meinen Chef sammeln können.«

»Ja?«

»Dieser Kunsthändler...«

»Jimmy Shenstone.«

»Richtig. Er war mit meinem Abteilungsleiter zusammen auf der Universität. Ein weiterer Zuf...« Sie brach ab und lächelte ihn schuldbewußt an.

Er drückte sie an sich. »Du darfst das Wort ruhig aussprechen: ich bin nicht völlig paranoid. Nur ein bißchen.«

Frannie lachte. »Fang mich doch!« rief sie dann unvermittelt, riß sich los und stürmte die Treppe zur Mall hoch, immer zwei Stufen auf einmal nehmend. Oliver rannte hinterher. Atemlos kamen sie oben an. »Du bist total verrückt!« keuchte Oliver. Aber er lachte.

Als sie zum Wagen kamen, gab es allerdings nichts zu lachen. »Verdammte Mistkerle!« fluchte er.

Die Nachricht unter dem Scheibenwischer war eindeutig:

WARNUNG. DIESES FAHRZEUG IST MIT PARKKRALLEN VERSEHEN WORDEN. UNTERLASSEN SIE JEGLICHEN VERSUCH, ES ZU BEWEGEN!

Darunter prangte das Emblem der Städtischen Polizei.

Oliver entschied sich, jetzt nichts mehr zu unternehmen und den Renault stehenzulassen. Er würde sich morgen darum kümmern. Sie fuhren mit einem Taxi zu seiner Wohnung am Cadogan Square.

Die Eleganz der Fassade des Gebäudes setzte sich in Olivers Wohnung nicht fort. Sie war klein und fast ausschließlich modern möbliert. Ein paar Ahnenporträts hingen im Flur, sonst waren Dekor und Bilder ebenfalls modern. Die Wohnung wirkte jedoch durchaus behaglich.

Frannie lächelte, aber ihre Stimmung war gedrückt. Phoebe Hawkins' Warnung *Sei vorsichtig mit dieser Zahl* ging ihr im Kopf herum wie eine Melodie, die man nicht mehr los wird. Sie folgte Oliver in die kleine, supermoderne Küche; sie schaute zu, wie er eine Weinflasche aus dem Kühlschrank und zwei Gläser aus dem Schrank nahm.

»Hast du Hunger?« fragte er. »Möchtest du ein Omelett oder sonst was?«

»Ich kann uns was machen, wenn du willst.«

»Nein, ich mach das schon. In ein paar Minuten. Laß uns erst was trinken.« Er holte einen Korkenzieher aus einer Schublade und machte die Flasche auf.

»Glaubst du, daß es verschiedene Arten von Zufällen gibt?« fragte Frannie.

»Wie meinst du das?«

»Kann man nicht einen Unterschied machen zwischen einem einfachen Zufall und, ich weiß nicht, wie ich es sagen soll, also, irgendwas Übernatürlichem?«

Er trug den Wein und die Gläser auf einem Tablett ins Wohnzimmer, schob eine Jazzkassette, die Frannie nicht kannte, in die Stereoanlage und setzte sich dann neben sie auf das bequeme Sofa. Durch das Fenster hinter ihnen drang gedämpft der Lärm des Straßenverkehrs.

»Der Mensch hat ein angeborenes Bedürfnis, den Dingen, die er nicht versteht, einen Sinn zu geben. In der Physik stößt man auf das perverse Paradox, daß es Ordnung im Chaos gibt. Ich habe dir doch eben erzählt, daß ich heute mit der Statistik über Kraftfahrzeugunfälle beschäftigt war. 1986 starben in England 5618 Menschen bei Verkehrsunfällen. 1987 waren es 5339, 1988 war die Zahl 5230, 1989 dann 5554, 1990 schließlich 5402. Dieselbe Konstanz ergibt sich genauso in den USA, nur sind dort die Zahlen natürlich viel höher.« Oliver hob die Hand in einer verzweifelten Geste. »Wie zum Teufel kann es Jahr für Jahr zu so konstanten Zahlen kommen?«

Sie sah ihn erstaunt an. »Du hast all diese Zahlen im Kopf?«

»Hmm.« Er füllte die Gläser und schob eines vor sie hin. »Zum Wohl. Findest du das nicht auch erstaunlich? Wenn man an all die Kombinationen von Pech und Zufall denkt, die zu einem Unfall führen können, dann müßte man doch annehmen, es gäbe Höhen und Tiefen in den Zahlen, deutliche Schwankungen, in einem Jahr viel mehr, in einem viel weniger. Aber die Zahlen schwanken Jahr für Jahr nur geringfügig. Sie sind konstant, sowohl für Verkehrstote wie für Hundebisse und Tote im Luftverkehr und Tote durch Krebs und Tote durch Herzschlag. Auf allen Gebieten.«

»Warum ist das so?«

Oliver trank einen Schluck und sah sie ernst an. »Es gibt in der Mathematik das Gesetz der Großen Zahl – aber ich glaube nicht, daß das eine Antwort auf dieses Phänomen ist. Meiner Meinung nach muß etwas dahinterstecken, das wir noch nicht einmal in Ansätzen verstehen.«

»Etwas Übernatürliches?«

»Ich glaube, Zufälle *sind* Signale dafür, daß eine höhere Intelligenz oder ein höheres Bewußtsein am Werk ist. Aber ich habe keine feste Vorstellung, ob es sich um eine übernatürliche Macht oder ein übernatürliches Wesen handelt, um ein Gotteswesen, oder ob es etwas ist, das ganz einfach in uns allen steckt, Teil einer Vorprogrammierung für den einzelnen Menschen ist.«

Die Musik wirkte entspannend auf Frannie. »War unser Zusammentreffen denn nun Teil des Chaos oder Teil einer kosmischen Ordnung?«

»Nicht notwendigerweise eines von beidem.« Er sagte das mit scharfer Stimme, fast tadelnd.

»Gibt es nicht eine Theorie, daß wir zuviel in Zufälle hineininterpretieren? Daß bei gegebener Unendlichkeit alles möglich ist? Daß ein Affe, den man vor eine Schreibmaschine setzt, letztlich sämtliche Werke Shakespeares neu schreiben könnte?«

»Ich halte nichts von der Unendlichkeit. Das Leben ist endlich; weder Menschen noch Affen leben ewig. Viel interessanter wäre, wenn Dramatiker in drei verschiedenen Kontinenten, die sich vorher nie getroffen haben, sich an ihre Schreibmaschinen setzen und zur selben Zeit genau dasselbe Drama schreiben würden.«

»Ich habe gehört, daß solche Dinge manchmal vorkommen.«

»Ja, sie kommen vor. Aber – alle möglichen unerklärlichen Dinge, die auf dieser Erde passieren, werden als Zufälle abgetan. Leute begegnen sich auf einem Bahnsteig und behaupten, es sei Zufall gewesen.«

Frannie lächelte.

Oliver nahm einen Schluck von seinem Wein und schien über etwas nachzugrübeln. »Als wir uns auf dem Bahnsteig von King's Cross trafen, hatten Edward und ich eigentlich einen früheren Zug nehmen wollen. Wir haben ihn nur deshalb verpaßt, weil mir zu spät eingefallen war, daß ich noch einen Telefonanruf machen mußte.«

»Sieh mal an! Auch ich wollte einen früheren Zug nehmen! Ich habe ihn verpaßt, weil mich noch jemand anrief, als ich gerade das Büro verlassen wollte.« Sie beobachtete sein Gesicht, aber es war keine Reaktion darauf abzulesen.

»Wir treffen uns vor drei Jahren im Café deiner Eltern. Wir treffen uns drei Jahre danach auf einem Bahnhof. Ich setze ein Inserat in eine Zeitschrift, die du normalerweise nicht liest, und du stößt trotzdem darauf.« Er schüttelte den Kopf.

»Hat nicht Jung an bedeutungsvolle Zufälle geglaubt? Wie hat er es genannt – sinnvolle Koinzidenz und Synchronizität?«

»Er hat dieses Phänomen aber nie zu seiner eigenen Zufriedenheit erklärt. Er hat akzeptiert, glaube ich, daß Telepathie etwas damit zu tun hatte.« Er ließ den Finger über den Rand seines Glases kreisen. »Wer hat gesagt, der Mensch bezweifelt alles, was bezweifelt werden kann, und hofft, daß, was übrigbleibt, die Wahrheit ist?«

»Ich weiß nicht. Aber es klingt gut.«

»Ich halte es für eine ziemlich traurige Anklage.«

»Tendieren Mathematiker nicht im allgemeinen dazu, Zufälle skeptisch zu betrachten – weil die Chancen dafür, daß man auf einem Bahnhof oder einem Flughafen einen Bekannten trifft oder daß jemand genau in dem Moment anruft, wenn man an ihn denkt, viel kleiner sind, als wir annehmen?«

»Früher habe ich das geglaubt.« Seine Augen weiteten sich, er sah plötzlich traurig aus. »Ich habe gehofft, es sei so.« Er umfaßte sein Glas mit beiden Händen und lächelte matt.

»Entschuldigung, ich habe da ein sensibles Thema angeschnitten.«

»Das macht nichts. Im Gegenteil, es ist gut, einmal darüber zu reden.«

Frannie griff nach seiner Hand. Sie war eiskalt, so daß sie zurückzuckte. Sie sah ihn an, entdeckte wieder diesen Ausdruck der Angst in seinen Augen, wie sie ihn schon mehrmals gesehen hatte. Er verflog, so schnell, daß sie sich fragte, ob es nur Einbildung gewesen sei. Sie griff wieder nach seiner Hand, drückte sie. »Was ist los mit dir?« fragte sie beunruhigt.

Er lächelte. »Alles in Ordnung«, sagte er und erwiderte ihren Händedruck. »Alles in Ordnung«, sagte er noch einmal. Dann stand er abrupt auf und ging in die Küche.

# *Sechzehn*

Kurz nach sieben ging Frannie die Straße hinunter, in der Phoebe Hawkins wohnte. Sie war müde und schlecht gelaunt. Oliver hatte sie gefragt, ob sie mit zu einer Filmpremiere kommen wolle, er habe zwei Karten.

Es nieselte, und sie ging mit gebeugtem Kopf. Krampfhaft drückte sie eine Flasche Valpolicella im schäbigen Geschenkpapier der Spirituosenhandlung an sich.

Sie hatte Sehnsucht nach Oliver. Schon den ganzen Tag. Er hatte gegen Mittag angerufen und eine Nachricht hinterlassen, aber sie war zusammen mit einigen Kollegen von Declan O'Hare ununterbrochen auf Trab gehalten worden und hatte die Notiz erst um halb sieben auf dem Schreibtisch vorgefunden.

Und jetzt, statt bei ihm zu sein, lief sie durch den Regen, um den Abend mit jemandem zu verbringen, den sie nicht mochte, und die Zweifel, ob Phoebe nicht ein wichtigtuerisches Spielchen mit ihr trieb, wurden immer stärker. Phoebe Hawkins war ein hinterhältiges Mädchen, eine Drahtzieherin, und das war auch der Grund, weshalb kaum jemand sie mochte. An der Universität mußte man aufpassen, was man ihr sagte, denn es konnte nach Wochen verstümmelt wieder auftauchen. Eine harmlose Bemerkung über einen Freund wurde in eine Beleidigung verdreht und dem Betroffenen ganz nebenbei auf hinterlistige Weise untergejubelt. Oder eine Nachricht für jemanden wurde auf subtile Art verändert. Für Phoebe war die Wahrheit nur Rohmaterial, das darauf wartete, von ihr zurechtgestutzt zu werden. Frannie fragte sich, ob Phoebe auch jetzt wieder so etwas mit ihr vorhatte. Die alten Tricks. Etwas Belangloses zu einer Riesensache aufzubauschen.

Allerdings – Merediths Tod und Jonathan Mountjoys Tod und Susie Verbeetens Erblindung waren nichts Belangloses.

Mit jedem Schritt, den sie Phoebes Wohnung näher kam, verdüsterte sich ihre Stimmung. Ein Taxi fuhr vorbei, und sie war versucht, es anzuhalten, zum Leicester Square zu fahren und vor dem Kino auf Oliver zu warten. Oder zu sehen, wen er statt ihrer zu der Premiere mitgenommen hatte. Je mehr sie bei ihm war, um so mehr wollte sie bei ihm bleiben. Nachdem er sich gestern abend ein wenig entspannt hatte, waren sie ins Bett gegangen und hatten sich geliebt, wieder und wieder, so zärtlich und leidenschaftlich wie am vergangenen Samstag.

Es war Penrose Spodes Aufmerksamkeit nicht entgangen, daß sie in demselben Aufzug zur Arbeit gekommen war wie am Tag zuvor. Shorts gehörten nicht zu ihrer üblichen Bürokleidung. Er hatte natürlich keinen Kommentar dazu abgegeben – zumindest nicht in Worten. Er hatte seine Auffassung in einem kurzen, unnachahmlichen Spiel seiner Gesichtsmuskeln kundgetan. Declan O'Hare hatte es auch bemerkt, denn ihm entging nichts, und er hatte sich einen feinsinnigen Scherz über den Zusammenhang zwischen der Kürze ihrer Konzentrationsfähigkeit und der Kürze dieses Meisterwerks der Schneiderkunst nicht verkneifen können. Aber sie hatte ihm kontern können, indem sie ganz beiläufig erwähnte, sie habe einen alten Freund von ihm, James Shenstone, kennengelernt, und er habe ein paar interessante Geschichten aus der gemeinsamen Zeit am Trinity College in Dublin erzählt.

Langsam ging sie die Straße hinunter an den parkenden Autos vorbei. Aus einem offenen Fenster stieg ihr Essensgeruch in die Nase, irgendwas mit Knoblauch, aber sie war nicht hungrig, und sie hatte so gar keine Lust darauf, den Abend in einer schäbigen Küche mit Valpolicella und Nußbrisolett – oder was immer Phoebe kochen mochte – zu verbringen.

Der Strahl eines Blaulichts zuckte plötzlich über die Straße, und sie hörte das Heulen der Polizeisirene. Ihr Magen zog sich zusammen. Ein Windstoß fuhr durch die Alleebäume; ein einzelnes, noch grünes Blatt flatterte vor ihr auf den Gehweg.

Zwei Zufälle gestern: die Sache mit dem Messingtiger; die Nummer sechsundzwanzig. Dann die Parkkralle an Olivers Wagen. Gab es da irgendeinen Zusammenhang? So wie Merediths Tod im Zusammenhang mit dem umgestürzten Wagen stand, den sie bei der Rückfahrt nach London gesehen hatten? Sie wurde langsam paranoid. Ein Schauder überlief sie. Plötzlich war es bitterkalt. Winter, nicht Spätsommer. Aus einem Fenster auf der anderen Straßenseite plärrte ein alter Song von Buddy Holly. Als sie um eine Kurve bog, sah sie ein wirres Durcheinander von Fahrzeugen vor sich. Es wurde von einem grellen Scheinwerfer erleuchtet.

Im ersten Moment dachte sie, dort würde ein Film gedreht, aber dann zuckte wieder Blaulicht über sie hinweg. Ein Polizist in einem reflektierenden gelben Mantel stand mitten auf der Straße und stoppte den Verkehr. Sein Mantel warf das Blaulicht mit intensivem Grünschimmer zurück.

Das erste, was sie hinter dem Polizisten im Licht des Scheinwerfers sah, war das Rad eines Fahrrads auf dem Boden. Dahinter stand ein Lastwagen quer über den Gehweg. Er hatte die Backsteinmauer eines Vorgartens eingedrückt. Eine kleine Gruppe von Leuten stand an der Straßenecke und schaute sich an, was da geschehen war.

»Tut mir leid, Sir«, sagte der Polizist zu einem Autofahrer. »Sie müssen einen Umweg nehmen.«

Das Rad auf dem Boden glänzte im Licht des Scheinwerfers, der auf einem Dreifuß montiert war. Ein Getriebe jaulte. Ein Mann brüllte etwas. Frannie sah einen Krankenwagen. Ein Feuerwehrauto. Einen schweren Kranwagen, der seinen großen Eisenhaken gerade langsam absenkte. Zwei Männer versuchten, einen Ansatzpunkt für den Haken des Krans unter der vorderen Stoßstange des verunglückten Lastwagens zu finden. Auf seiner Seitenplane stand in großer Schmuckschrift: HUNSTONS SPIELWAREN. SPASS FÜR GROSS UND KLEIN!

Frannie schaute wieder auf das Rad. Es war verbeult wie der Rest des Fahrrads daneben, verbogen und zerfetzt wie eine der verrückten modernen Skulpturen in der Tate Gallery. »Fahrrad auf Straßenpflaster«, ging ihr durch den Kopf. Sie mußte ihr Gehirn beschäftigen, mußte sich ablenken, durfte nicht hinschauen – auf den Körper, der neben dem Vorderrad des Lastwagens lag.

*Ist die Frau tot, Daddy?*

Edwards Frage, die er am Sonntag auf der Rückfahrt nach London gestellt hatte, kam ihr wieder in den Sinn. Blitze aus blauem Licht zuckten über den nassen Asphalt, über den Körper der Frau, die da drüben auf dem Boden lag. Funken aus gelbem Licht vom

Dach des Kranwagens mischten sich dazwischen. Wolken aus dunklem Dieselrauch hingen in der Luft. Die Frau war etwa Mitte Zwanzig. Phoebes Figur, dachte Frannie. Auch etwa ihre Größe. Sie hatte einen Kaftan und Sandalen an.

Frannies Knie zitterten, schlugen aneinander. Ihr Magen revoltierte. Sie wollte nicht länger hinsehen. Die Frau bewegte sich nicht, aber sie war vielleicht auch nicht tot. Sie lag nicht unter dem Lastwagen; nur ein Arm war unter dem schweren Vorderreifen eingeklemmt – es sah aus, als hätte sie unter den Wagen greifen wollen, um etwas hervorzuholen.

Ein Einkaufskorb lag im Rinnstein neben der Frau. Der Inhalt eines großen Joghurtbechers hatte sich zähflüssig auf dem Asphalt ausgebreitet. Daneben Äpfel, ein Bund Bananen, eine Plastikpakkung Tagliatelle, eine Flasche Tomatenketchup. Neben dem Einkaufskorb lag eine große Schultertasche; ein Kamm und ein Notizbuch waren herausgerutscht.

Ein Sanitäter mit einer starken Taschenlampe in der Hand ging auf die Frau zu. Er machte auf dem schlüpfrigen Asphalt kurze, vorsichtige Schritte, als ob er über eine Eisfläche ginge. Die Räder des Lastwagens waren eingeschlagen, standen schräg, und im Licht der Lampe sah Frannie die Hand der Frau auf der anderen Seite des Reifens. Sie war flach ausgebreitet, klebte leblos wie ein toter Seestern auf dem Boden.

Blut quoll unter dem Reifen hervor. Frannies Blick fiel auf das Wort *Dunlop* an der Seite des Reifens, und sie las es wieder und wieder, bis es bedeutungslos geworden war. Aber sie hatte für einen Moment etwas gehabt, auf das sie sich konzentrieren konnte, das sie davon abgehalten hatte, wieder auf die Frau zu sehen.

Dann fiel das Licht der Lampe des Sanitäters auf das Gesicht der Frau. Es war nach oben gerichtet. Die Augen waren geschlossen, und Spuren eingetrockneten Blutes zogen sich über die Stirn.

Frannies Schrei blieb ihr in der Kehle stecken. Sie brachte nur ein verzweifeltes Winseln zustande. »Phoeoebe!« Dann lief sie zu ihr.

»Bleiben Sie zurück, bitte! Bleiben Sie zurück!« schrie ein Polizist.

Frannie kümmerte sich nicht darum, kniete sich neben Phoebe, nahm ihre freie, ihre gesunde Hand, drückte sie. »Es ist alles in Ordnung, Phoebe. Ich bin's, Frannie.« Aber die Worte kamen nicht geformt aus ihrer Kehle, blieben unhörbar wie der Ton einer Hundepfeife. Über sich hörte sie ein metallisches Klirren. Jemand zog sie weg. Eine verderbenverheißende Glocke dröhnte durch ihren Kopf. Sie hatte ihr warnendes Totengeläut in den letzten Tagen schon öfter gehört.

»Sie müssen weg hier«, sagte eine Stimme. »Wir heben den Wagen jetzt an.«

Die Stoßstange des Lastwagens ruckte. Frannies Körper wurde von einem unkontrollierbaren Schütteln erfaßt. Der Schock setzte ein. Jemand brüllte Kommandos. Ein Motor dröhnte auf. Eine Kette rasselte. Der Vorderteil des Lastwagens hob sich, dann das Rad. Zuerst nur ein kleines Stück, dann mit einem Ruck so weit, daß Phoebes Arm freilag. Licht fiel darauf.

Frannie konnte jetzt alles deutlich sehen. Sah das, was einmal Phoebes Arm gewesen und jetzt nur noch ein flacher Brei aus Fleisch und Knochen war. Und in diesen Brei hatte sich das Zickzackmuster des Reifens deutlich eingedrückt.

# *Siebzehn*

Der Plastikbecher rutschte an seinen Platz, und heißer Kaffee strömte aus der Düse, dann schäumende Milch. Mit einem scharfen Klicken zeigte die Maschine an, daß sie ihre Arbeit abgeschlossen hatte.

Frannie nahm den Becher vorsichtig heraus, paßte auf, daß der Kaffee nicht überschwappte, und ging mit ihm zurück ins Wartezimmer. Es war lieblos eingerichtet und wirkte ausgesprochen deprimierend mit seiner graugrünen Tapete und dem Geruch nach Vinyl, der aus den abgewetzten und zerrissenen Sitzbezügen stieg.

Ein Krankenbett wurde draußen vorbeigeschoben. Dann war es wieder still. Etwa fünf Minuten später hörte Frannie Schritte auf dem Flur, und eine Krankenschwester, die sie vorher schon einmal gesehen hatte, kam ins Zimmer, gefolgt von einem großen, breitschultrigen Mann, dessen Gesicht unter den buschigen Augenbrauen abgespannt und mißgelaunt wirkte. Er trug einen schlechtsitzenden grauen Anzug, der oberste Knopf seines Hemdes stand offen, und die Krawatte war halb aufgezogen.

»Das ist Miss Monsanto«, stellte die Schwester vor. »Und das ist Dr Grower. Er hat Ihre Freundin operiert.«

Frannie wollte aufstehen, aber der Arzt gab ihr mit einer Geste zu verstehen, sie solle sitzen bleiben. Er hockte sich auf die Armlehne eines Sessels. »Wir haben Miss Hawkins' Eltern noch nicht erreicht«, sagte er knapp. »Wir versuchen es weiter.« Er sah Frannie abschätzend an, fuhr dann fort: »Wir konnten bedauerlicherweise ihren Arm nicht retten. Die Knochen waren zu sehr zersplittert.«

Frannie hörte die Worte eines nach dem anderen, wie in Zeitlupe. Jemand schien etwas in ihren Magen injiziert zu haben, das ihn erstarren ließ, und die Erstarrung breitete sich in ihr aus, erfaßte ihre Brust, ihren Nacken, ihr Gehirn. Sie schüttelte entsetzt den Kopf, als die weiteren Worte des Arztes in ihr Bewußtsein drangen; jedes einzelne rief eine schmerzende Resonanz hervor, die durch das Brummen einer schadhaften Neonlampe über ihr noch verstärkt wurde.

»Wir mußten den Arm über dem Ellenbogen amputieren. Nun ja, sie hat wenigstens überlebt.«

»Ja«, sagte Frannie tonlos.

»Haben Sie gesehen, wie der Unfall passiert ist?«

»Nein, ich war...« Sie starrte auf die Flasche Valpolicella auf dem Stuhl neben ihr, die immer noch säuberlich in das grüne Geschenkpapier eingewickelt war. »Ich... ich war auf dem Weg zu ihr. Wir wollten zusammen zu Abend essen.« Sie legte die Hand auf die Flasche; sie fühlte sich hart und kalt an. »Wann kann ich sie besuchen?«

»Morgen nachmittag ist sie wahrscheinlich wieder so weit bei Bewußtsein, daß Sie kurz mit ihr sprechen können, aber wegen der Schmerzmittel wird sie noch ein paar Tage ziemlich benebelt sein.«

Es war kurz nach halb elf, als Frannie das Krankenhaus verließ. Sie schlug den Kragen hoch und duckte den Kopf zur Abwehr gegen den starken Regen.

Sie fröstelte, wünschte sich jemanden, der sie hielt, der seine Arme um sie legte und ihr sagte, daß alles wieder in Ordnung komme, daß sie keinen Grund habe, sich zu fürchten, daß die ganzen Geschehnisse nichts als schreckliche Zufälle seien.

In der Halle der U-Bahn-Station ging sie zum Schalter und kaufte sich ein Ticket. Schon allein den Namen ihres Fahrziels zu nennen, wirkte irgendwie beruhigend auf sie.

»Bethnal Green«, wiederholte der Mann hinter der Glasscheibe, ein Inder mit sanfter Stimme. Er lächelte sie an, als ob diese Station auch für ihn eine besondere Bedeutung habe, als ob er mit Frannie ein Geheimnis teile und wisse, daß Bethnal Green der Ort sei, an dem jeder verängstigte Mensch auf dieser Welt Hilfe finden könne. Er schob ihr das Wechselgeld und die Karte durch den Schlitz.

Eine lange, leere Rolltreppe brachte sie nach unten zum Bahnsteig. Phoebe Hawkins war nicht sterbenskrank. Aber man konnte auch nicht sagen, daß es ihr irgendwann einmal wieder bessergehen würde. Irgendwas an diesem Gedanken war nicht ganz logisch, dennoch, es stimmte schrecklicherweise. Der Arm würde nicht wieder nachwachsen. Genausowenig, wie Meredith je wieder zurückkommen würde. Oder Jonathan Mountjoy. Susie Verbeeten würde nie wieder sehen können. Und die rechte Hand des kleinen Dominic war für immer verstümmelt.

Als sie aus dem Stationsgebäude in Bethnal Green kam und die Straße entlanghastete, peitschten ihr Regentropfen wie körniger Sand ins Gesicht. Unter der Eisenbahnbrücke ging sie, vor dem Regen geschützt, ein wenig langsamer, und sie ließ ihre Hand über das Metallgeländer gleiten, hob sie bei jedem Pfosten hoch, genauso, wie sie es als Kind immer getan hatte. Auch der vertraute, unangenehme Uringeruch drang ihr wieder in die Nase.

Auf der anderen Seite duckte sie sich unter dem Regen, eilte an einem Parkplatz vorbei, kürzte an der Ecke durch den Vorhof der Tankstelle ab und kam an einer Reihe schäbiger Schnellimbißrestaurants und Läden vorbei. Es waren nur wenige Leute unterwegs. Auf der anderen Straßenseite lag ihre alte Schule. Der Schulhof, der ihr einst so unendlich groß vorgekommen war, daß man sich darauf verlaufen konnte, war nichts anderes als ein kleiner, geteerter Platz mit aufgezeichneten Linien und einem Basketball-Übungskorb an einer Wand; ein Ort, zu dem ein kleines Mädchen, an das sie sich kaum mehr erinnern konnte, einst, außer in den Ferien, jeden Tag gegangen war – zwölf Jahre lang.

Dann kam sie an der anglikanischen Kirche zur Heiligen Jungfrau vorbei, die, zurückgesetzt von der Straße, in stiller Dunkelheit dalag: ein alter, wuchtiger gotischer Bau mit stabilen Pfeilern und hohen, bunten Glasfenstern.

Frannie war als Kind jeden Sonntag mit ihren Eltern zur Messe in die katholische Kirche gegangen. Als sie etwa fünfzehn Jahre alt war, hatte ihr Glaube begonnen abzubröckeln, aber erst während der Universitätszeit ging sie nicht mehr in die Kirche. Es hatte kein bestimmtes Ereignis gegeben, das ihre Einstellung zum Glauben geändert hätte; die Zweifel hatten sich einfach im Lauf der Jahre vertieft, und sie war entschlossen, die Suche nach Antworten auf ihre eigene Weise zu betreiben.

Eine alte Frau an einer Bushaltestelle kämpfte mit ihrem Schirm. Auf der Leuchttafel des Kinos stand in Riesenlettern *Kevin Costner*. Die Fish-and-Chips-Bude hatte bereits geschlossen. Der Quickburger-Laden zwei Häuser weiter war noch geöffnet; ein einsamer

Kunde lehnte an der Theke und studierte die Karte. Der Geruch nach gebratenen Zwiebeln ekelte Frannie an, und das Karussell in ihrem Kopf begann sich wieder zu drehen.

Eins nach dem anderen. Schicksal. Zufall. Sonst nichts. Bitte, lieber Gott, sonst nichts.

Angst steckte ihr in den Knochen. Ein Bus donnerte vorbei. Dann ein Lastwagen. Ihre Füße waren naß, und ihr rechtes Bein tat weh. Sie nahm die rechte Hand aus der Manteltasche und griff an ihren Hals. Die abtrünnige Katholikin Francesca Monsanto zog an der dünnen Kette um ihren Hals, bis sie das kleine, silberne Kreuz in ihrer Hand spürte; sie drückte es leicht. Sie hatte die Kette mit dem Kreuz heute morgen zum ersten Mal seit Jahren wieder angelegt.

Es war halb zwölf, als sie an der Tür des Hauses klingelte, das auf der einen Seite von dem dunklen *Sandwich Paradiso* und auf der anderen von dem schwach erleuchteten, rauchigen Büro der *King Minicabs* flankiert wurde.

Ein Licht ging hinter dem Fenster über der Tür an. Sie hörte die Holztreppe im Inneren knarren, und die Tür vibrierte leicht. Ein Motorrad röhrte auf der Straße hinter ihr vorbei. Eine Wolke aus öligem Zweitakter-Qualm hüllte sie für einen Moment ein. Dann hörte sie die Stimme ihres Vaters: »Hallowerisda?«

»Ich bin's, Papa, Frannie.«

Eine Sicherheitskette klirrte, Riegel wurden zurückgeschoben, dann schwang die Tür auf. Ihr Vater starrte sie überrascht an. Wie immer an Abenden war sein Gesicht dunkel von Bartstoppeln. Er hatte einen schäbigen Frotteebademantel über den gestreiften Schlafanzug gezogen; sein Haar war zerzaust, und Frannie sah zum ersten Mal, wie grau es geworden war. Warum hatte sie das nicht schon eher bemerkt?

»Francesca! Hey! Warum kommst du so spät?« Er legte die Arme um sie, und sie küßten sich auf beide Wangen. Frannie drückte ihn liebevoll an sich, ihren dünnen, knochigen Vater, der nicht größer war als sie selbst. Sie roch Wein und Tabak in seinem Atem und das Haaröl, das er immer noch benutzte. Seine Bartstoppeln kratzten ihre Wange. Sie wünschte sich, er würde sie in seine Arme schließen, wie er es getan hatte, als sie noch klein war und irgendeinen Kummer hatte. Und sie wünschte, sie wären sich nicht so fremd geworden.

Er ließ sie los, trat einen Schritt zurück und sah sie kopfschüttelnd an. »Wo warst du Sonntag? Warum hast du nicht angerufen? Wir haben uns Sorgen gemacht.« Seine Kieferknochen drückten sich durch die fahle Gesichtshaut, die Augen waren tief eingesunken; er sah aus, als leide er an einer auszehrenden Krankheit. Aber es waren nur die harten Jahre unablässiger Arbeit, der Mangel an Bewegung und frischer Luft, die ihm das Aussehen eines Verlierers gaben – als ob er wisse, daß das Leben eine Nummer zu groß für ihn sei und er es aufgegeben habe, dagegen anzukämpfen. Er hatte sich eine Ersatzwelt geschaffen, indem er fast jede freie Minute vor dem Fernseher hockte und sich Filme ansah. Er deutete auf ihr rechtes Bein, und sein Gesicht war besorgt. »Was is' passiert? Hattest du einen Unfall?«

Frannie sah, daß ihre Jeans unterhalb des rechten Knies aufgerissen waren. Es tat weh, als sie mit dem Finger auf die Stelle drückte. »Ich… ich habe das noch gar nicht gemerkt.«

»Hingefallen?« Er streichelte sanft über ihre Wange. »Du siehst nicht gut aus.« Ein Verdacht blitzte in seinen Augen auf. »Hast du einen Kampf gehabt? Hat ein Junge dich getreten? Komm rein.« Er drückte sich gegen die Wand, ließ sie vorbei und verschloß die Tür hinter ihr.

Sie stieg die steile Treppe hoch. Den Valpolicella hielt sie immer noch fest umklammert. Das Fernsehgerät lief. Sie hörte Stimmen, Schüsse, aufheulende Automotoren, quietschende Reifen. Ihre Mutter rief aus dem Schlafzimmer: *»Chi è, Papa?«*

»Francesca. *Ha avuto un incidente!«* antwortete er eifrig.

Wieder quietschten Reifen, weitere Schüsse fielen, eine Polizeisirene heulte. Am Ende der Treppe öffnete ihr Vater die Tür zum Wohnzimmer und machte das Licht an. »Ich hol Verbandszeug und Jod. Willst du einen Kaffee? Ein Glas Wein?« Frannie roch jetzt auch den vertrauten Geruch von Knoblauch in der Wohnung.

Die Wände des Wohnzimmers waren kahl, aber der kleine Raum mit der Eßnische wirkte völlig überladen; eine dreiteilige Polstergarnitur, zu viele Stühle und die Porzellan- und Nippessammlung ihrer Mutter ließen kaum Platz zum Durchkommen.

»Kaffee wär schön.« Frannie hielt ihm den Valpolicella hin. »Ein Geschenk für euch«, sagte sie. »Um mich für Sonntag zu entschuldigen.« Sie setzte sich in einen Sessel und schaute auf die Kamin-

Attrappe. Auf dem Sims standen Fotos von ihr, ihrer Schwester und den beiden Brüdern, daneben eine Vase mit Seidenorchideen und eine weiße Plastikstatuette der Heiligen Maria. Das Fenster ging zur sehr verkehrsreichen Straße hinaus, durch die Netzvorhänge sah sie die großen Scheinwerfer eines Lastwagens, der die Steigung heraufkam, dann das Oberdeck eines Busses, in dem als einziger Fahrgast ein bedrückt aussehender Mann saß. Die Fernseh-Verfolgungsjagd drüben im Schlafzimmer ihrer Eltern ging weiter.

»Also, wer ist's gewesen, wer hat dir ans Bein getreten? Hast du einen neuen Freund?«

»Niemand hat mich getreten, Papa. Eine Freundin von mir hatte eben einen schrecklichen Unfall mit dem Fahrrad. Ich muß mir die Hose aufgerissen haben, als ich mich zu ihr hingekniet habe.«

*»Mamma mia! Povera Francesca!«* Der hysterische, gellende Aufschrei ihrer Mutter ließ Frannie herumfahren. Im Morgenmantel, das Haar unter einer Duschkappe, das Gesicht voller Creme kam sie auf sie zugestürzt. Sie kniete sich neben sie, küßte sie flüchtig auf beide Wangen. »Unfall? Unfall?« Sie schüttelte voller Sorge den Kopf, strich aufgeregt über Frannies Haar und überschüttete sie mit einem Stakkato an Fragen in italienisch, das keine Möglichkeit zu Antworten oder Erklärungen ließ. Dann sprang sie auf und lief aus dem Zimmer, kam kurz darauf mit einem Handtuch, Jod und Heftpflaster zurück, feuerte weitere italienische Salven auf Frannie ab, während sie ihr aus den Jeans half.

Ihr Vater kam mit Kaffee, Keksen und Sandwiches auf einem Tablett aus der Küche, und Frannie war gerührt über die selbstverständliche Güte und Hilfsbereitschaft ihrer Eltern, dachte beschämt, daß sie das nicht verdiente. Sie hatte keinen Appetit, aber ihr fiel ein, daß sie nichts zu Mittag gegessen hatte und das Abendessen ausgefallen war. Sie brauchte etwas, das ihr neue Energie gab, und so aß sie ein Sandwich, das ihr der Vater aufdrängte.

»Weißt du was?« sagte er. »Samstag war ich in der City, ich wollte das neue Haus ansehn, wo unser Café war. Und weißt du was? Die baun noch gar nicht.« In seiner Stimme lag Erstaunen, aber auch Zorn und Verzweiflung. »Noch gar nicht angefangen! Poulterers Alley, das Café, noch gar nicht abgerissen!«

»Wie? Das steht alles noch?«

»Sie sind am Abreißen – aber das hätte schon vor zwei Jahren passieren sollen. Wir hätten noch zwei Jahre dort sein können.« Er steckte sich eine Zigarette an, und Frannie sah die Mißbilligung in den Augen ihrer Mutter. »Sind da vielleicht Ar-chä-olo-gen am Graben?«

»Ich hab einen neuen Freund«, sagte Frannie, um das Thema zu wechseln. Auf den hingeworfenen Köder mit den Archäologen wollte sie nicht eingehen.

Die Augen ihres Vaters weiteten sich interessiert, und er lehnte sich weiter nach vorne.

»Frrreund?« fragte ihre Mutter ebenso interessiert. *»Come si chiama?«*

»Oliver«, sagte Frannie.

»O-li-ver!« sprach die Mutter ihr nach. *»Un bel nome.«*

»Oliver«, echote auch ihr Vater.

Frannie lächelte, war jedoch ein wenig verlegen; sie wünschte sich, sie hätte Oliver noch nicht bei ihren Eltern erwähnt – das brachte vielleicht Unglück. Schließlich kannte sie ihn ja erst seit einer guten Woche.

»Und was tut er, der Oliver?« fragte ihr Vater. »Auch Ar-chä-ologe, oder hat er einen richtigen Job?«

Sie schüttelte müde den Kopf. »Nein, er ist kein Archäologe; er ist Mathematiker.«

Ihr Vater sah sie traurig an. »Ar-chä-ologe; Ma-the-ma-tiker – was ist der Unterschied? *Ecco.* Du kommst mitten in der Nacht her, in so einem Zustand.« Er zog an seiner Zigarette, die er zwischen Zeigefinger und Daumen hielt, und schüttelte verzweifelt den Kopf. »Wann wirst du endlich erwachsen, Francesca?« Er strich traurig über ihr Haar. »Wann verstehst du endlich die richtige Welt?«

Sie sah ihn an, und die Kluft zwischen ihnen brach wieder auf.

Ihr Vater seufzte. Nach einem langen Schweigen sagte er: »Du bleibst über Nacht hier, okay? Ich mach deine Kleider sauber. Laß sie trocknen. Morgen früh kriegst du ein prima Frühstück.«

Sie schloß die Augen und nickte, zu erschöpft, um sich noch auf eine Diskussion einzulassen, zu müde sogar zum Denken. Sie wollte nur noch schlafen.

Als sie am nächsten Morgen in dem kleinen Gästeschlafzimmer aufwachte, lagen ihre Kleider auf einem Stuhl neben dem Bett. Es war sieben Uhr, und die Eltern waren schon zur Arbeit gegangen. Sie duschte, zog sich an und ging nebenan ins Café. Aus dem Radio kam schmalzige Musik. Ihr Vater schnitt Brot und butterte die Scheiben, ihre Mutter mischte in einem Topf Zwiebeln unter Thunfischpaste.

»Kann ich euch helfen?« fragte Frannie.

Die Mutter wischte die Hände an ihrer Schürze ab, und sie tauschten die üblichen Begrüßungsküsse aus; die Wangen der Mutter waren weich und kalt.

»Setz dich hin, ich mach dir ein schönes Frühstück«, sagte der Vater. »Du mußt was in den Magen kriegen.«

»Danke«, lächelte sie und fühlte sich plötzlich wie in alten Tagen. Das Wetter hatte sich geändert, die Sonne schien durch die Fenster. Ein Wagen der Straßenreinigung dröhnte draußen vorbei, und der Berufsverkehr zum Zentrum war schon recht stark.

Sie setzte sich auf einen der vertrauten harten Stühle an einem der kleinen Tische und schob die Flaschen mit Ketchup und Worcestersoße zur Seite.

»Wie hast du geschlafen?« fragte ihr Vater und schlug Eier in eine Schüssel. Butter brutzelte in einer Pfanne auf dem Herd.

Sie sagte ihm, sie habe gut geschlafen. Sie erwähnte nicht, daß sie zum ersten Mal seit mehreren Tagen wirklich tief und traumlos geschlafen hatte. Sie fühlte sich ausgeruht, und sie hatte Hunger.

Er hielt ein Ei in der Hand, drehte es hin und her, sah sie dann unsicher an. »Aber du hast schlecht geträumt, hmmm?«

Sie schüttelte lächelnd den Kopf. »Nein.«

»Du machst deiner Mutter und mir große Angst.« Er klopfte mit dem Zeigefinger prüfend auf das Ei. Dann sah er sie wieder scheu an. »Du hast im Schlaf gesprochen.«

Sie runzelte die Stirn. Das Licht im Raum schien plötzlich zu verblassen. »Was hab ich denn gesagt?«

Er hob die Schultern, drückte das Ei gekonnt mit dem Daumen auf und ließ den Inhalt in die Schüssel laufen. Dann verrührte er die Eier mit einer Gabel und gab etwas schwarzen Pfeffer dazu. »Ist Quatsch. Macht keinen Sinn. Eine fremde Sprache, denk ich.« Er sah sehr besorgt aus. »Du machst uns angst, deiner Mama und mir.«

»Wie... wie meinst du das?«

»Du hast nicht wie du selbst gesprochen. Als hätte jemand anders durch dich geredet.«

Beide sahen ihre Tochter an, und die Gesichter waren sehr besorgt. Ein kalter Schauder lief über Frannies Rücken.

»Irgendwas ist nicht gut, Francesca«, sagte ihr Vater ernst. »Irgendwas ist gar nicht gut.«

# Achtzehn

»Du siehst käsebleich aus«, sagte Penrose Spode über die sterile Ordnung auf seiner Schreibtischplatte hinweg. »Geht's dir gut?«

Frannie nickte.

»Ist es spät geworden gestern?« Der Kreis seines gespitzten Mundes verzog sich zu einem wissenden Lächeln.

»Nein, Penrose, das ist nicht der Grund. Ich war nur nicht besonders glücklich gestern abend, muß ich sagen.« Sie wußte immer noch nicht, wie gut er Phoebe gekannt hatte, aber wie auch immer, sie brachte es nicht fertig, ihm von dem Unfall zu erzählen.

Er konnte mit ihrer Antwort nichts anfangen, und auf seinem Gesicht erschien ein ratloser Ausdruck, als ob er nicht wisse, wie er reagieren solle. Er öffnete den Mund, schien etwas sagen zu wollen, schloß ihn dann aber wieder, behielt für sich, was ihm durch den Kopf gegangen war.

Sobald er vom Schreibtisch aufgestanden und im Flur verschwunden war, suchte sie die Nummer eines Blumenladens in der Nähe des Krankenhauses heraus und gab den Auftrag, zu Lasten ihrer Kreditkarte Phoebe einen Blumenstrauß und einen kurzen Gruß ans Krankenbett zu bringen. Während sie diese Sache wie automatisch und völlig geistesabwesend erledigte, war ihr Bewußtsein damit beschäftigt, über den unglaublichen Zufall nachzudenken, daß vier ihrer Freunde aus demselben Jahrgang an der Universität innerhalb weniger Monate auf schreckliche Weise zu Tode gekommen oder verkrüppelt worden waren.

Sie versuchte, die Dinge mit klarer Logik zu betrachten, sie mit rationalen Überlegungen anzugehen. Mit der Wahrscheinlichkeitstheorie, die bei den Gesprächen mit Oliver angeklungen war. Aber auch die besorgten Worte ihres Vaters kreisten durch ihr Bewußtsein, doch wahrscheinlich sprach jeder im Schlaf, wenn er durch schlimme Erlebnisse aufgeschreckt und verunsichert war. Und er tat es dann ja wohl meistens in einem unverständlichen Kauderwelsch.

Später am Morgen rief Oliver an, um sich nach ihrem Befinden und dem Verlauf des gestrigen Abends zu erkundigen. Sie erzählte ihm von Phoebes Unfall, und er war entsetzt und mitfühlend zugleich, wie er es auch bei Merediths Tod gewesen war. Sie fragte ihn, wie ihm die Filmpremiere gefallen habe, und selbst als er sagte, ohne sie habe es ihm keinen Spaß gemacht, hellte das ihre trübe Stimmung nur ein klein wenig auf.

»Ich hole dich morgen um halb zehn ab, okay?«

»Okay.« Sie beließ es im Hinblick auf Spodes gespitzte Ohren bei dieser kurzen Antwort.

Als Oliver aufgelegt hatte, behielt sie den Hörer noch einige Sekunden am Ohr; sie hatte plötzlich Angst, dieser Kontakt könne der letzte zwischen ihnen gewesen sein, hatte Angst, ihn nie mehr wiederzusehen.

Sie hatte Angst vor dem Rest ihres Lebens.

Frannie starrte auf den Namen der Station, der in grauen Buchstaben auf einem grünen Schild über der Tür angebracht war. »Lyttleton«, las sie. Sie wappnete sich für das, was ihr bevorstand.

Krankenhäuser ängstigten sie, schon von Kindheit an. Die Gerüche, die Geräusche. Man kam in ein Krankenhaus, und schon war man dem Tod einen Schritt näher.

Sie ging durch die Tür in die Station. Die diensttuende Schwester sagte ihr, Phoebe liege am Ende des Gangs gleich um die Ecke; die Eltern seien gerade gegangen, und Frannie dürfe nicht zu lange bleiben, Phoebe habe ein Beruhigungsmittel bekommen und müsse bald schlafen.

In der Station stank es nach Bohnerwachs und Desinfektionsmitteln, dazu der schwache Geruch nach Kartoffelpüree. Hinter dem Vorhang eines der Betten hörte Frannie aufgeregte Stimmen. Auf einem Stuhl saß eine alte, beinahe kahlköpfige Frau, deren eingefallene Wangen den Mund wie einen krumpeligen Nabel aussehen ließen. Eine Frau Mitte Fünfzig saß aufrecht im Bett, strickte eifrig und sonnte sich in der Aufmerksamkeit einiger Familienmitglieder.

Die Station knickte am Ende L-förmig ab. Phoebe lag erschöpft auf ihrem Bett in der Ecke. Über ihre Taille spannte sich ein breiter Gurt, der verhinderte, daß sie sich im Bett drehte. Hinter dem Bett war ein Fenster mit blauen Vorhängen, die man noch nicht zugezogen hatte. Frannie hatte einen Kloß im Hals. Phoebe starrte mit halbgeschlossenen Augen an die Decke. Ihr Gesicht war bleich. Über ihr hingen Kopfhörer an einem Haken; die Bettlampe war nicht eingeschaltet. Auf dem Nachttisch standen eine Schale mit Früchten und eine Vase mit Blumen, daneben lagen mehrere Briefe und Karten.

Neben dem Bett war ein Infusionsständer, aber Phoebe war nicht an eine Infusionsflasche angeschlossen. Ihre rechte Hand lag auf der Bettdecke. Eine Kanüle im Handrücken war mit einem Pflaster festgeklebt. Um das Handgelenk spannte sich ein gelbes Plastikarmband.

Frannie sah, daß auch aus dem anderen Ärmel des Nachthemds ein Arm schaute, und für einen kurzen Augenblick glaubte sie, daß alles in Ordnung sei, daß nicht stimmte, was der Arzt gesagt hatte, und daß er ihren Arm doch hatte retten können.

Aber dann sah sie das Ende des Arms. Er war nur noch ein kleiner Stumpf, der in einer halbrunden Bandage endete. Ein überdimensionierter Daumen. Der verkümmerte, handlose Arm eines Contergankindes. Dünn. Mitleiderregend.

Frannie spürte, daß ihr Gesicht brannte. Ein leichter Schwindel brachte ihr Orientierungsvermögen durcheinander. Sie sah in Phoebes Gesicht, dann wieder auf den Armstumpf, und für einen kurzen Moment trennten sich für sie die beiden Körperteile voneinander, gehörten verschiedenen Personen. Der Stumpf gehörte nicht zu Phoebe. Die Phoebe, die sie kannte, hatte zwei *ganze* Arme.

Sie ging einen Schritt näher, blieb wieder stehen, kämpfte darum, Haltung zu bewahren. Sie schaute genauer hin, um sicher zu sein, daß Phoebe nicht einen albernen Scherz mit ihr trieb, wie Declan O'Hare es im Keller getan hatte, daß der Rest des Armes nicht irgendwie mit einem Trick versteckt oder unsichtbar gemacht worden war. Ihr Vater hatte sie als Kind auch immer damit hereingelegt, daß er seinen kleinen Finger so abbog, daß man ihn nicht sehen konnte, und er hatte dann die Hand hochgehalten und gesagt, er hätte sich den kleinen Finger abgebissen.

Auf Phoebes Stirn klebte ein schmales Heftpflaster, auf der

Wange ein größeres. Ihre Augen starrten Frannie teilnahmslos an. Frannie versuchte, ein heiteres Gesicht zu machen. Sie wußte, daß sie stark sein mußte, daß sie Phoebe nicht denken lassen durfte, es sei eine Katastrophe, einen Arm zu verlieren, daß sie sie nicht denken lassen durfte, daß das auch nur ein kleines bißchen schlimmer sei, als wenn einem die Mandeln herausgenommen wurden. Man mußte Phoebe klarmachen, daß die Leute dauernd Arme und andere Körperteile verloren und daß das überhaupt nichts Besonderes war. Nicht schlimmer, als wenn man eine Erkältung hatte oder den Bus verpaßte. Oder vergessen hatte, die Kühlschranktür zuzumachen.

Wer zum Teufel brauchte denn zwei gesunde Arme?

Sie atmete tief durch, ging dicht ans Bett und griff nach Phoebes rechter Hand. Sie spürte eine sanfte Erwiderung ihres Drucks.

»Hallo, Phoebe«, sagte sie.

Mit einer Verzögerung von mehreren Sekunden kam die Reaktion, schwach und undeutlich: »Frnne.«

Frannie setzte sich auf den Stuhl vor dem Bett. Ihr Blick fiel auf eine der Karten auf dem Nachttisch. Eine Witzkarte. Schwestern sausten auf Skateboards durch eine Krankenstation. Sie drückte noch einmal Phoebes Hand. »O Phoebe, du, du Ärmste!«

Phoebe sah Frannie an, schloß die Augen, öffnete sie wieder, kämpfte gegen den Schlaf an. Drückte noch einmal ganz leicht Frannies Hand. Sie schläft tatsächlich ein, dachte Frannie, ich darf keine Zeit mehr verlieren.

»Du wolltest mir gestern abend etwas Wichtiges sagen, Phoebe. Erinnerst du dich?«

Wieder kam die Reaktion erst nach mehreren Sekunden. Ein leichtes Nicken. Dann öffnete sie weit die Augen, sah Frannie verwirrt an. »Hat mich dazu gebracht, frontal auf den Lastwagen zuzufahren. Hat mir eingeredet, ich wäre stärker als er.«

»*Wer* hat das gemacht?«

Schweigen. Phoebe schloß wieder die Augen, und Frannie betete, daß sie nicht einschlief. Sie schaute sich um. Keine Schwester in der Nähe. Sie zupfte Phoebe sanft am gesunden Arm. »Wer hat dich dazu gebracht, geradewegs auf den Lastwagen zuzufahren, Phoebe?«

Phoebe öffnete die Augen, sah Frannie verwirrt und überrascht an. »Ouija«, sagte sie.

»Ouija?« wiederholte Frannie.

Phoebe streckte plötzlich die Hand aus, zog Frannie am Arm zu sich herunter, sah sie flehend an, öffnete den Mund. In ihren Augen konnte man lesen, daß sie verzweifelt versuchte, sich zu konzentrieren. Sie brachte ein Murmeln zustande. Frannie konnte es nicht verstehen. Sie lehnte sich vor, hielt ihr Ohr dicht vor Phoebes Mund.

»Das Ouija. Du mußt sie warnen.«

Frannie war verwirrt. »Ouija? Kannst du das erklären? Bitte!«

Und dann, ganz plötzlich, wußte sie, wovon Phoebe sprach. Und in ihrem Innern explodierte eine Bombe. Eine Bombe gräßlicher Furcht.

# *Neunzehn*

*März 1988*

In dem klapprigen Volkswagenbus saßen neun Studenten im letzten Studienjahr an der Universität London; als er langsam am Bordstein entlangrollte, schob Frannie Monsanto die Hand in den Ausschnitt ihres T-Shirts und umklammerte das silberne Kreuz an der dünnen Kette um ihren Hals. Sie wußte, daß sie das, was sie vorhatten, nicht tun durften, daß es falsch war, es zu tun. Vor einer Stunde hatte es noch wie eine großartige Idee ausgesehen, aber jetzt, als die Wirkung des Alkohols verflog und die davon beflügelte Unternehmungslust und der forsche Mut nachließen, wurde die Besorgnis immer größer. Sie dachte daran, was beim letzten Mal passiert war, als sie sich da hinunter gewagt hatte.

»Drüben links, hinter den Müllsäcken«, sagte sie.

Der Bus kam mit einen Ruck zum Stehen, und als der Zündschlüssel abgezogen wurde, erstarb auch die dröhnende Musik. Sie stiegen aus, blieben auf dem Gehweg stehen – ein zusammengewürfelter Haufen schnatternder junger Leute mit wilden Haaren und schlampigen Klamotten. Sie blinzelten in den dünnen Regen und das gelbliche Licht der Straßenlaternen, als ob sie von einem Raumschiff auf einem fremden Planeten ausgesetzt worden wären. Auf beiden Seiten der Straße ragten die dunklen, kalten Fenster von Banken und Versicherungen empor. Sie waren in der Londoner City, wo man sich tagsüber auf den Straßen vor Autos und Menschen kaum retten konnte; aber abends war es völlig ruhig hier. Und Samstag abends herrschte geradezu Totenstille.

Ein einsames Auto fuhr vorbei, spritzte den Regen aus den Pfützen nach allen Seiten, und der Widerschein seiner Rücklichter auf dem nassen Asphalt folgte ihm wie ein Geist. Seb Holland schloß die Tür des Busses. Regentropfen kitzelten Frannies Gesicht, als sie, den anderen voraus, um die Ecke bog, am *John-Templar-Stellenvermittlungsbüro* vorbei. Die Anzeigen im Schaufenster lauteten: SEKRETÄRIN FÜR MANAGEMENT-DIREKTOR. VERKÄUFER – VERKÄUFE NUR AUF KOMMISSIONSBASIS. BUCHHALTER – TEILZEIT, ZWEI TAGE PRO WOCHE. REEDEREI-ANGESTELLTER. Dann kamen sie in eine schmale Nebenstraße, in der es viel dunkler war. Es ging an einem Friseur, einem Zeitschriftenladen, einem Schuster, einem Schneider vorbei, dann blieb Frannie stehen und kramte in ihrer Handtasche nach dem Schlüssel. Die Korksohlen ihrer Segeltuchschuhe hatten sich inzwischen voll Wasser gesaugt.

»Wow!« sagte Seb. »Das ist also der Laden deiner Eltern?«

Frannie nickte.

»Großartig!« sagte irgendein anderer.

Über dem Eingang stand in dreißig Zentimeter hohen, neonfarbenen Buchstaben, von denen zwei fehlten: SANDW CH S LUIGI CAFE.

Eine weiße Speisekarte aus Plastik war mit vier kleinen Saugnäpfen an der Innenseite des Schaufensters festgemacht. Am Ende stand: MAHLZEITEN AUCH ZUM MITNEHMEN. Ein eingerissenes Plastikschild an einer dünnen Kette links daneben verkündete: SPEZIALFRÜHSTÜCK! Salamiwürste und Ketten kleinerer Würste hingen an Fleischerhaken. Eine ultraviolette Insektenfalle über der Theke erfüllte den Raum mit einem unwirklichen, purpurroten Schimmer.

Frannie schloß die Außentür auf und ging, gefolgt von den anderen, in das Café. Sofort umfingen sie die vertrauten Gerüche nach pikant gewürztem Fleisch, Olivenöl, Kaffeebohnen und Reinigungsmitteln. Sie drückte auf den Lichtschalter, und eine Neonlampe überstrahlte das Licht der Insektenfalle, erhellte jetzt auch den hinteren Teil des Raumes und schloß sich mit ihrem konstanten Brummen den Geräuschen der Kühlschränke an.

Die Fächer in der Glastheke waren leer. Auf der Theke standen ein Weidenkorb mit Kartoffelchipspäckchen und eine elektronische Registrierkasse. Entlang der hinteren Wand standen eine Reihe von Barhockern vor einem etwa einen Meter tiefen, in die Wand eingelassenen Abstellbrett. Ein paar kleine Tische mit Plastikstühlen vervollständigten das Mobiliar. Zwei uralte, vergilbte Poster, eines von Amalfi und eines von Neapel, hingen an der Wand über den Barhockern. Ihre Ecken waren zerfranst, nachdem man offensichtlich schon häufiger alte Tesafilmstreifen von ihnen abgerissen und durch neue ersetzt hatte.

Die Poster waren ebenso fester Bestandteil des Cafés wie die fröhliche Begrüßung jeden Gastes durch ihren Vater, ob er ihn kannte oder nicht: »Hi, wie geht's 'enn so? Was soll's 'enn heut sein?« Natürlich gehörte auch die schweigende, konzentriert arbeitende Mutter dazu, die unablässig Sandwiches zubereitete, heiße Getränke einschenkte, irdene Schalen mit Pasta in die Mikrowelle schob. Manche Leute mißverstanden ihr Schweigen, hielten sie für mürrisch, aber es lag einfach nur daran, daß sie seit dem Aufbruch aus einer Hintergasse Neapels vor achtundzwanzig Jahren, seit dem Beginn des Versuchs, in England zu ein wenig Wohlstand zu kommen, nicht genug Englisch gelernt hatte, um auch nur der einfachsten Unterhaltung folgen zu können. Auch Frannies Vater sprach Englisch nur mit starkem Akzent.

Eine Motte flatterte am Gitter der Insektenfalle. Das Gebäude war alt, und seit ihre Eltern es 1957 gemietet hatten, waren keine Veränderungen mehr daran vorgenommen worden. Im Café war alles blitzblank sauber, wie die Eltern es immer zurückließen, wenn sie abends kurz nach sechs, Montag bis Freitag, nach Hause gingen. Als Kind hatte Frannie mehr Zeit hier verbracht als in der Wohnung in Bethnal Green, und in den Schulferien hatte sie fast immer hier gearbeitet; auch jetzt half sie noch oft während der Semesterferien aus – wenn auch seltener als früher.

»Ich hätte gern Pastrami mit Gurke auf Roggenkörnern«, sagte Max Gabriel mit ernstem Gesicht zu einer imaginären Bedienung auf der anderen Seite der Theke und schüttelte sein zerzaustes blondes Haar aus den Augen.

»He, Luigi, ein Alligator-Sandwich, und zwar eins mit Biß, sonst schnapp ich dich mir!« röhrte Seb Holland. Dann schaute er die anderen grinsend an. »He, Luigi! Bedienung, zack-zack!«

Die Flügel der Motte verbrannten mit scharfem Zischen, und sie fiel auf den Boden der Falle, wo sie zuckend zwischen den toten Körpern anderer Insekten, vor allem Fliegen und Wespen, liegenblieb. Frannie verschloß die Eingangstür von innen. Das Schild »Geschlossen« schwang langsam hin und her, und Frannie vergewisserte sich, daß die Schrift nach außen gerichtet blieb. Sie hatte einen Kloß im Hals, und sie war sich nicht sicher, ob vor Schuldgefühl oder vor Angst. Oder wurde ihr klar, daß es ein Riesenfehler gewesen war, ihre Freunde hierherzubringen? Dabei hatte sie's doch selbst vorgeschlagen. Welcher Teufel hatte sie nur geritten, daß sie überhaupt auf diese verrückte Idee gekommen war?

Die Falltür zum Kellergewölbe war in dem schmalen Gang, der den Gastraum von der kleinen Küche und den Toiletten trennte. Als Kind war Frannie von dem Keller fasziniert gewesen, hatte aber auch immer Angst davor gehabt. Paolo, ihr ältester Bruder, hatte behauptet, der Schwarze Mann lebe da unten, und Frannie hatte das geglaubt; der Keller war groß genug und dunkel genug, und der Schwarze Mann konnte sich von den Vorräten ernähren, die ihr Vater dort unten aufbewahrte, und Wasser konnte er von den feuchten Wänden schlecken. Der Schwarze Mann hielt sich immer im Hintergrund auf, lauerte irgendwo im Dunkeln, beobachtete sie, wie Paolo sagte, wenn sie mit ihrem Vater hinunterstieg, um einen Karton mit Käse, Würsten oder Oliven zu öffnen, die damals noch regelmäßig direkt aus Palermo geliefert wurden. Der Schwarze Mann hatte Angst vor ihrem Vater. Aber nicht vor ihr.

Einmal hatte sie den Schwarzen Mann gesehen – beim letzten Mal, als sie unten war.

Nun ja, sie hatte zumindest seinen Schatten gesehen. Das war vor ungefähr fünf Jahren. Sie benutzten zu der Zeit das Kellergewölbe schon seit mindestens zehn Jahren nicht mehr; sie wurden inzwischen von einem Großhändler beliefert, der die Lebensmittel wöchentlich brachte, was einfacher und preisgünstiger war, als sich die Sachen per Schiff aus Italien schicken zu lassen, um sie dann lagern zu müssen.

»Wir brauchen Papier«, sagte Susie Verbeeten im Kommandoton. Sie hatte das Haar an den Seiten kurz geschnitten, auf dem Kopf aber stand es in wirren Büscheln nach oben. Ihre Mutter beherrschte angeblich die Hexenkunst, es hieß sogar, sie sei eine heimliche Hexe, und Susie schien eine ganze Menge bei ihr gelernt zu haben, denn sie kannte sich offensichtlich in allen okkulten Dingen bestens aus. »Und einen dicken Filzstift«, fügte sie hinzu.

Jonathan Mountjoy stand da wie immer – Hände in den Hosentaschen, den Blick abwesend nach oben, mit den Gedanken bei den großen Problemen, die die Welt bewegen. Lynn Frickers, ein kleines, niedliches Püppchen, sah Frannie nervös an. »Ich denke, ich fahr doch besser nach Hause. Ich muß noch ne Menge lesen bis Montag.«

Bob Castle, dessen Gesichtsmuskeln unter dem dünnen Bart heftig arbeiteten, nickte zustimmend. »Ja, ich...« Seine Augen gingen unsicher von einem zum anderen. »Ich muß morgen sehr früh aufstehn. Ich denke, ich, ich geh besser auch.«

Frannie ging zu dem kleinen Schreibtisch hinter den Kühlschränken. »Wieviel Papier brauchen wir?« rief sie und war erstaunt, wie nervös ihre Stimme klang.

»Wir müssen achtundzwanzig Quadrate in der Größe acht mal acht Zentimeter machen!« rief Susie Verbeeten zurück.

Frannie nahm mehrere Blätter Papier, eine Schere und einen schwarzen Filzstift vom Schreibtisch und ging zu den anderen zurück. Lynn Frickers versuchte gerade, die Außentür zu öffnen; Bob Castle stand wie ein treues Hündchen hinter ihr. Frannie schloß die Tür auf, ließ die beiden hinaus, schloß wieder zu. Insgeheim wünschte sie, sie könnte mit den beiden gehen. Ihre Nackenmuskeln waren angespannt, und ihr Hals war trocken.

»Warum sind die beiden überhaupt mitgekommen?« schimpfte Meredith. »Mit denen kann man wirklich gar nichts anfangen!«

Frannie schüttelte ihr Haar aus dem Gesicht und grinste. Die Normalität in Merediths Stimme vertrieb ihre Angst für einen Moment. Sie gab Susie das Schreibzeug, ging zur Falltür, kniete sich auf den Linoleumboden davor, schob die Finger in die beiden Eisenringe in den Ecken und zog mit aller Kraft. Die schwere Tür kam mit einem Knacken frei. Sie zog eine große Spinnwebe mit in die Höhe, und eine erschreckte Spinne krabbelte eilig außer Sicht. Kalte, dumpf-feuchte Luft mit dem Geruch nach nassen Steinen und verfaulendem Holz stieg aus dem Schacht, hüllte Frannie ein, drang ihr durch die feuchten Kleider in die Haut, und sie starrte auf die Stufen der Holztreppe, die fast senkrecht nach unten führten und am Ende von tiefschwarzer Dunkelheit verschluckt wurden. Ihr Magen krampfte sich zusammen. Sie hatte Angst.

Vor fünf Jahren war sie wimmernd diese Stufen hochgerannt, so schnell sie konnte. Der Schwarze Mann war hinter ihr her. Sie hatte nach dem angeblich schon vor Jahrhunderten zugemauerten Eingang eines geheimen Gangs gesucht, der hinunter zur Themse führen sollte; so hatte man ihr jedenfalls erzählt. Plötzlich hatte sie hinter sich ein Kratzen wie vom Schleifen eines Fußes auf dem Boden gehört, und dann hatte sie auch den unheimlichen Schatten gesehen. Als sie die Taschenlampe darauf gerichtet hatte, war die Batterie ausgegangen.

Natürlich, es konnte nur Einbildung gewesen sein, das war ihr klar. Oder ein Penner oder eine Schnapsleiche. Die Kellergewölbe der ganzen Gegend waren miteinander verbunden. Man konnte, wenn man sich auskannte, unter der halben Altstadt von London herumkriechen. Und es gab, so hatte man ihr gesagt, ein Netz von Geheimgängen unter diesem Teil der Stadt, das schon im Mittelalter angelegt und von Gefangenen zur Flucht aus dem Tower benutzt worden war, aber auch von den Royalisten während des Bürgerkrieges im 17. Jahrhundert und natürlich von Schmugglern.

Fünf Jahre lang hatte Frannie vorgehabt, zurück in diesen Keller zu gehen, um sich selbst zu beweisen, daß dieser Schatten nichts als eine Einbildung gewesen war oder daß es eine sachliche Erklärung dafür gab. Aber sie hatte dann doch nicht den Mut aufgebracht, noch einmal alleine hinunterzugehen, und sie hatte niemanden gefunden, den sie um Begleitung hätte bitten können. Aber dann, heute abend, als sie im Untergeschoß der Pizzeria fröhlich beisammengesessen, herumgealbert und etwas zuviel getrunken hatten, waren sie schließlich dazu gekommen, sich Geistergeschichten zu erzählen und sich gegenseitig das Gruseln beizubringen, und als Susie Verbeeten – oder war es Meredith Minns? – dann vorgeschlagen hatte, man solle doch mal eine spiritistische Ouija-Sitzung abhalten, waren alle begeistert. Susie hatte erklärt, man brauche dazu absolute Dunkelheit, und Frannie war herausgerutscht, daß sie den idealen Ort wisse.

»Seb, hast du eine Taschenlampe im Wagen?« fragte Frannie, als ihr einfiel, daß es kein Licht da unten gab.

»Ja, ich hol sie.«

Meredith Minns kam zu Frannie und schaute in den Schacht. »Huuuh, schaurig! Was ist denn da unten?«

»Der Keller. Sonst nichts. Vielleicht noch ein paar alte Schachteln und Kisten.«

Auch Susie schaute ihr über die Schulter. »Perfekt«, urteilte sie zufrieden.

»Sieht echt schaurig aus«, meinte Max. »Warum machen wir das Tamtam nicht hier oben?«

»Weil wir an einem Ort sein müssen, an dem niemand in unserer Nähe ist und wo absolute Dunkelheit herrscht«, erklärte Susie.

»Warum totale Dunkelheit?« fragte Meredith.

»Veil, mein Libbling«, mischte sich Seb ein, und er bemühte sich um einen slawischen Akzent, während er seine Finger kribbelnd über ihren Rücken laufen ließ, »veil vir den Prrinz derr Finsterrnisss herraufbeschwöören werrden. Uuaaah!«

Meredith schüttelte sich und grinste. »Hör auf damit!«

Seb nahm Frannies Schlüssel und ging die Taschenlampe holen. Susie schnitt achtundzwanzig Quadrate aus den Papierbögen und schrieb in Großbuchstaben auf sechsundzwanzig je einen Buchstaben des Alphabets, auf die letzten beiden die Worte *ja* und *nein*.

»Wir brauchen ein Glas«, sagte Susie dann. »Und einen Tisch oder irgendwas mit einer flachen Oberfläche. Und eine Kerze.«

»Es sind wahrscheinlich noch Kisten unten, die wir benutzen können, sonst müssen wir einen Tisch runterschaffen«, sagte Frannie und sicherte die offene Falltür mit einem Eisenhaken an der Flurwand. »Hol dir ein Glas aus der Vitrine im Café.«

Max schaute sich noch einmal im Café um. »Das muß eine Goldgrube sein – mitten in der Stadt«, sagte er.

»Die Miete ist sehr hoch«, sagte Frannie, und ihre Gedanken wanderten für einen Moment zu ihren Eltern: jeden Morgen um fünf aufstehen, hierherfahren, Sandwiches machen. Der ewige Kampf darum, alle Rechnungen bezahlen zu können. Der ewige Kampf darum, den Mietvertrag verlängert zu bekommen; die Besitzer wollten das Haus schon seit längerer Zeit abreißen lassen und an seiner Stelle ein neues Geschäftshaus bauen. Und der ewige Traum, eines Tages als reiche Leute nach Neapel zurückkehren zu können, würde wohl nie wahr werden. Ihre Familienmitglieder und Freunde in Neapel hatten sich im Lauf der Jahre in alle Winde zerstreut oder waren gestorben. Die Vergangenheit, die sie in Italien zurückgelassen hatten, war inhaltslos für sie geworden, und die Zukunft in England hatte keinerlei hoffnungsvolle Perspektiven. In zwei Jahren lief der Mietvertrag endgültig aus, hier würde alles abgerissen. Ihre Eltern würden irgendwo anders neu anfangen müssen, ausgelaugte, müde alte Leute ohne Hoffnung auf eine bessere Zukunft.

Frannie fand eine Schachtel mit Kerzen im Küchenschrank, nahm eine heraus und steckte die Streichhölzer ein, die neben dem Gasherd lagen. Seb kam zurück, schloß die Tür wieder hinter sich ab und drückte ihr eine große Taschenlampe in die Hand.

Sie ging zum Schacht und ließ den hellen, kräftigen Strahl der Lampe über den Boden des Kellers gleiten. Sie steckte die Kerze zu den Streichhölzern in die Gesäßtasche ihrer Jeans und stieg vorsichtig, Schritt für Schritt die Treppe hinunter.

Als sie den Kellerboden erreicht hatte, fühlte sie sich isoliert von den anderen; Susies Gesicht über ihr in der Luke schien schrecklich weit weg zu sein. Die kalte Luft drang ihr sofort durch die Kleider, ließ sie erschauern. Sie richtete den Strahl der Lampe in die Dunkelheit um sie herum, versuchte, ihre Angst unter Kontrolle zu halten. Schatten huschten dort drüben an der Wand. Mit regelmäßigem, widerhallendem Pitsch, Pitsch, Pitsch fielen irgendwo Tropfen von der Decke in eine Pfütze.

Zwei Reihen von Pfeilern erstreckten sich vor und hinter ihr in die Dunkelheit; quadratische Steinpfeiler, die geriffelte Bögen trugen. Man hatte sie vor Jahrhunderten eingebaut, um das Gewölbe zusätzlich abzustützen, nachdem die Hochwasser der Themse das Fundament angenagt hatten. Sie waren viel dicker, als sie wahrscheinlich sein mußten, um ihren Zweck zu erfüllen, aber als sie eingebaut wurden, verstanden die Architekten nicht viel von Statik. Die Wände waren aus Backstein, feucht und zerbröckelnd, und es wurde gemunkelt, man habe damals Pestopfer darin eingemauert.

Im Lichtstrahl war nichts zu sehen, was Frannie unbekannt vorkam. Ein paar leere, von der Nässe aufgeweichte Pappkartons und einige Sperrholzkisten standen dicht neben der Treppe. Dann aber fiel das Licht auf eine verweste Ratte im Hintergrund, und Frannie riß den Strahl schnell in eine andere Richtung.

»Okay?« rief Susie von oben. *Ok-ayyy*, echote es durch das Gewölbe.

»Ja, alles klar!« rief sie zurück. *Kla-a-a*, hallte ihre Stimme wider. Sie leuchtete jedem einzelnen die Treppe herunter, bis alle unten versammelt waren.

»Schauuurig!« sagte Seb Holland. Er steckte die Hände in die Hosentaschen und schaute sich um.

»Genau richtig«, freute sich Susie, sah dann aber zweifelnd nach oben. »Wir müssen die Falltür zumachen. Es darf nicht der geringste Lichtschimmer von draußen reinkommen.«

Seb kletterte hoch und ließ die Tür mit einem Knall zufallen. Frannie überkam ein klaustrophobisches Angstgefühl.

Sie leuchtete Seb die Treppe herunter, ließ dann den Lichtstrahl über die Gesichter gleiten, um sicher zu sein, daß niemand fehlte. Man sah allen an, daß sie sich unbehaglich fühlten. Selbst Seb Holland schien ein wenig von seiner Forschheit verloren zu haben. Nur Susie wirkte ungerührt. Sie holte eine der Sperrholzkisten, drehte sie um, so daß der flache Boden nach oben zeigte, stellte das Glas umgekehrt in die Mitte, legte dann die Buchstaben und die Nein- und Ja-Quadrate ungeordnet im Kreis um das Glas herum. »Holt euch jeder was zum Sitzen und bildet einen Kreis um die Kiste«, befahl sie.

»Huuuh!« schrie Meredith plötzlich auf und klammerte sich an Jonathan Mountjoy. »Da hat sich was bewegt!«

Frannie schwang die Lampe herum, und man sah gerade noch eine Ratte oder große Maus zwischen den Pfeilern im Hintergrund verschwinden.

»Gib mir die Kerze«, sagte Susie.

Frannie zog die Kerze aus der Tasche und steckte ein Streichholz an. Sie empfand den beißenden Schwefel geradezu wohlriechend in der dumpfen Feuchtigkeit hier unten. Susie nahm ihr die brennende Kerze ab, ließ ein paar Wachstropfen auf die Kiste fallen, fluchte, als ein Tropfen ihr den Finger verbrannte, drückte dann die Kerze fest. Frannie fuhr herum, als Jonathan eine Kiste als Sitzplatz heranzog; es gab dasselbe scharrende Geräusch wie damals, als der Schatten aufgetaucht war. Schließlich saßen alle um die Kiste herum.

»Bitte mach die Taschenlampe aus, Frannie«, sagte Susie.

Als Frannie sie ausknipste, schien die Dunkelheit sie anzuspringen. Der schwache, gelbliche Kerzenschein kam kaum dagegen an. Als die Flamme flackerte, zuckte ein Schatten über die Papierquadrate auf der Kiste. Ein Windzug wie ein Atemstoß strich über Frannies Nacken. Es roch nach heißem Wachs und noch schwach nach dem Schwefel des Streichholzes. Drüben in der Dunkelheit plitschten die Wassertropfen immer noch in regelmäßigen Abständen in die Pfütze. Die Kerzenflamme zuckte wieder auf, stärker als vorhin, und Frannie spürte, wie sich die Härchen auf ihren Unterarmen aufrichteten. Ihr Baumwoll-T-Shirt mit der Aufschrift *»Freiheit für Nelson Mandela«* klebte ihr am Körper.

Drei laute, dumpfe Schläge ließen sie zusammenzucken. Eine geisterhafte Stimme ertönte:

»Ist da jemand?«

Meredith kicherte.

Wieder drei dumpfe Schläge.

»Seb, hör auf mit dem Quatsch«, fauchte Susie wütend.

»Jaaa-uuuh-aaa-haaah«, antwortete er mit tiefer, hohler Stimme.

Plötzlich krallten sich Finger in Frannies Nacken, und sie fuhr entsetzt von ihrer Kiste hoch. »Seb – um Gottes willen!« Aber dann, als der Schreck nachließ, mußte sie doch lachen. Vielleicht war das am besten – einen Spaß daraus zu machen, alles nicht ernst nehmen, rumalbern.

»Ich. Spüre. Die. Geister«, sagte Seb und wand sich in scheinbarer Ekstase. »Ich. Spüre. Ihre. Anwesenheit.«

»Seb«, sagte Max ruhig, »wir sollten jetzt mal still sein und einigermaßen ernst an die Sache rangehen.«

Meredith Minns lächelte unsicher. Das schwache Licht gab ihrem kreidebleichen Gesicht im Kontrast zum grellroten Lippenstift und dem schwarzen, von Gel glänzenden Haar ein geisterhaftes Aussehen. Susie Verbeeten schaute alle der Reihe nach gebieterisch an.

»Also, Leute«, sagte Meredith und warf theatralisch den Kopf zurück, »ich weiß nicht, ob ich hierbleiben kann. Ich muß bis Montag noch 'ne ganze Menge lesen – ich hab 'ne Prüfung.«

»Unmöglich!« sagte Susie heftig. »Du darfst jetzt nicht mehr weg. Wir brauchen mindestens sechs Leute, um die nötige Energie für die Anrufung des Geistes zusammenzukriegen. Und einer muß der Sprecher sein.«

Meredith kaute auf der Innenseite ihrer Wangen.

»Also«, sagte Susie, »jeder von euch legt einen Finger auf das Glas. Nur ganz leicht. Nicht drücken oder schieben. Das ist ganz wichtig.«

Frannie sah, daß das Wort »Helix« in den Boden des Glases graviert war. Sie streckte zögernd die Hand aus, berührte andere Hände, die einen Platz suchten, legte dann den Zeigefinger auf den Glasboden. Das Glas vibrierte, wurde hin und her geschoben.

»Hört auf, das Glas herumzustoßen!« sagte Susie.
Das Glas bewegte sich nicht mehr.
»Und jetzt macht alle die Augen zu.«
Frannie starrte über die Kerze hinweg in die Dunkelheit, dann auf die Finger auf dem Glas. Schloß die Augen.
Einige Sekunden herrschte Stille. Frannie spürte, daß ein Druck auf dem Glas lastete.
»Ist ein Geist bei uns?« Susies Stimme war ganz ruhig. »Wenn sich ein Geist zu uns gesellt hat, so möge er uns antworten, indem er das Glas bewegt.«
In der Ferne ertönte ein leises Rumpeln. Wurde schnell lauter. Immer lauter. Frannie spürte, daß das Glas zu zittern begann. Das Rumpeln wurde noch lauter, dröhnte durch das Gewölbe, wurde zu einem ohrenbetäubenden Crescendo.
»Um Gottes willen!« stöhnte Jonathan entsetzt auf.
»Die U-Bahn«, sagte Frannie. Sie hielt die Augen geschlossen. »Ist nur ne U-Bahn. Die Central Line.«
»Großartig, Susie«, sagte Seb. »Du hast es geschafft, den Geist einer U-Bahn heraufzubeschwören!«
Meredith kicherte. Das Rumpeln verklang in der Ferne.
»Kannst du uns als nächstes ne Kanalfähre herholen?« fragte Seb.
Meredith kicherte wieder.
»Wie wär's mit ner Boing 747?« schlug Max vor.
»Ruhe!« zischte Susie ärgerlich. »Konzentriert euch!«
Das Glas erbebte.
»Es *ist* jemand hier«, flüsterte Susie. »Jemand ist bei uns. Ich spüre es ganz deutlich.« Sie hob die Stimme. »Ist ein Geist bei uns? Ist ein Geist bei uns, der zu uns sprechen will?«
Frannie schluckte. Die Stille verstärkte jeden Laut im Gewölbe. Sie hörte das schnelle Bum-Bum-Bum ihres Herzens, das Gurgeln in ihrem Hals, als sie leer durchschluckte, und sie spürte das Pulsieren ihres Blutes in den Adern. Es wurde plötzlich kälter, als ob die Tür eines Kühlschrankes geöffnet worden wäre. Frannie erstarrte. Sie spürte die Veränderung – irgend etwas, irgend jemand war plötzlich bei ihnen in diesem Keller. Stand hinter ihr. Brachte mit einem Magneten oder einem Stück Zellophanpapier ihre Nackenhaare dazu, sich aufzurichten, blies seinen eiskalten Atem durch sie hindurch, als ob sie transparent sei. Sie hielt die Augen fest geschlos-

sen, kniff die Lider zusammen, zu verängstigt, das grausige Etwas sehen zu müssen.

»Ein Geist hat sich zu uns gesellt«, verkündete Susie.

Eisige Klauen legten sich um Frannies Hals. Aufhören! zuckte es durch ihren Kopf. Wir dürfen nicht weitermachen! Ich habe zuviel Angst!

»Wir haben einen Geist bei uns«, sagte Susie laut. »Geist, willst du zu uns sprechen?«

Das Glas ruckte mit einem scharfen Kratzen mehrere Zentimeter nach rechts, verharrte reglos.

*»Ja!«* sagte Susie, und ihre Stimme war heiser vor Aufregung. »Die Antwort ist *ja!*« Ihre Stimme gewann die alte Bestimmtheit zurück. »Wer bist du, Geist? Bitte sage uns deinen Namen.«

Wieder spürte Frannie eine schnelle Bewegung des Glases. Es rutschte über den Kistenboden und blieb abrupt vor einem Buchstaben stehen.

»Der Buchstabe N«, sagte Susie ruhig.

Das Glas bewegte sich wieder. »Nicht schieben, laßt es sich von selbst bewegen, laßt den Geist es bewegen! Das O.« Susie war jetzt sehr konzentriert. Alle hatten inzwischen die Augen geöffnet und starrten auf das Glas.

Wieder glitt es über den Kistenboden.

»N.«

*»Non«*, sagte Jonathan Mountjoy. »Französisch für *nein.*«

Wieder ruckte das Glas über die Oberfläche. »O... M... N... I... S...«, buchstabierte Susie.

*»Omnis«*, sagte Max.

»Das ist Latein«, sagte Seb. »Du hast einen römischen Zenturionen herbeizitiert, Susie. Hallo Polonius, alter Knabe!«

Meredith kicherte.

Ungläubig starrten alle auf das Glas. Es fuhr schnell hin und her. »M... O... R... I... A... R«, buchstabierte Susie. *»Non omnis moriar.«*

*»Non omnis moriar«*, echote Max Gabriel.

»Wer erinnert sich noch an sein Latein?« fragte Susie.

»Ich«, krächzte Frannie. Ihre Kehle war so trocken, daß sie kaum sprechen konnte.

»Und was heißt es?«

»Es ist ein Spruch von Horaz.« Frannie brachte nur ein Wispern zustande.

*»Thomas?«* fragte Seb. »Den Knaben kenne ich nicht.«

Meredith kicherte wieder, aber es klang gezwungen. Nervös.

*»Horaz«*, wiederholte Frannie. Ihre Stimme hatte sich wieder gefangen. Aber ihre Hände zitterten. *»Non omnis moriar.* Es bedeutet: *Ich werde nicht gänzlich sterben.«*

# *Zwanzig*

*September 1991*

Die Türen der U-Bahn glitten auf, und Frannie schreckte hoch. Clapham South. Sie sprang auf und schaffte es gerade noch, durch die Tür zu schlüpfen, ehe sie sich wieder schloß. Dann stand sie auf dem Bahnsteig, und die Gedanken stürmten erneut auf sie ein.

Olivers Familienmotto: *Non omnis moriar.*

Ein weiterer Zufall. Sofern ihre Erinnerung sie nicht trog. Der Zug glitt hinter ihr aus der Station, beschleunigte jaulend, riß einen Sog rußiger Luft hinter sich her.

Die Vergangenheit im Bewußtsein verändern, um sie passend zu machen. Der menschliche Geist tat das; er spielte einem dauernd etwas vor. Sie dachte angestrengt nach, während die Rolltreppe sie hochtrug. An die Ereignisse vor drei Jahren – nein, es war schon dreieinhalb Jahre her. Es war gegen Ende des Wintersemesters gewesen, im letzten Jahr an der Universität. März wahrscheinlich. Sie hatten im Untergeschoß der billigen Pizzeria, in der sie sich häufig trafen, irgendeinen Geburtstag gefeiert.

Susie Verbeeten hatte die Ouija-Sitzung vorgeschlagen. Sie hatte sie auch geleitet. Die herrische Susie. Weit herrischer noch als Phoebe. Susie hatte behauptet, ihre Mutter beherrsche die Hexenkunst; sie wußte daher, wie man eine Ouija-Sitzung abhalten muß.

Und jetzt war Susie blind.

Auf dem Weg zu ihrer Wohnung fragte sich Frannie, wie sie Susie erreichen konnte. Sie wußte, daß ihre Mutter in einem kleinen Ort in Sussex wohnte, und ihr fiel ein, daß Susie einmal stolz erzählt hatte, es sei das Dorf, in dem Virginia Woolf gelebt habe. Rodmell! Ja, so hieß der Ort, fiel ihr wieder ein. Die Telefonnummer war sicher nicht schwer zu finden; Verbeeten war kein häufiger Name.

Sie hob die Post vom Boden im Flur auf. Fast nur Rechnungen, aber auch eine Geburtstagskarte mit einer italienischen Briefmarke und dem Poststempel von Neapel. Von ihrer Tante, die ihr jedes Jahr eine Geburtstagskarte schickte und dabei regelmäßig die unzuverlässige italienische Post austrickste, mit dem Effekt, daß die Karte stets viel zu früh ankam. Sie ging ins Wohnzimmer und rief die Auskunft an. Während sie auf die Telefonnummer wartete, kritzelte sie auf dem Umschlag einer Rechnung herum.

NON OMNIS MORIAR malte sie in Großbuchstaben. Dann notierte sie die Nummer, die ihr die Frau von der Auskunft durchgab, und wählte sofort.

Eine Frau mit einer dünnen, hohen Stimme und offensichtlichem Raucherhusten meldete sich. »Ich hole sie an den Apparat. Wie war noch Ihr Name?«

»Frannie Monsanto. Wir waren zusammen an der Universität.«

Susie begrüßte sie mit einem fröhlichen, warmherzigen »Hallo, Spaggi! Wie geht's dir?«

Frannie staunte. Sie hatten sich vor drei Jahren zum letztenmal gesprochen, aber es kam ihr vor, als sei es erst vor ein paar Tagen gewesen. »Mir geht's gut, Susie.«

»Was treibst du denn so?«

Frannie erzählte. Susie schien echt interessiert zu sein, alles über ihre Arbeit zu erfahren, wollte Einzelheiten wissen, was sie seit der Universität gemacht hatte, mit wem sie noch Kontakt hatte.

»Hör mal, Susie, bist du am nächsten Wochenende zu Hause?«

»Ja, ich bin immer hier.«

»Wohnst du zufällig in der Nähe eines Dorfes namens Meston? Bei Lewes?«

»Ja, warum?«

»Dort bin ich am nächsten Wochenende.«

»Mein Gott, Frannie, toll! Das sind nur fünf Meilen von hier! Du mußt mich unbedingt besuchen – zum Tee oder zu 'nem Drink oder zum Essen!«

»Sehr gerne. Wann würde es am besten passen?«

»Jederzeit – ich habe nichts vor.«

Frannie zögerte. Dann faßte sie sich ein Herz. »Susie, erinnerst du dich noch an die Ouija-Sitzung, die wir damals im Keller unter dem Café meiner Eltern gemacht haben?«

»Das ist ja komisch, daß du mich danach fragst.«

»Warum?«

»Phoebe Hawkins hat mich dasselbe gefragt.«

»Vor kurzem?«

»Ja. Sie rief mich am Dienstag abend an und sagte mir, sie käme gerade von Merediths Beerdigung. Und dann fragte sie mich nach dem Ouija, ob ich mich noch erinnern könnte, wer alles dabei war.«

Frannie schwieg einen Moment. Es hörte sich nicht so an, als ob Susie etwas von Phoebes Unfall wisse. »Kannst du dich denn erinnern?« fragte sie.

»Ich habe damals Tagebuch geführt und die Namen wahrscheinlich aufgeschrieben. Aber es ist ziemlich schwierig für mich, so was zu suchen, in meinem...« Ihre Stimme fing an zu zittern.

»Vielleicht kann ich dabei helfen? Ich glaube, ich erinnere mich an alle, die dabei waren, aber ich möchte ganz sicher sein.«

»Warum, Frannie? Was ist denn um Himmels willen los?«

Frannie wollte ihr das nicht am Telefon sagen. »Denkst du mal über Nacht darüber nach? Ich weiß, es ist lange her. Aber denk mal nach, sieh zu, an was du dich erinnern kannst. Oder was du finden kannst. Okay?«

»Ja, okay«, sagte Susie beunruhigt. »Ich will's versuchen. Glaubst du, es steckt irgendwas...«

»Ich weiß es nicht. Ich nehme an, es ist alles Zufall.«

»Das habe ich auch immer geglaubt.«

»Wieso?«

»Ich muß immer an die Botschaft denken, die das Ouija für mich hatte.«

»Botschaft? Ach so. Was sagte die?«

»Es war nur ein einziges Wort. *Dunkelheit.*«

Die Autoschlange aus London auf dem Weg nach Süden kroch ein Stück vorwärts, hielt wieder an. Oliver bremste und nahm den Gang heraus. Es war ein stürmischer Tag; schwere, dunkle Regenwolken rasten über den Himmel, die Bäume bogen sich im Wind, Blätter und Papierfetzen wirbelten über die Straße.

Oliver trug einen dünnen blauen Pullunder über einem Rugbyhemd, dazu alte Jeans; sein Haar war zerzaust, und er sah müde aus. Frannie fragte sich besorgt, ob es ihm gutging, während sie schweigend nebeneinandersaßen und jeder seinen sorgenvollen Gedanken nachhing.

Phoebe Hawkins. Sie war gleich nach der Beerdigung nach Hause gefahren, hatte Susie Verbeeten angerufen und sie gefragt, wer alles bei der Ouija-Sitzung dabeigewesen war. Dann hatte sie bei Frannie angerufen, um sie vor der Nummer sechsundzwanzig zu warnen. Warum? Sie dachte an die Garderobenmarke in der Galerie am Mittwoch abend und daß Olivers Wagen danach mit einer Parkkralle blockiert worden war. Aber das war ja nun wirklich nichts als ein lächerlicher Zufall. Dann dachte sie an ihren Geburtstag nächste Woche, und wieder spürte sie dieses leichte Angstgefühl in sich aufsteigen. Es war ihr sechsundzwanzigster Geburtstag. Was wußte Phoebe?

*Non omnis moriar.* Je mehr sie sich in die Erinnerung vertiefte, desto verunsicherter und beunruhigter wurde sie. Sie erinnerte sich noch genau, wie verängstigt sie damals gewesen war. Und daß sie die Augen zugemacht und sich die Ohren zugehalten hatte, weil sie die Botschaft, die für sie bestimmt war, nicht hören wollte. Nein, sie war mehr als verängstigt gewesen, sie hatte wirkliche, schreckliche Angst gehabt.

Der bei dem Ouija herbeigerufene Geist hatte für jeden von ihnen eine Botschaft übermittelt. Frannie zermarterte sich den Kopf, aber sie konnte sich nicht erinnern, was das für Botschaften gewesen waren. Weil sie weggeschaut und weggehört hatte, kannte sie die für sie bestimmte Botschaft nicht, und sie hatte die anderen gebeten, sie ihr nicht zu sagen. Sie war abergläubisch, und sie wußte, daß man manchmal, wenn einem etwas Böses vorhergesagt wird, selber dazu beitrug, daß die Prophezeiung eines Tages eintraf.

*Dunkelheit.* Konnte es sein, daß Susie Verbeeten unter dem Zwang der Ouija-Botschaft *gewollt hatte*, blind zu werden?

Oliver nahm plötzlich ihre Hand und küßte sie. »Ich habe mich noch nicht dafür entschuldigt, daß ich am Sonntag so ärgerlich geworden bin. Es tut mir leid.«

Sie schüttelte den Kopf. »Es war mein Fehler. Es tat so weh, daß ich nicht mehr klar denken konnte. Ich wollte Edward nicht beschuldigen. Ich wollte nur...«

Sie kamen endlich auf die Autobahn. Der Verkehr war nicht mehr so stark, man konnte zügig fahren. Oliver beschleunigte, ging auf die Überholspur. »Ich hätte eher mit dir über Edward sprechen sollen.« Er ließ seine Hand über ihr Haar gleiten. Er drehte die Scheibe einen Spalt herunter, und mit scharfem Zischen strömte Luft ins Wageninnere. »Er hat eine Verhaltensstörung. Die Psychiater nennen es ein ›psychisch gestörtes Kind‹. Ich weiß nicht, ob es auf den Tod seiner Mutter zurückzuführen ist oder ob ich schuld daran bin.«

»Du?«

Er sprach ruhig, leise, hielt die Augen auf die Fahrbahn gerichtet, und sie mußte den Kopf ein wenig zu ihm neigen, um ihn zu verstehen.

»Ich habe zu meinen Eltern nie eine echte Beziehung gehabt. Mit sieben kam ich ins Internat, und wenn ich in den Ferien zu Hause war, haben sich meistens irgendwelche Angestellte um mich gekümmert. Bis wir ins Internat gingen, hatten mein Bruder und ich Kindermädchen. Und Mrs Beakbane natürlich. Ich habe nie eine intensivere Beziehung zu meiner Mutter oder zu meinem Vater gehabt, und so war und ist es für mich nicht einfach, ein enges Verhältnis zu Edward herzustellen. Mir fehlt das Vorbild. Als diese schreckliche Sache mit seiner Mutter geschah, war mir natürlich klar, daß er mich brauchte, daß ich für ihn da sein mußte, aber ich weiß bis heute nicht, ob ich nicht doch einiges falsch gemacht habe.«

»Ihr beiden scheint aber doch eine wirklich gute Beziehung zu haben«, sagte Frannie. Oliver tat ihr leid. Und sein Sohn tat ihr leid. »Ich habe euch natürlich noch nicht oft zusammen erlebt.« Ihr fiel ein, wie sie die beiden auf dem Bahnsteig in King's Cross getroffen hatte: Edwards Wutanfall und Olivers Hilflosigkeit. Und zeitlich noch weiter zurück, der Tag, als die beiden vor dem schrecklichen Unfall der Frau ins Café ihrer Eltern gekommen waren: Wutanfall des Sohnes, Hilflosigkeit des Vaters.

»Wenn es so ist, dann erst, seitdem ich dich getroffen habe«, sagte Oliver. Die Tiefe seiner Gedanken schien eine schnelle Fahrweise nicht mehr zu erlauben; er ging vom Gas, scherte in die Reihe der langsameren Fahrzeuge ein, und die Wagen, die er gerade überholt hatte, zischten wieder an ihnen vorbei. »Du scheinst Wunder an ihm zu wirken. Als wir dich damals in King's Cross trafen, war er den ganzen Tag aufsässig und gemein gewesen, geradezu unausstehlich; danach aber war er für den Rest des Tages brav wie ein Lämmchen. Und am vergangenen Samstag benahm er sich für seine Verhältnisse großartig, auch am Sonntag, bis…«

»Bis ich ihm unterstellt habe, er hätte mir die Wespenpflaume absichtlich gegeben. Mein Gott, das tut mir wirklich schrecklich leid!«

Er legte die Hand auf ihren Oberschenkel. »Es könnte ja aber sein, daß er es wirklich getan hat.«

»Nein. Es war ein Unfall.« Sie sah ihn an. »Es gibt auch keinen Grund, warum er mir etwas Böses antun sollte, oder?«

*Ich hoffe, du hast nicht vor, mit meinem Vater zu schlafen.*

»Nein«, sagte er mit einem müden Lächeln. Es klang so, als sei er nicht überzeugt. Er legte die Hand wieder ans Steuer.

Frannie hatte das bereits bekannte Gefühl, daß er ihr etwas verheimlichte. »Was steckt dahinter, wenn du sagst, Edward sei ›psychisch gestört‹? Das seltsame Schweigen, in das er manchmal verfällt? Die lateinischen Namen, die er manchmal runterleiert?«

»Es ist eine ganze Skala von Dingen. In der Schule stört er ständig den Unterricht und ist oft sehr aggressiv. Einige der anderen Jungen haben regelrecht Angst vor ihm. Und er lehnt sich starr gegen einige Schulregeln auf. Der Schulleiter hat mir bereits zwei Mahnungen geschickt, er könne Edward nicht an der Schule behalten, wenn sich sein Verhalten nicht bessert.«

»Wie äußert sich das?«

»Er lehnt es zum Beispiel stur ab, am Morgengottesdienst teilzunehmen, obwohl das zum Pflichtprogramm gehört. Wie soll ich einem Kind sagen, Gott liebe es, wenn dieses Kind miterlebt hat, wie Gott seine Mutter auf so grausige Weise aus dem Leben gerissen hat?« Er sah Frannie an, aber sie wußte keine Antwort. »Er hat aber auch dauernd Schlägereien mit anderen Jungen. Der Höhepunkt war, als er vor den Ferien einen Papierkorb in Brand gesteckt hat.«

Frannie unterdrückte schuldbewußt ein Grinsen. Aber mit dem Herz war sie ganz auf Edwards Seite.

»War verdammt knapp«, sagte Oliver. »Beinahe wäre die ganze Schule abgebrannt.«

»Hast du ihn mal untersuchen lassen?«

»Psychisch?«

»Ja.«

»Ich habe alle möglichen Fachärzte mit ihm abgeklappert. Verhaltenspsychologen, Psychiater. Die besten, die's gibt. Edward ist bei den Untersuchungen das bravste Lämmchen, das es geben kann. Geradezu engelhaft. Sie finden keinen wirkungsvollen Ansatz für eine Therapie bei ihm. Ich war auch bei einem Homöopathen, der eine Spezialdiät und irgendwelche pflanzlichen Pillen verordnete. Bisher hat nichts geholfen. Du bist die einzige Therapie, die bei ihm anschlägt.«

»Ich fühle mich geschmeichelt.«

Er drückte ihre Hand, und sie fuhren eine Weile schweigend weiter. Ein Radarwagen der Polizei lauerte auf einer Brücke über der Fahrbahn auf Temposünder, aber Oliver fuhr weit unter der Geschwindigkeitsbegrenzung. Ein Jumbo-Jet flog erschreckend tief vor ihnen quer über die Autobahn, setzte zur Landung in Gatwick an, die Luft erzitterte unter dem Dröhnen der Triebwerke.

Sie streichelte seine Hand. »Bei deiner Furcht vor Zufällen – was sagst du dazu, daß ich im Museum auf diese Tigerskulptur gestoßen bin?« Sie meinte, ein leichtes Zucken seiner Hand zu spüren.

»Ich, ich weiß nicht…«

»Es ist doch seltsam, oder? Es sieht fast so aus, als ob da etwas wäre, das uns zusammenführt, Stück für Stück. Eine Verbindung nach der anderen.«

»Ja«, sagte er knapp.

Er fuhr jetzt wieder zügiger. Die schmutzige Kühlerhaube des Range Rover vibrierte. Ein dickes Insekt explodierte auf der Windschutzscheibe zu einem blutigen Brei; im Fahrtwind flatterten seine Flügel weiter, und es sah aus, als ob sie verzweifelt versuchten, ohne den Körper davonzufliegen.

Nach einigen weiteren Meilen bog Oliver von der Autobahn ab, früher als am vergangenen Wochenende. »Edwards Schule«, erklärte er.

Schon nach einer kurzen Strecke bog er zwischen zwei Steinpfeilern in eine Zufahrt ein. Sie kamen durch ein offenstehendes Viehgatter und an einem großen Schild mit der Aufschrift »Stowell Park Preparatory School« vorbei. Der Weg war von Pappeln und Ulmen gesäumt. Frannie sah, daß Olivers Gesicht wieder lebhafter wurde, wie bei einem Tier, das aus dem Winterschlaf erwacht. Er schien sich darauf zu freuen, seinen Sohn wiederzusehen, und Frannie war gerührt; zum ersten Mal bekam sie einen Eindruck von der Intensität, mit der Oliver seinen Sohn liebte.

»Wenn es irgendwas gibt, mit dem ich Edward helfen kann, sag es mir. Ich würde es sehr gerne tun.«

»Du hilfst doch schon unglaublich. Schon allein dadurch, daß du bei uns bist. Es wird eine große Überraschung für ihn sein, daß du mitgekommen bist, ihn abzuholen.«

Jenseits der Bäume zu beiden Seiten lagen Felder und Weiden, Schafe grasten friedlich, und im Hintergrund erhoben sich die sanften Hügel der Downs. Frannie verglich die idyllische Szenerie mit ihrer alten Schule in Bethnal Green, und sie fragte sich, wie sie über das Leben gedacht hätte, wenn sie hier und nicht in London aufgewachsen wäre. Aber sie verspürte keinen Neid oder Groll; so war nun mal die Lotterie des Lebens. Sie fragte sich aber auch, wie sie über das Leben gedacht hätte, wenn sie im Alter von fünf Jahren ihre Mutter in einer Blutlache und mit abgetrenntem Kopf vor sich liegen gesehen hätte.

Es war warm im Wagen, und sie kurbelte die Scheibe ein wenig herunter. »Sag mal, Rodmell liegt doch in der Nähe von Meston, nicht wahr?«

»Ja, nur ein paar Meilen entfernt.«

»Eine Studienfreundin von mir wohnt dort. Ich möchte heute oder morgen kurz mal bei ihr reinschauen. Die Arme ist blind geworden.«

»O Gott! Wie kam das denn?«

»Ich weiß es nicht genau. Man hat mir gesagt, sie habe sich im Fernen Osten einen Virus zugezogen, der die Netzhäute zerstört.«

»Du hast nicht viel Glück mit deinen Freunden«, sagte er bitter.

Sie antwortete nicht.

»Warum fährst du nicht heute morgen noch hin? Ich muß mich heute nachmittag mit Charles um ein paar defekte Maschinen kümmern, und ich hatte gehofft, du paßt ein paar Stunden auf die beiden Jungen auf. Ich kann dich hinbringen und wieder abholen, aber du kannst auch den Wagen haben, wenn du willst.«

»Gerne, wenn du ihn nicht brauchst. Danke.«

»Normalerweise würde Mrs Beakbane die beiden im Auge behalten, aber sie geht zu einer Familienfeier. Eine Hochzeit, glaub ich. Macht's dir was aus?«

»Nein, gar nicht.« Es stimmte. Den Argwohn, als Kindermädchen mißbraucht zu werden, hatte sie längst überwunden. Sie freute sich darauf, ein paar Stunden mit Edward zusammenzusein und vielleicht mehr als bisher sein Vertrauen zu gewinnen.

»Tristram ist manchmal ziemlich albern und leichtsinnig, und Edward stachelt ihn auch noch dazu an.«

Ein geduckter Gebäudekomplex in viktorianischem Barock tauchte vor ihnen auf. Vor einer in die Erde eingelassenen Betonschwelle, die zur Verringerung der Fahrgeschwindigkeit zwingen sollte, bremste Oliver nicht genug ab, und der Range Rover rumpelte schwankend darüber hinweg. Zwei Jungen kamen ihnen auf Fahrrädern entgegen.

»Kinder auf einem Haufen können ganz schön bösartig sein«, sagte Frannie. »Vielleicht wird Edward für mehr getadelt, als er verdient hat.«

Oliver reagierte nicht darauf.

Ihr Blick fiel auf den Siegelring an seinem Finger. Sie sah die geflügelten Drachen im Familienwappen.

*Non omnis moriar.*

Frannie schluckte.

# *Einundzwanzig*

Frannie lenkte den Range Rover langsam durch die schmale Toreinfahrt und verrenkte sich fast den Hals, um die Breite des Wagens einzuschätzen. Schließlich gab sie Gas, der Motor heulte auf, die Reifen drückten sich in den nur noch dünn mit Kies bestreuten Weg, und der Außenspiegel glitt millimeterscharf am Torpfosten vorbei.

Fünfzig Meter vor ihr lag ein baufälliges Farmhaus. Es sah aus, als ob es gerade einen Sturm mittlerer Stärke überstanden hätte. Ein stark verrosteter Volvo-Kombi stand davor, leicht zur Seite geneigt – anscheinend stimmte etwas mit der Aufhängung nicht. Durch den Dreck auf der Rückscheibe erkannte man ein ausgebleichtes gelbes *Atomkraft – nein danke!*-Schild.

Frannie stellte den Motor ab und zog mit einiger Mühe die Handbremse an. Ohne Hast legte sie den Sicherheitsgurt ab; jetzt, da sie das Haus gefunden hatte, war sie nicht mehr in Eile. Und sie fürchtete sich ein wenig davor, Susie zu begegnen. Wieweit mochte die Blindheit sie verändert haben?

Als sie ausstieg, hörte sie Hühner gackern, und es roch penetrant nach Schweinen. Ein Windstoß wehte ihr die Haare ins Gesicht. Hinter dem Haus dröhnte ein Mähdrescher durch ein großes Weizenfeld. Ernte. Der Herbst kam. Vielleicht würde sie ihn noch erleben.

Die Morgensonne glitzerte hoch über ihr am Himmel, aber sie wärmte Frannie nicht. Auf dem Weg zum Haus warf sie einen Blick durch die geöffneten Doppeltüren einer Scheune auf der anderen Seite des Hofes. In die Rückwand hatte man ein großes Fenster gebrochen, durch das man hinaus auf die Felder schauen konnte. Eine Leinwand stand auf einer Staffelei.

Kleine Kieskörner hatten sich in das Profil ihrer Turnschuhe gebohrt und klickten jetzt auf den Fliesen der Veranda. Sie drückte auf die Klingel, hörte aber kein Läuten, und sie zweifelte daran, daß sie funktionierte. Sie wartete einen Moment, dann ließ sie den rostigen Eisenklopfer mehrmals kräftig gegen die Tür fallen.

Eine Frau Ende Vierzig in einem schmuddeligen Künstlerkittel und in Plastikschlappen öffnete die Tür. Ihr Haar war ein wirrer Schopf aus braunen und grauen Strähnen. Sie trug kein Make-up, und obwohl ihr Gesicht von Aknenarben zerfurcht war, wirkte es puppenhaft hübsch. Beeinträchtigt wurde der Eindruck allerdings durch die gelblich-schwarze Nikotinverfärbung ihrer Zähne. Ein dicker Kristallstein hing an einem Lederband um ihren Nacken, um das Handgelenk schloß sich ein schwerer Amulett-Armreif. In der Hand hielt sie eine Zigarette. Unvermutet ging sie in die Hocke und verscheuchte zwei Katzen von der Türschwelle. »Hallo, Frannie?« Frannie erkannte die Stimme von ihrem Telefonat am Abend zuvor sofort wieder.

»Ja. Mrs Verbeeten?«

»Es ist schrecklich nett von Ihnen, Susie zu besuchen. Sie ist schon ganz aufgeregt.« Sie trat einen Schritt zurück und schubste mit ihren von Farbe verschmierten Händen die Katzen zur Seite. »Schsch, Tonga, Biba, ihr kleinen Lieblinge, macht Platz, daß Frannie reinkann! Geht weg, ihr Süßen!«

Frannie kam in eine schäbige Diele, in der es nach Katzen und Räucherstäbchen roch. Vor ihr an der Wand hing ein mottenzerfressener aztekischer Teppich; auf dem Boden lagen mehrere verblaßte Ethno-Teppiche. An der Wand rechts hing ein großer Wandteppich, und erst bei näherem Hinsehen erkannte Frannie, daß sein Hauptmotiv aus fünfzackigen Sternen bestand. Das Pentagramm, ging ihr durch den Kopf. Der Drudenfuß. Über ihnen knarrte ein Dielenbrett, und beide schauten zur Treppe. Susie erschien, und sie kam mit sicherem Schritt die Stufen herunter, als ob sie alles genau sehen könnte.

Sie trug ein weites weißes Hemd, Jeans und Lederslipper. In der Hand hielt sie ein kleines blaues Buch. Sie sah noch genauso aus wie vor drei Jahren. Die aufrechte, knochige Gestalt, das schmale, hübsche Gesicht, das wegen des eigenartigen Haarschnitts – an den Seiten kurz, auf dem Kopf in Büscheln hochstehend – sehr hager und streng wirkte. Nur der leere Blick, mit dem sie durch Frannie hindurchzusehen schien, verriet ihre Blindheit. Und Frannie sah, daß sie beim Zuknöpfen des Hemdes einen Fehler gemacht und einen Knopf am unteren Ende übersprungen hatte.

»Spaggi!« Ihre Begrüßung klang fröhlich, aber man hörte auch eine leichte Unsicherheit heraus.

»Hallo, Susie!« Frannie versuchte, ihrer Stimme einen normalen Klang zu geben, als sei alles noch wie früher, aber es gelang ihr nicht; die Worte, so schien ihr, kamen heraus, als ob sie eine Schwachsinnige begrüßte. Sie schüttelte Susies ausgestreckte Hand, zog sie dann an sich, nahm sie in den Arm und drückte sie unbeholfen. Susie erwiderte die Umarmung, dann küßten sie sich auf beide Wangen. Frannie roch den strengen Geruch von Achselschweiß; Susie war anscheinend genauso nervös wie sie.

Sie lösten sich voneinander, und Frannie war überrascht, als Susie plötzlich über ihre Arme, ihre Seiten, ihr Haar strich.

»Schlank wie damals«, sagte Susie. »Und dein Haar ist noch lang.«

Frannies Anspannung ließ für einen Moment nach. »Du siehst großartig aus, weißt du das? Richtig hübsch.«

Sofort fragte sie sich, ob es falsch gewesen war, das zu sagen. Sie beobachtete beunruhigt Susies Augen; sie schienen sich kurz mit ihren zu treffen, bewegten sich dann aber zur Seite.

»Möchtest du einen Drink? Oder Kaffee? Tee?« fragte Susie.

»Kaffee wäre schön.«

Mrs Verbeeten schaltete sich ein. »Ich gehe zurück ins Studio, Darling. Ruf mich, wenn du mich brauchst.« Sie sah Frannie an, mit einem Blick, den sie nicht deuten konnte. »Es war nett, Sie kennenzulernen. Susie hat oft von Ihnen gesprochen.«

»Von Ihnen auch. Damals.« Frannie fühlte sich nicht wohl unter Mrs Verbeetens starrem Blick.

»Sie sind herzlich eingeladen, mit uns Mittag zu essen, wenn Sie möchten. Es gibt allerdings nur Salat.«

»Danke, aber ich muß bald wieder zurück.«

Susie ging voran in die Küche. Sie war altmodisch eingerichtet und ziemlich schmutzig. Eine Katze schnurrte um ihre Füße. »Mein Gott, Frannie, die Zeit vergeht so schnell! Ich wollte dich natürlich anrufen, hab's anfangs auch ein paarmal versucht, aber du warst immer bei irgendwelchen Ausgrabungen.«

»Ich hätte dich natürlich auch angerufen, aber ich dachte, du wärst irgendwo im Fernen Osten.«

»Erzähl mir ein bißchen von dir.« Susie legte das Buch auf einen Holztisch in der Mitte der Küche. Frannie sah, daß es ein altes Tagebuch war. Sie sah zu, wie Susie Schranktüren aufmachte, eine Kaffeedose und zwei Becher herausnahm, den Kühlschrank öffnete. Sie machte jeden Griff langsam, methodisch, sehr vorsichtig. Sie füllte den Kessel mit Wasser, setzte ihn auf den Elektroherd, schaltete die Platte ein, drehte den Verschluß der Kaffeedose auf. Dann tastete sie unter dem Tisch nach der Schublade mit den Löffeln, nahm zwei heraus, gab Kaffee in zwei Becher.

»Hast du einen Freund?« fragte sie.

Frannie zögerte. »Ja.«

»Großartig! Toll!« Susie sagte die Worte mit einer so aufrichtigen Wärme, daß Frannie überrascht war. »Was macht er? Du bist am Britischen Museum, hast du gesagt? Ist er auch Archäologe?«

»Nein. Er ist...« Sie wußte nicht, wie sie Oliver beschreiben sollte. »Er ist Mathematiker. Statistiker.«

Das Wasser im Kessel fing an zu kochen. Susie holte ein kleines Gerät aus der Schublade der Anrichte, das wie der »Piepser« eines Arztes aussah. Unten hingen ein kürzerer und ein längerer Draht heraus. Sie klipste das Gerät mit den Drähten nach innen an einen Becher und goß langsam Wasser aus dem brodelnden Kessel hinein. Als das Wasser fast den Rand erreicht hatte, ertönte ein lautes elektronisches Piepsen. Sie hörte auf einzugießen und wiederholte dann die Prozedur mit dem zweiten Becher.

»Eine clevere Sache«, sagte Frannie.

»Es gibt eine ganze Menge solcher Hilfen«, erklärte Susie. Ihre Stimme klang ein wenig bitter. »Ich habe ein Gerät, mit dem ich normale Bücher lesen kann. Ich muß allerdings noch lernen, es richtig zu benutzen. Es tastet die Schrift ab und überträgt sie in Braille-Schrift. In einem halben Jahr kriege ich einen Blindenhund. Vorher muß ich noch einen Lehrgang dafür machen.«

»Gibt es denn wirklich keine Möglichkeit, daß du wieder sehen kannst?«

»Milch?«

»Danke nein, schwarz.«

»Nein, es gibt keinerlei Chance«, sagte Susie mit absoluter Endgültigkeit, als wolle sie das Thema nicht weiter diskutieren. Sie goß Milch in ihren Becher, stellte das Kännchen gefährlich nahe am Rand der Arbeitsplatte ab, nahm ein Tablett von einem Regal und stellte die Becher darauf. Ihr Arm strich dabei nur Millimeter an dem Kännchen vorbei. Frannie erschrak, beugte sich vor und schob es ein Stück weiter nach innen auf die Platte.

»Zucker?«

»Nein danke.«

Erschreckt sah sie, daß Susie nach der Zuckerdose griff, die am hinteren Rand der Arbeitsplatte stand.

Das Milchkännchen stand ihr jetzt genau im Weg. Sie wollte es schnell noch wegschieben, aber zu spät. Das Kännchen kippte um, verströmte die Milch über die Platte, streifte einen Kaffeebecher, und er krachte auf den Boden. Heißer Kaffee explodierte in alle Richtungen, spritzte auf Frannies Jeans, verbrannte ihr die Füße, spritzte gegen Susies Beine, gegen die Möbel.

Frannie griff hastig nach einem Geschirrtuch, hielt es unter den kalten Wasserstrahl im Spülstein, drückte es gegen Susies Beine, und sie entschuldigte sich verzweifelt, betonte, sie sei schuld an dem Mißgeschick.

»Ich fürchte, ich eigne mich nicht besonders gut zum Aufwischen«, sagte Susie.

Frannie ging zu einem Putzschrank am anderen Ende der Küche, und Susie erklärte ihr, wo sie einen Putzlappen, einen Schrubber und einen Eimer finden konnte.

»Es tut mir schrecklich leid, Susie«, entschuldigte sich Frannie noch einmal kleinlaut. Nachdem sie alles säuberlich aufgewischt hatte, machte sie sich einen neuen Becher Kaffee.

»Ich muß mich noch daran gewöhnen, daß die Leute mir dauernd helfen wollen«, sagte Susie ironisch.

Sie gingen ins Wohnzimmer, einem dunklen Raum mit einem abgewetzten Sofa und zwei ebenso abgenutzten Sesseln, über deren Rückenlehnen Schonbezüge gespannt waren. An den Wänden hingen mehrere Bilder mit seltsamen, verwirrenden, düsteren Motiven, wahrscheinlich Werke von Susies Mutter. Auf dem Kaminsims waren Steine und Kristalle sowie einige häßliche Figurinen dekoriert. Ein abgenutztes Tarot-Spiel lag auf einem Spitzendeckchen auf einem runden Tischchen.

Aus Angst vor weiteren Mißgeschicken wartete Frannie, bis Susie das Tablett abgesetzt und ihren Becher in die Hand genommen hatte, bevor sie selbst nach ihrem Kaffee griff.

»Hast du inzwischen über unsere Ouija-Sitzung nachgedacht, Susie?« fragte sie dann.

»Mummy hat mein altes Tagebuch gefunden. Verdammt, jetzt habe ich's in der Küche liegenlassen.« Sie stand auf und ging zur Tür, wobei sie vorsichtig um eine auf dem Boden liegende Katze herumging. Frannie beobachtete erstaunt, wie geschickt sie sich bewegte. Sie kam mit dem Büchlein zurück und gab es Frannie. »Wir waren sieben«, sagte sie. »Du, ich, Meredith, Phoebe, Jonathan Mountjoy, Seb Holland und Max Gabriel.«

»Ja, genauso hatte ich es auch in Erinnerung.« Frannie spürte ein Gefühl der Spannung in sich aufsteigen. »Und für dich hatte der Geist die Botschaft *Dunkelheit*?«

Susie stieß ein hohles Lachen aus. »Ja. Wir erhielten alle sehr seltsame Botschaften.« Sie zögerte. »Bis auf Meredith. Ich hatte vergessen, was es war, bis Phoebe mich bei ihrem Anruf wieder daran erinnerte.«

»Hast du viel von Phoebe gehört?«

»Nein, eher selten. Ich war ja nach der Uni meistens im Ausland. Als ihr Vertrag in Bath auslief, wollte sie mit mir zusammen nach China gehen, zu einer Ausgrabung in Szechwan, aber dann wurde ihr der Job in London angeboten. Sie hat Glück gehabt; sie hätte vielleicht dieselbe Sache gekriegt wie ich.«

»Es war ein Virus?« fragte Frannie.

»Ja. Ich habe ihn auf dem Weg nach China eingefangen, in Malaya. Es hängt mit der Verschmutzung im Südchinesischen Meer zusammen. Die Einwohner dort sind immun dagegen, und sie reden nicht darüber, weil sie Angst haben, die Touristen könnten ausbleiben. Die meisten Leute, die sich mit dem Virus infizieren, kriegen eine böse Augeninfektion, die aber nach ein paar Tagen wieder abklingt. Wenn es einen aber besonders schlimm erwischt, wie das bei mir der Fall war, dann zerstört der Virus die Netzhäute.«

»Es tut mir leid, daß ich das nicht wußte«, sagte Frannie verlegen. »Ich wäre natürlich längst mal gekommen.«

»Bis vor kurzem wollte ich niemanden sehen – was man so sagt! Ich bin keine angenehme Gesellschaft für andere, fürchte ich. Ich muß immer wieder an all die Dinge denken, die ich jetzt nicht mehr tun kann.«

»Die Medizin und die Technik machen doch heutzutage derartige Fortschritte«, sagte Frannie, und es war das einzige, was ihr einfiel. »Vielleicht gibt es in ein oder zwei Jahren einen Durchbruch.«

Susie schwieg einen Moment. »Unser Jahrgang von der Uni scheint sich zu bemühen, an die Spitze der Unfallstatistik zu kommen, nicht wahr?«

»Liegt das an *uns*? Oder steckt etwas anderes dahinter?«

»Das Ouija?«

»Ja.«

»Und du glaubst das?«

»Es war Phoebe, die das in Verbindung gebracht hat.«

»Phoebe. Ich frag mich, warum sie nicht zurückgerufen hat. Sie sagte, sie käme am Wochenende wahrscheinlich zu mir.«

Frannie sah sie an. »Du hast es noch nicht gehört?«

Susie versteifte sich, und ihre Stimme klang alarmiert. »Nein. Was?« Als Frannie ihr alles über den Unfall erzählt hatte, saß sie wie betäubt da. »Ich, ich geh sie besuchen. Meine Mutter muß mich hinfahren. Wie nimmt Phoebe es denn auf?«

»Sie war noch ziemlich benommen von den Beruhigungsmitteln, als ich sie gestern abend besucht habe.«

»Sie wird durch eine Hölle gehen. Wie es bei mir auch war. Und noch ist. O Gott!« Sie stellte den Becher ab und umklammerte die Lehne des Sofas, als ob sie eine Stütze brauche.

»Vier von den sieben, die bei dem Ouija dabei waren, hat es in der einen oder anderen Weise böse getroffen«, sagte Frannie. »Das ist ein unglaublicher Zufall.«

Susie dachte einen Moment nach, bevor sie reagierte. »Vier?« fragte sie zweifelnd. »Schau mal in das Tagebuch, Frannie. Es war um den 24. März.«

Frannie nahm das Büchlein vom Tisch und schlug es auf. Der Umschlag war verschrammt, die Seiten zum Teil zerknittert. Es gab für jeden Tag eine Seite, und sie waren fast alle in einer recht großen, unordentlichen Handschrift bis auf den letzten Zentimeter vollgekritzelt. Text, Listen, Telefonnummern, dick unterstrichene Termine. Einige Seiten waren ganz oder teilweise herausgerissen. Frannie schlug die Seite des 24. März 1988 auf und sah, daß auch hier am unteren Ende ein Streifen von etwa fünf Zentimetern abgerissen war. Aus dem Durcheinander des Geschreibsels sprang ihr das dick unterstrichene Wort *Séance!!!* ins Auge. Darunter waren die Namen aller aufgeführt, die daran teilgenommen hatten, weiter unten stand, verhältnismäßig ordentlich untereinander hingeschrieben:

Ich – Dunkelheit
Phoebe – Spielautomat
Jonathan – Bargeldlieferung
Max – Gewichtsverlust
Meredith – Tot bis 25. Autounfall

Frannie sah entsetzt auf. »Meredith – tot bis 25. Autounfall. Das hast du *damals* hingeschrieben?«

»Ja. Nun ja, vielleicht ein paar Tage später. Wie alt war Meredith, als sie starb?«

»Sie hätte im Oktober ihren fünfundzwanzigsten Geburtstag gehabt.«

»Verdammte Scheiße«, stieß Susie aus, wiederholte: »Verdammte Scheiße!«

»Das ist wirklich der Wahnsinn«, sagte Frannie.

Sie drehte mit zitternden Fingern die Seite um, wollte nach der Botschaft für sich selbst sehen.

Susie schwieg. »Spielautomat«, sagte sie plötzlich. »Die Botschaft für Phoebe.«

Auf der nächsten Seite stand nichts mehr zu der Ouija-Sitzung. Es sah so aus, als ob die Botschaften für sie und Seb Holland auf dem abgerissenen Streifen am Ende der Seite gestanden hätten. Sie schaute wieder auf die Liste. »Ja, *Spielautomat.*«

»Einarmiger Bandit«, sagte Susie.

Zunächst reagierte Frannie nicht; sie schaute noch einmal nach, ob Susie die Botschaft für sie vielleicht irgendwo anders hingeschrieben hatte. Dann blickte sie auf, starrte Susie an, erkannte den gruseligen Zusammenhang. »Bei dir hieß es *Dunkelheit*, und es ist eingetreten. Bei Jonathan hieß es *Bargeldlieferung*, und es trifft zu – er mußte seinem Mörder vor der Tat noch sein Geld abliefern. Und bei Phoebe war es der *Spielautomat*, der *einarmige Bandit*, wie man diese verdammten Geldspielautomaten ja nennt. Es ist nicht schwierig, die Botschaften entsprechend zu deuten. Aber das macht sie doch noch nicht zu Vorhersagen oder ernstzunehmenden Prophezeiungen?« Ihre Stimme war voller Angst.

»Was ist denn die Botschaft für dich?« fragte Susie.

»Meine und die für Seb Holland stehn nicht da. Jemand hat das Ende des Blattes abgerissen. Kannst du dich erinnern, was du für uns beide aufgeschrieben hast?«

Susie dachte nach, schüttelte dann aber den Kopf. »Nein. Ist zu lange her. Es war doch nur ein Spaß, ich habe das damals doch überhaupt nicht ernst genommen.«

»Schöner Spaß«, sagte Frannie.

Susie verzog das Gesicht.

»Erinnerst du dich denn, ob in der Botschaft für mich eine Zahl vorkam, Susie? Die Zahl sechsundzwanzig?«

»Nein, ich kann mich wirklich nicht erinnern. Meinst du denn, diese Zahl sei darin vorgekommen?«

»Phoebe hat mich am Tag vor ihrem Unfall vor dieser Zahl gewarnt.« Sie hob hilflos die Schultern und schaute wieder auf die Liste. »Max Gabriel – Gewichtsverlust«, las sie laut.

Susie schien zunächst nicht zu reagieren. »Nun«, sagte sie dann, »genau das tut er.«

»Wie, was meinst du damit?«

»Ich... ich war mit ihm befreundet, bevor diese Sache mit mir passiert ist. Er hatte sich einer Gruppe ziemlich verrückter, fanatischer Umweltschützer angeschlossen. Sie haben versucht, bei einem französischen Atomreaktor einen Sabotageakt durchzuführen. Die Sache schlug fehl, und Max wurde starker radioaktiver Strahlung ausgesetzt. Er liegt in einem Krankenhaus und hat nur noch kurze Zeit zu leben. Leukämie im letzten Stadium. Es sind nicht vier von den sieben, die damals dabei waren, Frannie. Es sind fünf.«

Frannie schaute auf die angekohlten Holzstücke und die Asche im Kamin und fragte sich, ob sie noch vom vergangenen Winter übrig waren. Die niedrige Decke des Zimmers war in einem schmuddeligen Weiß gehalten, das vom Zigarettenrauch gelblich verfärbt war. Der Raum wirkte insgesamt so düster, daß Frannie aus dem Fenster auf den blauen Himmel schauen mußte, um sich zu überzeugen, daß es nicht regnete.

Ihre Hände öffneten und schlossen sich, und ihre Glieder waren plötzlich schwer wie Blei, als ob alle Kraft aus ihnen gewichen wäre. Das Polster des Sofas sackte unter ihrem Gewicht ein; unter dem Sofa war der Fliesenboden, darunter die Erde. Sie meinte, die ungeheure Größe der Erde und die beklemmende Enge des Zimmers zu spüren, und die Schwerkraft schien sie nach unten zu ziehen.

»Warum, warum passieren diese Sachen mit uns?« flüsterte sie.

Susie zerrte an einem Finger nach dem anderen, ließ die Knöchel knacken. Das hatte sie auch an der Universität immer getan, wie Frannie sich erinnerte. Das war ihr schon damals auf die Nerven gegangen. »Ich habe Angst, Susie«, sagte sie. »Ich habe schreckliche Angst.«

Von draußen drang Vogelgezwitscher und das dumpfe Dröhnen des Mähdreschers herein. Frannie schloß die Augen, versuchte, die aufsteigenden Tränen zurückzuhalten. »Es tut mir leid, Susie. Du bist diejenige, der etwas ganz Furchtbares passiert ist, und ich sitze da und heule.«

»Ich habe in der letzten Zeit sehr viel geweint«, sagte Susie ruhig.

»Es hätte nicht passieren müssen. Wenn wir über die Botschaften, die das Ouija uns übermittelt hat, nachgedacht hätten, dann wäre es vielleicht möglich gewesen, all diese Unglücksfälle zu verhindern.«

Susie lehnte sich vor. »Ich glaube nicht, daß wir irgendwas an den Dingen hätten ändern können. Das war doch alles so vage, so albern, man hätte die Botschaften in allen möglichen Richtungen interpretieren können.«

Frannie zog die Schultern hoch, drückte sie schützend zusammen, hätte sich am liebsten in einen Kokon eingesponnen. »Aber nicht Merediths Botschaft.«

»Meinst du denn wirklich, irgendeiner von uns hätte sich anders verhalten, wenn wir gewußt hätten, daß wir diese Dinge ernst nehmen müssen? Wenn ich gewußt hätte, daß ich erblinde, meinst du denn, ich wäre dann nicht zum Schwimmen ins Südchinesische Meer gegangen? Meinst du, Phoebe wäre dann nie mehr mit dem Fahrrad gefahren? Es ist einfach, die Dinge zu verstehen, nachdem sie passiert sind, findest du nicht auch?«

Durch das Fenster sah Frannie eine Amsel auf dem Rasen, und sie beneidete das Tier um seine Arglosigkeit und seine Freiheit. Sie sah zu, wie der Vogel ins Gras pickte und sich mit einem dicken Wurm im Schnabel davonflog. Noch nie in ihrem Leben hatte sie sich so hilflos gefühlt.

Ihr Blick fiel auf die Bücher in den Regalen um den Kamin. *Astrale Projektion. Paranormal oder normal? Die Gegenwart der Vergangenheit.* Sie hatte sich bisher nicht besonders für Okkultismus interessiert; jetzt aber las sie gierig die Buchtitel, hoffte, einen zu finden, der ihr vielleicht Antworten auf ihre Fragen versprach.

»Ich muß sofort Seb warnen«, sagte sie. »Wenn ihm noch nichts passiert ist.«

»Weißt du, wie du ihn erreichen kannst?«

»Ja. Aber was soll ich ihm sagen?«

Susie reagierte nicht auf diese Frage.

»Wie kann ich das nur beenden, Susie?«

Die blinde junge Frau hob hilflos die Arme. Diese Geste rief bei Frannie ganz plötzlich einen Stimmungsumschwung hervor. Sie wurde zornig.

»Hör mal, Susie«, sagte sie und hob die Stimme, »wenn es das Ouija war, das uns das alles eingebrockt hat, wenn es keine andere verrückte Erklärung dafür gibt, dann muß es doch irgendeine Möglichkeit geben, die Sache zu stoppen. Du warst doch diejenige, die die Regeln für die Ouija-Séance kannte, die uns gesagt hat, was wir tun mußten. Du hast gesagt, deine Mutter wäre eine Hexe.«

»Meine Mummy eine Hexe?« Susie klang sehr erstaunt. »Sie ist keine Hexe, sie ist nur ein wenig, wie soll ich sagen, nun, übersinnlich veranlagt.«

»Und warum hat sie einen Drudenfuß an der Wand hängen?«

»Sie hat Hunderte von okkulten Symbolen im Haus. Sie stochert in allem ein wenig herum, was nach Okkultismus riecht, aber sie ist doch keine Hexe! Mein Gott, sie kann noch nicht mal Tarot richtig legen, sie muß immer noch im Buch nachgucken.«

Frannie wollte es nicht glauben. »Aber du hast doch alles über das Ouija gewußt. Du hast darauf bestanden, es müßte dabei absolut dunkel sein, und nur deshalb sind wir doch in den Keller gegangen.«

»Mummy hat hier im Haus manchmal Ouija-Séancen gemacht, deshalb kannte ich mich ein bißchen aus.«

»Großartig«, sagte Frannie bitter, »wirklich großartig!«

Susies Stimme blieb ruhig. »Frannie, ich bin nie auf den Gedanken gekommen, diese Sache wäre mehr als ein Spiel. Meinst du denn, ich bin gerne blind? Ich wache manchmal morgens auf und wünsche mir, ich wäre tot.« Sie ließ den Kopf sinken und legte die Hände vor das Gesicht. Dann stand sie schwankend auf und ging zu Frannie, legte die Arme um sie. Frannie spürte ihre Tränen auf der Wange.

»Es tut mir leid, Frannie!«

Frannie drückte sie an sich. Sie weinte auch.

»Jonathan Mountjoy«, schluchzte Susie. »Seb. Meredith. Max. Phoebe. Alles so großartige Menschen!«

»Ich werde es besiegen«, sagte Frannie. »Ich werde der Sache ein Ende machen. Was oder wer immer es ist. Und du wirst wieder sehen können.«

»Mir kann keine Macht der Welt helfen. Aber ich wünsche so sehr, daß dir nichts geschieht. Ich werde dir und Seb helfen, soweit ich nur kann. Aber ich weiß doch nicht *wie*! Vielleicht solltest du zu einem Priester gehen.«

»Deine Mutter hat doch schon oft Ouija-Sitzungen gemacht. Hat sie jemals Probleme dadurch gekriegt?«

»Sie hat mir zumindest nie etwas davon gesagt. Du kannst ja mal mit ihr sprechen, aber ich glaube nicht, daß sie dir viel helfen kann.«

Sie gingen über den Hof in die Scheune, in Mrs Verbeetens Studio. Es war erstaunlich sauber und luftig. Der Geruch nach Leinsamenöl und Terpentin erinnerte Frannie an den Raum für Bilder-Restaurierung im Museum. Im Dach waren Oberlichter eingelassen, die zusammen mit dem großen Panoramafenster zum Feld hin helles Licht in den großen Raum fallen ließen. Die Wände waren offensichtlich erst vor kurzem neu gestrichen worden. Leinwände hingen an einem Gestell, Dutzende andere waren am Boden aufgestapelt oder lehnten an der Wand.

Mrs Verbeeten arbeitete mit dem Rücken zu ihnen an ihrer Staffelei. Sie schien die beiden nicht zu bemerken. In der einen Hand hielt sie die Palette, in der anderen einen dünnen Kamelhaarpinsel, mit dem sie gerade Farbe auf die Leinwand auftrug. Ein verbeulter Zinndeckel voller Zigarettenkippen stand auf einem Melkschemel neben ihr; eine brennende Zigarette lag am Rand. Das Bild, an dem sie gerade arbeitete, zeigte eine Gruppe unheimlicher Kapuzenmänner, die vor einer Burg auf einem kahlen Felsen kauerten.

An der Wand hingen zwei Porträts. Das eine zeigte Susie als

Teenager, das andere einen bärtigen Mann hinter einem unaufgeräumten Schreibtisch. Daneben hing eine Landschaft – ein irgendwie beunruhigendes, quälendes Bild mit düsterem Himmel und unheimlichen Gebäuden. Die Stimmung auf dem Gemälde gefiel Frannie überhaupt nicht, aber sie bewunderte die ausgefeilte Technik, mit der es gemalt war.

»Malen Sie auch, Frannie?« fragte Mrs Verbeeten laut, ohne sich umzudrehen, und Frannie zuckte zusammen.

»Nein.«

»Susies Blindheit hat mich gelehrt, die Dinge auf eine andere Weise zu betrachten. Sie kann die Menschen an ihren Schritten auseinanderhalten. Ich habe das inzwischen auch gelernt. Und ich habe gelernt, das zu malen, was der Geist sieht, nicht die Augen.«

Frannie ging den Stapel von Leinwänden durch, der an der Wand lehnte. Alle Bilder zeigten dieselbe Düsterkeit wie die Landschaft an der Wand.

»Eindrücke«, sagte Mrs Verbeeten. »Geistige Bilder. Sie überfallen mich, ob ich will oder nicht. Von jedem Gedanken formt sich in meinem Geist ein Bild.«

»Ihre Arbeiten sind sehr gut.«

Mrs Verbeeten drehte sich zu Frannie um und legte auf kindische Art den Kopf schief. »Wie nett von Ihnen, Frannie.« Sie legte den Pinsel ab, griff nach der Zigarette und zog daran.

»Frannie möchte einen Rat von dir über das Ouija, Mummy.«

Mrs Verbeeten betrachtete das glühende Ende ihrer Zigarette, dann starrte sie durch Frannie hindurch. »Der beste Rat, den ich Ihnen geben kann, ist der, die Finger davon zu lassen.«

»Dazu ist es ein bißchen zu spät, Mummy!«

»Ich habe mich seit Jahren nicht mehr damit beschäftigt.« Sie inhalierte tief und stieß den Rauch durch die Nase aus.

»Warum, Mrs Verbeeten?« fragte Frannie. Sie sah die Frau nicht an, kippte wie unter einem Zwang weiter eine Leinwand nach der anderen nach vorne, starrte blicklos auf die Bilder.

Mrs Verbeeten schaute auf ihr Gemälde auf der Staffelei, als sei sie begierig darauf, daran weiterzuarbeiten. »Es hat zu viele Gelegenheiten gegeben, bei denen...« Sie zögerte. »Bei denen es zu präzise war und zu unerfreulich. Die Tarot-Karten geben einem eine Anleitung. Das brutale Ouija konfrontiert einen jedoch mit einem *Fait accompli... Du wirst in drei Tagen sterben*, so auf diese Art, verstehen Sie? Und dann sterben die Leute wirklich.« Sie drückte ihre Zigarette in dem Zinndeckel aus, nahm den Pinsel in die Hand und verrührte einen zinnoberroten Klecks auf der Palette. Und damit gab sie unzweideutig zu verstehen, daß die Unterbrechung ihrer Arbeit nunmehr beendet war.

# *Zweiundzwanzig*

Die Nadel des Tachometers zitterte hektisch zwischen 100 und 130 Kilometern pro Stunde, und der Range Rover holperte und schwankte über die unebene Landstraße. Frannie kämpfte mit dem Lenkrad; sie wußte, sie fuhr zu schnell, aber sie nahm den Fuß nicht vom Gaspedal, und der Motor dröhnte immer lauter, ließ die Tachonadel auf der Skala die 140 berühren. Sie war seltsam übermütig, hatte Spaß an ihrer verwegenen Fahrweise, genoß das Gefühl der Freiheit – weg zu sein von der klaustrophobischen Enge und Düsterkeit des Verbeeten-Hauses, weg von Susies verschrobener Mutter. Der Anstieg des Adrenalinpegels verschaffte ihr endlich einmal wieder das lang vermißte Gefühl des Selbstvertrauens, der Zuversicht.

Die Rückseite eines Lastwagens, dem sie immer näher kam, verschwand hinter dem Höhenrücken vor ihr. Die Uhr auf der linken Seite des Armaturenbrettes, klein und unter dem Staub auf dem Glas schlecht abzulesen, zeigte 13.10 Uhr. Sie hatte Oliver versprochen, bis ein Uhr zurückzusein.

Die Linkskurve vor ihr war enger, als sie angenommen hatte, und die Baumreihe am Straßenrand schien auf sie zuzurasen. Sie erschrak, riß den Fuß vom Gas, trat auf die Bremse, der Range Rover schlingerte mit schrill quietschenden Reifen, und sie knallte mit der Schulter gegen die Fahrertür. Sie schlug das Lenkrad ein, viel zu stark, der schwere Wagen neigte sich zur Seite, schleuderte wieder nach links, dann erneut nach rechts, kam über die durchgezogene weiße Linie auf die falsche Fahrspur. Ein Wagen kam ihr entgegen, blitzte mit der Lichthupe, drückte auf die Hupe. Sie stieg mit aller Kraft auf die Bremse. Ihr Mund war trocken. Ich prall dagegen. Ich prall dagegen! Sie keuchte verkrampft. Der Wagen raste auf sie zu, kam näher, immer näher, sie sah das Entsetzen in den Augen des Fahrers, sah, wie er wild das Lenkrad drehte. Um Millimeter kamen sie aneinander vorbei. Das wütende Jaulen seiner Hupe verklang hinter ihr wie das Pfeifen eines Zuges, der durch einen Bahnhof rast.

Eine unendliche Erleichterung pulsierte durch ihren Körper. Sie war schweißnaß. Der Lastwagen war jetzt zweihundert Meter vor ihr, fuhr auf einer langen, geraden Strecke. Ein neuer Adrenalinstoß pumpte durch ihre Adern. Sie konnte überholen. Sie drückte das Gaspedal bis zum Anschlag durch, setzte den Blinker, schaute in den Rückspiegel. Und erstarrte.

Edward saß hinter ihr auf dem Rücksitz.

Eine Schockwelle durchfuhr sie, als ob das Lenkrad, das sie fest umklammert hielt, ihr einen Stromstoß verpaßt hätte. »Edward«, stöhnte sie auf und wandte ruckartig den Kopf.

Der Sitz war leer. Sie blinzelte. Ein kalter Windhauch streifte ihren Nacken. Irgend etwas blitzte in ihren Augenwinkeln auf. Rot. Gefahr. Orange. Sie riß den Mund auf. Ihre Augen weiteten sich entsetzt.

Der Lastwagen vor ihr hatte angehalten, blinkte rechts.

Sie stieg mit aller Kraft auf die Bremse. Die Räder blockierten, die Reifen schlitterten jaulend über den trockenen Asphalt. Die Rückseite des Lastwagens kam auf sie zugerast, als ob jemand zu schnell am Zoom seiner Fotolinse drehen würde. Die Bremslichter des Lastwagens gingen aus; der rechte Blinker blieb an. Er bog ab, aber viel zu langsam, kriechend.

Fahr schneller! Bitte, fahr schneller! Um Gottes willen, schneller!

Frannie war blockiert wie die Räder des Wagens. War nur Zuschauerin des Geschehens. Der Range Rover schleuderte nach links, bockte, rüttelte, brach aus; dann hörte das Quietschen der Reifen plötzlich auf, als der Wagen über das Gras des Banketts schlitterte. Einen Moment war es völlig still; nicht einmal der Motor war zu hören. Der Wagen raste ganz dicht am Wartehäuschen einer Bushaltestelle vorbei, schleuderte dann in eine dichte Hecke. Zweige knallten wie dicke Hagelkörner gegen die Windschutzscheibe, streiften kreischend an der Karosserie entlang. Und dann, hinter der Hecke, schlug der Wagen plötzlich aus wie ein bockendes Pferd, als die Vorderräder in die weiche Erde eines gepflügten Feldes stießen. Ein Schwarm Krähen stob erschreckt in die Luft, ein geschockter Fasan flog taumelnd davon. Der Wagen ging hoch, schleuderte zur Seite, kam dann nach einem weiten Bogen holpernd zum Stehen.

Frannie öffnete die Augen. Auf dem Armaturenbrett brannte eine rote Warnlampe. Sie schlug die Arme um den Oberkörper. Und sie schaute in den Rückspiegel, drehte sich um. Nichts. Kein Edward im Auto. Nur der leere Rücksitz.

Irgend etwas tickte im Motor. Er war ausgegangen, wie sie jetzt erst merkte. Sie öffnete die Tür, lehnte sich hinaus, schaute zurück. In der Hecke war eine breite, häßliche Lücke, durch die sie den Asphalt der Straße sehen konnte. In der Ferne hörte sie das Aufheulen des Lastwagenmotors, als der Fahrer schaltete. Das Geräusch wurde immer schwächer, verebbte schließlich. Dann war nur noch das Ticken der Benzinpumpe im Range Rover zu hören.

Sie schaute sich um. Sie kam sich hilflos vor. Sie zog die Wagentür zu. Ihre Handflächen waren naß von Schweiß. Sie rieb sie an den Jeans trocken, drehte dann den Zündschlüssel. Der Wagen ruckte vorwärts. Sie drückte die Kupplung und legte den Leergang ein, versuchte es dann noch einmal. Der Anlasser ging, aber der Motor sprang nicht an. Komm doch, bitte! Ein neuer Versuch, öliger blauer Rauch driftete plötzlich an den Fenstern vorbei, der Motor röhrte auf, lief. Sie legte den ersten Gang ein und ließ die Kupplung langsam kommen.

Die Räder drehten durch. Dreck und Steine spritzten gegen die Kotflügel und den Wagenboden. Der Wagen rutschte ein Stück zur Seite. Sie ging vom Gas, nahm den Gang raus. Denk nach, Frannie! Sie wußte, daß es möglich war, den Wagen irgendwie herauszubekommen. Bei einer Ausgrabung war mal ein Land Rover bis an die Achsen im Sand steckengeblieben; der Fahrer hatte irgendeinen Hebel im Getriebekanal umgelegt, und der Wagen war freigekommen. Sie schaute nach unten. Ja, da war ein kleiner Hebel mit einem Plastikgriff. Fast verblaßte weiße Buchstaben auf dem Knauf: »Diff«. Vor dem Hebel war ein kleines Schild mit der Bedienungsanleitung auf die Abdeckung des Getriebetunnels geschraubt. Sie hob den Hebel an und schob ihn nach vorne, legte den ersten Gang ein und ließ dann die Kupplung kommen.

Wieder rutschte der Wagen zur Seite, aber als sie mehr Gas gab, fuhr er an. Sie drehte eine weite Kurve über das Feld, steuerte die

Lücke in der Hecke an, fuhr durch, hielt an. Sie sah, daß die blokkierten Räder vorhin tiefe Furchen in das Gras des Randstreifens gerissen hatten. Der Außenspiegel war gegen die Tür gedrückt worden, aber das war ihre geringste Sorge.

Schuldbewußt betrachtete sie das Loch in der Hecke. Auf der Straße war niemand zu sehen. Oliver wußte wahrscheinlich, wem das Feld samt Hecke gehörte; sie würde den Besitzer anrufen und für den Schaden bezahlen. Dann drehte sie noch einmal den Kopf nach hinten und starrte auf den leeren Rücksitz. Sie stieg aus, öffnete die hintere Tür, kniete sich auf den Rücksitz und inspizierte die hintere Ladefläche – sie wollte ganz sicher sein. Eine Hundeleine, ein zerkauter Turnschuh aus Captain Kirks Zeiten; eine Spraydose mit Enteisungsmittel; die zerknüllte Verpackung einer Schokoladentafel. Kein Edward. Sie setzte sich wieder hinter das Steuer. Ihre Einbildung war mit ihr durchgegangen.

Sie wurde wohl langsam verrückt.

Sie fuhr auf die Straße. Ihre Hände zitterten unkontrollierbar.

# *Dreiundzwanzig*

Frannie fuhr an dem Schild MESTON HALL – GEÖFFNET VON 10.00 BIS 17.00 UHR vorbei, bog rechts ab, zwischen den Säulen mit den Drachen hindurch, dann weiter durch den Torbogen unter dem Stallgebäude. Die Zeiger der Uhr an dem Türmchen darüber standen auf 1.25 Uhr.

Sie fuhr langsamer, als sie zwischen die herumschlendernden Besucher geriet, erwiderte das devote Lächeln einer Frau des Schloßpersonals, stellte den Wagen dann auf dem Kiesweg vor dem Brunnen am Ende des Hauptflügels ab.

Sie stieg aus und sah sich die Vorderseite des Range Rover an. Die Reifen und die Kotflügel waren mit Dreck bespritzt, im Kühlergrill steckten Zweige. Sie zog sie hastig heraus und warf sie auf dem Weg zum Nebenflügel unter einen Busch.

Als sie die Haustür erreichte, hörte sie in der Ferne einen gedämpften Knall, dem das Aufheulen eines Motors folgte, dann ein beständiges Dröhnen. Sie kannte dieses Geräusch: Olivers Flugzeug. Gut. Das hieß hoffentlich, daß er noch nicht zurückgekommen war.

Sie zog die schwere Eichentür mit einem dumpfen Schlag hinter sich ins Schloß, immer noch ganz aufgewühlt, und sie fragte sich, ob sie Oliver von dem Unfall und ihrer Sorge wegen des Schadens an der Hecke erzählen sollte.

Sie rief laut »Hallo!«, aber es antwortete niemand. Dünne Staubstreifen hingen still im Licht vor den Fenstern, und das Auge eines Fasans auf einem Ölgemälde an der gegenüberliegenden Wand glitzerte. Sie ging in die Küche. Auf dem Tisch waren fünf Plätze gedeckt, in der Mitte stand eine Schüssel mit Schinken und Salat, eine Notiz von Mrs Beakbane besagte, daß im Backofen Bratkartoffeln warmgehalten würden.

Sie ließ sich erschöpft auf das altersschwache Sofa sinken. Der Gummiknochen, der dabei auf den Boden kullerte, erinnerte sie wieder an das, was Edward »diese böse Sache« genannt hatte. Der Zeitungsausschnitt über Jonathan Mountjoys Tod oben im Spielzimmer. Das Buch aus Menschenhaut in der Vitrine – das *Malefacorium*, oder wie es hieß. Sie fragte sich, ob vielleicht ein Fluch auf Olivers Familie lastete und der gewaltsame Tod seiner Frau damit erklärt werden könnte. Wenn es so war, war sie dann das nächste Opfer, weil sie es wagte, Oliver zu lieben?

Declan O'Hare hatte ihr gesagt, die Halkins seien in einer ganzen Reihe historischer Bücher erwähnt; sie hatte die ganze Woche über vorgehabt, in die Bibliothek zu gehen, war aber nicht dazu gekommen. Jetzt ging sie in die Halle und durch die getäfelte Tür in Olivers Bibliothek und Arbeitszimmer.

Die Luft in dem Raum war klamm und dumpf, als ob er nie geheizt oder gelüftet worden wäre, und es roch intensiv nach modrigem Leder und stockfleckigem Papier. Der Himmel draußen verfinsterte sich, dunkle Regenwolken zogen auf, wie sie durch die Fenster sah. Sie schaute auf die Blätter mit mathematischen Berechnungen auf dem Schreibtisch und die Schaubilder mit dem rätselhaften Gekritzel an der Wand, dann auf die Bücherregale, ging die Titel durch, unsicher, wo sie beginnen sollte.

Winston Churchills *Der Zweite Weltkrieg*. *Die Canterbury-Erzählungen*. Walter Paters *Geschichte der Renaissance*. Reihen dikker Wälzer über Militärgeschichte, Politikgeschichte, Biographien. Ein eigenes Regal mit mathematischen Büchern. Daneben einige Werke über Zahlenmystik. Sie zögerte, ging dann zu den Schautafeln an der Wand. Zahlen; algebraische Gleichungen. Die Zahl sechsundzwanzig sprang ihr ins Auge; sie stand in der Mitte eines Ringes aus konzentrischen Kreisen. Als sie sich vorbeugte, um näher hinzusehen, ertönte plötzlich ein lautes elektronisches Piepsen hinter ihr, und ein Schatten fiel neben ihr auf die Wand. Sie fuhr entsetzt herum – und prallte auf Edward. Er stand direkt hinter ihr.

»Mein Gott, hast du mich erschreckt!«

»Ich habe gerade viertausend geschafft, Frannie!« Er zeigte ihr den Bildschirm seines Gameboy. »Hier, schau's dir an! Bei Spielstärke vier. Das ist die höchste Stufe. Mein neuer Rekord.«

»Das klingt ja toll«, sagte sie etwas verwirrt.

»Was machst du hier?«

Sie errötete. »Ich habe nachgeschaut, ob ich Bücher über eure Familiengeschichte finde.«

Er sah sie ernst an. Unter seinen Augen waren dunkle Ringe, als ob er nur wenig geschlafen hätte. Sie hatte sie zuvor noch nicht bemerkt. Oder sah es im düsteren Licht nur so aus? »Kann ich mal einen Moment mit dir sprechen, Frannie?« fragte er und schaute sich verstohlen um, als ob er sich vergewissern wolle, daß niemand sonst im Zimmer sei.

»Natürlich«, sagte sie. Sein Gesichtsausdruck beunruhigte sie.

»Kannst du mir helfen, Frannie?«

»Wobei?« Sie lächelte ihn an, denn er schien kurz vor einem Tränenausbruch zu stehen. Als er eine Weile nichts sagte, dachte sie, er verfalle wieder in sein Schweigen. Aber dann sprach er weiter: »Hast du manchmal auch so komische Gedanken über die Leute, Frannie?«

»Wie meinst du das?«

»Es ist, als ob so was Böses in dir steckt, das dich dazu bringt, Sachen zu machen, die du gar nicht willst?«

Frannie erkannte sofort, daß dies ein ganz wichtiger Augenblick war, und sie wollte ihn auf keinen Fall verpatzen. »Ich denke manchmal an Dinge, die ich gern tun würde, von denen ich aber von vornherein weiß, daß ich sie gar nicht tun kann.«

»Nein, das meine ich nicht. Ich meine, hast du manchmal so was in dir, das dich dazu bringt, anderen Leuten Böses zu wünschen?« Seine warmen braunen Augen ließen sie nicht los. Frannie erkannte Angst und Hilflosigkeit in ihnen. »Ich habe diese böse Sache, Frannie. Aber ich will sie nicht haben.«

»Was, was macht die denn?«

»Sie macht, daß Sachen passieren, wenn ich nur daran denke.«

»Was für Sachen?«

»Du warst doch dabei, als Dom am letzten Samstag seine Finger in die Autotür gekriegt hat. Erinnerst du dich?«

»Natürlich.«

»Ich, ich hab das passieren lassen.«

»Aber du warst doch bei mir in der Küche!«

»Das stimmt. Aber ich hab es vorher in meinem Kopf gesehen. Ich wollte, daß es passiert. Als es vorbei war, natürlich nicht mehr.«

Das ist doch nicht möglich, dachte Frannie. Nein, das ist unmöglich. Dann fiel ihr die seltsame, fast selbstmörderische Stimmung ein, die sie heute mittag im Range Rover erfaßt hatte; dieses Gefühl, unbesiegbar, unverletzbar, zu allem fähig zu sein – als ob sie unter Drogen stehe. Und wie deutlich und lebendig ihr Edward im Rückspiegel erschienen war. Sie zupfte an ihren Fingern. »Wie oft kommt das denn vor?«

»Manchmal passiert es in der Schule. Und ich hab vorhin schreckliche Angst bekommen, als Daddy an seinem Flugzeugmotor gearbeitet hat, weil, weil ich den bösen Gedanken an, an dich gehabt habe.«

Ein eisiger Schauer erfaßte sie. »Und was war es?«

Er fing an zu weinen. »Ich, ich wollte, daß du einen Unfall mit dem Range Rover hast.«

Sie sah ihn entgeistert an. »Warum, Edward?«

»Ich, ich weiß nicht. Manchmal ist die böse Sache in mir, und ich kann nichts dagegen machen.« Seine Augen weiteten sich. »Du kannst mir doch helfen, oder, Frannie?«

»Aber wie denn, Edward? Erzähl mir mehr darüber, über diese böse Sache.«

Er antwortete nicht. Verfiel in langes Schweigen.

Sie atmete tief durch. »Hast du das auch gehabt, als deine Mutter umgekommen ist?«

Seine Augen blitzten sie plötzlich an, erschreckten sie. Sie brannten voller Bosheit und Gift.

Er rannte aus dem Zimmer, kurz darauf hörte Frannie, wie eine Tür im oberen Stockwerk zugeschlagen wurde.

Sie überlegte, ob sie ihm nachgehen und sich entschuldigen, ihn beruhigen sollte; aber sie fühlte sich zu ausgelaugt. Sie ließ sich in einen Sessel sinken und dachte nach, versuchte herauszufinden, was er gemeint hatte. Einen Sinn darin zu entdecken. Sie stützte ihr Kinn in die Hände. Eines war zunächst einmal sicher: Sie hatte Edward auf dem Rücksitz des Range Rover gesehen. Ganz deutlich.

Er hatte gewollt, daß diese Dinge passierten? Dominics Finger? Die Wespen? Captain Kirk? Beim Voodoo war so etwas vielleicht möglich, aber doch nicht mit einem achtjährigen Jungen. Seine Mutter war geköpft worden. Warum sollte er das gewollt haben? War es »die böse Sache« in ihm, die es ihm befohlen hatte?

*Ich hoffe, du hast nicht vor, mit meinem Vater zu schlafen.*

War Edward besessen? Sie versuchte, diesen Gedanken als lächerlich abzutun, aber sie wurde ihn nicht los. *Besessen.* Sie merkte nur nebenbei, daß sich der Himmel draußen weiter verdüsterte. Sie saß da, völlig in ihre Gedanken versunken, ihr Blick glitt über die Bücherregale und über die seltsamen mathematischen Hieroglyphen auf der Schautafel an der Wand. Mathematik, Logik. Ja, sie mußte logisch an die Dinge herangehen.

Sie versuchte, wie bei einer Ausgrabung vorzugehen. Jedes Fragment, das eventuell zu einem noch unbekannten Objekt gehörte, mußte zunächst zugeordnet werden, und wenn das Objekt dann identifiziert war, trug es zu dem Bild bei, das man sich von dem Fundort insgesamt machte, ließ Rückschlüsse auf die Menschen zu, die es vor langer Zeit zurückgelassen hatten. In der Archäologie waren solche kleinen Fragmente alles, was man für ein Gesamtbild brauchte. Und mehr als solche Mosaiksteine hatte Frannie jetzt auch nicht. Jonathan Mountjoy. Meredith Minns. Max Gabriel. Phoebe Hawkins. Susie Verbeeten. Edward. Olivers Frau. Dominics Finger. Die Wespen. Aber wie paßten diese Fragmente zusammen? War Edward besessen? Verrückt? Übersinnlich veranlagt? Telepathisch? Konnte er ihre Gedanken lesen? So etwas könnte bei der Sache mit dem Range Rover tatsächlich eine Rolle gespielt haben – irgend etwas hatte dabei definitiv ihr Verhalten beeinflußt. Aber bei Doms Fingern und den Wespen traf das nicht zu.

Wie so oft in letzter Zeit dachte Frannie daran, wie sie Oliver und Edward zum ersten Mal getroffen hatte. Im Café: der Wutanfall des Jungen. Dasselbe wieder auf dem Bahnsteig in King's Cross. *Du kannst mir doch helfen, oder, Frannie?* Irgend etwas war an ihr, das ihn dazu brachte, ihr zu vertrauen. Und sie gleichzeitig zu hassen?

Sie hatte darüber gelesen, daß psychisch gestörte Menschen oft übernatürliche Kräfte haben. Besonders psychisch gestörte Kinder. Sie können Poltergeister herbeirufen, das war allgemein bekannt. Oliver hatte gesagt, Edward sei psychisch gestört. Natürlich, man konnte wohl auch kaum normal bleiben, wenn man seine Mutter geköpft vor sich liegen gesehen hatte.

Und ganz besonders dann, wenn man es selbst verursacht hatte.

Ihre Gedanken wurden durch das Öffnen und Schließen der Eingangstür unterbrochen, und kurz darauf kam Oliver herein. Er trug einen verdreckten Overall, und seine Hände und sein Gesicht waren ölverschmiert. Er küßte sie flüchtig.

»Hallo! Tut mir leid, daß ich zu spät bin.« Dann lächelte er triumphierend. »Ich hab's endlich geschafft, den Motor richtig zum Laufen zu kriegen!«

Sie erwiderte sein Lächeln. »Wunderbar! Ich freu mich schon auf den ersten Flug mit dir.«

»Dauert nicht mehr lange.« Er schaute auf seine Hände. »Ich geh mich schnell waschen. Charles muß bald hier sein. Wir lassen das Mittagessen ausfallen und machen uns sofort auf den Weg. Ist es arg schlimm für dich, mit den Jungen allein zu essen?«

»Nein, nein, das geht klar.« Sie hoffte, daß es wirklich so sein würde.

»Wie hast du deine Freundin in Rodmell angetroffen?«

»Ganz gut. Sie macht einiges durch.«

Jemand klopfte laut an die Eingangstür.

»Das sind die beiden«, sagte er und ging aus dem Zimmer. Frannie hörte, wie die Tür geöffnet und wieder geschlossen wurde.

»Hallo, Onkel Oliver!« Tristrams Stimme.

»Hallo, du kleines Scheusal«, sagte Oliver.

»Hallo, du großes Scheusal«, antwortete der Junge.

Frannie ging in die Halle. Olivers Bruder war etwas größer und schlaksiger, als sie ihn in Erinnerung hatte. In seinem alten Hemd, der abgetragenen grauen Flanellhose und den Gummistiefeln sah er sehr nach Farmer aus.

»Du kennst Frannie ja von voriger Woche«, sagte Oliver.

»Ja.« Charles fuhr verlegen mit den Fingern durch sein dichtes Strohhaar und kam einen Schritt auf Frannie zu. »Hallo, schön, Sie wiederzusehn.« Er schüttelte unbeholfen ihre Hand.

Tristram sah sie schweigend an. Um seinen schmalen, dünnen Oberkörper hing ein gelbes, um mindestens zwei Nummern zu großes Snoopy-T-Shirt, und viel zu weite rosa Bermuda-Shorts umflatterten seine Knie. Frannie erinnerte sich, daß er am letzten Wochenende die Haare an den Kopf geklatscht hatte, um für die Geburtstagsparty nett auszusehen. Heute hatte er keinen solchen Versuch unternommen; unordentliche Strähnen fielen ihm in die Stirn, das stand ihm viel besser. Sie lächelte ihn fröhlich an. »Wie geht's dir, Tristram?«

Er zuckte die Schultern. »Okay.«

Von oben ertönte plötzlich wieder das Piepsen des Gameboy, und Edward erschien auf dem Treppenabsatz mit der Ritterrüstung. Er schaute mit einem abwesenden Gesichtsausdruck auf sie herunter, schien sie gar nicht wahrzunehmen. Dann wandte er seine Aufmerksamkeit wieder seinem Spielzeug zu und kam die Stufen herunter, ohne den Blick vom Bildschirm des Gameboy zu heben.

»Onkel Charles und ich müssen gleich weg, Edward«, sagte Oliver. »Ihr beiden werdet mit Frannie essen, okay?«

Edward schien seinen Vater nicht gehört zu haben. Er hob den Blick nicht von seinem Spiel.

»Hast du gehört, Edward?« fragte Oliver gereizt.

Edward machte eine abwehrende Handbewegung, antwortete ebenso gereizt: »Ich bin beschäftigt.«

»Willst du denn nicht deinen Onkel und Tristram begrüßen?«

Er schaute auf. »Hallo, Onkel Charles.« Dann sah er seinen Vater an. »Darf ich Tristram nachher das Flugzeug zeigen?«

»Nein. Das ist keine gute Idee.«

Sein Gesicht verfinsterte sich. »Warum nicht?«

»Ich hab den Motor eben laufen lassen, er ist noch verdammt heiß. Wir gehn zusammen hin, wenn ich wieder da bin.«

»Versprochen?«

»Ja. Wenn wir nicht zu spät dran sind.«

Das Piepsen des Gameboy setzte wieder ein. Edward drückte mit fliegenden Fingern die Tasten, biß sich voller Konzentration auf die Unterlippe.

Oliver verschwand, um sich zu waschen. Frannie fragte Charles, wie es um das Vieh bestellt sei. Er sagte ihr, es sei etwas besser geworden, aber man könne noch nichts Endgültiges sagen. Dann erklärte er ihr ausführlich die Behandlungsmethoden des homöopathischen Tierarztes.

Oliver kam zurück und wischte sich die noch nicht ganz sauberen Finger am Overall trocken. »Also«, sagte er forsch. »Wir verschwinden jetzt. Meinst du, du kommst mit diesen beiden Monstern zurecht, Frannie?«

»Okay, ihr Burschen, was wollt ihr zum Nachtisch?« fragte Frannie und räumte die Teller ab.

»Eis mit heißer Schokoladensauce«, sagte Edward. »Kannst du heiße Schokosauce machen, Frannie?«

»Natürlich. Wenn Schokolade da ist.«

Tristram flüsterte Edward etwas ins Ohr, und die beiden fingen an zu kichern.

Frannie fand Schokolade im Schrank und machte die Sauce. Als Edward fertig war, fragte er mit braunverschmiertem Mund, ob er und Tristram nach draußen zum Spielen gehen dürften.

Frannie sah ihm in die Augen, versuchte sie zu ergründen, aber sie fand nichts darin. »Wartet, bis ich gespült habe, dann komm ich mit.« Sie hatte die Verantwortung für die beiden, und sie meinte, sie müsse sie im Auge behalten.

Edward steckte die Hände in die aufgenähten Taschen seiner Baumwollhose und runzelte nachdenklich die Stirn. Er sah aus wie ein Politiker, der sich auf eine Rede konzentriert. »Wir könnten zu den Pferden gehn und dir eine Reitstunde geben.«

»Nein, nein, heute nicht.«

»Das ist doch gar nicht gefährlich, Frannie. Ehrlich! Wir reiten nur ein Stück über die Felder. Sheba ist brav wie ein Lamm.«

»Ich denke, dein Vater sollte dabeisein, wenn ich meine erste Reitstunde habe.«

»Daddy hat doch keine Ahnung von Pferden! Er kennt sich nur bei Flugzeugen aus. Es kann doch gar nichts passieren, Frannie. Ich halte Sheba am Zügel.«

Tristram kratzte geräuschvoll seinen Teller leer. »Ich halt sie auf der anderen Seite, Frannie«, sagte er, ohne aufzuschauen.

Sie lächelte. Sie wollte nicht als Feigling dastehen, aber sie war auch fest entschlossen, sich heute nicht auf ein Pferd zu setzen. »Wenn ich hier fertig bin, gehn wir mal hin und sehen uns die Pferde an.«

»Versprochen?«

»Ich verspreche nur, mit euch hinzugehn, aber ich verspreche nicht, mich auf ein Pferd zu setzen.«

»Na ja, okay.« Die beiden sprangen auf und rannten zur Tür.

»Halt, halt, wo wollt ihr hin?« rief sie und lief ihnen in die Halle hinterher.

»Ich zeige Tristram, wie man auf dem Gameboy ein gutes Ergebnis kriegen kann. Oben in meinem Zimmer.«

Frannie war froh, ein paar Minuten Zeit zu haben, ihre Gedanken zu sammeln. Eine Nachwehe des Schocks von ihrem Unfall ging durch ihren Körper. Und sie war immer noch verstört und beunruhigt von ihrem Besuch bei Susie Verbeeten. Sie setzte den Kessel auf den Herd, um sich einen Kaffee zu machen, verstaute das Geschirr in der Spülmaschine und kratzte die Reste der Schokoladensauce aus dem Kochtopf.

Sie blies auf ihren Kaffee, schlürfte ihn in kleinen Schlucken. Dann ging sie in die Halle. Im Haus war es still; die Jungen waren oben anscheinend intensiv mit dem Gameboy beschäftigt. Sie ging zurück in die Küche, wischte den Tisch ab und blätterte im Feuilleton der ›Times‹. Aber sie war nicht fähig, mehr als ein paar Sätze aufzunehmen, dann schweiften ihre Gedanken ab.

Als sie den Kaffee getrunken hatte, ging sie hoch zu Edwards Zimmer, um die Jungen abzuholen. Sie hoffte immer noch, die beiden hätten sich statt des Besuchs bei den Pferden inzwischen ein anderes Unternehmen ausgedacht. Das Zimmer war leer. Auch oben im Spielzimmer war niemand.

Mit wachsender Besorgnis lief Frannie die Treppe hinunter, durch die Halle hinaus ins Freie, in den grellen Sonnenschein, aber es war nichts von den beiden zu sehen. Sie schaute auf die Uhr. Vor etwa zwanzig Minuten hatten die beiden die Küche verlassen. Und dann hörte sie einen gedämpften Knall in der Ferne, kurz darauf einen weiteren. Ein Stich durchfuhr sie.

Das konnte doch nicht wahr sein!

Dann wieder ein Knall, diesmal gefolgt von einem Röhren, das aber sofort wieder abstarb.

Nein!

Sie lief los, über den Kiesweg, noch bevor das Geräusch aufhörte.

Vor dem Hauptflügel zuckten undeutliche Gesichter an ihr vorbei. Sie schlängelte sich durch eine Besuchergruppe vor dem Kiosk, stieß mit einem kräftigen Mann zusammen, der gerade ein Foto machte. Sie brachte keinen Ton heraus, entschuldigte sich mit den Augen, mußte sich neu orientieren, rannte weiter, an der Kapelle vorbei auf das bedrohliche Geräusch zu – wieder dröhnte dieses ohrenbetäubende Röhren auf, jetzt viel lauter, wütend, störte die Stille des friedlichen Nachmittags, schien den Boden erzittern zu lassen.

Sie kürzte ab, lief durch das Gras, dann wieder den gepflasterten Pfad entlang, auf dem sie am vergangenen Samstag mit Edward gegangen war. Gerade erst vor einer Woche. Vor einer Woche, als sie noch nicht wußte, daß Meredith tot war und Max Gabriel im Sterben lag. Als Phoebe Hawkins noch zwei Arme hatte. Sie betete leise, während sie rannte.

*Bitte, laß nichts Böses passieren! Bitte, laß den beiden nichts passieren!*

Die große Wellblechscheune kam jenseits eines abgeernteten Roggenfeldes voller Strohballen in Sicht. Wieder ein Knall, ein kurzes, teuflisches Röhren, das die Wände der Scheune erzittern ließ, dann wieder Stille. Ölige Rauchschwaden drifteten auf sie zu. In panischer Angst rannte sie weiter, schneller, noch schneller. Und dann lag der Eingang der Scheune vor ihr. Edward und Tristram standen auf zwei Ölfässern vor dem Propeller des Flugzeugs, der viel höher war als die beiden, und versuchten wieder, ihn anzuwerfen. Sie mußten sich strecken und gewaltig anstrengen, aber es schien ihnen einen Mordsspaß zu machen. Entsetzt blieb Frannie stehen.

»Okay!« schrie Edward und machte sich bereit.

»Okay!« bestätigte Tristram, machte sich ebenfalls bereit.

»Edward!« schrie Frannie. »Edward! Tristram!«

Die beiden zogen den Propeller mit einem Ruck nach unten, man hörte ein Knattern, langsam begann sich der Propeller zu drehen, mit einem ohrenbetäubenden Röhren sprang der Motor an, wurde schneller, lief rund, und aus den Propellerflügeln wurde eine gleißende, transparente Scheibe. Dicke Rauchwolken zischten aus dem Auspuff. Der Doppeldecker rüttelte, bebte, und die Scheune erzitterte unter dem Lärm.

Die beiden Jungen auf den Fässern gerieten ins Schwanken, kämpften im Wirbel und Sog des Propellers um ihr Gleichgewicht. Edward ruderte verzweifelt mit den Armen, das Faß unter ihm schwankte wild, warf ihn nach vorne, auf den Propeller zu.

Frannie wurde von einer wahnsinnigen Angst erfaßt. »Edward!« schrie sie, aber sie konnte nicht hören, ob das Wort auch wirklich aus ihrer Kehle gekommen war. »Edwa...«

Er kämpfte um sein Gleichgewicht, griff nach Tristrams Schulter, und beide fielen nach vorne, ruckten aber zurück, schwankten wieder nach vorne. Die Tonnen kippten plötzlich nach hinten, und die beiden stürzten auf den Boden. Tristram blieb reglos liegen; Edward legte die Arme um den Kopf und rollte sich zur Seite.

Frannie sollte ihr Leben lang nicht vergessen, was jetzt geschah. Tristram rappelte sich hoch, auf die Knie, starrte benommen um sich, sah Frannie direkt in die Augen. Das Flugzeug bewegte sich nach vorne, auf Tristram zu. »Tristr...« Das Entsetzen schnürte ihr die Kehle zu. Sie stürzte auf ihn zu, blieb in einer Spalte im Beton hängen, fiel hin.

Sie wollte sich aufrichten, sah aus den Augenwinkeln eine Bewegung links von sich, jemand rannte, ein dunkler Fleck. Aus dem Fleck wurde ein Mann Ende Fünfzig in einem schmutzigen Flanellhemd. Aber Tristram bewegte sich nicht, kniete unbeweglich da, starrte auf sie und den Mann.

Der Beton schürfte ihre Handfläche auf, aber Frannie kroch auf den kleinen Jungen zu, der da weniger als zwei Meter vor dem rasenden Propeller kniete und sich nicht rührte. Sie kam schließlich wieder auf die Füße, spürte, wie der Sog des Propellers an ihr zerrte. »TRISTRAAAAAMMMMM!«

Ihr T-Shirt wurde aus dem Hosenbund gerissen. Eiskalte Luft biß in ihre nackte Haut. Haarsträhnen peitschten in ihr Gesicht.

Tristrams Gesicht verzog sich plötzlich in panischer Angst. Er richtete sich auf, taumelte nach hinten. Auf den rasenden Propeller zu.

»Tristram! Paß auf! Tristraaammm!« Frannie schrie, aber ihre Stimme war heiser, erstickt, und es kam nicht mehr als ein dünnes Quieken aus ihrer Kehle. Sie streckte die Hände nach ihm aus, war nur noch wenige Meter von ihm entfernt. Der Propeller näherte sich dem Jungen wie ein Schatten.

Aus den Augenwinkeln sah sie, daß der Mann jetzt ganz nahe bei ihr war. Dann verlangsamte sich plötzlich das Geschehen, als sei auf einmal ganz viel Zeit, ließ Frannie die seltsamsten Details erkennen: die Gummisohlen ihrer Turnschuhe, die auf dem Betonboden zusammengedrückt wurden, sich wieder ausdehnten, wenn sie vom Boden abfederte, zusammendrücken, ausdehnen, die vom Propellerwind hochgewirbelten grauen Haare des Mannes, die kahle Stelle darunter, sein wie ein Segel aufgeblähtes, flatterndes Hemd.

Und dann gab es ein Geräusch, das als Echo durch ihren Kopf

hallte – ein *Tschinnnggg*, wie wenn das Messer eines Rasenmähers auf einen Stein trifft. Zuerst dachte sie, jemand habe ein Federkissen aufgeschlitzt und damit auf Tristram eingeschlagen; Tausende kleiner Fetzen hingen in der Luft, wie Federn. Sanken schnell auf den Boden.

Tristram war verschwunden.

Der Propeller war jetzt dicht vor ihrem Gesicht, und sein Sog riß ihr den Mund auf, schien ihr die Augen aus dem Kopf zu zerren. Sie ließ sich zur Seite fallen, drückte sich auf den Boden. Der Propeller raste über sie hinweg. Das Dröhnen des Motors war unerträglich, schien ihr die Trommelfelle zu sprengen, und die öligen Abgase legten sich wie Baumwollfasern auf ihre Lunge. Ein Rad drückte in ihren Rücken, der Schatten eines Flügels der Maschine fuhr langsam über sie hinweg. Sand und Kiessteinchen peitschten ihr wie Hagelkörner ins Gesicht.

Sie stemmte sich hoch, kam auf die Beine. Verschwommen sah sie Tristram neben sich stehen. Es war alles in Ordnung. Eine Welle der Erleichterung durchlief sie. Dann erkannte sie, daß es nicht Tristram war, sondern Edward. Er hatte Fusseln im Haar, war von Blutspritzern bedeckt. Er starrte auf ein Paar Bermudashorts, aus denen Beine herausschauten mit kleinen Turnschuhen an den Füßen. Aus dem anderen Ende quollen zerfetztes Fleisch und breiiges Gedärm, aus der Mitte ragten ein paar Zentimeter gezackte, weiße Wirbelsäule wie der Schaft eines abgebrochenen Speers. Eine Blutlache breitete sich langsam auf dem Zementboden aus, versickerte in den unkrautbewachsenen Spalten und Rissen.

Jemand kletterte ins Cockpit des Flugzeugs. Der Mann mit dem Flanellhemd, registrierte Frannie abwesend. Das Dröhnen des Motors hörte plötzlich auf, kurz darauf auch das Surren des Propellers. Dann Stille. Das Flugzeug bewegte sich nicht mehr. Die kleinen Fetzen aus Haaren und Knochen und Fleisch, die seinen Rumpf bedeckten, waren auch auf dem Boden versprüht. Und später, als sie im Haus in einen Spiegel schaute, sah sie, daß auch sie damit bedeckt war.

# *Vierundzwanzig*

Fragmente des Nachmittags schwirrten ungeordnet durch Frannies Kopf. Kurze Szenen; Augenblicke; Bruchstücke von Einzelheiten. Aber sie konnte sich nicht auf ein einziges Detail länger als ein paar Sekunden konzentrieren, dann schaltete ihr Gehirn um auf eine andere Szene.

Sie starrte mit leerem Blick durch den Salon, versuchte sich zu orientieren. Der Salon war Wirklichkeit. Dann liegt sie draußen auf dem harten Beton, kriecht auf Tristram zu. Zweige schlagen gegen die Windschutzscheibe des Range Rover, streifen kreischend an seiner Seite entlang. Das Dröhnen des Motors tost durch die Scheune. Das Flugzeug rollt vorwärts. Der Propeller hinter Tristram ein drohender Schatten. Oliver und Charles kommen im Range Rover zurück, man hört das kräftige Röhren seines Motors, das Knirschen der Reifen auf dem Kies; die beiden Männer steigen aus, fröhlich, ahnungslos, schauen mit oberflächlicher Neugier auf den Polizeiwagen, der hinter Charles' verbeultem Toyota Landcruiser steht, hinter dem Schild mit der Aufschrift »PRIVAT. KEIN ZUTRITT FÜR BESUCHER«. Der Polizist geht auf die beiden zu, Frannie neben ihm her; Edward kommt um die Ecke des Gebäudes, und das *Pieps-pieps-pieps... Pieps-pieps-pieps* seines Gameboy scheint für einen Augenblick das einzige Geräusch auf der Welt zu sein.

Dann der schreckliche, unerträgliche Schrei, den Charles ausstößt, ein Aufschrei der Qual, der aus den Eingeweiden der Erde aufzusteigen scheint.

Und jetzt saß sie auf einem Sofa vor dem kalten Kamin und hielt ein Glas in der Hand. Der Wind rüttelte an den Fensterscheiben. »Meine Schuld. Alles meine Schuld.« Sie hörte sich selbst sprechen, als ob sie woanders wäre, in einem anderen Zimmer, losgelöst.

In ihrem Glas war Whisky; guter alter schottischer Whisky, der in ihrem Mund und im Magen brannte. Er konnte den Schock und die Qual nicht gänzlich betäuben, aber er half, sie zeitweise aus dem Vordergrund ihres Bewußtseins zu verdrängen, in ein Nebenfach ihres Gehirns abzuschieben, und solange er das tat, würde sie weiterleben können.

Die Tabletten halfen auch, dämpften alles ein wenig, verschoben die Wirklichkeit um einige Stunden. Oliver hatte sie ihr gegeben. Und der Doktor hatte sie Oliver gegeben. Der Doktor, der ihr bei den Wespenstichen am vergangenen Wochenende geholfen hatte und der Charles mitgenommen hatte. Olivers Gesicht neben ihr schien größer und kleiner zu werden, dehnte sich zur Seite aus, schrumpfte wieder zusammen. Der Doktor hatte zu Oliver gesagt, sie solle keinen Alkohol zu den Tabletten trinken.

Wieder schaltete ihr Gehirn auf einen anderen Kanal um. Kleine Fetzen bedecken den Rumpf und die Motorabdeckung des Flugzeuges. Der Propeller dreht sich noch, aber es ist kein Geräusch mehr zu hören. Dann war sie wieder im Salon. Eine Gänsehaut breitete sich auf ihrer Kopfhaut aus.

»Meine Schuld«, wiederholte sie.

Oliver saß neben ihr. »Nein«, sagte er.

»Doch.«

»Man muß Kinder jede Sekunde im Auge behalten. Nur wer selbst Kinder hat, weiß das. Es ist nicht deine Schuld.«

Seine Stimme klang komisch, als käme sie hinter einer Glaswand hervor. Kann es sein, daß ich tot bin? fragte sie sich. Oliver sieht mich so seltsam an. Vielleicht hat das Flugzeug mich getötet, und niemand hat es mir gesagt. Sie streckte den Arm aus, wollte nach seiner Hand greifen, faßte ins Leere. Versuchte es noch einmal, fand sein Handgelenk, spürte die Haare darauf und die festen Knochen, drückte ihr Gesicht an seinen Hals, roch seine Haut, sein Rasierwasser, klammerte sich an ihn.

Ein Foto des Flugzeugs stand auf dem Kaminsims. Und in der Küche. Es gab sie anscheinend in jedem Zimmer. Oliver, Edward und Edwards Mutter vor dem Flugzeug, und alle drei schauen lächelnd in die Kamera.

»Ich hätte bei ihnen bleiben müssen, hätte ihnen nachgehen müssen.«

»Ich hätte die Scheune abschließen müssen«, sagte er.

»Wo war der Zündschlüssel für das Flugzeug?«

»Es hat keinen Zündschlüssel. Man muß nur ein paar Magnetschalter auf dem Armaturenbrett im Cockpit umlegen. Ich wäre nie auf den Gedanken gekommen, daß er... daß sie...« Seine Stimme verebbte. Wie das Geräusch des Propellers.

Frannie trank noch einen Schluck, hielt das Glas dicht vor ihr Gesicht, sog den Geruch ein. Die Ordnung im Weltall war zerstört. Es waren neue Gesetze in Kraft getreten, und niemand hatte es ihr gesagt. Die Erde, das war jetzt ein Ort, wo Menschen getötet und verstümmelt werden konnten, nur weil sie als alberne Jugendliche in einem dunklen Keller um eine Kiste gesessen und ihre Finger auf ein umgedrehtes Glas gelegt hatten. Und wo ein kleiner Junge töten und verstümmeln konnte, indem er einfach nur daran dachte. War es vielleicht Oliver, der diese neuen Gesetze geschrieben hatte? Dieses Gekritzel auf der Schautafel in seinem Arbeitszimmer. Die Hieroglyphen. Frannie schloß die Augen. Irrsinn lauerte ganz nahe bei ihr; nur ein Glas Whisky und eine kleine blaue Pille trennten sie davon.

Sie war auch bald an der Reihe. Und sie wußte nicht, was sie noch davon trennte.

Das laute Klirren von zerbrechendem Glas im Obergeschoß ließ sie zusammenfahren. Oliver sprang auf und lief in den Flur. Frannie folgte ihm, in die Halle, die Treppe hoch, auf den Treppenabsatz. Dort hörten sie ein leises, wehklagendes Stöhnen. Frannie dachte zuerst, es wäre der Wind.

Dann aber hörte sie, daß es aus Edwards Zimmer kam. Es war kein Stöhnen, sondern ein Singsang. Oliver umklammerte den Türgriff; seine Knöchel waren weiß. Langsam stieß er die Tür auf – gegen den starken, kalten Wind, der ihnen entgegenblies.

Im Zimmer brannte kein Licht. Die Scheiben der Fenster waren zerbrochen, und die Vorhänge zerrten an ihren Ringen, ließen sie klirrend aneinanderschlagen, bauschten sich, flatterten. Edward lag schlafend auf dem Rücken in seinem Bett, und der monotone Singsang kam aus seinem Mund:

*»...murotaccep menoissimer ni rutednuffe sitlum orp te sibov orp iuq iedif muiretsym itnematset inretea te ivon iem siniugnas xilac mine tse cih...«*

Panik überfiel Frannie. Ein Spielzeugauto rollte aus einem Regal und fiel vor ihre Füße. Oliver zog sie zurück in den Flur, ließ die Tür leise ins Schloß gleiten.

»Was um Himmels willen ist das?« fragte sie flüsternd. »Was hat das zu bedeuten?«

Er hob die Hand, gab ihr zu verstehen, sie solle warten, und ging den Flur hinunter zu seinem Zimmer. Kurz darauf kam er mit einem kleinen Kassettenrecorder zurück. Er öffnete die Tür zu Edwards Zimmer ein kleines Stück, drückte den Aufnahmeknopf und hielt das Gerät in die Türöffnung. Edwards Litanei drang in den Flur: *»... muem suproc mine tse coh. Senmo coh xe etacudnam te, etipicca: snecid, sius silupicsid euqtided, tigerf, tixid eneb, snega saitarg metnetopinmo muus mertap mued et da muleac ni siluco sitavele te saus sunam selibarenev ca satcnas ni menap tipecca ruteretap mauq eidirp iuq ...«*

Oliver schloß die Tür, stoppte die Kassette, führte Frannie am Arm zu seinem Zimmer. Er machte das Licht an und wartete, bis sie die Tür hinter sich geschlossen hatte. Das Zimmer sah aufgeräumt und ordentlich aus, aber es war sehr kalt darin. In den Kerzenhaltern zu beiden Seiten des Bettes steckten neue Kerzen. Das helle Licht ließ das Zimmer fremd erscheinen. Olivers Gesicht war kreidebleich und von Falten durchfurcht; seit dem Vormittag sah er um zwanzig Jahre gealtert aus. Er setzte sich aufs Bett, legte den Recorder neben sich, sah sie dann sehr ernst an. »Du hast nicht erkannt, was es ist?«

Sie blieb an der Tür stehen, fühlte sich nicht willkommen. »Was ist es? Ein arabischer Dialekt?« Sie betrachtete die Pausbackengel und die fülligen nackten Frauen an den Wänden; die dicken Teppiche auf dem Boden; die Hemden auf den Metallbügeln an der offenen Schranktür; die Reihe sauber geputzter Schuhe auf dem niedrigen Holzgestell daneben. Fremd. Alles war ihr fremd.

»Ich werde es dir rückwärts vorspielen«, sagte er. »Du wirst sehen, das erklärt einiges.« Er kramte am Boden des Kleiderschrankes herum und holte ein altes Tonbandgerät hervor. Er überspielte die Kassette auf das Tonbandgerät, dann ließ er die Spulen rückwärts laufen, und sofort klangen Edwards Worte viel deutlicher: *»... Hic est enim Calix Sanguinis mei, novi et aeterni testamenti, mysterium fidei, qui pro vobis et pro multis effundetur in remissionem peccatorum.«*

Frannie ging in der Nähe der Tür auf und ab wie ein Tier im Käfig. Er beobachtete sie mit gehetztem Blick. Seine Turnschuhe versanken in dem dicken Bettvorleger, und sein Kopf schien zwischen den Schultern zu versinken. Sie übersetzte mit zitternder Stimme – diese Worte, die sie seit langer Zeit nicht mehr in Latein gehört hatte, die sie dennoch so gut kannte, seit ihrer frühesten Kindheit:

»Das ist der Kelch meines Blutes, des neuen und ewigen Bundes – Geheimnis des Glaubens –, das für euch und für viele vergossen wird zur Vergebung der Sünden.«

Er stoppte die Kassette.

»Die heilige Messe«, sagte sie. »Er zitiert rückwärts die Wandlung bei der Messe.« Sie ging quer durch den Raum zu einem der Fenster und legte die Hände auf die kalten Rippen des Heizkörpers. Ihr kreidebleiches Gesicht starrte ihr aus der Fensterscheibe entgegen. Sie drehte sich zu Oliver um. »Die Messe wird in diesem Land nicht in Latein gehalten … Und rückwärts … Ich …« Ihr fiel plötzlich ein, daß Edward die Namen von Pflanzen in Latein heruntergerattert hatte. Und die Namen von Tieren.

*Er hat Latein mit dir gesprochen?* Oliver hatte ihr diese Frage gestellt, als sie am letzten Samstag in diesem Raum im Bett gelegen hatten, und es hatte erstaunt geklungen. Aber er war nicht weiter darauf eingegangen. Genausowenig, wie er der Sache energisch nachgegangen war, als Edward am Sonntag abend auf der Rückfahrt nach London plötzlich angefangen hatte, lateinische Tiernamen herunterzuleiern.

»Heißt es nicht, das Aufsagen der Messe rückwärts hätte was mit Schwarzer Magie zu tun?« fragte sie.

»Ja«, bestätigte er steif. »Ich habe darüber nachgelesen, als er es zum erstenmal gemacht hat.«

»Er hat das schon öfter gemacht?«

»Schon seit Jahren. Meistens im Internat. Seit dreieinhalb Jahren, um es genau zu sagen«, sagte er mit einem seltsamen Blick zu ihr.

»Und das Zersplittern der Fenster? Ist das auch schon mal vorgekommen?«

»Nein. Das ist bisher noch nie passiert.« Er schwieg einen Moment. »Edward wird sich morgen früh an nichts erinnern.«

»Wer … Woher um Himmels willen kommt das?«

Oliver gab keine Antwort.

»Hast du den Ärzten und Psychiatern, zu denen du ihn gebracht hast, davon erzählt?«

»Ich habe ihnen die Kassetten vorgespielt.«

»Und was haben sie gesagt?«

»Das sei nicht ungewöhnlich. Anscheinend reden gestörte Kinder öfter in unverständlichem Kauderwelsch im Schlaf.«

Frannie fühlte sich zwischen dem Licht im Zimmer und der Dunkelheit draußen gefangen. Der Finsternis, die vor dem Fenster lauerte, das Glas einzudrücken versuchte, sie gegen das Licht schleudern wollte. Ein Schauer überlief sie. Ihre Haut sog die Kälte auf wie Löschpapier.

Oliver stoppte das Band, holte eine andere Spule aus der Nachttischschublade und legte sie ein. »Am vergangenen Samstag, als wir hier zusammen schliefen, hast du plötzlich angefangen, im Schlaf zu reden, Frannie. Ich bin davon aufgewacht. Ich dachte, du würdest bald wieder aufhören, aber es ging über viele Minuten weiter. Unverständliches Zeug. Kauderwelsch. Ich konnte nicht rauskriegen, was du da geredet hast. Ich habe dann ein Stück davon aufgenommen, dachte, es würde dich amüsieren, wenn ich es dir am nächsten Morgen vorspiele. Aber dann fiel mir ein, daß es dir vielleicht peinlich wäre, also habe ich dir nichts davon gesagt.« Er starrte auf den Boden, sah sie dann wieder an.

Ihr fiel ein, daß sie mitten in der Nacht von einem Klicken aufgewacht war und sich gefragt hatte, was das gewesen sein könnte.

»Und dann, als Edward in der Nacht zum Montag wieder mit seinem Singsang anfing, fiel mir auf, daß es dasselbe war, was du gemurmelt hattest. Und das konnte ja nun kein Zufall sein – es mußte einen Zusammenhang geben.« Er startete das Band.

*»Muem suproc mine tse coh senmo coh xe etacudman te etipicca snecid sius silupicsid euqtided tigerf tixid eneb snega saitarg ibit metnetopinmo muus mertap mued et da mulaec ni siluco sitavele te …«*

Wie versteinert hörte Frannie dem Singsang ihrer eigenen Stimme zu.

Oliver drückte die Stoptaste. »Ich weiß nicht, wie ich auf die Idee gekommen bin, es rückwärts abzuspielen.« Dann spulte er ein kleines Stück vorwärts, startete das Band wieder. Frannie hörte erneut ihre Stimme, und sie übersetzte mechanisch:

»...und erhob die Augen gen Himmel zu Dir, Gott, seinem allmächtigen Vater, sagte Dir Dank, segnete das Brot, brach es und gab es seinen Jüngern mit den Worten: Nehmet hin und esset alle davon: Das ist mein Leib.«

Oliver stoppte die Kassette wieder. Es wurde ganz still im Haus. Frannie war wie betäubt.

»Du hast mich gefragt, woher es kommt«, sagte Oliver, sein Gesicht war sehr angespannt. »Das erste Mal ist es in der Nacht geschehen, als wir dich im Café deiner Eltern sahen – obwohl wir dich damals noch nicht kannten.«

Die Kälte im Raum grub sich tief in ihren Körper, schien das Blut in ihren Adern erstarren zu lassen.

»Du bist es, Frannie«, sagte er ganz ruhig. »Es kommt von dir.«

# *Fünfundzwanzig*

Frannie saß schweigend da, während Olivers Worte sie wie Chemikalien durchdrangen, sie lähmten. Solange sie nicht glaubte, was er da gesagt hatte, war alles in Ordnung. Sie konnte auch damit leben, solange sie davon ausgehen konnte, daß er sich das bloß ausgedacht hatte.

Sie starrte auf die verchromten Gitter der Lautsprecher an beiden Enden des Recorders, auf das glänzende rote Gehäuse. Es war in diesem Moment völlig irrelevant, aber sie fragte sich, warum er so ein häßliches Gerät besaß. Vielleicht gehörte es Edward. Oder es hatte seiner Frau gehört. Vielleicht hatte Sarah Henrietta Louise Halkin immer plärrende Musik um sich haben müssen. Vielleicht hatte sie das Gerät laut spielen lassen, um gegen die bedrohliche Stille in diesem Haus anzukämpfen – diese Stille, die sich jetzt um Frannie legte und in ihren Körper drang.

Sie überlegte, wie lange sie schon im Schlaf sprach. Ein paar Monate? Ein Jahr? Sechs Jahre? Ihr ganzes Leben lang? Eine Erinnerung tauchte auf, verdichtete sich – wie eine Luftblase, die sich vom Boden des Meeres löst und an die Oberfläche steigt. Die Worte ihres Vaters gestern morgen.

*Du machst uns Angst, deiner Mama und mir... Du hast nicht wie du selbst gesprochen... Als hätte jemand anders durch dich geredet.«*

Welche anderen Leute konnten sie im Schlaf sprechen gehört haben? Die Blase der Erinnerung dehnte sich aus. Tom Dufferin, ihr letzter Freund, hatte gesagt, sie murmle im Schlaf. Auch Elliot Dumas vor ihm. Und bei der Ausgrabung im Irak kurz nach Abschluß der Universität, als sie zu viert in einem Zelt geschlafen hatten, waren die anderen sauer gewesen, weil sie sie durch ihr Gerede geweckt hatte. Wie war es gegen Ende des Studiums gewesen? Davor jedenfalls, vor diesem letzten Jahr an der Universität, hatte nie jemand etwas gesagt. Niemand zu Hause, wo sie ein Zimmer mit ihrer kleinen Schwester geteilt hatte; Marie-Angela hätte sich bestimmt beschwert. Die vielen Male, als sie bei Ausgrabungen mit anderen in einem Zelt geschlafen hatte; niemand hatte etwas gesagt. Im zweiten Jahr an der Uni hatte sie ein Zimmer mit Meredith geteilt; sie hatte nichts erwähnt. Es hatte am Ende des letzten Jahres an der Uni begonnen. War es die Examensangst?

Oder…? Sie versuchte, den Gedanken abzuschütteln, aber er blieb hartnäckig in ihrem Bewußtsein haften. Das Ouija. Sie hatten die Ouija-Séance am Ende des letzten Jahres an der Uni gemacht. Wenige Tage vor dem Abschluß. Sie waren alle so überschäumend glücklich gewesen an diesem Abend; ein Großteil der Prüfungen lag hinter ihnen, und sie freuten sich auf die Ruhepause in den Osterferien vor der letzten großen Hürde im Sommer. So arglos und naiv waren sie damals. Hatten nicht geahnt, was ihnen bevorstand; nicht geahnt, daß der Geist, den sie gerufen und offensichtlich verärgert hatten, sie verfolgen würde.

Und von dem sie besessen zu sein schien.

Sie starrte auf ihre Fingernägel, schaffte es nicht, Olivers Blick zu begegnen. Nach dem Tod werden die Fingerspitzen blau – sie erinnerte sich, in Neapel bei der Leiche ihrer Großmutter, die man im offenen Sarg aufgebahrt hatte, gesehen zu haben, daß die Fingerspitzen blau geworden waren. Fast schwarz.

Edward in Olivers Arbeitszimmer.

*Ich habe diese böse Sache, Frannie. Aber ich will sie nicht haben. Sie macht, daß Sachen passieren, wenn ich nur daran denke.*

Edward konnte Menschen beeinflussen. Bestimmt kam es von ihm. »Edward hat gesagt…« Sie sprach nicht weiter.

Er hob die Augenbrauen, wartete, daß sie fortfuhr. Aber in ihrem Kopf drehte sich wieder dieses Karussell. Es konnte ja sein, daß alles mit ihr begonnen hatte, nicht mit Edward. Und in diesem Fall war sie es, die Edwards Willen beeinflußte, anderen Menschen Böses anzutun. Das konnte nicht sein!

»Warum sagst du, es käme von mir? Woher willst du wissen, daß es ursprünglich von mir ausgeht, daß Edward es von mir aufnimmt – und nicht andersherum?«

»Es ist jedenfalls unvorstellbar, daß ihr beiden rein zufällig im Schlaf die Messe rückwärts aufsagt, nicht wahr?«

Sie sagte nichts dazu.

»Du hast mir gesagt, du hast von der Theorie gehört, die Jung als Synchronizität bezeichnet hat; nun, ich glaube, das ist es, was dahintersteckt. Eine mögliche Erklärung für das, was die Menschen im allgemeinen Zufall nennen, ist die unbewußte Telepathie zwischen ihnen. Die Kanalisierung von Gedanken.«

Sie starrte ihn sprachlos an.

»Ich nehme an, daß es von einem von euch beiden ausgeht, und der andere nimmt es auf.« Er kreuzte die Arme vor der Brust und lehnte sich vor. »Edward hat diese Sache nicht gehabt, als er dich noch nicht getroffen hatte.«

*Du irrst dich,* wollte sie schreien. *Du irrst dich!* Aber sie war nicht überzeugt davon.

»Natürlich bist du es nicht selbst, Frannie, es ist nicht dein Bewußtsein, das dahintersteckt, ebensowenig wie Edward selbst weiß, was er tut, wenn er in dieses Schweigen verfällt. Es wird von irgend etwas anderem verursacht. Du und er, ihr seid nur die Kanäle dafür.«

»Wofür?«

Er stand auf, ging zu ihr und legte die Hand auf ihre Schulter. Sie spürte ihren sanften Druck, roch das Whiskyaroma in seinem Atem, sah den Schatten der Bartstoppeln auf seinem Gesicht, die den gequälten, erschöpften Ausdruck noch verstärkten. Und sie spürte die Tränen, die ihre Wangen hinunterliefen. Sie preßte ihr Gesicht an seine Brust, drückte es gegen die warme Haut seines Halses und die weiche Wolle seines Pullovers.

»Hast du mal eine Ouija-Séance mitgemacht?« fragte sie dann.

»Nein.«

»Ich habe mal an einer teilgenommen.«

»Erzähl.«

Frannie erzählte ihm alles, und er hörte sehr aufmerksam zu. Als sie fertig war, war seine erste Frage: »Hast du auch mal überprüft, wie es anderen Studenten, die nicht bei dem Ouija dabeiwaren, ergangen ist?«

»Warum?«

»Um sicher zu sein, daß du den richtigen Kausalzusammenhang hergestellt hast. Du gehst davon aus, daß es mit dem Ouija zusammenhängt. Aber es könnte ja auch etwas anderes sein.« Er hob die

Zehen in seinen alten Turnschuhen und betrachtete diese Bewegung interessiert. »Wenn solche bösen Dinge auch anderen Studenten, die nicht bei dem Ouija dabeiwaren, passiert sind, würde das ein anderes Licht auf die Dinge werfen.«

»Du meinst, ich sollte jeden Studenten, der während der drei Studienjahre mit mir an der Uni war, danach fragen?«

»Ja. Es wäre doch immerhin möglich.«

»Nein, nicht in der Zeit, die uns noch bleibt«, sagte Frannie ganz ruhig. »Und was sollte ich die Leute auch fragen? *Hallo, ich möchte nur wissen, ob du noch am Leben bist?«*

Oliver verfiel in Schweigen, dachte mit gesenktem Kopf nach. »Kennst du einen Priester, der sich mit Exorzismus auskennt?« fragte er schließlich.

»Nein. Ich kenne überhaupt keinen Priester mehr.«

Er sah sie mit einem düsteren, gequälten Blick an. »Ich glaube, wir müssen uns auf die Suche nach einem machen.«

Sie liebten sich, weil sie beide Trost brauchten; danach lag Frannie in Olivers Bett und konnte nicht schlafen. Die Wirkung des Alkohols war verflogen, und sie wurde die quälenden Gedanken nicht los. Sie stellte sich ihre eigene Beerdigung vor, fragte sich, wer von ihren Ex-Freunden dazu kommen würde. Vielleicht hatten sie Schuldgefühle, weil sie sie nicht genug geliebt hatten. Dann überlegte sie, ob sie die Auskunft anrufen sollte, ob es ein Ouija-Sorgentelefon gab. Wie die Anonymen Alkoholiker.

Oliver neben ihr atmete tief und kräftig. Er ist ein physisch starker Mann, dachte Frannie, er ist durch Geburt privilegiert – und dennoch, er hat seine Ängste. Angst vor dem Zufall.

*Sechsundzwanzig.*

Sie öffnete die Augen. Kalter Schweiß brach ihr aus. Die Hieroglyphen an der Wand in der Bibliothek. Und die Zahl Sechsundzwanzig inmitten konzentrischer Kreise! Das Drama mit Tristram hatte sie paralysiert, und sie hatte nicht daran gedacht, Oliver zu fragen, was das zu bedeuten hatte. Aber jetzt, als es ihr wieder einfiel, konnte sie nicht länger warten.

Oliver schob sich langsam aus dem Bett, und die altmodischen Bettfedern quietschten; sie hörte, daß er ein Kleidungsstück überstreifte, leise zur Tür schlich und in den Flur ging. Frannie knipste ihre Nachttischlampe an und setzte sich im Bett auf. Draußen rauschte die Spülung der Toilette, dann kam Oliver zurück.

»Hallo«, sagte er.

Sie lächelte ihn müde und angestrengt an, dann sprudelte es aus ihr heraus: »In der Bibliothek hängen Schautafeln voller Berechnungen an der Wand. Was haben sie zu bedeuten?«

Er setzte sich in seinem Paisley-Bademantel auf die Bettkante und sank in sich zusammen. »Numerologie«, antwortete er knapp.

»Und was ist das?«

Er gähnte. »Mystische Zahlenlehre. Eine ihrer Theorien besagt, daß die Zahlen die Schlüssel enthalten zu den Geheimnissen des Universums.«

»Welche Art von Zahlen?« Sie mußte wissen, worum es ging.

»Alle Zahlen haben eine Bedeutung.«

»Und wie hat man die herausgefunden?«

Er blieb auf der Bettkante sitzen. »In einer Kombination aus Metaphysik und Religion. Es gibt Zahlen in der Bibel; Aristoteles hat sich intensiv mit Zahlen und ihrer Bedeutung beschäftigt; auch Pythagoras. Es geht alles von einer ausgesprochen logischen Basis aus. Zahlen ermöglichen ein Prinzip der Ordnung in einem scheinbar chaotischen Universum.«

»Und wie kommt man zu den Zahlen?«

»Weißt du, was ein Palimpsest ist?«

Frannie griff nach dem Wasserglas auf ihrem Nachttisch. »Ja. Man findet ihn oft auf Pergament, das frühchristliche oder mittelalterliche Mönche beschrieben haben. Wenn sie einen alten Text getilgt und dann das Pergament neu beschrieben haben, kann man bei genauem Hinsehen oder entsprechender Beleuchtung heute noch den alten Text lesen.«

Oliver nickte. »Zahlen stecken in allem, was uns umgibt, man muß nur intensiv genug hinschauen. In den Atomen und Molekülen, aus denen alles besteht, was wir sehen und berühren können. In unseren Namen und Geburtsdaten. Und in der Bibel gibt es Hunderte von Zahlencodes, von versteckten Botschaften.«

»Wie kommt es, daß du dich dafür interessierst?«

Er lehnte sich jetzt gegen das Kopfteil zurück. »Ein Teil dessen, was die Mathematik ausmacht, ist Ordnung. Oder Muster. Der Versuch, Sinn in das Chaos zu bringen.« Er dachte einen Moment nach. »Das Universum ist chaotisch, aber unser Sonnensystem ist geordnet. Es gibt Leben auf unserem Planeten, weil er in exakt der richtigen Entfernung um die Sonne kreist. Wären wir nur ein wenig weiter von der Sonne weg, dann wäre es zu kalt, um Leben zu ermöglichen; ein wenig näher dran, und es wäre zu heiß. Ist das Zufall? Oder Absicht?« Er lächelte sie abwesend an. »Das menschliche Leben ist chaotisch, aber wir schaffen es, bis zu einem gewissen Grad zumindest, geordnete Gesellschaftsstrukturen aufzubauen. Wir teilen unsere Erde in Länder ein, bilden Regierungen, geben uns Gesetze, Verhaltensnormen. Kann es denn sein, daß das alles auf Grund einer auf Zufall abgestellten Evolution geschieht? Natürliche Selektion? Oder der Plan einer höheren Macht?«

Sie sah ihn an, fragte sich, worauf er hinauswollte. Die Verzweiflung in seinen Augen. Wie bei einem Mann, der in die Abgründe der Hölle geschaut hat und dieses Bild nicht mehr los wird. Er schien zu sich selbst zu sprechen, beinahe, als fasle er nur vor sich hin, als ob er erwarte, dadurch auf eine Antwort zu stoßen. Seine Verwirrung ängstigte Frannie; sie brauchte jetzt einen starken, selbstbewußten Oliver. Aus der Dunkelheit hinter den Vorhängen wehten zwei Glockenschläge der Turmuhr zu ihnen ins Zimmer.

»Als Sarah starb, konnte ich das lange Zeit einfach nicht akzeptieren, und als ich es schließlich tat, wollte ich nichts anderes als auch sterben. Ich habe sie so sehr geliebt. Und ich hätte nie geglaubt, daß ich jemals wieder...« Er brach ab, und Frannie trank einen Schluck von ihrem Wasser. »Einzig und allein Edward hielt mich noch am Leben. Ich mußte für ihn dasein. Also vergrub ich mich unter der Woche in meine Arbeit bei der Bank, und an den Wochenenden beschäftigte ich mich hier in Meston Hall mit einem besonderen Projekt, um ein festes Ziel zu haben. In der Bank hatte ich immer wieder mit dem Thema des Zusammenhangs von Zufällen zu tun, und so meinte ich, es könnte interessant sein, einmal die Geschichte meiner Familie zu untersuchen, ob dieses Thema auch dort in irgendeiner Weise eine Rolle gespielt hat.«

»Du meinst genetisch?«

»Nein, nicht speziell genetisch.«

»Und bist du auf etwas gestoßen?«

»Nur auf einen sehr seltsamen Zusammenhang. Im Hinblick auf eine Zahl.«

»Welche Zahl?«

»Sechsundzwanzig«, sagte er.

Ein wenig Wasser schwappte über den Rand von Frannies Glas und lief über ihre Finger.

Er beobachtete sie, schien ihr Erschrecken bemerkt zu haben. »Die Sechsundzwanzig ist in der Numerologie eine recht interessante Zahl. Die *Zwei* hat eine sehr böse Bedeutung. Genauso die *Sechs*. Die Kombination der beiden Zahlen, die die *Sechsundzwanzig* ergibt, ist zwei mal dreizehn. Die Dreizehn ist auch eine »Zwei-Sechs-Zahl«: zwei mal eins ist zwei, zwei mal drei ist sechs.«

»Ich fürchte, ich komme da nicht mehr mit«, sagte sie.

Er strich sich die Haare aus der Stirn und fuhr mit dem Finger die Konturen seines Gesichts nach, als wolle er sich überzeugen, daß noch alles da sei. »Ich komme oft selbst nicht mehr mit. Eine Schicht türmt sich über die andere. Wie ein mehrfaches Palimpsest.«

»Aber warum die Sechsundzwanzig? Gibt es denn einen Grund, dieser Zahl besondere Aufmerksamkeit zu widmen?«

»Das will ich noch endgültig herausfinden. Ich bin auf einen Zusammenhang gestoßen, der ziemlich seltsam ist, aber wohl nichts zu bedeuten hat. Ich habe dir doch mal erzählt, daß der zweite Marquess sich intensiv mit Numerologie beschäftigt hat.«

»Das war dieser böse Kerl?«

»Ja. Ich habe herausgefunden, daß er aus irgendeinem Grund eine wahre Leidenschaft für diese Zahl entwickelt hat; sie war sozusagen sein Erkennungszeichen, sein Vorzeichen, um das sich alles drehte. Aber die Zahl hat ihm letztlich kein Glück gebracht – er wurde am 26. März 1652 hingerichtet – oder ermordet oder irgend so was.«

Frannie lächelte schwach.

»Hat die Sechsundzwanzig für dich irgendeine Bedeutung?« fragte er.

»Ja. Vielleicht. Phoebe Hawkins warnte mich kurz vor ihrem Unfall, ich solle mich vor dieser Zahl in acht nehmen. Als ich sie dann im Krankenhaus besuchte, konnte ich jedoch keine näheren Erklärungen dazu aus ihr herausholen. Sie war noch zu durcheinander. Ich muß sie noch mal fragen.«

Er runzelte die Stirn, kam dann auf sein vorheriges Thema zurück: »Meine Frau, Sarah, ist ebenfalls am 26. März gestorben. Und es war ihr sechsundzwanzigster Geburtstag.«

Frannie nahm diese Worte schweigend auf. Ihr Mund war trokken. Sie sah Oliver an, wartete auf eine Erklärung, etwas Beruhigendes, aber er konnte ihr keine geben. Angst kroch ihren Rücken hoch, breitete sich wie Eiswasser auf ihrer Kopfhaut aus. Sie biß sich auf die Unterlippe, versuchte, ihrer Stimme einen normalen Klang zu geben, aber es gelang ihr nicht.

»Nächste Woche ist mein sechsundzwanzigster Geburtstag«, sagte sie. »Am sechsundzwanzigsten.«

# *Sechsundzwanzig*

Kurz vor sechs am nächsten Morgen schlich Frannie sich in ihr Zimmer. Das Frühstück später verlief in gedrückter, düsterer Stimmung.

Als sie gerade den Frühstückstisch aufräumten, kam die Polizei noch einmal, protokollierte ausführlich Frannies Aussage, was ihr Schuldbewußtsein erneut vertiefte. Dann zogen sich die Beamten mit Oliver und Edward über eine Stunde in die Bibliothek zurück.

Als sie schließlich gegangen waren, fuhr Oliver zur Farm, um sich um Charles zu kümmern. Frannie und Edward verbrachten den Rest des Vormittags damit, in der Umgebung des Schlosses nach Fossilien zu suchen, und zur Mittagszeit hatten sie eine Handvoll sehr schöner Exemplare beisammen. Edward war sehr stolz auf die Funde; er wusch sie sorgfältig und sagte Frannie, er werde sie mit zur Schule nehmen.

Frannie versuchte mehrmals, das Gespräch wieder auf das Thema zu lenken, das Edward gestern in der Bibliothek angesprochen hatte, aber er wich stets aus und bombardierte sie statt dessen mit Fragen über Fossilien und Archäologie im allgemeinen. Und sie mußte ihm versprechen, am nächsten Wochenende mit ihm – nur sie beide! – eine kleine Ausgrabung an der Stelle zu machen, an der die römische Villa gestanden hatte. Frannie sagte mit schwerem Herzen zu.

Dann versuchte sie es auf die ganz direkte Art: »Edward, gestern in der Bibliothek hast du mir gesagt, du könntest Dinge mit Menschen geschehen lassen, indem du nur einfach daran denkst. Hast du solche bösen Gedanken auch über Tristram gehabt, bevor er in den Propeller geraten ist?«

Seine Reaktion erschreckte sie. Die Augen sprühten plötzlich vor kaltem Zorn, das Gesicht verzog sich zu einer wütenden Grimasse.

*»Nein!«* fauchte er. Dann brach er in Tränen aus und rannte aus dem Zimmer.

Frannie wartete ein paar Minuten, dann ging sie hinter ihm her ins Obergeschoß, zu seinem Zimmer. Er saß schluchzend in einem Sessel. Sie legte die Hände auf seine Schulter und sagte ganz ruhig: »Erzähl mir mehr von dieser bösen Sache, Edward.«

Er streckte die Hand aus und nahm ein kleines weißes Spielzeugauto von einem Regal neben dem Sessel; er schob einen Knopf an der Unterseite nach vorne, und die Hinterräder begannen sich surrend zu drehen.

»Soll ich dir die Tränen abwischen?« fragte sie.

Er schüttelte den Kopf.

»Hast du irgendwelche böse Gedanken auch noch über andere Menschen? Hast du solche Gedanken auch über mich?«

Er gab keine Antwort, war offensichtlich wieder in eine seiner Schweigeperioden verfallen. Wie ein Automat schob er den Knopf an seinem Auto hin und her, an und aus.

Frannie stellte ihm eine Testfrage: »Was möchtest du zum Lunch? Ich mach dir dein Lieblingsessen.«

Er reagierte nicht. Frannie gab auf und ging wieder nach unten. In der Halle horchte sie, ob Oliver vielleicht inzwischen zurückgekommen sei. Nichts. In der Küche blieb sie vor den Fotos an der Wand stehen, horchte noch einmal, nahm dann schnell ein kleines Porträtfoto von Edward von der Wand und steckte es in das Seitenfach ihrer Handtasche.

Um sechs Uhr abends machten sie sich auf den Weg. Zunächst brachten sie Edward zurück zu seiner Schule. Er erinnerte Frannie noch einmal an ihr Versprechen mit der Ausgrabung, vergewisserte sich, daß die sorgfältig in Papier gewickelten Fossilien noch unversehrt in seiner Schultasche verstaut waren, und verabschiedete sich dann griesgrämig. Frannie und Oliver fuhren weiter in Richtung London.

»Ich habe den ganzen Tag darüber nachgedacht, wie wir einen Exorzistenpriester finden können«, sagte Oliver. »Ich kenne den Erzbischof von Canterbury; wir sind ja beide Mitglieder im Oberhaus. Ich könnte ihn darauf ansprechen, aber ich weiß nicht…« Er hob die Schultern. »Wahrscheinlich ist das keine gute Idee; selbst wenn er mir auf Anhieb die Geschichte abnimmt, wird er wohl zunächst einmal seinen bürokratischen Apparat in Bewegung setzen, und das kostet Zeit.« Ein Lastwagen donnerte auf der Gegenfahrbahn an ihnen vorbei, und als sie aus seinem Windschatten kamen, schlingerte der Range Rover leicht. »Aber ich könnte morgen abend einen Besuch beim Bischof von Lewes machen. Er ist ein ganz vernünftiger Bursche.« Er drückte Frannies Hand. »Du wirst sehen, wir kriegen die Sache in den Griff.«

»Und ich sollte unbedingt deinen Bruder besuchen.«

»Nein, nicht in nächster Zeit. Ich glaube, er will niemanden sehen.« Er legte die Hand auf ihre Schulter und streichelte sie sanft. »Komm morgen abend mit mir zum Bischof. Ich ruf ihn an, ob es ihm paßt.«

Sie nickte düster.

»Bleibst du heute nacht bei mir?« fragte er.

Sie drückte ihre Wange gegen seine Hand. »Können wir einen Umweg machen?«

»Wohin?«

»Zum Krankenhaus. Zu Phoebe. Nur ein paar Minuten.«

Der Linoleumboden in der Krankenstation gab schwammig unter ihren Füßen nach. Hinter ihr kam ein Krankenpfleger mit einem Medikamentenwagen eilig den Flur hinunter, und Frannie trat zur Seite, um ihn vorbeizulassen. Das bedrückende Gefühl, das sie in Krankenhäusern stets überfiel, verstärkte die bleierne Angst in ihr.

Im Bett neben Phoebe schlief eine junge Frau mit grauem Gesicht. Auf Phoebes Nachttisch und dem Tisch gegenüber ihrem Bett standen mehrere Blumensträuße; an die Vasen waren Karten mit Genesungswünschen gelehnt. Weitere Karten umstanden einen großen Korb mit Früchten. Phoebe saß aufrecht im Bett, nicht mehr ganz so blaß wie am vergangenen Donnerstag, und sie begrüßte Frannie sogar mit einem Lächeln.

»Danke für die Blumen, Frannie. Sie sind wunderschön.« Sie zeigte auf einen der Sträuße auf dem Tisch.

»Du siehst gottlob besser aus als am Donnerstag.«

»Das machen die Medikamente.«

Frannie erkannte an Phoebes erweiterten Pupillen, daß sie recht hatte; man hatte ihr Tabletten gegeben, um die Realität zu verdrängen. Sie schaute zur Seite, damit Phoebe ihr verkrampftes Gesicht nicht sehen konnte. Declan O'Hare hatte von den Kriegern gesprochen, die im Kampf Masken trugen, um dahinter die Angst vor ihren Feinden zu verbergen. Frannie hatte nicht vor, sich in einen Kampf zu stürzen, aber sie hatte zur Seite geschaut, um ihre Angst vor Phoebe zu verbergen.

»Du warst bei Susie, nicht wahr?« fragte Phoebe.

»Ja.«

»Ich bin froh darüber. Ich habe heute mit ihr gesprochen.«

Frannie ließ sich auf den Stuhl neben dem Bett sinken. »Als du mich am Dienstag angerufen hast, Phoebe, hast du mich gefragt, ob die Zahl sechsundzwanzig irgendeine Bedeutung für mich hätte, und du hast mir gesagt, ich solle mich vor dieser Zahl in acht nehmen. Warum hast du das gesagt?«

»Die Zahl steckt seit der Ouija-Sitzung in meinem Kopf.«

»Als Teil der Botschaft für mich?«

»Ich glaube, das *war* die Botschaft.«

»Wie meinst du das?«

»*Sechsundzwanzig.* Vielleicht auch *der sechsundzwanzigste.*«

»Nur diese Zahl?«

»Ich glaube ja.«

»Das war wirklich die ganze Botschaft?«

»Ich weiß nicht, Frannie, ob es eine Botschaft war oder eine Prophezeiung.«

Frannie schloß die Augen, öffnete sie wieder, hatte Angst vor den Gedanken, die hinter den Lidern lauerten. »Seb Holland«, sagte sie dann leise. »Weißt du noch, was für ihn gesagt worden ist?«

»Nein. Susie hat mich das auch gefragt. Ich kann mich nur an meine, deine, Jonathans und Merediths Botschaft erinnern.«

»Was meinst du... ist das alles nur Zufall?«

»Nein.«

»Was ist es dann?«

»Ich weiß es nicht.«

Frannie strich sich eine Haarsträhne aus dem Gesicht, wich Phoebes Blick aus, zögerte. »Wie ist dein Unfall passiert, Phoebe?«

»Ich, ich bin mir nicht sicher. Ich kann es nicht verstehen.«

»Verstehen?«

»Warum ich nicht angehalten habe.«

Der Ausdruck in Phoebes Augen veränderte sich, wie Frannie bemerkte. Die Lider fuhren zitternd auf und nieder.

»Lag es an den Bremsen deines Fahrrads? Haben sie versagt?«

»Ich habe überhaupt nicht versucht zu bremsen. Ich habe keinerlei Anstalten dazu gemacht.«

Frannie starrte in die erweiterten Pupillen. »Warum nicht?«

»Das ist es ja, was ich nicht verstehen kann.«

»Bist du, Phoebe, bist du sicher, daß du nicht noch ein bißchen durcheinander bist? Die Narkose... Die Beruhigungsmittel... Weißt du...«

Phoebe schüttelte den Kopf. »Nein. Auch nicht die Aufputschmittel. Sie denken, ich merke nicht, daß sie mir Aufputschmittel geben.« Ihre Stimme verschwamm, als sie sie ärgerlich erhob. »Aber ich weiß es. Okay? Ich weiß es.«

Frannie lächelte besänftigend. »Ja, da bin ich sicher.«

»Die können mir nichts vormachen. Ich weiß, was hier gespielt wird.«

Frannie hörte, wie bei einem Bett um die Ecke ein Vorhang mit scharfem Klirren zurückgezogen wurde. »Du hast den Lastwagen gesehen, aber du hast nicht gebremst – stimmt das?«

Phoebe hob die Schultern, und mit dieser Bewegung hob sich auch der Armstumpf, senkte sich wieder. »Vielleicht habe ich gedacht, wenn ich anhalten würde, käme ich zu spät.«

»Zu spät? Wozu?«

»Keine Ahnung. Ich weiß es nicht mehr. Zu spät für das Spiel.«

»Das Spiel?«

»Das Spiel am Spielautomaten.« Ihre Stimme verschwamm, ihre Gedanken glitten ab. Sie lächelte.

Frannie lächelte aufmunternd zurück, aber Phoebe verzog plötzlich das Gesicht; es schien zu zerfließen und zu schrumpfen wie bei einer aufblasbaren Puppe, aus der langsam die Luft entweicht, wurde zum Gesicht eines heulenden Babys in der Wiege.

Frannie holte ihr Taschentuch aus der Handtasche, versuchte, Phoebes Tränenfluß zum Stehen zu bringen, tupfte die Tränen von ihren Wangen, aus den Augen, drückte ihre Hand, streichelte ihr Gesicht, um das Schluchzen zu beruhigen.

Eine Schwester kam zu ihnen. »Ich denke, ich gebe ihr besser ein Beruhigungsmittel.«

Phoebe schüttelte wütend den Kopf. »Verschwinden Sie«, schluchzte sie. »Ich will Ihre verdammten Pillen nicht haben. Ich will meinen verdammten Arm wiederhaben.«

Sie schluchzte noch eine Weile, dann beruhigte sie sich langsam, sank auf ihr Kissen zurück, atmete keuchend mit offenem Mund, als ob sie eine lange Strecke unter Wasser geschwommen wäre. »Tut mir leid, Frannie«, flüsterte sie heiser.

»Das ist doch okay, Phoebe«, flüsterte Frannie zurück und drückte ihre Hand.

Irgendwo draußen brummte ein Staubsauger. »Spielautomat«, sagte Phoebe. »Einarmiger Bandit. Eigentlich ziemlich deutlich, oder?«

Frannie zögerte. »Hör mal, Phoebe, ich muß dir eine seltsame Frage stellen. Es klingt sicher komisch, aber... Hast du vor dem Unfall einen... kleinen Jungen in der Nähe gesehen?«

Phoebe starrte sie erstaunt an. »Einen kleinen Jungen mit rotblonden Haaren?«

Frannies Muskeln verkrampften sich.

Phoebes Apathie schien von ihr abzufallen. Ihre Augen leuchteten auf. »Ja, Frannie, ich habe vor dem Unfall einen kleinen Jungen gesehen. Ich habe inzwischen oft an ihn gedacht.«

»Wie hat sich das abgespielt?«

»Ein Junge stand am Bordstein. Ich kam Sekunden vor dem Unfall an ihm vorbei. Ich erinnere mich noch, daß ich es seltsam fand, ihn in der Dunkelheit ganz allein da stehen zu sehen. Und auch *wie* er dastand – er schien nicht darauf zu warten, über die Straße gehen zu können, er schien auf, auf etwas oder jemanden zu warten.«

»Seltsam?« wiederholte Frannie mechanisch. Ihre Gedanken schweiften ab. Olivers Worte gestern nacht... *Du bist es, Frannie... Es kommt von dir.* Sie dachte an den Lateinunterricht an der Schule. An den mürrischen, schon älteren Lehrer mit der blechernen Stimme. An die Szene, als sie ihn damals – sie war etwa dreizehn – gefragt hatte, warum man eine tote Sprache lernen müsse. Er war vor Zorn explodiert. Dann, als er sich wieder beruhigt hatte, hatte er ihr befohlen, Dutzende von lateinischen Pflanzen- und Tiernamen auswendig zu lernen; sie mußte sie am nächsten Tag laut vor der Klasse aufsagen. Ihr fiel wieder ein, wie Edward bei dem Spaziergang plötzlich angefangen hatte, lateinische Pflanzennamen herunterzuleiern. Und wie er im Range Rover bei der Rückfahrt nach London am vergangenen Sonntag lateinische Tiernamen aufgesagt hatte.

Frannie nahm die Fotografie aus ihrer Handtasche und gab sie Phoebe. »Ist das der Junge?«

Phoebe sah sich das Foto aufmerksam an, dann warf sie Frannie einen mißtrauischen Blick zu. »Ist er ein Unfallzeuge? Hat er eine Aussage gemacht?«

Frannies Hände zitterten. »Ist er es? Ist das der Junge, den du kurz vor dem Unfall gesehen hast?«

Phoebe schaute wieder auf das Foto. »Ja. Er ist es. Definitiv. Ich erinnere mich ganz deutlich an ihn. Als ich ihn sah, war es wie, wie so ein Standbild bei einem Video... Die Zeit schien stillzustehen... Er sah irgendwie unwirklich aus. Als ob ich ihn mir nur einbilden würde.« Sie lächelte abwesend. »Oder, als ob er ein Geist wäre.«

# *Siebenundzwanzig*

Der Junge lag, zusammengerollt wie ein Fötus und mit dem Gesicht nach unten, in der Aushöhlung eines großen Felsbrockens in der Vitrine. Verschiedene Gefäße, einige Armreife sowie ein irdener Trinkbecher lagen neben ihm. Das Fleisch des Gesichtes war längst eingetrocknet und geschrumpft; die Haut spannte sich wie hartes Leder über die Knochen. Er sah eher aus wie eine groteske Holzskulptur, nicht wie ein menschliches Wesen, das einmal aus Fleisch und Blut bestanden hatte.

Declan O'Hare tätschelte väterlich den Deckel der Vitrine. »Ägyptische Vorzeit, dieser Bursche«, sagte er. »Wir datieren ihn auf etwa 3250 vor Christus. Die Grabbeigaben sind typisch für diese Zeit.«

Frannie starrte durch die Scheibe, wie sie es vorher schon öfter getan hatte, und sie spürte dabei dieselbe Beklemmung wie immer. Irgendwie ging für sie eine morbide Faszination, gleichzeitig aber auch etwas zutiefst Bedrückendes und Unheimliches von einem mumifizierten Toten in einem Schaukasten aus.

Sie beobachtete die Reaktion der beiden anderen Forschungsassistenten, die außer ihr zur Vorbereitung der Ausstellung eingeteilt worden waren: Hermione Wallis, ein freundliches, aber etwas verschlafen wirkendes Mädchen mit spitzer Nase, Pferdeschwanz und tief in den Taschen ihres Arbeitsoveralls vergrabenen Händen, ließ ihren Blick verunsichert durch den Mumiensaal gleiten; Roger Wencelas in Doc-Marten-Schuhen, gestärkten Jeans und einem jungfräulich weißen T-Shirt gab sich tapfer und fixierte durch seine Drahtbrille den kleinen Hintern des mumifizierten Körpers.

Überall an den Wänden des Raumes standen Vitrinen mit Mumien, einige davon senkrecht. Eine Mumie lag in einer offenen, verfaulenden Holzkiste. Frannie war müde. Das gedämpfte Licht in den Ausstellungsräumen wirkte nach einiger Zeit einschläfernd, und man wußte nicht mehr, ob man sich über oder unter der Erde befand.

Es war halb elf, und der Raum war bereits voller Besucher. Die Lebenden standen vor den Toten, verbargen ihr Unbehagen hinter einem Lächeln; und, dachte Frannie plötzlich, sie lächeln wohl auch, weil sie sich auf der richtigen Seite der Glasscheiben befinden.

»Die Haltung gegenüber dem Tod«, sagte O'Hare, »die Art und Weise, in der Zivilisationen ihre eigene Sterblichkeit betrachten, sagt sehr viel über sie aus.« Er sah sie der Reihe nach an, nickte dann Frannie zu. »Sie sind doch ein gläubiges katholisches Mädchen, vielleicht können Sie uns mehr darüber sagen.«

»Unsere westliche Zivilisation hat Angst vor dem Tod«, sagte sie.

»Genau. Ja, wir haben Angst vor dem Tod. Angst vor dem ›Großen Unbekannten‹. Angst davor, daß wir manches nicht mitnehmen können.« Wieder sah er sie der Reihe nach prüfend an, und seine hellblauen Augen funkelten in dem fast manischen Eifer, mit dem er seinem Beruf anhing. »Schauen Sie sich diesen Burschen an.« Wieder klopfte er auf die Vitrine. »Welche Art von Welt ließ er hinter sich? Woran hat er in den letzten Minuten vor dem Tod gedacht?«

Frannie starrte in die Vitrine. Die Überreste von Tristram lagen da – die rosa Bermudashorts und die kleinen Turnschuhe an den dünnen Beinen. Und das glitschige Gedärm wie ein Knäuel toter Schlangen. Das zersplitterte Reststück der Wirbelsäule.

Sie preßte die Hand auf den Mund und wandte sich ab. Jonathan Mountjoy starrte sie aus einer anderen Vitrine an. Sein Mund stand offen, in seiner Stirn klaffte das blutige Einschußloch einer Revolverkugel. Sie warf den Kopf zur Seite, schaute jetzt auf eine schwärzliche, eingeschrumpfte Mumie; aber es war gar keine Mumie, es war Meredith, und sie starrte Frannie aus hervorquellenden Augen an.

Schweiß lief Frannies Rücken hinunter, und sie taumelte zurück, stieß gegen eine Vitrine, streckte die Hand aus, um sich festzuhalten. Declan O'Hare und die beiden anderen sahen sie an. »Entschuldigung«, flüsterte sie, »tut mir leid.«

Um zwölf war die Besprechung endlich zu Ende. Frannie eilte zurück in ihr Büro. Sie mußte dringend Seb Holland anrufen.

Penrose Spode saß steif hinter seinem Schreibtisch; er sah ungewöhnlich modisch aus in einem gelben, bis zum Hals zugeknöpften Lacoste-Hemd und einem weißen Jackett. Als sie zu ihrem Schreibtisch ging, sah er Frannie mit einem unsicheren, gehemmten Lächeln an, als suche er Bestätigung.

Sie hatte ihn heute noch gar nicht gesehen; normalerweise war er morgens vor Frannie im Büro, aber heute hatte er sich verspätet.

»Hallo, schönes Wochenende gehabt?« fragte sie.

»Ja, danke.« Er schaute sie erwartungsvoll an, wie ein Hündchen, das ein Lob erwartet. »Und wie war's bei dir?«

»Es gab schon bessere Wochenenden.« Sie lächelte ihn flüchtig an. »Dein Aufzug gefällt mir – neu?«

»Ich hab ihn mir, ehm, selbst zum Geburtstag geschenkt.« Er wurde rot.

»Wann ist denn dein Geburtstag?«

Er errötete noch mehr. »Heute.«

»Oh, Penrose! Wenn ich das gewußt hätte!« Sie schaltete den Computer ein und setzte sich, kramte dann in ihrer Handtasche nach Seb Hollands Visitenkarte. »Feierst du heute abend? Machst du 'ne Party?«

Er malte mit einem Kugelschreiber Kringel auf seinen Notizblock. »Ganz ruhiges Dinner«, sagte er.

Er klang recht traurig. »Kleine Feiern sind oft die schönsten«, sagte sie so fröhlich wie möglich.

Spode öffnete den Mund, als wolle er noch etwas sagen, entschied sich dann aber dagegen und wandte sich wieder seiner Arbeit zu.

Frannie fand die Visitenkarte. Die Adresse eines der schönsten Bürohochhäuser in der City war darin eingeprägt. Sie wählte und betete im stillen, daß Seb Holland noch nichts Böses passiert sei. Eine leicht feindselige Sekretärin ließ sie zunächst einmal warten, aber dann dröhnte Sebs fröhliche Stimme aus dem Hörer: »Hallo, Frannie! Großartig, daß ich dich vorige Woche getroffen habe... nein, war ja schon vor zwei Wochen! Egal, war 'ne tolle Überraschung.«

»Noch mal herzlichen Glückwunsch zu deiner Verlobung.« Die Erleichterung, daß er wohlauf war, wurde von ihrer Angst wieder überlagert.

»Du mußt mir deine neue Adresse geben. Und du mußt unbedingt zur Hochzeit kommen. Aber egal, wir müssen auch vorher noch mal zusammenkommen, zu 'nem Drink oder 'nem Happen.«

»Ehrlich gesagt, ich rufe deshalb an – ich muß dich unbedingt sprechen.«

»Aha? Geschäftlich?«

»Nein, nein...« Spode schien die Ohren zu spitzen. »Es geht um was, das man nicht so einfach am Telefon besprechen kann.«

»Klingt ja sehr geheimnisvoll!«

»Ich muß dich so bald wie möglich sprechen.«

»Du hast mich gerade noch erwischt. Am Mittwoch fliege ich nach New York, und ich komme erst« – Papier raschelte – »am 5. Oktober zurück. Wie wär's in der Woche danach? Hast du mittags Zeit für 'nen Lunch?«

»Ich muß dich vorher sehn, Seb. Es ist wirklich ganz dringend.«

»Kann nicht warten?«

»Nein.«

Stille. »Verdammter Mist, ich hab einfach keine Zeit. Wie lange brauchen wir denn?«

»Nicht lange. Eine halbe Stunde.«

»Kannst du morgen um die Mittagszeit herkommen? Wir verschwinden einfach um die Ecke und essen was zusammen.«

»Ja, das wäre sehr schön.«

»Du weißt, wo du mich findest?«

»Ja.«

»Komm hoch in den dreizehnten Stock und frag am Empfang nach mir. Um eins?«

»Okay, um eins.«

»Du gibst mir am besten deine Nummer, falls was dazwischenkommt.«

Sie gab ihm ihre private und dienstliche Telefonnummer, zögerte. »Seb, hör zu... Es mag dir ein bißchen blöd vorkommen, aber, aber paß in der Zwischenzeit gut auf dich auf. Bitte, Seb.«

»Aufpassen? Auf was?«

Sie fluchte innerlich auf Spode. Wenn er sich doch endlich um seine Arbeit kümmern und nicht so offensichtlich zuhören würde! Sie kam sich noch lächerlicher vor dadurch. »Ich, ich erkläre dir das morgen.«

»Okay.« Er klang irgendwie beunruhigt – nicht wegen ihrer Warnung, sondern wegen ihres seltsamen Verhaltens. Sie überlegte krampfhaft, wie sie die unangenehme Situation noch retten könnte, aber Seb beendete das Gespräch, ehe sie noch etwas sagen konnte.

»Frannie, ich muß aufhören. Wollte 'ner alten Freundin gegenüber nicht unhöflich sein und hab deshalb das Gespräch noch angenommen. Bis morgen, hier bei mir. Um eins. Okay?«

Sie wandte sich wieder ihrem Bildschirm zu und versuchte, sich auf das zu konzentrieren, was sie in den nächsten Stunden zu tun hatte. Declan O'Hare hatte ihr den Auftrag gegeben, aus der zentralen Datenbank des Museums eine Auflistung aller Gegenstände zusammenzustellen, die mit Ägyptologie zu tun hatten. Vor ein paar Tagen, dachte sie verdrossen, hat man mich endlich von einem eintönigen Katalogisierungsauftrag befreit, aber das hier war ja noch öder. Wenn ich überhaupt noch lange genug lebe, um diese Sache zu Ende zu bringen.

Sie starrte auf den Bildschirm; der Cursor blinkte, wartete ungeduldig auf ihre nächste Eingabe in die Tastatur, auf das nächste Kommando, den Abruf der nächsten gespeicherten Information, zu der sie Zugang haben wollte.

Information. Sie dachte an Olivers Nachforschungen in der Numerologie. Als er sie heute morgen am Museum abgesetzt hatte, hatte er sich sehr bemüht, einen heiteren, optimistischen Eindruck zu machen. Aber sie konnte es seinen Augen ablesen: Er war genauso voller Angst wie sie.

Sie überlegte krampfhaft. Sie war müde, ihr Denkvermögen durch die Tabletten geschwächt, die sie gestern zum Einschlafen und zur Dämpfung des Schocks genommen hatte. Dabei hatten sie nicht einmal geholfen. Und es gab doch noch so viel, das sie entwirren mußte. Sie hatte Oliver auf dem Bahnsteig getroffen. Davor hatten sich ihre Wege im Café ihrer Eltern gekreuzt. Vielleicht hatte sie ihn sogar schon davor einmal getroffen. Irgendwo anders. Eine Verbindung. Irgendeine Verbindung zwischen ihr und den Halkins. Oder zwischen ihrer Familie und den Halkins. Dieser ganze Horror war nicht auf die Teilnehmer an der Ouija-Sitzung begrenzt. Tristram war nicht dabeigewesen. Auch Dominic nicht. Oder Edwards Mutter. Oliver machte sie verantwortlich. Vielleicht gab es etwas in der Vergangenheit, das er ihr verheimlichte.

Oder von dem er selbst vielleicht nichts wußte.

Um ein Uhr verließ Frannie das Museum und schlängelte sich durch die Touristen und die vielen Tauben auf den Gehwegen. Sie überquerte die Great Russell Street und ging in einen Zeitungsladen, wo sie das Angebot an Geburtstagskarten durchblätterte. Die meisten waren albern oder anzüglich oder unanständig. Sie wählte eine aus, die die Horse Guard Parade zeigte, kaufte ein Päckchen kleiner Kerzen dazu und ging dann in das Café nebenan. Sie setzte sich auf einen Hocker an der Theke und bestellte ein Pastrami-Sandwich, einen kleinen Zitronenkuchen und eine Dose Perrier mit Limonengeschmack. Sie aß schnell, unterschrieb die Geburtstagskarte und steckte sie zusammen mit dem Kuchen in ihre Handtasche. Dann ging sie zurück zum Museum. Es war zwanzig nach eins.

In der Eingangshalle wandte sie sich nach rechts und kam in die geheiligte Stille der Britischen Bibliothek. Obwohl sie im selben Gebäude untergebracht waren, gab es einen deutlichen Unterschied zwischen dem Museum und der Bibliothek. Während das Innere des Museums eine moderne, fortschrittliche Atmosphäre ausstrahlte, hatte man in der Bibliothek den Eindruck, als sei seit Jahrhunderten nichts mehr verändert worden. Alte Folianten füllten die mächtigen Regale an den Wänden. Es roch nach altem Papier, altem Leder und Holzpolitur. Die Stille wurde nur vom Quietschen vereinzelter Schuhsohlen, dem Rascheln umgedrehter Blätter und dem gedämpften Klicken von Computertastaturen gestört.

Frannie hatte Archie Weir, den Chefbibliothekar, einen freundlichen, immer ein wenig besorgt aussehenden Mann, schon mehrmals getroffen. Als sie jetzt auf seinen Schreibtisch zuging, sah sie, wie er hinter Stapeln dicker Wälzer, die wie eine Barrikade aufgetürmt waren, in seine Arbeit vertieft war. Er trug eine alte Tweedjacke mit Lederflicken auf den Ellenbogen, ein womöglich noch älteres Hemd und eine abgewetzte Krawatte. Die grauen Haarbüschel zu beiden Seiten des kahlen Schädels sahen aus, als seien sie nachträglich angeklebt worden. Die drahtgefaßte Lesebrille war auf die Nasenspitze gerutscht. Seine Lippen bewegten sich tonlos, während er ein Dokument studierte. Er erinnerte Frannie an die Haselmaus in *Alice im Wunderland*.

Sie blieb vor seinem Schreibtisch stehen, sagte aber nichts. Nach einigen Augenblicken sah er jäh auf, und ein Erkennen zeichnete sich auf seinem Gesicht ab, aber es war ein fragendes Erkennen, als ob Frannies Gesicht durch seine Gedächtnisbank irrte, aber noch nicht den zugehörigen Namen gefunden hätte.

»Frannie – Francesca Monsanto«, sagte sie. »Orientalische Antike.«

»Ah, ja, ja, ja.« Er legte das Dokument auf die Schreibtischplatte. »Mitarbeiterin von Mr O'Hare.«

»Richtig.«

»Ah, ja, ja, ja.« Er errötete, und sie fragte sich warum. Dann sah sie durch eine Lücke in der Barrikade eine Papiertüte und ein angebissenes Sandwich.

»Entschuldigung«, sagte sie, »ich möchte Sie nicht stören.«

»Nein, nein, nicht im geringsten! Sie stören nicht!« Zur Untermauerung legte er die Hände ineinandergefaltet auf die Schreibtischplatte und setzte sich aufrechter hin.

»Können Sie mir sagen, welche Bücher Sie über die englische Aristokratie haben?«

»Englische Aristokratie, aha, ja. Geht es Ihnen um die allgemeine Geschichte der englischen Aristokratie oder um eine spezielle Familie?«

»Eine spezielle Familie. Die Halkins – Marquess of Sherfield.« Als sie den Namen nannte, meinte sie, auf seinem Gesicht einen leichten Anflug von Abscheu zu erkennen.

»Ah, Sherfield, die Halkins, ja.« Sein Enthusiasmus schien ein wenig abzuflauen. »Ah, ja, lassen Sie mich mal sehen. Wir müßten ihr Familienarchiv haben, wenn es mal gedruckt worden ist; die meisten sind es ja Gott sei Dank. Könnte unter dem Familiennamen abgelegt sein, vielleicht aber auch unter dem Namen des Besitzes, der Familienresidenz. Auf jeden Fall müßte etwas über sie im *Debrett's* stehen, natürlich auch in *Burke's Adelskalender*. Mal sehen...« Seine Finger, weich und faltig wie alte Mohrrüben, trommelten auf die Schreibtischplatte. »Sicher auch in *Arkwright's Geschichte der britischen Aristokratie*. Wie detailliert müssen die Auskünfte sein?«

»So detailliert wie möglich.«

»Sie könnten natürlich einige Aussagen über diese Familie auch in dem einen oder anderen Buch über Hexerei finden.«

Ehe sie diese Bemerkung verdaut hatte, nahm er einen Bleistiftstummel und einen Notizzettel und schrieb in großer, schräger

Schrift einige Titel auf. Schließlich reichte er ihr den Zettel. Es standen rund ein Dutzend Titel darauf.

Sie dankte ihm und ging in den riesigen Leseraum, voller Ehrfurcht, wie immer, wenn sie die Regale mit Zehntausenden von Büchern sah, die sich vom Boden bis zur Decke emporreckten. Frannie schaute auf die Uhr: halb zwei. In der Eile lief sie zunächst geradewegs an der Genealogie-Abteilung vorbei und umrundete einmal den ganzen Saal, bevor sie die Bücher fand.

Sie suchte zunächst unter dem Namen Halkin, dann unter Sherfield. Nichts. Dann ging sie den Buchstaben M durch. Marlborough, las sie. Montagu, Melbourne Castle. Melksham. Mentmore. Und dann fand sie, was sie suchte; es war ein blauer, etwa fünf Zentimeter dicker Band mit dem in Goldschrift eingeprägten Titel *Das Meston-Hall-Archiv*. Gleich daneben stand *Meston und die Halkins – ein historischer Abriß*. Autor war ein gewisser Keenan Towse.

Frannie zog diesen Band aus dem Regal. Er war nicht sehr dick, aber recht schwer. Jemand hatte einmal ein Glas oder einen Becher auf dem Einband abgestellt und damit einen ringförmigen Eindruck hinterlassen. Als sie das Buch aufschlug, stieg aus den Seiten ein Geruch nach trockenem Holz auf. Das Frontispiz zeigte Meston Hall, in viel besserem Zustand als heute, davor einen Einspänner mit einem rassigen Rappen. Darunter prangte das Familienwappen.

Sie blätterte weiter. Quellenangaben zum Stammbaum der Familie, zu Urkunden über den Titel, zur Herrschaft über Meston, zu Miet- und Pachtverträgen, zu anderen Dokumenten... Dann kam der Stammbaum, ein dreifach eingefaltetes Blatt. Sie überflog die Namen: Sir Godfrey Halkin; Marie, Tochter von Henry LeSabanne; Agnes de Bournelle; Francis Edward Alwynne, zweiter Marquess; Thomas; Lady Prudence.

Es folgten mehrere Seiten mit Inhaltsangaben, dann eine lange Einleitung in winziger Schrift, in der der französische Ursprung der Familie dargestellt wurde sowie das erste belegte Auftauchen eines *Halkynne* in England im Jahr 1066 und der Ort, an dem er sich niedergelassen hatte.

Sie blätterte zurück zu den Inhaltsangaben. »Die ersten englischen Halkins – 1066 bis 1300«. »Die Rolle der Halkins zur Zeit der Kreuzzüge – in England und im Ausland«. »Die Halkins in der elisabethanischen Zeit«. »Die Halkins und der englische Bürgerkrieg«.

Sie schlug dieses Kapitel auf. Auf der sechsten Seite sprang ihr der Name des zweiten Marquess von Sherfield in die Augen. Sie suchte den Anfang der Ausführungen über ihn und las sie dann langsam durch:

»Lord Francis Halkin. Zweiter Marquess von Sherfield. 1600–1652. Skrupellos und unnachgiebig in der Durchsetzung der Herrschaftsrechte der Halkins. Erbte den Titel und den Besitz nach dem Tod des ersten Marquess im Jahre 1625 und geriet sofort in Konflikt mit seinem Oberherrn, dem Erzbischof von Canterbury, sowie sogar mit einer Gruppe von Pächtern seines Besitzes Meston, die sich über ›sein bössartig und ausplünderisch Verhallten und sein arg Scheuslichkeit, die all Vorstellung under Mennschen übersteiget‹ beschwerten.

Es ist nicht übertrieben, Lord Francis Halkin als einen dem Bösen und der Verderbtheit verfallenen Menschen zu beschreiben; es muß jedoch gesagt werden, daß er im Hinblick auf diese Eigenschaften in neun Jahrhunderten unter den Halkins eine negative Ausnahme in einer Familie war, die ansonsten in vielfacher Weise zur Größe Englands und des Britischen Empire beigetragen hat.

Lord Francis Halkin, eine wahrhafte ›Jeckyll-und-Hyde-Gestalt‹, nach außen unberechenbar in seinem politischen Verhalten, privat ein gieriger und brutaler Sadist, war tief in die finstersten Künste des Satanismus und der Zahlenmystik verstrickt, die er sowohl zu seinem politischen und finanziellen Vorteil als auch zur Befriedigung seiner äußerst perversen sexuellen Neigungen einsetzte. Im Bürgerkrieg schlug er sich zunächst opportunistisch auf die Seite des Parlamentsheeres und stellte Cromwell Geld und Truppen zur Verfügung; als sich das Blatt zu wenden begann, unterstützte er die Royalisten, vor allem dadurch, daß er ihnen die Benutzung eines Geheimgangs von der Residenz der Halkins in der Stadtmitte von London hinunter zur Themse erlaubte. Als Entgelt dafür stellten die Royalisten ihm Kinder zur Befriedigung seiner perversen sexuellen Lüste und als Opfer für seine Satansrituale zur Verfügung.

1652 verriet ihn sein jüngerer Bruder, Thomas Halkin, an Cromwell, wobei nicht überliefert ist, ob aus Abscheu vor seiner Perversität oder um in den Besitz des Titels zu gelangen. Der Haftbefehl gegen Lord Francis war von Oliver Cromwell persönlich unterzeichnet. Die Soldaten, die die Festnahme vollziehen sollten, waren jedoch von den grausigen Dingen, die sie in seiner Residenz vorfanden, derart angeekelt, daß sie an Ort und Stelle eine ihnen angemessen erscheinende Hinrichtung vollstreckten.«

Frannie blätterte weiter. Sie stieß auf detaillierte Informationen über den Besitz der Halkins; er hatte im dreizehnten und vierzehnten Jahrhundert mehrere Countys umfaßt. Dann fand sie einige alte Fotografien. Sie ging sie durch, und plötzlich zuckte sie zusammen, als ihr Blick auf das Foto eines Straßenzuges in London fiel, der ihr bekannt vorkam.

Sie spürte, wie sich die Haut an ihrem ganzen Körper spannte. Ihre Hände fingen an zu zittern. Sie starrte auf das Foto aus dem viktorianischen London. Die City. Zweirädrige Hansom-Kutschen und Pferdekarren auf der Straße. Die Geschäfte waren anders als heute. Aber Frannie sah sofort, wo das Foto aufgenommen worden war. Sie hatte als Kind sehr viel Zeit dort verbracht. Die Kreuzung der Poultry mit der Cheapside. Die Frontfassaden der Gebäude in der Poulterers' Alley waren in der Mitte des Fotos ganz deutlich zu erkennen.

Ihr Blick schoß hinunter zur Bildunterschrift. Die Schrift schien zu verschwimmen, sie mußte sich konzentrieren.

»Lage der ursprünglichen Residenz der Halkin-Familie in London. Sie wurde beim Großen Feuer im Jahre 1666 völlig zerstört. An ihrer Stelle stehen jetzt die Büros und Geschäfte der Poulterers' Alley.«

Der Ort, an dem das Sandwich-Café ihrer Eltern gewesen war.

# *Achtundzwanzig*

Franny rannte die Treppe der Galerie hinunter, durch den Lesesaal in den Korridor, fand eine leere Telefonzelle. Hier konnte sie ungestörter sprechen als im Büro. Sie schüttete mehrere Münzen oben auf das Telefon und wählte Olivers Nummer in der Bank.

Seine Sekretärin teilte ihr sehr förmlich mit, Lord Sherfield habe am Mittag London verlassen und sei wegen eines Todesfalls in der Familie zu seinem Landsitz gefahren; mit seiner Rückkehr sei heute nicht mehr zu rechnen.

Frannie rief in Meston Hall an, und Mrs Beakbane kam an den Apparat. Sie habe Oliver heute noch nicht gesehen, sagte sie, er sei wahrscheinlich bei Charles. Sie gab Frannie dessen Telefonnummer. Zögernd wählte Frannie die Nummer, aber es meldete sich niemand.

Sie ging zurück zu ihrem Büro. Ihr Herz klopfte immer noch wild. Im Flur trat Declan O'Hare aus einer Tür weit vor ihr und kam in Zeitlupe auf sie zu wie eine Figur in einem Traum.

»Geht es Ihnen gut, Frannie? Sind Sie voll da? Sie sehen aus, als ob Sie es heute noch nicht geschafft hätten, auf Planet Erde zu landen.«

»Ich bin ganz okay«, antwortete sie.

OKAY OKAY OKAY... Das Wort hallte durch den Flur.

»Nun schön. Nicht zufrieden mit der Arbeit an der Ausstellung?«

»Doch, doch, sehr zufrieden.«

»Das ist gut.«

GUT GUT GUT. Das Echo begleitete die Schritte O'Hares, als er weiterging. Der Korridor weitete sich, schrumpfte wieder zusammen. Dann verschluckte eine Tür die Gestalt O'Hares, und sie fiel hinter ihm mit einem Knall ins Schloß. Es klang wie ein gedämpfter Schuß.

Ihre Finger funktionierten nicht richtig, als sie jetzt ihre Handtasche öffnete, den kleinen Zitronenkuchen herausholte, die Verpakkung abriß und eine der Kerzen hineinsteckte. Erst beim zweiten Mal schafften es ihre zitternden Finger, ein Streichholz anzureiben und die Kerze anzustecken. Dann öffnete sie die Tür und ging ins Büro. »Herzlichen Glückwunsch zum Geburtstag!« rief sie und versuchte, ihrer Stimme einen fröhlichen Klang zu geben.

Spode hatte den Telefonhörer am Ohr. Er starrte sie erstaunt an, während sie den kleinen Kuchen vor ihm auf den Schreibtisch stellte, die Geburtstagskarte daranlehnte und sich dann an ihren Platz setzte.

Hastig beendete er sein Gespräch. Sein Blick ging von der Karte zum Kuchen, dann zu Frannie. Er nahm die Karte in die Hand, schaute sie sich an, stellte sie dann vorsichtig wieder an ihren alten Platz.

»Vielen Dank«, sagte er mit vor Rührung belegter Stimme. »Vielen Dank, Frannie. Ich danke dir sehr.«

Frannies Telefon läutete. Sie zuckte zusammen, hob ab. Es war Oliver.

»Wie geht's dir, Frannie?«

»Ich hab schon mehrfach versucht, dich zu erreichen.« In ihrer Kehle schienen sich eine Handvoll Kieselsteine aneinander zu reiben. »Ich habe es gefunden!«

»Was gefunden?«

»Die Verbindung! Ich habe die Verbindung gefunden!« Ihre Stimme funktionierte nicht richtig, ermöglichte es ihr nicht, mit derselben Geschwindigkeit zu sprechen, in der sich ihre Gedanken abspulten. »Du wirst es nicht glauben! Es ist das Café. Poulterers' Alley. Sagt dir diese Adresse was?«

»Nein. Gar nichts«, sagte er verständnislos.

»Die Londoner Residenz deiner Familie. Sie ist beim Großen Feuer 1666 abgebrannt.«

»Was ist damit? Ich kann dir nicht folgen.«

»Sie stand an der Stelle, an der jetzt die Poulterers' Alley ist. Und dort hatten meine Eltern ihr Café!«

Er schwieg einen kurzen Moment. »Mein Gott!« sagte er dann. »Und dort habt ihr diese Ouija-Sitzung gemacht?«

»Ja. Und das ist die Verbindung, nicht wahr? Es muß so sein!«

»Du bist dir wegen des Ortes ganz sicher?«

»Ich habe den eindeutigen Beweis in der Bibliothek gefunden.«

*»Non omnis moriar«*, sagte er.

Angst kroch über Frannies Rücken wie etwas Lebendiges. *»Non omnis moriar«*, wiederholte sie. Sie kümmerte sich nicht mehr darum, ob Spode zuhörte oder nicht. »Ich glaube, ich fange langsam an, die Dinge zu verstehen«, sagte sie.

»Ich konnte noch nicht mit dem Bischof sprechen. Er ist bis zum späten Abend unterwegs. Sein Sekretär versucht, ihn irgendwo zu erreichen und ihm zu sagen, er möchte mich anrufen. Charles ist in einem ganz schlimmen Zustand; ich mußte zu ihm fahren und ihm ein paar organisatorische Dinge abnehmen. Die Freigabe der Leiche vom Coroner erwirken. Die Beerdigung vorbereiten. Weiteres Vieh ist erkrankt, und der Tierarzt kann erst nach neun heute abend kommen.«

»Kann ich irgendwie helfen?«

»Nein. Ich möchte nur eines – daß du auf dich aufpaßt. Am besten ist, ich rufe dich wieder an, sobald ich mit dem Bischof gesprochen habe. Ich hoffe, wir können ihn morgen treffen.«

Nachdem er aufgelegt hatte, starrte Frannie abwesend auf das verhedderte Spiralkabel am Hörer. Auf die schmuddelige Wählplatte am Telefon. Auf die Löcher und Kratzer in der Schreibtischplatte. In das Licht der Lampe über ihr.

Der Cursor auf dem Bildschirm blinzelte ihr unentwegt zu. Sie entwirrte mit kraftlosen Fingern das Hörerkabel. Spodes Füllfederhalter kratzte eifrig über einen linierten Papierbogen. Es roch ganz schwach nach geschmolzenem Wachs von der Kerze auf dem Kuchen, die Spode inzwischen ausgeblasen hatte. Der Geruch erinnerte sie an die Kerzen in Olivers Schlafzimmer.

Sie gab mechanisch, als sei ihr Gehirn auf Autopilot geschaltet, ein neues Anforderungskommando in den Computer ein. Ihre Gedanken waren bei Oliver, bei Tristram, bei Poulterers' Alley, bei einem Abend vor dreieinhalb Jahren.

Ein Schauer überlief sie. Polypenarme schlängelten sich zurück in die Vergangenheit. Sie schloß die Augen. Wenn sie doch nur die Uhr zurückdrehen könnte! Wenn sie doch nur Seb Holland damals gesagt hätte, er solle weiterfahren, sie hätte es sich anders überlegt, der Keller sei wohl doch keine besonders gute Idee...

Fünfundzwanzig Jahre lang hatten ihre Eltern das Café betrieben. Sie hatten es schon vor Frannies Geburt gepachtet. Ihre ganze Kindheit und Jugendjahre hatte sie in diesen Räumen gespielt und gearbeitet. An dem Ort, an dem Olivers Vorfahren ihre Londoner Residenz gehabt hatten. Der Ort, an dem der zweite Marquess kleine Jungen ermordet hatte. Und an dem er selbst ermordet worden war – mit einem glühenden Schürhaken.

Was zum Teufel hatten sie damals in diesem Keller heraufbeschworen? Was war es, mit dem sie damals in Kontakt gekommen waren? Was war es, das dort unten die ganze Zeit gelauert hatte? War es das, vor dem sie sich schon als Kind immer gefürchtet hatte? Der Schwarze Mann? Der Schatten, das Kratzen auf dem Boden wie von einem nachgezogenen Fuß – war es das?

Auf dem Bildschirm erschien die falsche Datei. Sie überflog die Worte, die da standen, und sie war zu sehr in ihren Gedanken gefangen, als daß sie sich über ihren Fehler geärgert hätte. *Homo habilis. Skhul. Vindja. Jungpaläolithikum. Java-Mensch. Peking-Mensch.* Knochen. Tot, längst tot. Was auch immer damals geschehen war, es spielte keine Rolle mehr. Es sei denn, man lebte in einem parallelen Universum oder was immer es war, von dem Declan O'Hare vor kurzem gesprochen hatte.

So was wie Geister gab es nicht.

Penrose Spode schaute sie an. »Sag mal, Frannie, bist du okay?«

»Ja, mir geht's gut.«

»Aber du weinst.«

Sie strich erschreckt mit den Fingern über die Wangen. Sie waren naß. Sie schniefte, holte ihr Taschentuch und trocknete die Tränen ab. »Entschuldigung«, sagte sie, schniefte noch einmal und zwang sich zu einem Lächeln.

Er verzog den Mund zu einer stillen Entschuldigung wegen seines Eindringens in ihre Privatsphäre, starrte sie aber weiter an. Ihr schien es, als würde er sich nie wieder seiner Arbeit zuwenden. Er stellte die Ellenbogen auf den Tisch, legte die Fingerspitzen beider Hände aneinander, senkte scheu den Kopf. »Ich weiß nicht... Wenn du irgendwas anderes vorhast... aber, ehem, wenn nicht, dann, ehem, darf ich dich, ehem, zum Dinner heute abend einladen?«

»Zu deiner Geburtstagsparty?«

»Ich mache keine Party«, sagte er ruhig. »Ich hatte heute abend gar nichts vor.«

Sie sah ihn an, überrascht, mitleidig. Und sie überlegte, was ihr an diesem Abend bevorstand: allein in ihrer leeren Wohnung sitzen, auf Olivers Anruf warten, ihren quälenden Gedanken ausgesetzt. Nein, sie wollte nicht allein sein.

»Gerne«, sagte sie. »Danke für die Einladung.«

Penrose Spode wurde langsam aber sicher betrunken. Frannie erkannte es an der nachlassenden Koordination seiner Bewegungen, an der Art, wie er beim Sprechen mit den Händen herumfuchtelte; wie sein Gesichtsausdruck immer weichlicher wurde; wie er beim Sprechen nuschelte. Sie selbst wurde auch immer betrunkener; der Alkohol heiterte sie auf, ließ die Angst von ihr abfallen, alles normal und in Ordnung erscheinen. Sie hatte einen bösen Traum gehabt, das war alles.

Spode versuchte, mit seinen Stäbchen eine Erdnuß aus der klebrigen, dicken Sauce zu fischen. Die Enden klickten leer zusammen, mindestens drei Zentimeter vor dem Ziel. Er nahm einen neuen Anlauf, kniff ein Auge zu, zielte genau, schaffte es tatsächlich, hielt die Nuß triumphierend zwischen den Enden der Stäbchen hoch; als er sie aber zum Mund führte, schlüpfte sie aus der Umklammerung, hüpfte auf seine Brust, rutschte an dem gelben T-Shirt hinunter und hinterließ eine dicke braune Spur zwischen den Reiskörnern, die sich dort bereits festgesetzt hatten.

»Huch!« sagte er.

Frannie wollte betrunken bleiben, sogar noch betrunkener werden. Sie gab der Kellnerin ein Zeichen, noch eine Flasche Pinot Grigio zu bringen. Spode riß in Vortäuschung eines Protestes die Augen auf, versuchte sich dann aber an einem Pilz in einem der vielen Schüsselchen des thailändischen Gerichtes. Er erwischte ihn sogar auf Anhieb, aber dann glitschte er doch davon und schlitterte wie ein Eishockeypuck über die weiße Tischdecke.

»Warst du eigentlich schon früh an Archäologie interessiert?« fragte Frannie.

Spode hielt wie zufällig seine Stäbchen über den renitenten Pilz, als hoffe er darauf, ihn unbemerkt wieder aufgreifen zu können. »Ja.«

»Was im besonderen interessiert dich daran?«

Er legte den Kopf schief, lehnte sich etwas vor, zog sie zu sich heran, als wolle er ihr ein großes Geheimnis anvertrauen. »Die Vergangenheit spricht zu mir.«

»Spricht zu dir?«

»Ja.«

Sie suchte sich eine scharfe, pikante Garnele aus, und Spodes Augen folgten ihren Stäbchen, als ob er einen Zaubertrick beobachten würde. »Du willst sagen, du führst Gespräch mit der Vergangenheit? Was habt ihr euch denn so zu sagen?«

Spode grinste, bedeckte dann aber schnell den Mund mit der Hand und schaute wieder ernst drein.

»Psychometrie«, flüsterte er.

»Hmmm?«

»Ich habe diese Gabe.«

»Psychometrie?«

Die Kellnerin kam mit der Weinflasche, war unentschlossen, wem sie den Probeschluck eingießen sollte. Frannie kam ihr zu Hilfe. Ihr Mund brannte noch von der scharfen Garnele, und sie konnte kaum einen Geschmack an dem Wein entdecken. »Sehr gut«, sagte sie, dann wandte sie sich wieder Spode zu. »Was ist Psychometrie?«

»Ich kann durch Kontakt mit einem Gegenstand Aussagen über die Vergangenheit des Besitzers machen.«

»Du meinst, du hast so was wie übersinnliche Fähigkeiten?«

Spode wurde rot. »Ja, so, so könnte man sagen.«

»Na, du bist ja ein ganz schöner Geheimniskrämer! Du hast mir bisher kein Wort davon gesagt!« Sie aß eine Scheibe Dorsch in Ingwer.

Er schob sein frisch gefülltes Glas auf dem Tisch hin und her, trank dann einen Schluck. Wein lief ihm über das Kinn. »Weißt du, die Leute halten einen für ...« Er tippte an seine Stirn. »Verstehst du – wenn man über so was redet.«

»Welche Art von Dingen kannst du denn erkennen, wenn du Gegenstände anderer Leute berührst?«

»Das kommt drauf an.«

»Worauf?«

»Auf die Stärke des emotionalen Feldes, das sich in dem Objekt aufgebaut hat.« Er faßte eine Krabbe ins Auge, schaute dann zweifelnd auf seine Stäbchen. »Auf den Zustand des Objekts. Wo es sich bisher befand.«

»Wieso hat das Einfluß auf deine Fähigkeit, etwas daraus zu erkennen?«

»Die Objekte nehmen alle emotionalen Regungen auf, die sich in ihrer Nähe abspielen.«

»Aha. Und wie geschieht das?«

Er lehnte sich noch weiter vor, und für einen Augenblick dachte sie, er wolle sie küssen. »Sie absorbieren die Geschehnisse um sie herum, wie es auch Wände tun. Sie nehmen sie in ihre subatomaren Partikel auf. Oder irgendwo sonst, ich weiß das auch nicht so genau. Am besten klappt es, wenn es ein persönlicher Gegenstand ist – oder irgendwas, das vergraben war und über lange Zeit ungestört die Eindrücke abspeichern und sich setzen lassen konnte.«

»Und was wäre als persönlicher Gegenstand besonders gut geeignet?«

»Ein Ring. Eine Uhr. Ein Armband. Oder so was ähnliches.«

»Könntest du es mal mit meiner Uhr versuchen?«

Er schaute sich ihre zerkratzte, abgewetzte Quarzuhr an. »Wie lange hast du sie schon?«

»Mein Vater hat sie mir zum sechzehnten Geburtstag geschenkt.«

Er legte seine Stäbchen auf den Tisch. Sie nahm die Uhr ab und gab sie ihm. Er umschloß sie fest mit der Hand, hob den Kopf und schaute zur Decke, mit einer solchen Konzentration und Intensität, daß seine Pupillen fast unter den Lidern verschwanden und Frannie nur noch das Weiße in seinen Augen sah. Sein Gesichtsausdruck erschreckte sie, und das unterbrach wie ein Kurzschluß ihren glücklichen Zustand des Vergessens.

»Ich sehe einen jungen Mann mit einem roten Sportwagen... Er hat irgendwas mit Fischen zu tun... Ja, du hast mal einen Freund gehabt, der Fischhändler war. Nein... Er war kein richtiger Freund, nur ein junger Mann, mit dem du ausgegangen bist. Es gab Leute, die dich gedrängt haben, du sollst ihn heiraten; sie wollten das mit aller Macht arrangieren, aber es kam für dich nicht in Frage. Es gab eine Menge Ärger deshalb mit deinem Vater. Er wollte unbedingt, daß du diesen Fischhändler heiratest; seine Familie war reich... Und da taucht noch mehr Ärger mit deinem Vater auf... Immer zwischen dir und deinem Vater; deine Mutter ist sehr sanftmütig, hält sich zurück. Du hast immer wieder Krach mit deinem Vater, und du fühlst dich deshalb schuldig, aber du gibst nicht nach, denn du bist ein sehr charakterfestes Mädchen.«

Sie starrte ihn erstaunt an. Er sprach jetzt lauter, seine Stimme wurde immer aufgeregter: »Ja, ja, Archäologie – eine ständige Quelle für Auseinandersetzungen! Dein Vater war sauer, daß du Archäologie studiert hast, weil man damit nicht viel Geld machen kann. Du hast oft deswegen Krach mit ihm gehabt... Du hast eine jüngere Schwester, die immer einen schwarzen Hut trägt. Du bist seit kurzem sehr in einen Mann verliebt, den du auf einem Bahnhof kennengelernt hast.« Er verstummte.

Die Leute an den Nebentischen schauten zu ihnen herüber, und die Gespräche um sie herum hörten plötzlich auf. Frannie errötete, aber zugleich zitterte sie auch vor Anspannung und Aufregung. Sie brauchte einen Moment, ehe sie sprechen konnte.

»Das ist ja... unglaublich, Penrose.« Sie runzelte die Stirn, überlegte krampfhaft, ob sie ihm vielleicht einmal etwas aus ihrem Privatleben erzählt hatte. Sie hatten Nettigkeiten ausgetauscht, sich über Nichtigkeiten und die Arbeit im Museum unterhalten, aber nie irgendein wirklich privates, intimeres Gespräch geführt. »Kannst du mir mehr über den Mann sagen, den ich am Bahnhof getroffen habe?«

Er schloß die Augen. »Er hat einen Sohn. Keine Frau. Sie ist tot.«

»Und der Sohn? Kannst du mir etwas über ihn sagen?«

Er konzentrierte sich erneut, und wieder verschwanden die Pupillen unter den Lidern; seine Faust umschloß die Uhr so angespannt, daß sie zitterte. Er schien etwas sagen zu wollen, aber dann, ganz plötzlich und unerwartet, streckte er ihr die Hand entgegen, öffnete die Finger, hielt ihr die Uhr hin und sah sie vorwurfsvoll, fast zornig an. »Du nimmst sie besser zurück.«

Sie fühlte sich plötzlich nüchtern, und ihre Nerven flatterten. »Was... ist los, Penrose?«

»Nimm sie zurück, bitte.«

»Warum? Kannst du mir nicht mehr zu der Sache sagen? Bitte, Penrose!«

»Alles ist nur noch ein verschwommener Dunst. Zu viele gegensätzliche Einflüsse. Ich habe zuviel getrunken... Und ich kann nur die Vergangenheit aufnehmen, nicht die Gegenwart.«

»Ich dachte, ein Medium kann auch die Zukunft lesen.« Sie legte widerstrebend die Uhr wieder an.

Spode ließ den Blick mißtrauisch über die verschiedenen Schälchen auf dem Tisch gleiten, als inspiziere er feindliches Territorium. »Das ist eine ziemlich anmaßende Annahme.« Er hielt die Stäbchen unentschlossen über eine Zuckererbse, die wie eine grüne Haiflosse aus einem undefinierbaren Gericht ragte, von dem Frannie nicht wußte, daß sie es bestellt hatten. »Die Objekte sind keine Kristallkugeln; sie sind wie Videobänder – die Vergangenheit ist in ihnen gespeichert, nicht die Zukunft. Und ich bin kein Medium.« Er sah irgendwie unangenehm berührt aus. Und er schien ihr auszuweichen.

Die Zuckererbse fiel prompt auf das Tischtuch, aber er pickte sie mit einem Geschick wieder auf, das Frannie überraschte – und auch ihn selbst zu erstaunen schien. Er kaute die knackige Schale genußvoll und leckte sich dann die Lippen mit der Befriedigung eines Mannes, der einen kleinen, aber bedeutungsvollen Sieg über die Widernisse des Lebens errungen hat. Dann betrachtete er seine Stäbchen mit neuen, triumphierenden Augen, als ob sie sich von Feinden zu Freunden gemausert hätten.

»Sag mal, Penrose, war das vielleicht ganz einfach Telepathie, was du da eben gemacht hast? Bist du sicher, daß du diese Dinge nicht aus meinem Gehirn gesaugt hast?«

»Theoretisch wäre das möglich.« Er sah plötzlich mürrisch und verdrossen aus, und der alte Penrose Spode, den sie aus dem Büro nur zu gut kannte, schien wieder durchzubrechen – der herablassende, launische, introvertierte Eigenbrötler. »Aber wenn ich den Trinkbecher eines indischen Aschoka-Kriegers aus der Zeit um 250 vor Christus in der Hand halte und erfahre, was er erlebt hat, dann kann ich mir nicht vorstellen, daß seine Überreste in der Verfassung sind, mit mir in telepathischen Kontakt zu treten.«

»Ich wollte nicht unhöflich sein, Penrose. Es ist nur, ich meine, es ist unglaublich, was du mir eben gesagt hast... Es ist absolut zutreffend.«

Das schien ihn zu beschwichtigen, und er trank einen weiteren Schluck von seinem Wein. Dann lehnte er sich wieder vor, schaute sich mißtrauisch um und senkte die Stimme: »Ich hab meinem Bruder schon mehrmals geholfen.« Er nickte selbstzufrieden vor sich hin.

»Ich wußte gar nicht, daß du einen Bruder hast.«

»Er ist Priester.« Er hob sein Glas zum Mund, war sichtlich überrascht, daß es leer war, hob die Flasche aus dem Kühler und goß sein und Frannies Glas bis zum Rand voll, wobei es ihn nicht zu beeindrucken schien, daß ein Regen aus Eiswasser die Gerichte in den Schälchen verdünnte.

»Bist du denn auch gläubig?«

Er schüttelte den Kopf. »Ich komme mit meinem Bruder nicht besonders gut aus.«

»Womit hast du ihm geholfen?«

»Geister. Spuk. Beschwörungen. Er ist der Exorzist seiner Diözese. Und er weiß, daß meine Fähigkeit nichts mit Telepathie zu tun hat.«

»Exorzist?«

»Das ist nicht sein Titel, aber damit beschäftigt er sich.«

»Zu welcher Konfession gehört er?«

»Zur Anglikanischen Hochkirche.«

»Die Anglikanische Hochkirche hält sich offiziell einen Exorzisten?«

»Mehrere. Er muß Untersuchungen anstellen, wenn Leute in der Diözese meinen, sie hätten einen Geist im Haus, es spuke bei ihnen oder so was. Er wird dann gerufen und untersucht die Sache. Und ich hab ihm schon ein paarmal helfen können.«

»Indem du psychometrisch Gegenstände untersucht hast?«

»Ja. Gegenstände. Oder Mauern.«

»Ich sehe den Zusammenhang mit Exorzismus noch nicht.«

»Einige Geister sind nichts anderes als an einem bestimmten Ort gefangene geistig-emotionale Energiefelder. Und die werden von manchen Menschen irgendwie aktiviert, ausgelöst. Ich kann dann feststellen, welche Beziehung der Betroffene zu dem Geist hat, welcher Zusammenhang zwischen dem Lebenden und dem Geist besteht.«

»Aus den Wänden?«

»Ja, meistens.«

»Macht dir das keine Angst?«

Er hob vorsichtig sein volles Glas hoch. »Es gibt nichts, das einem an der Vergangenheit angst machen könnte. Sie kann niemandem was Böses antun.« Er schaute zur Seite, schien ihrem Blick auszuweichen zu wollen.

»Weißt du irgendwas über Ouija-Sitzungen?«

Er inspizierte eingehend den Rand seines vollen Glases, setzte es unsicher ab und griff nach den Stäbchen. Er war plötzlich sehr blaß um die Nase. »Mein Bruder mag sie nicht.« Er inspizierte die verschiedenen Schälchen und fischte dann wieder einen Pilz heraus. »Er kennt eine Menge Leute, die Probleme nach Ouija-Sitzungen hatten.«

»Was für Probleme?«

Der Pilz rutschte kurz vor seinem Mund aus den Stäbchen, aber er bemerkte es nicht; er sprang auf, kreidebleich im Gesicht, und rannte schwankend zum rückwärtigen Teil des Restaurants. Als er nach zehn Minuten immer noch nicht zurück war, wurde Frannie unruhig und ging die enge Wendeltreppe hinunter zu den Toiletten, um nach ihm zu sehen. Sie klopfte an die Tür mit der aufgemalten Männersilhouette, erhielt aber keine Antwort. Zögernd öffnete sie die Tür. Ein strenger Geruch nach Erbrochenem stieg ihr in die Nase. Spode lag zusammengekrümmt auf dem Boden vor dem Waschbecken. Er schlief fest.

Frannie putzte ihm mit angefeuchteten Papiertüchern das Gesicht ab und wandte sich dann hilfesuchend an den Geschäftsführer. Der rief ein Taxi, Frannie bezahlte die Rechnung, und Spode erholte sich schließlich wenigstens so weit, daß er, gestützt auf Frannie und einen Ober, zum Taxi wanken konnte. Er bemühte sich sogar, dem Fahrer seine Adresse anzugeben: »Spenrose Pode, Nummer schiebnschiebssich.« Frannie wußte, in welcher Straße er wohnte.

Das Taxi hielt vor dem viktorianischen Wohnblock in Wandsworth, und Frannie half Spode die Treppe hoch und durch den Flur zu seiner Wohnung. Sie war so penibel aufgeräumt und nüchtern wie sein Schreibtisch im Museum. Spode konnte seine Augen nicht fokussieren und schielte sie an, gab sich aber Mühe, zusammenhängend und verständlich zu sprechen. »Mein Bruder könnte dir helfen«, sagte er. Sie erwischte ihn gerade noch, ehe er mit einem Stuhl kollidierte.

»Ja, Penrose, bitte.«

»Ruf ihn morgen früh an.«

Sie ging zurück zu dem wartenden Taxi. Ihr Kopf schwirrte vom Wein und der Anstrengung mit Spode, und sie schlief ein. Sie schreckte aus dem Schlaf hoch, als das Taxi vor ihrer Wohnung hielt, bezahlte dem Fahrer eine Summe, die sie im Normalfall sehr gereut hätte, und schob sich aus dem Wagen. Leicht schwankend ging sie Schritt für Schritt die Treppe hinunter, hielt sich mit beiden Händen am Geländer fest, stieß gegen eine der Mülltonnen vor dem Eingang, die mit lautem Scheppern umfiel.

Im Flur sah sie die Post auf dem Boden, hob sie aber nicht auf. Dann schloß sie die Tür hinter sich ab. Ließ den Schlüssel stecken. Es war sehr still in der Wohnung.

Zu still.

Sie war plötzlich völlig nüchtern. Irgend etwas stimmte nicht in der Wohnung. Sie wich zurück zur Tür, legte die Hand auf den Griff, horchte. Stille. Bis auf das Brummen des Eisschranks. Sie machte einen Schritt nach vorne. Dann noch einen. Die Tür zum Schlafzimmer war offen. Auch die Küchentür. Dunkelheit ergoß sich aus den Zimmern in den Flur. Auch die Tür zum Wohnzimmer war weit geöffnet. Ein schwacher Schimmer vom gelblichen Licht der Straßenlaternen fiel in den Raum. In die Stille.

Sie machte noch einen Schritt nach vorne. Wartete. Hörte die Stimmen über sich. Das Schimpfen des Mannes. Das Keifen der Frau. Die beiden zankten sich mal wieder. Das Schreien des Babys. Diese Anzeichen von Leben im Gebäude machten Frannie Mut, und sie ging mit schnellen Schritten zur Wohnzimmertür, griff um die Ecke und machte das Licht an.

Nichts bewegte sich. Niemand im Zimmer. Leer. Die Vorhänge waren aufgezogen, wie sie sie zurückgelassen hatte. Der römische Krug stand am selben Platz wie immer auf dem Tisch. Sie ging langsam ins Zimmer, schaute sich um. Nichts. Aber draußen im Flur... Ein Schatten... Oder war es nur Einbildung? Sie starrte durch die Tür. Nein, nichts zu sehen. In ihren Ohren baute sich ein Druck auf, ein Schmerz, wie sie ihn manchmal im Flugzeug spürte, und sie schluckte, um dagegen anzukämpfen. Und dann läutete das Telefon, durchbrach explosionsartig die Stille wie das Zerbersten einer Glasscheibe.

Sie riß den Hörer ans Ohr. »Jahallo?« Sie flüsterte, schien zu fürchten, jemand in der Wohnung könnte mithören.

»Frannie?« Olivers Stimme.

»Frannie? Ist alles in Ordnung?«

»Ja.« Wieder nur ein Flüstern.

»Ich habe den ganzen Abend versucht, dich zu erreichen. Ich bin krank vor Angst um dich. Was ist los?«

Sie blickte in den Flur. Der Schatten... Da war er wieder. Bewegte sich. Verharrte. Bewegte sich wieder. »Wo bist du?«

»In Meston.«

Plötzlich huschende Schatten überall im Zimmer... Die Lampe über ihr bewegte sich, schwang an ihrem Kabel hin und her im Wind.

Aber da war kein Wind.

Eisige, irre Angst nahm ihr den Atem. Die Lampe schwang heftiger, immer schneller hin und her. Der billige pergamentfarbene Schirm mit den langen Fransen; das braune Kabel. Schneller. Der Drahtrahmen quietschte in der Bakeliteinfassung. Schneller. Der Schirm stieß gegen die Decke, das Kabel hing für einen kurzen Augenblick durch, dann kam die Gegenbewegung, und krachend schlug der Schirm an der anderen Seite an die Decke; ein Stück pergamentfarbenen Stoffs fiel auf den Boden.

»Frannie? Frannie? Bist du noch da?«

Die Lampe schwang wieder zur anderen Seite, wütend, rasend, schlug noch härter gegen die Decke; ein großes Stück des Schirms platzte ab, fiel auf den Tisch. Dann wieder der Aufprall auf der anderen Seite. Wie in irrsinniger Wut.

Frannie schrie. Hielt die Hände über den Kopf, als der Drahtrahmen der Lampe zerplatzte und ein Regen aus Stoffetzen auf sie niederging. Sie sprang auf, hielt das Telefon umklammert, duckte sich hinter die Lehne des Sofas, starrte in irrem Entsetzen auf die Lampe.

»Frannie?«

Wieder ein Aufprall der Lampe gegen die Decke. Die Reste des Schirms und des Drahtgestells krachten auf den Boden. Nur noch die Birne in der Fassung war übrig.

»Ich fahr sofort los, Frannie. In einer Stunde bin ich bei dir.«

Ein greller Blitz über ihrem Kopf. Dann Dunkelheit in der ganzen Wohnung.

Sie ließ das Telefon fallen, rannte los, in den Flur, zur Eingangstür, drehte mit fliegenden Fingern den Schlüssel, riß die Tür auf, stolperte die Treppe hoch auf den Gehweg. Blieb stehen, rang nach Luft, lehnte sich zitternd gegen einen Baum, sackte auf den Boden.

Und dort blieb sie hocken, fast eine Stunde lang, ohne sich zu ihrer Wohnung umzuschauen, bis endlich die Lichter von Olivers Wagen auftauchten und er sie in die Arme nahm.

»Ich habe es mir nicht nur eingebildet, Oliver.«

Er hatte die elektrischen Sicherungen repariert. Sie saßen auf dem Sofa im Wohnzimmer, und Frannie erzählte ihm, was passiert war.

»Es war keine Einbildung.« Sie bemerkte erst jetzt, wie erschöpft er aussah. Sein Gesicht war kreidebleich, glänzte vor Schweiß, und das Haar hing ihm feucht in die Stirn und in die Schläfen. Sein dunkelgrauer Nadelstreifenanzug war zerknittert, der Hemdkragen stand offen, die Krawatte hing lose herunter. Seine Hände waren schmutzig. Er starrte auf den römischen Krug. »Der Bischof hat angerufen. Er war sehr hilfsbereit. Ich habe ihm gesagt, daß du katholisch bist, aber das interessierte ihn gottlob nicht. Er hat mir den Namen eines Priesters hier in London gegeben, der als Exorzist für die Diözese zuständig ist.« Er schob die Hände in die Hosentaschen. »Ich hab versucht, bei dem Priester anzurufen, aber er war nicht da. Ich hab eine Nachricht auf seinem Anrufbeantworter hinterlassen. Kannst du morgen jederzeit aus dem Museum weg?«

»Ich bin zum Lunch mit Seb Holland verabredet.«

»Vielleicht sollte er mit zu dem Priester kommen.«

»Wenn ich ihn überzeugen kann.«

»Du gehst jedenfalls morgen früh zur Arbeit?«

»Ja.«

»Die Nachricht, die ich dem Priester hinterlassen habe... Wenn er mich nicht erreicht, soll er dich anrufen, habe ich gesagt und ihm deine beiden Nummern gegeben.«

»Wie heißt er?«

»Ist ein... na...« Er schnippte mehrmals mit den Fingern. »Ziemlich komischer Name.« Dann zog er seinen Notizkalender aus der Tasche und blätterte darin herum. Schließlich fand er, was er suchte, hatte aber Schwierigkeiten, seine eigene Schrift zu lesen. »Canon Benedict Spode«, las er dann vor.

»Spode?«

Er nickte. »Ja, so steht hier.«

»S-P-O-D-E?» buchstabierte sie.

»Ja.« Er schaute sie überrascht an. »Warum fragst du? Kennst du ihn?«

Sie starrte ihn an. »Wann um Himmels willen hören sie endlich auf, diese Zufälle?«

Er runzelte die Stirn. »Ich kann dir nicht folgen...«

Sie schüttelte ungläubig den Kopf. »Ich teile das Büro mit seinem Bruder. Ich war mit ihm heute abend essen.«

*»Dienstag, 25. September«* stand über der Seite in Frannies Terminkalender.

Sie saß an ihrem Schreibtisch und versuchte zu arbeiten, wartete auf das Klingeln des Telefons, wurde immer wieder abgelenkt durch die Überlegung, was sie Seb Holland sagen sollte. Und sie mußte sich zusammenreißen, um sich nicht von den Gedanken an die Geschehnisse der vergangenen Tage überfallen zu lassen. Sie würde sonst verrückt, fürchtete sie. Sie durfte nicht an Tristram denken. Oder an Phoebes Armstumpf. Oder daran, daß Max Gabriel von einer heimtückischen Krankheit aufgefressen wurde.

Draußen war ein feuchter, trüber, windiger Morgen. Sie hatte schlimme Kopfschmerzen, und eisige Angst ließ ihren Körper immer wieder verkrampfen, lähmte sie, machte sie krank. Sie hätte sich wärmer anziehen sollen, dachte sie; das blaue Leinenkostüm und die kirschrote Bluse, die sie ausgesucht hatte, um für den Besuch bei Seb Holland und später bei dem Priester schick zu sein, paßten nicht zur Witterung.

Penrose Spode erschien erst kurz nach elf. Er kam wortlos ins Büro, hängte seine Fahrradausrüstung an die Haken und ging in seltsam aufrechter, steifer Haltung zu seinem Platz, als käme er gerade von einer Unterrichtsstunde über die Körperhaltung des britischen Gentleman.

Er setzte sich und legte die gefalteten Hände auf die Schreibtischplatte. Sein Gesicht war fast so blaß wie am Abend zuvor, als Frannie ihn im Vorraum der Herrentoilette gefunden hatte. Er lächelte sie entschuldigend an, verzog dann aber das Gesicht, als ob das Lächeln ihm Schmerzen bereitet hätte.

»Guten Morgen«, sagte Frannie.

Er murmelte fast unhörbar eine Antwort.

»Wie geht es dir?«

»Ziemlich mies.« Er schaute sich im Büro um, als müsse er sich vergewissern, ob er auch am richtigen Ort sei. »Ich habe wohl ein bißchen zuviel gegessen. Ich danke dir für...« Er hob die Hände, ließ sie wieder fallen, errötete, schloß die Augen. Dann drückte er die Handflächen gegen die Schläfen. »Ich vertrage nicht besonders viel Alkohol.«

»Nun, wir haben ja auch eine ganze Menge getrunken.«

Er machte eine Bewegung, als wolle er aufstehen. »Ich brauche dringend einen Kaffee. Willst du auch einen?«

»Du hast mir gestern abend von deinem Bruder erzählt.«

Wieder drückte er die Hände gegen die Schläfen, nickte dann langsam. »Ich habe schon mit ihm gesprochen.«

»Ja?«

»Deshalb bin ich so spät dran. Ich war eben bei ihm.«

»Wirklich?«

»Ich wollte sichergehen, daß er alles richtig versteht.«

»Vielen Dank«, sagte sie überrascht.

»Ich habe mit ihm abgesprochen, daß du um halb sieben heute abend zu ihm kommst. Ist das okay?«

»Ja, natürlich, danke.«

»Gut... Ich...« Seine Gedanken schienen sich plötzlich in andere Gefilde zu verlieren. Dann stand er auf. »Schwarz, ohne Zukker?«

»Ja, danke. Soll ich gehen?«

»Nein, ich mach das schon.« Er schlurfte wie ein alter Mann auf die Tür zu. Als er sie erreichte, drehte er sich noch einmal um, sah sie ernst an. »Du gehst doch zu ihm, oder?«

»Aber natürlich!«

»Es ist sehr wichtig, Frannie.«

»Ja, ich weiß.«

»Es ist nur... Manchmal bin ich nicht sicher, ob du was ernst meinst oder nicht.«

»Ich meine es sehr ernst, Penrose. Wirklich sehr ernst... übrigens

– ich möchte noch jemanden mit zu deinem Bruder nehmen, wenn das geht.« Sie sah ihn an, aber sein Gesichtsausdruck verriet nicht, ob er Einwände hatte. »Sein Name ist Seb Holland.«

Er reagierte nicht, drehte sich um und schlurfte hinaus in den Flur.

# *Neunundzwanzig*

Um Viertel vor eins kam Frannie aus der Station der Untergrundbahn. Sie blinzelte im Sonnenlicht, das sich zaghaft einen Weg durch die Wolken bahnte. Der Herbstwind fuhr kalt durch ihre dünne Kleidung, peitschte das Haar um ihr Gesicht und ließ Jacke und Rock flattern.

Sie wartete an einem Fußgängerübergang auf grünes Licht. Ein Touristenbus mit offenem Oberdeck brummte vorbei, dahinter ein Taxi, dann ein BMW, dessen Fahrer einen Telefonhörer ans Ohr hielt. Ein Motorradkurier schlängelte sich geschickt durch die Autoschlangen. Irgendwo in der Nähe ratterte ein Preßlufthammer, und ihre Nerven vibrierten im selben Takt.

Auf der anderen Straßenseite kam ein hübsches Mädchen aus einem Büro und begrüßte einen jungen Mann im Anzug mit einer Umarmung und einem langen Kuß. Frannie sah neidisch zu, wie die beiden Hand in Hand, scheinbar ohne jegliche Sorgen, davongingen. Das normale Leben ging weiter – aber sie war davon ausgeschlossen.

Die Gehwege waren voller Menschen, die es anscheinend alle eilig hatten. Männer in dunklen Anzügen und blauen Krawatten, Frauen in Kostümen, Hermès- oder Christian-Dior-Schals malerisch um die Hälse drapiert, eilten an ihr vorbei. Endlich zeigte die Ampel grünes Licht.

In den Sandwich-Bars standen die Menschen Schlange, und sie hörte im Vorbeigehen manchmal das Gemurmel der Leute, wenn Türen geöffnet wurden. Der Schatten einer gotischen Kirche fiel auf den Gehweg; sie schaute an der fensterlosen Fassade hoch, und Angst stieg wieder in ihr auf, grub sich in ihre Haut, zog Falten in ihr Gesicht. Hinter ihr heulte ein Martinshorn. Das Geräusch verunsicherte sie, machte ihre Beine schwer, und sie ging langsamer.

Ein Krankenwagen raste vorbei, seine Sirene eine kreischende Todesfee. Ihr Magen war ein Eisklumpen.

Sie kannte diesen Teil der Stadt von Kindheit an, und es gab kaum Neues für sie zu sehen. In der City gab es nur selten Veränderungen; wenn sie aber vorgenommen wurden, waren sie brutal wie radikale chirurgische Eingriffe. Ein vertrauter Anblick wurde wegoperiert, amputiert wie eine Frauenbrust; an seiner Stelle ragten dann riesige Kräne und Skelette von Stahlträgern wie Prothesen in den Himmel. Frannie kam an bekannten Geschäften vorbei, alle noch unverändert wie damals: Record Album, Schallplatten; Boots, Apotheke; Austin Reed, Musikinstrumente. Dann sah sie vor sich ein gelbes Blinklicht. Rot-weiße Absperrbalken mit Reflektoren. Ein Bauzaun um einen ganzen Block leerstehender Gebäude. Ein großes Schild: MACFAZEDEAN BROTHERS PLC STADTSANIERUNG.

MacFazedean Brothers. Der Name schnürte ihr die Kehle zu. Diese Bastarde. Die aalglatten jungen Männer in ihren Nadelstreifenanzügen. Sie präsentieren ihrem Vater den gerichtlichen Räumungsbeschluß, nehmen ohne Wimpernzucken seinen verzweifelten Protest zur Kenntnis, haben dann auch noch die Stirn, salbungsvoll zu erklären, es sei letztlich für alle Seiten besser so.

Es war ein großes Projekt. Fast dreißigtausend Quadratmeter. Zwei riesige Kräne standen in der Mitte, einer mit einer Abrißbirne am Ausleger, die bedrohlich im Wind schwankte. Baulärm dröhnte, und eine Staubwolke hing über der Baustelle.

An einigen der Gebäude, die man über den hohen Bauzaun hinweg sehen konnte, waren die Fassaden bereits eingerissen, und man sah in tapezierte Zimmer, die den Elementen schutzlos ausgeliefert waren – ein Bild wie aus der Zeit der deutschen Luftangriffe. Für einen Augenblick fühlte sich Frannie, als sei auch ihre Außenwand eingerissen worden, fühlte sich ebenso ausgeliefert. Irgendwo hinter diesem Zaun, in der Poulterers' Alley, lag das Haus Nummer 14. Sie ging auf einem mit Brettern ausgelegten Gehweg am Zaun entlang. Ein elegantes rotes Schild verkündete: »Architekt: Garbutt McMillan«.

Sie orientierte sich an den Läden auf der anderen Straßenseite, kam an die Stelle, an der früher der Eingang zur Poulterers' Alley gewesen war, aber er war durch den Bauzaun versperrt. Im Zaun waren schmale Schlitze; sie drückte ihr Gesicht an einen davon und konnte genau die Straße hinuntersehen. Ein trauriges Bild. Die Fenster und Türen mit Brettern vernagelt, nur noch die Namen der Geschäfte und Büros waren zu erkennen. Sie sah das Café, und die Traurigkeit bei seinem Anblick wurde von einem Gefühl der Angst verdrängt.

Die Straße selbst war bereits zum Teil ausgeschachtet; an einigen Häusern hatte man die Frontmauern eingerissen, und Frannie konnte in die Keller sehen. Einer stand voller Wasser, ein anderer war voller Schlamm und mit Stahlträgern abgestützt. Der riesige Haken des einen Krans senkte sich gerade herab, die Abrißbirne des anderen schwang aus ihrer Sicht, dann hörte sie das Geräusch einstürzender Mauern. Der Motor eines Bulldozers heulte auf, Metall knirschte, Preßlufthämmer ratterten.

Staub trocknete ihre Kehle aus, aber sie eilte weiter, kam zum Eingang der Baustelle, ging durch das weit geöffnete Gittertor auf eine lehmige, von schweren Reifen zerfurchte Zufahrt zu, war plötzlich mitten im hektischen Geschehen auf der Baustelle. Bulldozer schoben Erde vor sich her, Kipper luden Sand ab; Arbeiter mit Schutzhelmen schaufelten, mauerten, hämmerten. Zwei Männer hängten eine Eisenplatte an den Haken des Krans. Drei andere auf einem Gerüst zogen an einem Seil Werkzeuge hoch. Irgend jemand brüllte Anweisungen. Drüben, rechts von ihr, schlug die Abrißbirne gegen die letzten Mauerreste eines Hauses, das am Anfang von Poulterers' Alley gestanden hatte. Sie krachten zusammen. Die Birne schwang zurück; ein Bulldozer stürzte sich auf die Trümmer wie ein Krebs auf die Überreste eines Fisches auf dem Meeresgrund. In einer der rechteckigen Gruben links von ihr riß ein gelber Bagger den Fußboden im Keller eines alten Hauses auf, schaufelte die Stücke in einen Förderkorb; es sah aus, als risse er die Eingeweide der Erde heraus. Frannie stieg über einige Kabel, sprang dann vor einem heranbrausenden Kipper zur Seite. Sie schaute auf die Uhr; fünf vor eins.

Sie lief zur Straße, überquerte sie. An ihrem Ende sah sie den Winston-Churchill-Tower, in dem Seb sein Büro hatte, vor sich. Seine bronzefarbenen Mauern erhoben sich majestätisch zu einer Höhe von sechzig Stockwerken. Für Frannie war er das schönste moderne Gebäude in London; sie hatte als Kind seine Entstehung miterlebt, war aber noch nie im Inneren gewesen.

Sie erinnerte sich, wie die Fassade des Hochhauses die verschiedenen Beleuchtungen absorbiert oder widergespiegelt hatte; jetzt verlor sie plötzlich jeden Glanz, als sich eine dunkle Wolke vor die Sonne schob. Ein heftiger Wind fegte über den Vorplatz, pfiff unheimlich wie ein Sturm im Hochgebirge, bog die Zierkoniferen in ihren großen Marmortöpfen fast waagrecht und verwehte die dünnen Fontänen der Springbrunnen; Frannie spürte Tröpfchen auf dem Gesicht wie Sprühregen. Ihre Jacke flatterte wie ein unbefestigtes Segel, und sie drückte sie mit beiden Armen fest an den Oberkörper. Einer der Kritiker des Hochhauses hatte schon damals behauptet, es verursache unkontrollierbare Luftströmungen in seiner Umgebung.

Sie ging durch die Drehtür in die riesige, ganz in Marmor gehaltene Empfangshalle, in der es erstaunlich still war. Als einzigen Laut hörte sie das sanfte Läuten der Aufzüge. Die Namen der Gesellschaften, die in dem Gebäude residierten, waren auf einer großen Messingplatte verzeichnet, wie auf einer Ehrentafel in einer Kathedrale. Sie überflog die Namen.

*The John Bieber Group 58*
*Adam Hackett International 26–29*
*Holland Delarue & Partners plc 40/41*

Richtig, vierzigster Stock, hatte Seb gesagt.

Die Halle wurde dominiert von einer Henry-Moore-Skulptur in der Mitte; unübersehbarer Herrscher der Lobby aber war ein Portier im dunklen Serge-Anzug, der wie ein Cut geschnitten war. Auf seiner Brust prangten mehrere Ordensspangen, über beiden Schultern hingen weiße Fangschnüre. Hinter seinem Pult verengte sich die Halle zu einer Nische mit zwei Reihen zu je vier Aufzügen. Einer von ihnen entließ gerade eine Gruppe distinguierter Herren, die schweigend zum Ausgang schritten. Zwei junge Sekretärinnen kamen aus einem anderen, gingen fröhlich schwatzend an Frannie vorbei, und Fetzen ihres Gesprächs wehten hinter ihnen her.

Wieder hielt einer der Aufzüge, ein Mann und eine Frau kamen heraus. Die Frau sprach heftig gestikulierend auf den Mann ein. Frannie ging in die Kabine. Der Boden war mit dunkelbraunem Velours ausgelegt, die Wände glänzten in schwarzem Lack, unterbrochen nur von dezenten Rauchglasspiegeln. Es roch nach einem Parfüm, das Frannie nicht kannte.

Sie tippte mit der Fingerspitze auf das Glasrähmchen mit der Zahl 40; es leuchtete auf, aber zunächst geschah nichts. Sie schaute in den Spiegel und richtete ihr Haar, holte dann ein Papiertuch aus der Handtasche und wischte damit den Baustellenstaub von ihren dunkelblauen Schuhen. Die Türen schlossen sich geräuschlos; wieder geschah für einen kurzen Moment nichts, dann aber schien sich eine unsichtbare Hand um ihren Magen zu krallen und sie nach oben zu ziehen. Der Boden der Kabine drückte unerbittlich gegen ihre Füße, und ein schweres Gewicht wollte ihre Knie zum Einknicken zwingen. Ein leichter Luftzug streifte sie, und sie hörte ein leises Summen. Stockwerkzahlen leuchteten über der Tür auf. Ihr Magen hob sich zum Hals. 15.. 20.. 25.. 30.. 35..

Sanft ließ der Druck nach, der Boden schob sich nicht mehr gegen ihre Füße, und der Magen sank wieder an seinen angestammten Platz. Die Stockwerkanzeige verlangsamte sich – 38, 39, blieb bei 40 stehen. *Ping ping*, ertönte das sanfte Läuten. Die Türen glitten auf. Leicht benommen ging sie aus der Kabine. Ihr gegenüber war die Reihe der vier anderen Aufzüge, links und rechts führten schwere Eichentüren zu Büroetagen. Auf einer großen Messingplatte an der Tür links stand: HOLLAND DELARUE PUBLIC LIMITED COMPANY. REZEPTION.

Frannie ging durch die Tür und kam in einen luxuriös ausgestatteten, eichengetäfelten Empfangsraum. Schwere Ledersessel und Sofas standen vor dem Empfangspult. In großen Goldlettern waren an der Wand dahinter die rund fünfzehn Länder aufgelistet, in denen Holland Delarue plc Büros hatte. In der Mitte prangte eine in Blau und Gold gehaltene *Auszeichnung für herausragende Exporterfolge* der Königin höchstpersönlich.

Die Empfangsdame, eine aufgedonnerte Endvierzigerin mit koketten Silberstreifen im perfekt ondulierten Haar, plauderte angeregt und mit nasaler Stimme am Telefon und feilte gleichzeitig ihre Fingernägel. »Melanie ist heute nicht gekommen, sie hat wieder einmal einen ihrer Migräneanfälle. Ich kann über Mittag nicht weg. Heute abend möchte ich mir einmal ansehen, was der neue Asda-Laden zu bieten hat. Moment, bleib bitte dran, ich muß etwas erledigen.« Sie drückte auf einen Knopf und sah Frannie dann fragend an.

»Würden Sie bitte Seb Holland sagen, Frannie Monsanto sei da?«

»Er erwartet Sie?«

»Ja.«

Sie drückte hintereinander zwei Knöpfe auf ihrer Telefonanlage und hielt den Hörer ans Ohr. »Sagen Sie bitte Mr Sebastian, Miss Frannie Monsanto erwarte ihn in der Rezeption. Ja... Nein, ich bin noch hier, Melanie ist nicht da, ich kann nicht zum Lunch gehen.« Sie wartete auf eine Antwort. »Sehr schön«, sagte sie dann. »Herzlichen Dank!« Und zu Frannie: »Er kommt sofort. Bitte nehmen Sie Platz.« Sie drückte erneut auf einen Knopf und nahm ihre Unterhaltung wieder auf.

Frannie setzte sich in einen der wuchtigen Sessel und schaute sich die Zeitschriften auf dem Tisch an. ›The Financial Times‹, ›Fortune‹, ›Business Week‹, ›Lloyds Log‹. An den Wänden links und rechts hingen gerahmte Farbfotografien von modernen Bürogebäuden. Das Telefon klingelte. Sie war in einer fremden Welt. In einer ganz anderen Welt als damals, als Seb Holland, der Student der Archäologie, nur so zum Spaß in den Keller unter einem Sandwich-Café gestiegen war, um an irgendeinem komischen Tamtam teilzunehmen.

Die Tür hinter ihr wurde geöffnet. »Frannie! Hallo! Tut mir leid, daß du warten mußtest.«

Seb sah erschöpft, aber doch auch fröhlich aus; immer noch der unverwüstliche, kraftstrotzende Übermensch Seb. Groß und stämmig, mit strahlendem, grinsendem Gesicht, langen weißen Zähnen, großen grünen Augen, schwarzem, leicht öligem Haar. Der maßgeschneiderte Nadelstreifenanzug und das Flair des Chefs standen ihm gut.

Er legte die Hände auf ihre Schultern und küßte sie auf beide Wangen. Er roch intensiv nach Rasierwasser, wie früher schon immer. »Donnerwetter, siehst du toll aus! Hoffentlich bist du noch frei, wenn Lucy mich im letzten Moment sitzenläßt!«

Sie lächelte. »Du siehst auch nicht schlecht aus. Die Verlobung scheint dir gut zu bekommen.«

»Und wie! Großartig... Du, laß uns gehn. Ich hab uns in 'nem kleinen Restaurant um die Ecke 'nen Tisch reservieren lassen. Wir müssen uns beeilen, tut mir leid. Geschäftlicher Ärger. Ich muß um zwei zurück sein.«

»Und morgen fliegst du nach New York?«

»Verdammter Zirkus. Wir haben ein paar echte Probleme da drüben. Egal. Wo arbeitest du? Britisches Museum, hast du gesagt?« Er hielt ihr die Tür auf, ging dann voraus zu den Aufzügen und drückte den Rufknopf. »Du bist also bei der Archäologie geblieben? Siehst aber gar nicht nach Archäologin aus.«

»Wie sollte eine Archäologin nach deinen Vorstellungen denn aussehen?« fragte sie in gespielter Empörung.

»Ich dachte, du kämst in Anorak und Gummistiefeln daher.«

»Die hatte ich ja auch nicht an, als wir uns im Restaurant getroffen haben.«

Er grinste. »Ja... Tolle Bekanntschaften, was? Bist du mit Ollie Halkin befreundet?«

»Ja.« Es klang sehr fremd, Olivers Namen abgekürzt zu hören.

»Sehr gut. Seit wann?«

Hinter ihr ertönte das »Ping-ping«, und sie drehte sich um. Über einem der Aufzüge blinkte ein grünes Dreieck. Wie sie sah, war es derselbe Aufzug, mit dem sie hochgekommen war.

Die Türen glitten auf, und Seb machte einen schnellen Schritt nach vorne, drückte mit einer Hand gegen die Tür. »Hallo, kleiner Mann!« rief er. Frannie spürte einen kalten Windstoß an ihren Beinen. »Man muß verdammt schnell in diese Dinger reingehn, die Türen sind widerliche, rücksichtslo...«

Er brach mitten im Satz ab. Frannie sah, daß sich seine Augen erstaunt weiteten. Wieder fuhr ein Windstoß um sie, zog an ihr, drückte, schien sie zu Seb hinschieben zu wollen. Vor ihm war Dunkelheit. Schwärze. Die falsche Schwärze. Nicht der schwarze Lack der Kabine. Auch keine Rauchglasspiegel.

Und kein brauner Veloursboden.

Nichts als düstere Schwärze. Ein kalter Luftstrom wehte aus ihr herauf. Wie aus einem Keller. Diese Luft aber kam aus der Schwärze des leeren Aufzugschachts. An der Rückseite waren ein paar Kabel zu sehen. Rillen und Führungsschienen.

In seinen Augen stand keine Angst; nur Überraschung. Wie bei einem Kind, das ein Geschenkpaket aufmacht und nichts darin findet. Seine Finger krallten sich in den Türrahmen, glitten an der stählernen Oberfläche ab.

Dann verschwand er ohne irgendeinen Laut.

# *Dreißig*

Einen Augenblick, nur einen kurzen Moment, dachte Frannie, Seb würde einen seiner seltsamen Scherze mit ihr treiben. Sie schob die Füße ein kleines Stück vor, ganz langsam, als ob sie durch Wasser waten würde. Sie stützte sich mit der Hand am kalten Rahmen der Tür, starrte in die Finsternis, roch den dumpfen, öligen Geruch, der aus ihr aufstieg.

Ein Bündel gelber Drähte, in kurzen Abständen von schwarzem Klebeband zusammengehalten, verlief an der rückwärtigen Wand, endete in einem flachen Verteilerkasten, auf dem ein grellgelber, reflektierender Warnzettel mit einem Blitz darauf geklebt war. Links und rechts daneben verliefen Rohrleitungen. Frannie kniete sich hin, schob sich ein kleines Stück vor, und nur der Glaube, es könne nicht wahr sein, was sich eben vor ihren Augen abgespielt hatte, hielt sie davon ab, in Panik zu verfallen.

»Seb?« Sie brachte nur ein schwaches Krächzen zustande. Ihre Kehle war wie zugeschnürt.

Sie hielt sich mit beiden Händen am Türrahmen fest und starrte in den quadratischen schwarzen Tunnel, der vierzig Stockwerke in die Tiefe reichte. »Seb?« Jetzt war es nur noch ein klägliches Winseln. Sie schaute hoch. Die geriffelte schwarze Decke war nur etwa drei Meter über ihr; dicke Kabel hingen in Bögen von ihr herab. Dann erkannte sie, daß es nicht die Decke war, sondern der Boden der Aufzugskabine, die dicht über dem Türrahmen zum Stehen gekommen war. »Seb?« Die Finsternis verschluckte jeden Laut. Wieder sah sie nach oben zur Kabine und dann hinunter in den Schacht.

Und dann holte sie die Realität ein. Drückte den Schrei aus ihrer Kehle.

Sie rutschte zurück von der Kante, kam taumelnd auf die Füße, stürzte durch die Eichentür in den Empfangsraum, keuchend, stammelnd, und das Entsetzen auf ihrem Gesicht sprang auf die Empfangsdame über, die immer noch fröhlich am Telefon plauderte.

»Hilfe! Holen Sie Hilfe! Um Gottes willen, holen Sie Hilfe!« schrie Frannie. »Er ist runtergestürzt! Er ist in den Schacht gestürzt! In den Aufzugsschacht! Rufen Sie den Rettungsdienst an! Einen Arzt. Einen Krankenwagen. Um Himmels willen, rufen Sie sofort an! Niemand darf zum Aufzug! Die Tür ist offen!«

Sie rannte zurück zum Aufzug, starrte auf die gähnende schwarze Öffnung des Schachts, blickte sich gehetzt um. Sie riß einen Feuerlöscher von der Wand, legte ihn davor, blockierte damit den Zugang.

Die Eichentür hinter ihr wurde aufgerissen. Die Empfangsdame. Sie schaute auf Frannie, dann auf die offene Tür, auf den Schacht. Entsetzen verzerrte ihr Gesicht. »Mr Sebastian? Er ist da runtergestürzt?«

»Wo ist die Treppe?« schrie Frannie sie an. Sie würde für nichts auf der Welt noch einmal einen dieser Aufzüge benutzen.

»Rechts hinter der Tür.« Die Frau konnte nur noch flüstern. »Mr Sebastian?«

Frannie nickte nur.

Die Frau legte die Hand auf den Mund.

»Rufen Sie den Rettungsdienst! Bitte! Sofort!« Dann rannte Frannie los. Durch die Tür rechts. Kam in ein Großraumbüro. Die meisten Tische waren leer. Mittagspause. Rechts eine Tür mit der Aufschrift NOTAUSGANG. Sie riß sie auf, war im Treppenhaus. Rannte die Stufen hinunter, die linke Hand am Geländer, links herum, links herum, links herum, immer wieder. Sah die schwarze Zahl 39 an der Betonwand.

Sie rannte und rannte, und das Klappern ihrer Füße verfolgte sie. 36.. 35.. 34... Ihr wurde schwindelig, die Hand am Geländer brannte. 33.. 32.. 31... Feuerlöschgeräte an der Wand. Eine zerdrückte Zigarettenschachtel auf einem Treppenabsatz. Ein zerknülltes Papiertaschentuch auf einer Stufe. Das Licht war nur schwach, die Birnen auf einigen Etagen kaputt, und sie lief zeitweise in fast völliger Dunkelheit. 25.. 24... Sie hörte ihr eigenes Keuchen, ihr Schluchzen... 20.. 19... Die Wände rasten an ihr vorbei... 14.. 13.. 12... Endlich in der Nähe des Erdgeschosses... 7.. 6.. 5... Sie stolperte, taumelte gegen die Wand; verlor einen Schuh, der vor ihr die Treppe hinunterpurzelte, auf dem nächsten Treppenabsatz liegenblieb.

Sie humpelte hinterher. Tränen liefen ihr über das Gesicht. Sie schlüpfte wieder in den Schuh, rannte weiter. 3.. 2.. 1... Weiter. Und dann war sie am Ende der Treppe, im Keller des Gebäudes. Düsteres Licht im Flur. Dick verkleidete Rohre an der Decke. Sie hörte das gleichmäßige Dröhnen einer Maschine, das Winseln von Pumpen, spürte einen ständigen Luftzug. Neben den Aufzugtüren stand ein Eimer, ein Mop und ein Plastikkanister mit Reinigungsmittel, daneben war ein Schrubber an die Wand gelehnt. Ein paar Meter weiter war ein offener Türdurchgang; dahinter hörte sie ein metallisches Hämmern. »Hallo! Hilfe!« rief sie.

Ihre Stimme kam gegen das Dröhnen der Maschine nicht an. Sie lief weiter den Flur hinunter, durch die offene Tür, kam in einen Vorratskeller. Blechregale voller Toilettenpapier und Papierhandtücher, Kanister mit Flüssigseife und Reinigungsmitteln. Rohrleitungen unter der Decke. Irgendwo röhrte ein Heizofen, verstärkte den Krach. Es war heiß und stickig in diesem Raum; Staubteilchen und Fusseln schwirrten durch die Luft. Am anderen Ende fiel ein Lichtschein durch die offene Tür. »Hallo! Hilfe!« rief Frannie noch einmal.

Ein Schatten bewegte sich durch das Licht. Das Hämmern setzte wieder ein. Sie lief zur Tür. Ein Mann – ein Schwarzer – in einem blauen Overall war in einer kleinen Werkstatt damit beschäftigt, ein Metallstück, das in einen Schraubstock gespannt war, zurechtzuklopfen. Er war ganz auf seine Arbeit konzentriert.

Frannie lief auf ihn zu. »Bitte. Sind Sie für die Aufzüge zuständig?« Sie war außer Atem und brachte die Worte nur mit Mühe heraus.

Er sah sie überrascht an, blinzelte. »Ich bin der Hausmeister, ja, Ma'am.«

»Bitte kommen Sie mit! Jemand ist in den Aufzugschacht gefallen...«

Sein Gesicht war dreckverschmiert. Er wischte seine Hände am Overall ab, fuhr sich dann durch die eisgrauen Haare, sah Frannie mit müden braunen Augen fragend an. In seinem linken Auge war ein Äderchen geplatzt. »Das kann nicht sein. Ist unmöglich.«

»Bitte... Ich war mit ihm im vierzigsten Stock. Die Türen gingen auf, aber der Aufzug war nicht da.« Sie schüttelte verzweifelt den Kopf. »Bitte!«

Er sah sie an, als wolle er zornig reagieren, aber dann entspannte sich sein Gesicht. »Die Aufzüge sind doch grade erst überprüft worden«, sagte er ruhig. »So was kann gar nicht passieren.«

»Aber es *ist* passiert. O Gott, wirklich!«

Die Verzweiflung in ihrer Stimme schien ihn zu erweichen. »Im vierzigsten Stock?«

»Ja. Die Tür ging auf. Er sagte, man müsse schnell einsteigen, und das machte er, aber es war kein Aufzug da. Bitte!«

Er nahm ein längliches, geriffeltes Werkzeug und einen Schlüsselbund von einem Haken, eine Taschenlampe aus einem Regal, dann ging er humpelnd vor ihr her in den Flur, zu den Aufzügen. »Welcher war's?«

Frannie überlegte, mußte sich erst orientieren, zeigte dann auf den dritten in der rechten Reihe.

Er gab ihr noch eine Chance, es sich anders zu überlegen. »Sind Sie wirklich ganz sicher?«

»Ja.«

Er zögerte immer noch. »Vierzigster Stock?«

»Ja.«

»Ein Mann, sagten Sie?«

»Ja.«

»Ich glaub nicht, daß da jemand runtergefallen sein kann, Ma'am.«

»Bitte«, flüsterte sie nur. Sie spürte den salzigen Geschmack ihrer Tränen auf den Lippen. Schweiß strömte ihren Rücken hinunter. »Bitte schauen Sie nach.«

Neben der Aufzugtür hing ein gerahmtes Schild:

WARTUNGSNACHWEISE
DATUM DER LETZTEN SICHERHEITSÜBERPRÜFUNG:
DATUM DER JÄHRLICHEN INSPEKTION:
SICHERHEITSBEAUFTRAGTER: D. PAPWORTH

Die Daten waren sauber mit Schreibmaschine eingetragen. Sie konnte das Datum der letzten Sicherheitsüberprüfung deutlich lesen: 27. August. Vor weniger als einem Monat.

Der Hausmeister tippte mit dem Zeigefinger auf das Schild; der Fingernagel war dunkelblau – anscheinend hatte er sich vor kurzem mit dem Hammer daraufgeschlagen. »Sehn Sie, ist gerade erst geprüft worden.«

Sie nickte.

»So was ist unmöglich. Die Türen können nicht aufgehn, wenn keine Kabine da ist.« Er öffnete mit einem der Schlüssel einen Stahlkasten an der Wand. Er enthielt eine Batterie von Schaltern und Knöpfen und mehrere Reihen blinkender Lichter. Nur ein orangefarbenes Licht blinkte nicht, und der Mann starrte es verblüfft an, drückte dann mehrmals auf einen Knopf; er war sichtlich verwirrt. Dann drückte er auf zwei andere Knöpfe, und eine Klingel schrillte auf. Er legte einen Schalter um, und die Klingel hörte wieder auf. »Ich muß das ganze System abstellen«, sagte er. »Wird den Leuten nicht gefallen.« Er zog an einem Hebel, und es gab ein lautes Knakken. Alle Lichter hörten auf zu blinken, leuchteten aber konstant weiter.

Der Mann kniete sich hin, schob das längliche, geriffelte Werkzeug in ein kleines Loch am Boden der linken Aufzugtür und drehte es kräftig, machte dasselbe an der rechten Tür. Dann stand er auf und wiederholte die Prozedur an der oberen Kante beider Türen. Die Türen glitten ein Stück auseinander. Er schob die Finger in den Spalt und zog sie weiter auseinander, bis der Spalt breit genug war, daß er den Kopf hindurchstecken konnte.

Er gab Frannie ein warnendes Zeichen, nicht zu nahe zu kommen, schaltete dann die Taschenlampe an, steckte den Kopf in den Spalt und richtete den Strahl der Lampe nach unten.

»O mein Gott...« Er taumelte zurück, würgte, starrte Frannie mit weit aufgerissenen, irren Augen an, ließ den unkoordinierten Blick dann zur Seite gleiten. Seine Lippen bebten. Die Lampe glitt aus seinen Fingern. Er taumelte zu dem Putzeimer, kniete sich hin, übergab sich.

Frannie hob die Lampe auf und trat vor den Türspalt. Sie hatte schreckliche Angst vor dem, was sie sehen würde. Langsam ließ sie den Lichtstrahl an der gegenüberliegenden Wand nach unten gleiten.

Als er den Boden erreichte, traf er auf eine dünne Wolke aus aufgewirbeltem Staub, auf Zigarettenkippen, Papierfetzen, mehrere Schlüssel, eine zerknüllte Milchtüte, eine Babyrassel. Es roch unangenehm nach Exkrementen. Eine eiserne Klammer drückte ihre Brust zusammen, als der Lichtstrahl auf die zusammengekrümmte Gestalt im Nadelstreifenanzug fiel. Auf einen glänzenden Mokassinschuh mit einem roten Streifen über der Lasche und einer goldfarbenen Verschlußschnalle. Ihr Herz klopfte wie wild. Etwas Grellweißes schimmerte auf. Sebs Gesicht. Die Augen waren weit geöffnet, als ob jemand sie von innen aus den Höhlen drücken wolle. Einen kurzen Augenblick dachte Frannie, es sei ihm nichts Schlimmes geschehen, er habe nur einen Schock.

Bis sie sah, daß der Körper auf dem Bauch lag und der Kopf um 180 Grad herumgedrückt worden war. Und daß ein weißes Stück Knochen seitlich aus seinem Nacken ragte. Und dann fiel das Licht auch auf die rot-orange, breiige Masse, die sich auf seinem Haar ausgebreitet hatte, hinter dem Ohr hervorgequollen war und wie ein Kissen den Hinterkopf umschloß. Frannie wimmerte, keuchte. Etwas Spitzes ragte mehrere Zentimeter aus seinem Rücken wie eine Lanze, die ihn aufgespießt hatte. Sie hatte sich durch seine Jacke gebohrt, genau zwischen den Schulterblättern. Ein Knochen. Eine seiner Rippen.

Sie schluckte, ihre Eingeweide rebellierten, sie taumelte zurück gegen die Wand hinter ihr. Sein Gesicht. Das Bild war wie ein Foto in ihr Bewußtsein eingebrannt. Alarmglocken schrillten – verzweifelte, panische, ohrenbetäubende Geräusche. Sie keuchte in kurzen Atemstößen, Horror schüttelte ihren Körper, und sie starrte auf den dunklen Spalt in der Aufzugtür, als ob sie befürchte, der zerschmetterte Seb könne jeden Augenblick daraus hervorkriechen.

Sie wandte den Kopf zur Seite. Der Hausmeister drehte aufgeregt die Wählscheibe eines Wandtelefons. Der scharfe Gestank des Erbrochenen in dem Eimer drehte ihr fast den Magen um, und sie rannte los, die Treppe hoch in die Eingangshalle. Auch dort schrillten Alarmglocken; aus den Augenwinkeln sah sie rechts hinter sich den Portier in seiner schicken Uniform besorgt auf die Kellertür zulaufen, aus der sie gerade gekommen war.

Ihre Knie waren weich wie Butter, aber sie lief weiter, über den Marmorboden zur Drehtür, hinaus in den heulenden Wind. Sie sank auf eine Holzbank; sah erstaunt auf die Taschenlampe in ihrer Hand. Schaltete sie aus. Wieder an. Aus-an-aus-an-aus... Bis der Gummiknopf sich unter dem Druck ihres Daumens mit einem letzten Klicken verklemmte. Aus.

Sie sah zu, wie der unbarmherzige Wind die Fontänen der Brunnen zu Sprühregen verwehte; wie eine Taube mit lautem Klatschen ihrer Flügel vor ihr landete und sie erwartungsvoll anschaute, durch die aufquellenden Tränen zu einem grauen Klecks zerfloß. Die Leute waren noch beim Lunch. Sie konnte das entfernte Geklapper von Besteck hören, gedämpftes Lachen. Sie und Seb wären jetzt auch in einem Restaurant, würden darüber sprechen, wie sie überleben konnten. Sie barg den Kopf in den Armen, hielt sich dann vor dem heranrasenden Heulen der Martinshörner die Ohren zu. Wurde von einem unkontrollierbaren Schütteln erfaßt. Vor Verzweiflung und Trauer. Und vor panischer Angst.

Der Tee war süß, und sie trank ihn dankbar in kleinen Schlucken. Dann stellte sie die Tasse auf das Korktablett zurück; es stand auf dem wie eine Eisbahn glänzenden Mahagonitisch in dem luxuriösen Besprechungszimmer. Von einem Porträt an der Wand gegenüber schaute ein Mann auf sie herunter. Er hatte eine gewisse Ähnlichkeit mit Seb; hatte Sebs ausgeprägte, kräftige Gesichtszüge, aber es fehlte ihnen seine menschliche Wärme. Der Mann trug einen schweren Hermelinmantel und um den Hals eine wuchtige Amtskette.

Frannie wandte sich wieder dem Polizeibeamten zu, Constable Boyle, der ihr gegenüber am Tisch saß und in seinem Notizbuch blätterte. Er war etwa Mitte Dreißig und sehr darum bemüht, seine Aufgabe korrekt abzuwickeln. Aufrecht, breitschultrig saß er da, sein Gesicht mit den halbmondförmigen Augen und den dicken Lippen irgendwie unterentwickelt, fast babyhaft, aber sein Verhalten war durchaus gereift und sicher, gestählt in der permanenten Auseinandersetzung mit dem Bösen im Menschen. Eine leichte Aura der Traurigkeit umgab ihn, als ob es Dinge im menschlichen Zusammenleben gäbe, die jenseits seines Verständnisses lägen und jenseits seiner Möglichkeiten, etwas daran zu ändern.

Er lächelte sie hin und wieder an, und jedesmal brachte dieser kleine Akt der Freundlichkeit Frannie fast zum Weinen. Sie schniefte, blinzelte ein paar Tränen weg und fuhr fort, ihre Geschichte zu erzählen, Schritt für Schritt, wurde oft höflich, aber bestimmt wieder einen oder mehrere Schritte zurückgeführt, nach immer neuen Einzelheiten gefragt.

»Sie sind sicher, daß es zehn nach eins war, Francesca?« Seine Stimme war ausdruckslos und pedantisch, und Frannie mußte sich zusammenreißen, ihn nicht verärgert anzufauchen.

»Ja.«

Sie schaffte es, eine Erklärung hinzuzufügen: »Ich erinnere mich, daß ich auf meine Uhr geschaut habe, als wir zum Aufzug gingen.« Aber sie dachte: *Er ist tot. Nichts kann ihn wieder lebendig machen. Was zum Teufel spielt es da noch für eine Rolle, wieviel Uhr es war?*

»Wir wollten uns um eins zum Lunch treffen, aber ich war etwas zu spät dran. Als ich hier oben ankam, war es fast zehn nach eins, und als er in die Rezeption kam, sagte er mir, wir müßten uns beeilen, weil er um zwei wieder im Büro sein müsse. Er hatte irgendwelche geschäftlichen Probleme.«

»Warum waren Sie zu spät dran?«

Sie atmete tief durch, kämpfte wieder gegen ihre Verärgerung an. Die Uhr an der Wand zeigte 14.45 Uhr. Ihr Magen tat weh. Sie trank einen weiteren Schluck Tee. Bestimmt würde sich einer der Vorarbeiter auf der Baustelle an sie erinnern, dachte sie, wußte aber sofort, daß das völlig bedeutungslos war. »Ich habe mich anscheinend in der Zeit verrechnet. Und weil ich nun schon mal in dieser Gegend war, wollte ich mir ansehen, wie es um die frühere Sandwich-Bar meiner Eltern bestellt ist; sie liegt drüben im Bereich dieses Stadtsanierungsprojekts in der alten Poulterers' Alley. Also machte ich einen kleinen Umweg auf dem Weg hierher.«

»Und außer Ihnen beiden war niemand bei den Aufzügen?«

»Nein, niemand.«

*Hallo, kleiner Mann!*

»Haben Sie... ehm... regelmäßig mit Mr Holland zu Mittag gegessen?«

*Hallo, kleiner Mann!* Sebs Stimme wie ein Echo...

»Nein. Wir kannten uns von der Universität.«

»Was war dann der Grund für das heutige Treffen?«

*Ich wollte ihn vor dem Ouija warnen.*

»Wir hatten uns seit der Zeit an der Uni nicht mehr gesehen, aber dann sind wir vor ein paar Wochen in einem Restaurant zufällig wieder aufeinandergestoßen. Er erzählte mir, er sei verlobt, und meinte, wir sollten uns doch mal zum Lunch treffen.«

Er hob die Augenbrauen. »Entschuldigen Sie, Francesca, wenn ich eine persönliche Frage stelle, aber... hatten Sie was... Sie verstehen... mit Mr Holland?«

»Nein.«

»Auch nicht an der Universität?«

Sie zögerte. Beinahe. Ein einziges Mal. Sie hatten bei einer Party einmal auf einem Sofa ein wenig herumgeknutscht. Aber sie hatte zu dieser Zeit einen festen Freund, und es war zwischen Seb und ihr bei diesem Intermezzo geblieben. Eines jener Dinge, die hätten sein können. »Nein.« Sie sah ihm in die Augen. »Sie vermuten, ich hätte ihn vielleicht runtergestoßen? In einem Anfall von Eifersucht? Um ihn zu überzeugen, er solle mich heiraten? Oder was denken Sie sich bei solchen Fragen?« sie war wütend, und die Tatsache, daß er errötete, dämpfte ihren Zorn nur wenig.

»Es tut mir leid, aber es gehört nun mal zu meinem Job, die Sache von allen Seiten zu betrachten.«

*Hallo, kleiner Mann!* Der Ausdruck auf seinem Gesicht, als er den verhängnisvollen Schritt nach vorne getan hatte. Als ob er jemand in der nicht vorhandenen Kabine begrüße. Einen kleinen Jungen.

Edward.

Er hatte Edward gesehen.

»Für Sie bin ich also eine Mordverdächtige? So ist es doch, oder?«

Er hob die Hände. »Ich bitte Sie! Nichts dergleichen! Aber ich muß einen vollständigen Bericht machen, verstehen Sie das doch.« Er lächelte. »Ich muß die Sache doch ganz nüchtern angehen; ein Mann ist ums Leben gekommen, und die Umstände seines Todes sind sehr seltsam. Bei der Untersuchung zur Feststellung der Todesursache müssen wir nachweisen, daß wir alle Möglichkeiten durchleuchtet haben. Im Interesse aller Betroffenen, insbesondere natürlich des Verstorbenen und seiner Angehörigen.«

Ihre Eingeweide schienen sich mit nassem, schwerem Sand zu füllen. Sie sah Sebs Gesicht vor sich. Seinen zerschmetterten Körper im Dreck des Schachtbodens. Das Gesicht des Polizisten verwandelte sich in Sebs, schwebte hoch zur Decke. Der Tisch schwankte, drohte zu kippen, und sie krallte die Hände in den Rand, wollte ihn festhalten. Und dann sank ihr Kopf auf die Tischplatte, und sie preßte ihre Wange dagegen. Als sie den Kopf wieder hob, sah sie das verzerrte Spiegelbild ihres Gesichtes in der glänzenden Tischplatte. Ein Weinkrampf schüttelte sie.

Eine Hand berührte ihren Arm. Ganz sanft. »Ich hol jemanden, der Sie nach Hause fährt. Haben Sie die Telefonnummer Ihres Arztes? Wir werden ihm sagen, er soll bei Ihnen vorbeischauen.«

Ihr war schwindlig. Aber der Tisch hatte sich nicht bewegt, stand fest und wuchtig da, und sie sah sich verwundert um. »Ich muß zum Museum. Wir haben um drei eine wichtige Besprechung. Mein Boss wird stocksauer auf mich sein.«

»Möchten Sie ihn anrufen?«

»Wie lange muß ich noch hierbleiben?«

»Wir sind fast fertig.« Er lächelte. »Und machen Sie sich keine unnötigen Gedanken; niemand macht Ihnen irgendwelche Vorwürfe.«

*Doch, ich bin schuldig*, wollte sie sagen. *Ich bin schuldig. Ihr habt recht, mich anzuklagen. Es war meine Idee, die Ouija-Sitzung im Keller des Cafés abzuhalten. Ich bin verantwortlich dafür, daß das alles passiert ist. Seb wäre noch am Leben, wenn ich…*

Sie trank einen Schluck Tee. Wieder strömten Tränen aus ihren Augen. »Entschuldigung«, sagte sie zu dem Polizisten.

»Es wäre am besten, wenn Sie nach Hause fahren und sich hinlegen würden. Und Ihr Doktor sollte Ihnen ein Schlafmittel geben.«

Sie schüttelte den Kopf. »Nein, das geht nicht. Dazu ist keine Zeit mehr.«

Er lächelte wieder. Aber er fragte sie nicht, was sie damit meinte.

# *Einunddreißig*

Kurz nach halb vier war Frannie wieder im Museum. Sie blieb mitten in der Eingangshalle stehen. Ihr war schwindlig, sie fühlte sich krank, und sie schaute wie betäubt auf die Menschen um sie herum, auf die Schlangen vor der Kasse des Bücherladens, dem Souvenir-Shop und dem Informationsschalter. Stimmen. Das Klappern von Sohlen auf dem Steinfußboden. Sie kramte in ihrer Handtasche nach einem Taschentuch, tupfte die Augen ab. Versuchte, Sebs erstauntes Gesicht bei dem verhängnisvollen Schritt nach vorne, das sich wie ein Karussell in ihrem Kopf drehte, zu verdrängen. Wenn sie schneller reagiert hätte, hätte sie vorspringen, ihn zurückreißen können...

*Hallo, kleiner Mann!*

Constable Boyle hatte gesagt, sie hätte nichts tun können. Hätte diesen schweren Mann nicht festhalten oder zurückreißen können. Sie wäre höchstens mit in die Tiefe gerissen worden. Der Boden unter ihr schwankte. Aber sie hätte sehen können, daß die Kabine nicht da war, hätte schreien können.

Ich hätte erkennen müssen, was es bedeutete, als er *»Hallo, kleiner Mann!«* sagte.

Sie nickte dem Aufseher zu, ohne ihn richtig wahrzunehmen, lief wie in Trance, blieb vor der Tür ihres Büros stehen; eine neue Welle des Schocks und der Furcht überschwemmte sie, und für einen Moment wußte sie nicht mehr, wo sie war. Schließlich machte sie die Tür auf und ging in den Raum. Penrose Spode war nicht da. Auf ihrem Schreibtisch lag eine Notiz von ihm: »Fühle mich nicht wohl. Bin nach Hause gegangen. Benedict erwartet dich um halb sieben. Adresse und Wegskizze auf der Rückseite. Wenn du mich brauchst, ruf mich zu Hause an.«

Daneben lag eine andere Notiz in seiner Handschrift: »Kate

Hemingway vom ›Evening Standard‹ hat 14.50 angerufen. Versucht's später noch mal.«

Diese Nachricht von der Zeitung spülte alles wieder hoch. Es ging um Seb, ohne Zweifel. Sie setzte sich, schloß die Augen, begann zu beten. Das Telefon klingelte. Sie meldete sich abweisend, dachte, es sei die Reporterin des ›Evening Standard‹. Aber es war Oliver. Seine Stimme klang sehr beunruhigt.

»Edward ist verschwunden«, sagte er.

»Aus der Schule?«

»Er war noch beim Frühstück, ist dann aber nicht zum Unterricht erschienen. Niemand hat ihn mehr gesehen.«

Spodes klare Handschrift zerfloß vor ihren Augen. »Und... und was sagte der... Schuldirektor dazu?«

»Er weiß nicht, was er tun soll.«

»Und die Polizei...?«

»Sucht nach ihm.«

»Mein Gott...« Sie biß sich auf die Lippen. »O Gott, Oliver, in was um Himmels willen sind wir nur verstrickt?«

»Ich weiß es nicht.«

Ihre Knie zitterten, schlugen aneinander. Sie krallte die Fingernägel in ihre Wange. Sie mußte es ihm sagen. »Es ist alles noch viel schlimmer, als du ahnst... Seb ist tot.«

»Seb? Seb Holland?«

Sie erzählte ihm, was passiert war, aber ihre Stimme versagte unter den Tränen.

»O Gott. Es ist schrecklich, was du alles durchmachen mußt, Frannie.« Er schwieg einen Augenblick, und dann sprach er die einzige Hoffnung an, die ihnen noch geblieben war. »Hat sich der Priester, der Exorzist, bei dir gemeldet?«

Frannie starrte auf die kleinen Löcher in der Sprechmuschel. »Ich gehe heute abend zu ihm.«

»Sobald Edward wieder auftaucht, komm ich nach London.«

»Ich bin sicher, daß es ihm gutgeht. Er ist ja sehr selbständig und weiß sich zu helfen.«

»Ja«, sagte Oliver düster. »Um wieviel Uhr triffst du den Priester?«

»Um halb sieben.«

»Rufst du mich gleich danach an?«

»Ja.« Sie konnte nur noch flüstern. Ihre Kehle war wie zugeschnürt.

Hinter der Adresse von Reverend Benedict Spode verbarg sich ein rußiges, ziemlich heruntergekommenes Haus aus der georgianischen Zeit in einer belebten Durchgangsstraße südlich der Themse, hinter der London-Bridge-Station.

Dunkle Wolken mit rosa Streifen von der untergehenden Sonne zogen wie brennende Schiffe über den Himmel. Der Wind war wieder stärker geworden, und dicke Regentropfen platschten auf den Gehweg, als Frannie zur Eingangstür ging und läutete.

Das Aussehen des Mannes, der ihr öffnete, überraschte sie; es war völlig anders, als sie es sich vorgestellt hatte. Er war etwa zehn Jahre älter als sein Bruder, klein, kahl, und der Kopf war rund und glatt wie eine Kanonenkugel. Das einzige Merkmal, das er mit Penrose gemeinsam hatte, war der rund gespitzte Mund. Er trug eine schlecht sitzende, bauschige Soutane, und der fleischige Hals war fest in einen engen Priesterkragen gezwängt. Er starrte Frannie aus hervorstehenden Basedow-Augen unfreundlich an.

»Frannie Monsanto?« fragte er grimmig.

»Ja.« Sie streckte ihm unsicher die Hand hin. Er drückte sie nur ganz kurz, ließ sie fallen, als sei sie der Schwarze Peter in dem Kinderspiel und müsse schleunigst an den nächsten Mitspieler weitergereicht werden. »Ich hab Sie um sechs erwartet.«

»Das tut mir leid. Penrose sagte mir, ich solle um halb sieben hier sein.«

Er schaute auf seine Uhr. »Ich habe keine Zeit mehr. Vielleicht könnten Sie Anfang der nächsten Woche noch einmal vorbeikommen. Am Montag abend?«

Sie sah ihn entgeistert an. »Ich... ich brauche dringend Hilfe. Sofort. Ich kann nicht bis Montag warten. Bitte... Lassen Sie mich wenigstens mein Anliegen vortragen.«

Er schüttelte zornig den Kopf. »Mein blödsinniger Bruder... Ich habe ihm ganz klar sechs Uhr gesagt, nicht halb sieben.«

*»Bitte...«* sagte sie noch einmal.

Er zögerte, sah sie prüfend an, trat dann zur Seite und forderte sie mit einer Geste zum Eintreten auf.

Die Diele erinnerte Frannie in ihrer Schäbigkeit an ein Studentenwohnheim. Es stank nach nicht ganz stubenreinem Hund, und der abgewetzte Teppich lag voller Hundehaare. Die Tapete war verblichen und löste sich an einigen Stellen, die Wände waren völlig kahl. Der Geistliche nahm ihr den Regenmantel ab und hängte ihn an einen viktorianischen Kleiderständer, der den Raum dominierte. Dann führte er sie in ein kleines, nüchternes Arbeitszimmer.

Es hatte einen Marmorkamin mit einer Gasfeuerung, die nicht angezündet war. Auf dem Sims stand pflichtgetreu ein Kruzifix, daneben eine Ansichtskarte von den Pyramiden. Der einfache Eichenschreibtisch war mit Papieren überladen; in der Mitte standen eine altersschwache Schreibmaschine und ein kleines Faxgerät. Der Drehstuhl dahinter sah aus, als sei er im letzten Moment vor der Sperrmüllabfuhr gerettet worden. Darüber hinaus trauerten ein verschlissener Sessel und ein Sofa mit ausgebleichtem blauem Bezug und tiefen Sitzkuhlen besseren Zeiten nach. Das Fenster hinter dem Schreibtisch führte zur Straße, und die Scheiben vibrierten im Dröhnen des Verkehrs.

Frannie hörte hinter sich einen tapsenden Laut; ein alter englischer Hirtenhund kam neugierig ins Zimmer gehumpelt.

»Körbchen, Shula!« befahl Benedict Spode streng, wobei sein Ton jedoch deutlich freundlicher war als bei der Begrüßung Frannies. »Zurück in den Korb!«

Der Hund drehte sich um und schlich langsam aus dem Zimmer. Benedict Spode gestikulierte Frannie auf das Sofa, setzte sich auf den Drehstuhl und unterzog Frannie einer eingehenderen Betrachtung. Der Zorn, die sichtliche Abneigung und die Arroganz auf seinem Gesicht erinnerten Frannie an das Gemälde eines der Borgias.

Wenn er sprach, hob er stets den Kopf ein kleines Stück, als wende er sich an eine größere Kirchengemeinde. Sein aggressiver Tonfall schüchterte Frannie ein. »Penrose hat mir gesagt, Sie hätten irgendwelchen Blödsinn mit dem Ouija getrieben?«

»Nur einmal. Als ich noch Studentin war.«

»Nur einmal!« Er klopfte mit dem Fuß auf den Teppich; er trug polierte Mokassinschuhe, die zu klein und zierlich für ihn zu sein schienen. »Wieso glaubt alle Welt, mit den Worten *nur einmal* sei alles zu rechtfertigen? Es gibt Umstände, bei denen ›einmal‹ bereits bei weitem *zuviel* ist, junge Frau. Man ging ›erst einmal‹ bankrott. Man hat ›nur einmal‹ eine alte Frau ausgeraubt.«

Er schüttelte angeekelt den Kopf, als ob er von einem Dämon der Frustration besessen sei. »Ich habe die Nase voll von ansonsten intelligenten jungen Leuten, die es besser wissen müßten und dennoch mit dem Ouija herumexperimentieren und dann hilfesuchend zu mir gelaufen kommen, von mir erwarten, daß ich mit einem Zauberstab herumwedle und alles wieder in Ordnung bringe.«

Frannies Mut sank gänzlich. Das war nicht der Mann, den sie brauchte. Sie hätte Penrose nicht vertrauen, nicht auf ihn hören sollen. Sie ballte vor Ärger und Verzweiflung die Fäuste. Und dennoch, gestern abend: Penrose im Restaurant. Was er ihr da mit seiner Psychometrie gesagt hatte, konnten nicht alles nur Zufallstreffer gewesen sein. Und sie mußte daran denken, daß der Bischof von Lewes diesen Geistlichen empfohlen hatte. Den Exorzisten der Diözese. Er mußte wissen, was er tat. *Mußte.*

»Ich könnte mir vorstellen, daß Sie nicht einmal zur Kirche gehen, oder? Außer an Weihnachten, weil man da so schön feierliche Lieder singt?« Er schnaubte verächtlich.

»Früher bin ich öfter in die Kirche gegangen.«

»Wie lange ist *früher* her?«

»Sieben oder acht Jahre.«

Er preßte die Hände aneinander. »Ich habe die Nase voll von diesen Pseudochristen! Sie kommen nur zu mir, um sich kirchlich trauen zu lassen, damit sie hübsche Fotos für den Kaminsims haben. Oder wenn sie mit okkulten Dingen herumgespielt haben.« Sein Ton wurde jetzt eine Spur freundlicher. »Nun ja. Okay. Lektion beendet. Die Zeit ist zu knapp.« Auf seinem Gesicht zeigte sich sogar eine Andeutung von Sympathie. »Würden Sie mir jetzt bitte die Geschichte von Anfang an erzählen?«

»Was hat Penrose Ihnen dazu bereits gesagt?«

»Lassen Sie uns nicht von irgendwelchen Voraussetzungen ausgehen, dann machen wir auch keine Fehler.« Er lehnte sich zurück, wartete.

Frannie begann. Der Priester nickte mehrmals ungeduldig, als sie ihm von der Ouija-Sitzung erzählte und von den Botschaften, die sich als tatsächlich eintreffende Voraussagen erwiesen hatten. Regungslos hörte er zu, als sie ihm von Edwards flehentlicher Bitte in der Bibliothek, von seinen und ihren lateinischen Rezitationen im Schlaf berichtete. Er unterbrach sie auch nicht, als sie ihm von Olivers Nachforschungen über den Hintergrund seiner Familie, von seinen Studien der Numerologie und von der Verbindung zwischen den Familien durch das Café ihrer Eltern und die frühere Londoner Residenz der Halkins erzählte.

»Sechsundzwanzig«, sagte Benedict Spode, als sie geendet hatte, und er sog seine Wangen ein, als lutsche er an einem Bonbon. »*Sechsundzwanzig*. Dieser Mann, der heute starb, Ihr Freund von damals, Seb Holland – wissen Sie denn, welche Botschaft das Ouija für ihn hatte?«

»Nein.«

»Glauben Sie denn, es hätte irgend etwas geändert, wenn Sie es gewußt hätten?«

Sie sah ihn düster an. »Ich weiß es nicht.«

Er strich eine Falte in seiner Soutane glatt, hob den Saum ein kleines Stück, inspizierte seine Schuhe. Dann sah er Frannie mit einer neuen Intensität an. »In Auschwitz singen keine Vögel. Wußten Sie das?«

»Nein«, sagte sie, erstaunt über diese zusammenhanglose Aussage.

»Es gibt einen Grund dafür. Das unendliche Leid, das Menschen dort durchgemacht haben, hat sich in der Erde festgesetzt. Tiere spüren das und meiden diesen Ort; und Vögel, die dennoch darüber hinwegfliegen, singen nicht.« Für einen Moment verfiel er selbst in Schweigen. »Menschen hinterlassen Spuren, wenn sie sterben. Geistige Felder, könnte man sagen. Energiefelder. Emotionsfelder. Einige Menschen, wie zum Beispiel mein Bruder, können diese geistigen Felder aufspüren, können sie lesen. Und es gibt Menschen, die, ohne es zu wissen, als Kanäle für diese Energien dienen. Wie Relaisstationen zwischen Radiosendern und Empfängern. Sie leiten diese geistigen Felder an andere Menschen weiter, und diese können sie dann entweder in Form von Geistern aktivieren – oder aber unbewußt von diesen Geisterwesen gesteuert werden.«

*Kanäle*. Das Wort, das auch Oliver benutzt hatte.

»Es sieht so aus«, fuhr der Priester fort, »als ob Sie den Geist dieses zweiten Marquess auf Lord Sherfields Sohn Edward kanalisieren würden.«

Ihre Stimme zitterte. »Glauben Sie denn, daß so etwas wirklich möglich ist?«

»Was glauben *Sie* denn?« fragte er scharf zurück.

Frannie zwang ihre Gedanken, einen Zeitsprung zu machen, zurück in die Dunkelheit des Kellers. Hatte sich dort ein solches »geistiges Feld« in den Wänden erhalten? Der Geist eines Mannes, der seit 350 Jahren tot war und dennoch denken, Pläne schmieden, Böses ausbrüten konnte? Der lebende Menschen seinem Willen unterwerfen konnte? Sie, Frannie, benutzen konnte? Edward benutzen konnte? Um Meredith, Jonathan Mountjoy, Seb Holland zu töten? Max Gabriel dahinsiechen zu lassen? Phoebe zu verstümmeln, Susie Verbeeten blind zu machen? Olivers Frau zu töten? Tristram?

»Ich... ich verstehe nicht, was es ist... nicht genau... was da weiterlebt... Wie es abläuft, wie es... zustande kommt.«

Der Priester sprach jetzt ganz ruhig und zuvorkommend. »Ich glaube, daß es Kräfte des Bösen gibt, die nach eigenen Gesetzen existieren, und wir Menschen haben die Wahl, sie anzunehmen oder abzulehnen. Wenn wir das Böse akzeptieren, ihm erlauben, in uns einzudringen, dann nähren wir es, und es wird immer stärker. Und wenn wir dann sterben, lebt es weiter. Der zweite Marquess akzeptierte das Böse, hat es sogar regelrecht gepflegt. Und dieses Böse ist offensichtlich nicht mit ihm gestorben, es lauerte im Verborgenen darauf, aktiviert zu werden – stark genug, um 350 Jahre zu überstehen.«

»In Ziegelsteinen und Mörtel? In Steinen?«

»Ziegelsteine und Natursteine sind an sich nichts als inaktive Materie, aber sie enthalten verschiedene Grundenergien und Grundstoffe – wie zum Beispiel Elektrizität und Kohlenstoff –, die in der Lage sind, Energiefelder zu speichern. Und wenn nun manche Leute mit dem Ouija herumspielen, konzentrieren sie starke Energieströme auf einen einzigen Punkt, schaffen damit einen Brennpunkt, führen eine Verschmelzung der Energie herbei. Die Energien von sechs oder sieben Menschen werden auf ein Glas fokussiert, und diese Energiekonzentration kann aufstören, aufwecken, was auch immer latent in dem Raum vorhanden ist; und manchmal werden die geistigen Felder an diesem Ort aktiviert – oder eine dort lauernde Macht des Bösen. Ich bin überzeugt, dieser Keller, in dem so viel Böses geschehen ist, war ein ausgesprochen gefährlicher Ort für eine Ouija-Sitzung. Es gibt sicher kaum einen

Ort, der für so etwas gefährlicher sein könnte – sexuelle Perversion, Massenmord, die schreckliche Hinrichtung.« Er schüttelte den Kopf. »Was können Sie da anderes erwarten?«

Frannie schwieg.

»Das Böse ist unglaublich listig, aber es kann nur durch Erwachsene wirken, die es akzeptieren, oder aber bei kleinen Kindern, die es noch nicht sicher vom Guten unterscheiden können.« Er lächelte zynisch. »Der zweite Marquess ist an diesem Ort, in diesem Kellergewölbe von *sieben* Soldaten umgebracht worden. Numerologie war seine Leidenschaft.« Er sah Frannie plötzlich zornig an. »Und *sieben* Studenten hielten am selben Ort eine Ouija-Séance ab.« Er hob die Schulter. »Es mag bedeutungsvoll sein, ist es vielleicht aber auch nicht. Was aber unbestreitbar bedeutungsvoll ist, das ist die Tatsache, daß Lord Sherfield mit seinem fünfjährigen Sohn in das Café kam, nachdem Sie die Kraft des Bösen unten im Keller reaktiviert hatten. Sie waren das natürliche Verbindungsglied.«

»Warum?«

»Das Bewußtsein eines Kindes ist erst etwa im Alter von sieben Jahren voll ausgebildet. In diesem Fall nun richtete die böse Macht oder der böse Geist, wie immer man das nennen will, seine Absichten auf ein Kind, das nicht nur noch sehr jung, sondern ein direkter Nachfahre und ihm somit genetisch verbunden war. Indem es Sie als Kanal, als Relaisstation benutzte, konnte es sich langsam in das Bewußtsein des Kindes einschleichen, sich in ihm einnisten, ohne daß das Kind es merkte, bis es daran gewöhnt war und es als Teil seines eigenen Wesens akzeptierte. Und dann ...« Er sah zur Seite.

»Und dann?«

»Und dann war es soweit, daß diese böse Macht weder Sie noch das Kind länger brauchte.« Wieder lächelte er zynisch.

»Warum? Warum hat die ... der Geist ... nicht aufgehört? Es ... es gibt doch gar keinen Grund ...« Ihre Gedanken zerflossen zu einem Nebel.

»Das Böse ist die Korrumpierung des Guten. Seine einzige Zweckbestimmung ist es, zu verderben, zu zerstören, zu vernichten. Es bedarf dazu keines Grundes. Es braucht dazu nur Energie. Die Energie aus einer Séance. Die Energie eines menschlichen Körpers, in den es sich eingenistet hat.«

»Warum will es allen Teilnehmern an der Ouija-Sitzung Schaden zufügen?«

»Sie kennen wahrscheinlich das Sprichwort ›Man soll schlafende Hunde nicht wecken‹?«

»Natürlich.«

»Ein schlafender Hund ist nicht dankbar dafür, daß man ihn aufweckt.« Er legte die gefalteten Hände in den Schoß und schaute gebieterisch durch das Zimmer. »Da der zweite Marquess sich so intensiv mit der Numerologie beschäftigt hat, findet es sein Geist vielleicht amüsant, in gleicher Weise fortzufahren. Sieben Soldaten haben ihn getötet. Sieben Studenten aktivieren seinen Geist. Wiederholung eines Zahlenmusters.« Er nahm die Hände aus dem Schoß. »Das Böse braucht sich für sein Tun vor niemandem zu verantworten.«

»Aber wie ist damit Susie Verbeetens Erblindung zu erklären? Sie hat sich diesen Virus beim Schwimmen im Meer eingefangen. Wie hätte ein Geist das verursachen können?«

Er zupfte ein Stäubchen von seiner Soutane. »Wir wissen noch sehr wenig über die Fähigkeiten unseres Körpers, sich selbst zu schützen. Das menschliche Immunsystem ist noch weitgehend ein Geheimnis. Ich bin überzeugt, daß die meisten Menschen, die sich mit diesem Virus infizieren, nicht blind davon werden wie Ihre Freundin. Höchstens ein sehr kleiner Prozentsatz. Hatte sie nur Pech? Oder ist etwas in ihr Unterbewußtsein gepflanzt worden, das ihr Immunsystem blockiert hat? Damit die Prophezeiung sich erfüllen konnte?«

Frannies Nerven bebten. »Gibt es denn nichts, was ich tun kann?«

»Es gibt nur eines, was wir tun können. Wir gehen zu diesem Keller und halten dort ein Seelenamt. Und das tun wir jetzt.«

»Wer?«

»Nur Sie und ich.«

Sie biß sich erregt in den Handrücken. »Ich weiß nicht, ob wir reinkommen.«

»Darüber machen wir uns Gedanken, wenn wir dort sind.«

»Was... was geschieht bei einer Seelenmesse?«

»Wir machen einen einfachen Abendmahlsgottesdienst, um dem Geist die ewige Ruhe zu geben.«

»Und wenn es nicht klappt?«

Er sah sie an, als ob sie geisteskrank sei. Entschlossen preßte er die Lippen aufeinander. »Wir gehen ausgestattet mit der Autorität der Kirche zu diesem Ort. Mit der Autorität Gottes. Und sie ist stärker als alles, was sich dem Satan verschrieben hat. Das verstehen Sie doch, nicht wahr?«

Frannie spürte, wie sich die Härchen in ihrem Nacken aufstellten und eine Gänsehaut über ihren Rücken kroch. Sie hatte gehofft, bei dem Treffen mit dem Geistlichen irgendwie Trost zu finden. Stattdessen wurde sie größerer Furcht ausgesetzt, als sie jemals empfunden hatte.

# *Zweiunddreißig*

Frannie ging mit Reverend Benedict Spode über die London Bridge. Die Taschenlampe in der Seitentasche ihres Regenmantels, die er ihr gegeben hatte, drückte schwer gegen ihre Leiste. Der Geistliche schlenkerte mit scheinbarer Unbekümmertheit eine kleine Plastikreisetasche an seiner Seite. Diese Geste paßte jedoch nicht zu der angespannten Besorgnis auf seinem Gesicht.

Sie ließen einen Pulk von Autos vorbeifahren, überquerten dann die Straße und kamen in die King William Street, folgten ihr halblinks in Richtung auf die City. Durch die Schluchten der Nebenstraßen konnte man rechts drüben den Winston Churchill Tower liegen sehen, der hell angestrahlt in den Nachthimmel ragte. Aber Frannie schaute nicht hin.

»Glauben Sie«, fragte sie, »das könnte der Grund dafür sein, daß Oliver und ich uns überhaupt getroffen haben? Daß das alles manipuliert war, ausgeheckt von... von diesem... dieser...« Sie wußte nicht, welches Wort sie benutzen sollte. *Geist? Macht?*

»Ich glaube, daß es Ordnung im Chaos gibt«, erwiderte er knapp.

Sie erinnerte sich, daß Oliver dasselbe gesagt hatte. »Wie meinen Sie das?«

Er antwortete erst, als sie an der Fußgängerampel am Ende der Straße stehenbleiben mußten. »Ich meine damit, daß es selbst im scheinbaren Chaos bestimmte Ablaufmuster gibt. Manchmal sind wir ihnen zu nahe, um sie zu erkennen.«

»Ich weiß nicht recht, ob ich Sie verstehe. Ich...«

Die Ampel schaltete auf Grün, und sie kamen in die Poultry Street. Die Luft schien mit jedem Schritt in Richtung auf ihr Ziel schwerer zu werden. Drüben, links von ihnen, sah sie die Lichterkette des Bauzauns. Sie verlangsamte ihre Schritte, und der Geistliche tat dasselbe.

»Ich möchte noch etwas sagen«, sagte Frannie, »bevor wir...« Sie schaute auf die glatte, babyzarte Wange des Priesters, die im Licht einer Laterne aufglänzte. »Es tut mir so leid. Daß ich so viel Elend über andere gebracht habe. Daß ich so entsetzlich dumm war...«

Benedict Spode sah sie an. Die nervöse Anspannung stand immer noch auf seinem Gesicht, aber seine Stimme war ganz ruhig und fest. »Sie waren zu siebt, Frannie. Sieben junge Leute, die aus einer Laune heraus eine Ouija-Sitzung machten. Sie sollten die Schuld dafür nicht auf sich allein nehmen. Gott wird darüber richten.«

Ein heftiger Windstoß fuhr in ihr Haar und in ihre Kleider. Die Soutane des Geistlichen blähte sich unter seinem Regenmantel, und die Tasche in seiner Hand wurde gegen sein Bein gedrückt. Der Bauzaun rüttelte; selbst aus einer Entfernung von etwa hundert Metern hörte Frannie das Klappern loser Bretter, das Knattern von Planen und das Quietschen von Metall auf Metall.

»Darf ich Ihnen eine naive Frage stellen?« wandte sie sich ihm wieder zu. »Wenn Menschen aus eigener Kraft böse Geister heraufbeschwören können, warum ist dann ein Priester nötig, um sie wieder zu bannen? Könnte das nicht jeder mit Gebeten schaffen?«

»Priester haben natürlich keine magischen Kräfte«, sagte er. »Gott jedoch ist stärker als das Böse; wenn es außer Kontrolle gerät, dann sind die Menschen, die mit der Autorität der Kirche ausgestattet sind, weitaus besser geeignet, es in seine Schranken zu verweisen, als jeder andere Mensch. Die Kirche handelt an Gottes Statt, mit seiner Autorität. Und Gott ist stärker als der Satan. Gott hat den Satan immer wieder besiegt.«

Ein Bus rumpelte vorbei. Die Tür eines Pubs auf der anderen Straßenseite ging auf, und zwei Männer kamen heraus. Im Pub saßen fröhliche Menschen beisammen, wie Frannie sah, und sie beneidete sie.

»Nach allem, was passiert ist, kann ich es nur schwer glauben, daß der Albtraum dadurch beendet werden kann, daß man ein paar Gebete aufsagt.«

Er blieb abrupt stehen. »Warum?«

»Es sieht zu... einfach aus.«

Er fuhr sie an: »Ist das etwa einfacher als der Beginn? Wie alles angefangen hat? Eine Horde angetrunkener Studenten, die mit einem Glas und ein paar Papierfetzen Hokuspokus spielen?«

Sie lächelte schwach. Er lächelte nicht zurück. Frannie schaute auf die Uhr. Viertel nach acht. Die Gegend war heller erleuchtet, als sie erwartet hatte. Der Gehweg, der Bauzaun, die Baustelle – alles war in einen milchigen orangefarbenen Lichtschein getaucht. Alles war deutlich zu erkennen. Aber das Licht reichte nicht bis zu den Spitzen der Gebäude um sie herum, und darüber blinkten nur wenige weiße Sterne am finsteren Himmel.

Ansonsten war die Szenerie noch so, wie Frannie sie am Mittag angetroffen hatte. Der Ausleger eines Krans über der Straße; darunter die Silhouette einer schweren stählernen Abrißbirne wie ein großes Beutetier im Schnabel eines Raubvogels. Aber das Gebäude, das noch mittags dort drüben gestanden hatte, war verschwunden. Ihr Magen krampfte sich zusammen. Sie lief über die Straße zum Bauzaun und starrte durch einen der Schlitze, konnte jedoch nichts erkennen. Sie rannte zum nächsten Schlitz, sah jetzt direkt auf die Überreste des Eckgebäudes am Eingang zu Poulterers' Alley. Es war fast völlig eingerissen. Dahinter aber standen alle Gebäude zu beiden Seiten der Straße noch.

Irgendwo im Hinterkopf wünschte sie, es wäre nicht so; wünschte, sie könnte behaupten, es wäre zu spät. Der Reverend würde das nicht beurteilen können. Aber dann sah sie Seb Hollands Gesicht vor sich. Und Tristrams. Merediths Sarg auf dem Katafalk... Ein Schauder überlief sie. Vielleicht würde sie Oliver nie mehr wiedersehen. Oder ihre Familie. Vielleicht war sie in wenigen Minuten tot. Oder verkrüppelt. Oder entstellt. Sie gab dem Priester mit dem Kopf ein Zeichen, weiterzugehen.

Er schaute am Bauzaun entlang. »Wir müssen irgendwo eine Lücke finden«, sagte er energisch.

Sie kamen zum Eingangstor. Es war mit einer Kette verschlossen, und ein Versuch zeigte, daß die beiden Flügel nicht genug Spielraum ließen, um hindurchzuschlüpfen. Ein Taxi kam vorbei; das Tuckern seines Dieselmotors hallte durch die Stille, und der Gestank seiner Auspuffgase hing Frannie noch in der Nase, als es längst wieder verschwunden war. Sie gingen weiter, immer am Zaun entlang. Am Ende des Blocks führte der Gehweg über einen Brettersteg nach links, in eine ruhige Nebenstraße, die weniger gut beleuchtet war. Benedict Spode drückte versuchsweise gegen das Ende eines Zaunelementes, das an ein Baugerüst anschloß, und es bewegte sich ein

Stück nach innen. Er sah sich scheu um, drückte dann mit beiden Händen fest dagegen, und der Spalt wurde breit genug, daß Frannie hindurchschlüpfen konnte. Spode folgte ihr. Als er das Element losließ, schlug es mit einem lauten Knall gegen den Pfosten des Gerüstes.

Sie standen auf einem kleinen Schutthaufen. Das vom Wind verursachte Klappern und Quietschen war jetzt viel lauter als jenseits des Zauns. Frannie schaltete die Taschenlampe an, und der Lichtstrahl sprang gierig in die dunklen Ecken, die vom schwachen Licht der Straßenlaternen nicht erreicht wurden. Er streifte die Kettenspuren eines Bulldozers. Dann die Kabine eines Krans. Fiel auf die Reihe zum Teil bereits abgerissener Häuser, in deren Mitte das Baubüro untergebracht war. Die Luft war erfüllt vom seltsam süßlichen Geruch nach verrottendem Holz, nach dumpfer Feuchtigkeit und, beißender und trockener, nach Mörtel und Staub. Der Lichtstrahl glitt über eine senkrechte Steigleiter, einen Förderkorb, spiegelte sich dann in den Fenstern einer Baubaracke. Frannie ging unsicher weiter, stieß beinahe gegen einen verrosteten Einkaufswagen; dann knirschten ihre Schuhsohlen über zerbrochene Gipsstücke, die unter ihren Schritten weiter zerbröselten. Schließlich kamen sie auf eine zerwühlte, schlammige Fahrspur.

Benedict Spode ging auf Zehenspitzen und hob die Soutane an wie ein Mädchen seinen Rock. Als sie gerade an einer Baubaracke vorbeikamen, auf der die mit Schablone geschriebene Aufschrift »Materiallager« prangte, fuhr ein Lieferwagen draußen am Eingang vor. Frannie machte sofort die Taschenlampe aus. Ein Mann stieg aus, und kurz darauf hörten sie, wie er in ein Handfunkgerät sprach:

»Zentrale, hier Eins Neun Fünf Fünf. Baustelle Poulterers' Alley nichts Verdächtiges. Fahre weiter zu den Docklands. Ende.«

Der Mann rüttelte noch einmal an der Verschlußkette des Tors, stieg dann in sein Fahrzeug und fuhr davon. Frannie schaltete die Lampe wieder an; in ihrem Schein sah sie die erschreckten Augen des Priesters. »Das hätte ins Auge gehen können«, murmelte er.

Frannie brachte kein Lächeln zustande und ging weiter, bis Poulterers' Alley vor ihnen lag wie die Geisterstadt in einem Filmstudio.

Auf dem Gesicht des Geistlichen zeigte sich wieder Furcht, und Frannie wurde davon angesteckt. Aber sie mußte durchhalten, mußte tapfer sein. Mußte durchhalten. Mußte. Sie stellte sich vor, daß zwei Augen sie vielleicht durch die vernagelten Fenster der Häuser beobachteten. Die Augen eines kleinen Jungen. In ihrer Brust webte ein Webstuhl der Furcht einen dicken Teppich aus ihren bloßliegenden Nerven.

Beinahe wäre sie an ihrem Ziel vorbeigelaufen. Was früher einmal für sie ein so großer, markanter Ort gewesen war, sah jetzt klein und unbedeutend aus. Sie richtete den Lichtstrahl über die Tür, als ob sie sich vergewissern müsse: SANDW CH S LUIGI CAFE.

Die Fenster waren wie bei allen anderen Häusern mit Brettern vernagelt, aber die Tür hatte noch ihre Glasfüllung und war nicht zusätzlich gesichert. Frannie holte ihren Schlüsselring aus der Handtasche, suchte den Café-Schlüssel und steckte ihn ins Schloß. Er drehte sich fast zu leicht, und sie und Reverend Spode gingen in das Haus, in dem sie ihre Kindheit und Jugend verbracht hatte.

Der Fußboden war mit Schutt bedeckt; ein Teil der Gipsdecke war heruntergestürzt und hatte nur noch das Balkengerüst zurückgelassen. Frannie stieg langsam über die Trümmer, wartete nach jedem Schritt auf Reverend Spode, und sie ließ den Lichtkegel herumwandern, um die Dunkelheit zu vertreiben. Ein weißes Rechteck zeigte, wo einmal die Theke gestanden hatte. Das uralte Poster von Neapel war von der Wand gefallen und lag zwischen dem Dreck auf dem Boden. Das andere Poster, das von Amalfi, hing noch an der Wand. Und dieses Poster starrte der Geistliche mit weit aufgerissenen Augen an; erschreckt folgte Frannie seinem Blick.

Das Poster bewegte sich; die linke obere Ecke löste sich langsam von der Wand, als ob eine unsichtbare Hand daran zöge. Die andere Ecke hatte sich bereits von der Wand abgelöst. Frannies Atem stockte, eine Gänsehaut überlief blitzschnell ihren Rücken. Der Raum schien plötzlich mit Elektrizität aufgeladen zu sein. Die Ecke kam endgültig frei, das Poster flatterte auf den Boden, rollte sich ein, blieb liegen.

Langsam löste sich Frannies Erstarrung. Nur ein Windhauch vom Öffnen der Tür, versuchte sie sich zu beruhigen. Sie ging vorsichtig weiter, auf den Eisenring der Falltür zu, den sie im Lichtstrahl matt glänzen sah. Sie legte die Lampe auf den Boden und kniete sich neben die Falltür. Dem Priester signalisierte sie, dasselbe zu tun.

Als sie an dem Ring zog, biß das kalte Metall wie Eis in ihre Finger. Der Schwarze Mann war unter dieser Luke, und er wartete auf sie in seinem finsteren, einsamen Versteck. Er lebte da unten in diesem Keller. Der Schwarze Mann, der in diesem Moment tausend spitze Nadeln des Horrors in jeden Quadratzentimeter ihrer Haut stieß. Der zweite Marquess – Lord Francis Edward Alwynn Halkin.

Die Luke hob sich einige Zentimeter, fiel dann wieder zu; sie hatte vergessen, wie schwer sie war. Benedict Spode wollte ihr helfen, aber sie fegte sein Angebot mit einer Handbewegung zur Seite, spannte die Armmuskeln an, zog kräftiger; die Luke kam hoch, mit ihr eine klebrige Spinnwebe. Ein kalter Luftzug stieg von unten auf, so kalt, als ob sie eine Eisschranktür geöffnet hätte.

Sie zog die Luke so weit hoch, daß sie sie an den Haken an der Wand festmachen konnte. Dann leuchtete sie mit der Lampe die steile Treppe hinunter in die Dunkelheit. Schwarz wie ein Aufzugschacht. Frannie zitterte inzwischen unkontrolliert am ganzen Körper. Mit bebenden Knien starrte sie in die Finsternis, die wie Rauch aufzusteigen und sie einzuhüllen schien.

»Soll ich als erster runtergehen?« bot der Geistliche an.

»Nein, ich mache das«, hörte sie sich selbst sagen. »Und Sie reichen mir dann ihre Tasche runter.«

Sie nahm die Taschenlampe in eine Hand, schob den Fuß auf die erste Stufe. Sie hatte das Gefühl, in ein bodenloses Loch hinabzusteigen. Schließlich aber hatte sie es geschafft, stand auf dem Kellerboden. Er wackelte unter ihren Füßen, bis sie merkte, daß sie selbst es war, die vor Angst schwankte.

»Okay«, rief sie und leuchtete mit der Lampe nach oben.

OKAY... OK-AYYY... OK-AYYYYY... hallte es zurück.

Benedict Spode schob seinen Fuß ungeschickt auf die oberste Stufe. »Vorsichtig!« schrie sie in die Dunkelheit. VORSICHTIG... SICHTIGGG...

Die Kälte des Bodens fraß sich durch ihre Schuhsohlen. Ihre Haut kribbelte, und sie spürte, wie sich die Härchen an ihren Armen, an den Beinen, im Nacken aufstellten, wie eine Gänsehaut ihren Rücken überzog. Sie hörte das metallische Geräusch fallender Wassertropfen, und sie erinnerte sich, daß sie dieses Ping... ping... ping auch beim letzten Mal, als sie hier unten war, gehört hatte.

Sie richtete den Lichtstrahl auf die Stufen, war zu verängstigt, das

Gewölbe abzuleuchten. Spode hielt ihr seine Tasche entgegen, und sie nahm sie ihm aus der Hand.

Als der Geistliche den Boden erreichte, stützte er sich noch einen Moment mit beiden Händen am Geländer ab, schöpfte Atem. »Meine Tasche«, sagte er dann, als ob er Angst davor habe, von ihr getrennt zu werden.

Sie gab sie ihm, und in diesem Moment drang ein leises, entferntes Rumpeln aus der Dunkelheit, wurde tiefer und lauter, als ob eine Steinlawine auf sie zugerollt käme. Frannie hatte dieses Geräusch tausendmal gehört, und dennoch machte es ihr Angst. Es dröhnte vorbei, verklang so plötzlich, wie es begonnen hatte, wurde ein entferntes Summen, starb ab. »U-Bahn«, sagte sie. »Central Line.«

Benedict Spode ließ das Treppengeländer los und ging ein paar Schritte von ihr weg, als werde er von einer unsichtbaren Kraft in das Gewölbe gezogen. Er öffnete seine Tasche, nahm eine kleine Taschenlampe heraus, machte sie an, ging zu einem der aufrecht stehenden kleinen Fässer, packte darauf den Inhalt der Tasche aus. Im zusätzlichen Licht seiner Lampe sah Frannie neben den Fässern eine umgedrehte Sperrholzkiste, auf der eine Kerze in einer Kruste aus zerlaufenem Wachs steckte; um die Kerze herum lagen Papierschnipsel. Es war die Kiste, auf der sie damals die Ouija-Zeremonie abgehalten hatten.

Erinnerungen überfluteten sie. Sie ging ein paar Schritte auf die Kiste zu, wollte ihr aber keinesfalls zu nahe kommen. Vergilbt und von Schimmel und schwarzen Dreckspritzern überzogen, lagen die Buchstaben des Alphabeths ungeordnet da, dazwischen die Zettel mit den Wörtern *Ja* und *Nein*.

Der Geistliche hatte inzwischen eine Phiole mit Weihwasser, einen silbernen Salzstreuer und zwei Kerzenleuchter auf dem Faß bereitgestellt. Er steckte Kerzen in die Leuchter und zündete sie an. Ein Abendmahlskelch, ein kleines silbernes Tablett sowie eine silberne Weihwasserschale kamen noch dazu. Er murmelte ein Gebet, während er im flackernden Licht der Kerzen ein wenig Weihwasser in die Schale goß und Salz darüberstreute. Seine Handgriffe waren langsam, exakt und methodisch, als habe er alle Zeit der Welt.

Er hob die Schale. »Beschütze uns, o Herr, wir bitten Dich.« Er sagte diese Worte mit fester Stimme, aber in normaler Lautstärke. Dann holte er ein Gerät aus seiner Tasche, das aussah wie ein kleiner

Silberball an einer Kette; der Ball war am unteren Ende von kleinen Löchern durchsiebt wie ein Salzstreuer. Ein Weihwasserwedel, erkannte Frannie.

Er tauchte den Wedel sorgfältig in das Weihwasser, zog ihn dann an der Kette wieder heraus. Er schwang ihn langsam hin und her, hob ihn dann hoch, als wolle er sicher sein, daß ihn niemand, wer oder was auch immer in diesem Raum zugegen war, übersehen könne. Er schwang ihn zunächst noch langsam, dann schneller, bis Wasserspritzer die Wand besprenkelten. Und dann ging Reverend Spode gemessenen Schrittes durch den Keller und wiederholte dieselben Worte und dieselbe Prozedur wieder und wieder.

»Beschütze uns, o Herr, wir bitten Dich.«

Draußen bewegte ein Windstoß die stählerne Abrißbirne am Ausleger des Krans um ein winziges Stück. Als der Wind abflaute, schaukelte sie weiter, eine kaum wahrnehmbare schwingende Bewegung, die allmählich zunahm. Sie beschrieb weite Bögen, bis ihre Bewegung schließlich so heftig wurde, daß der ganze Kran ins Schwanken geriet. Die Birne schwang wie der Weihwasserwedel in der Hand des Geistlichen. Wie der Lampenschirm in Frannies Wohnzimmer. Schneller, immer schneller. Bis sie zu hoch hinaufflog und die Kette für einen Moment durchhing. Dann fiel die Birne mit ihrem Eigengewicht von fünf Tonnen wieder nach unten, straffte die Kette. Spannte sie. Ruckartig. Zu ruckartig.

Der Ausleger war dem plötzlichen Gewicht nicht gewachsen. Sein oberer Arm brach ab und sauste zusammen mit der Abrißbirne nach unten, krachte durch Dachziegel und morsches Gebälk.

Unten im Keller ließ Reverend Spode den Weihwasserwedel kräftig ausschwingen. Weihwasser spritzte gegen die Ziegelmauer.

»Beschütze uns, o Herr, wir bitten Dich.«

Er machte einen Schritt nach links, begann dann erneut mit seiner Prozedur. In diesem Moment hörte Frannie hoch über sich ein Splittern, wie es klingt, wenn jemand Feuerholz spaltet. Und von dieser Sekunde an lief für sie alles wie in Zeitlupe ab. Plötzlich ein tiefes Grollen. Ein Zug, dachte sie zunächst. Aber dieses Geräusch war anders – tiefer, bedrohlicher. Gezackte Risse zogen sich plötzlich wie Spinnweben über die Mauern und die Decke. Staub und kleine Steine rieselten auf sie herab, auf ihren Kopf, ihre Hände.

»Raus hier!« schrie sie. »Raus hier!«

Das ganze Kellergewölbe erzitterte, und eine Staublawine brach von oben durch die offene Falltür herein. Frannie schrie noch einmal, dann krachte etwas auf ihre Schulter, schmetterte sie zu Boden. Ein ohrenbetäubendes Bersten. Ein Schrei. Staub und Mörtel verstopften ihren Mund, drangen in ihre Augen, machten sie blind. Sie hustete, würgte.

Stille.

Sie spürte einen Windhauch auf dem Gesicht, und sie versuchte, sich zu bewegen. Aber sie war eingeklemmt. Wie ein Tier in der Falle. Sie spuckte den Staub aus dem Mund. »Mr Spode?«

Ein schwacher Lichtschimmer drang durch den Nebel, der in ihren Augen brannte. Doch dann lichtete sich der Nebel. Staub, der sich setzte. Über ihr war ein seltsames, orangefarbenes Glimmen, dahinter, in der öligen Finsternis, glitzerten vertraute weiße Pünktchen. Schattenhafte Umrisse von Mauern erstreckten sich in die Höhe. Und dann erkannte Frannie verwirrt, daß sie geradewegs in die Nacht draußen schaute.

Ein Gesicht war dort oben. Jemand, der auf sie herunterschaute. Tatsächlich, ein kleiner Mann sah durch das Loch in der Kellerdecke auf sie herunter. Er lächelte, und sie empfand das als äußerst unpassend. Er lächelte, und in seinen Augen stand ein seltsames Funkeln. Und dann erkannte Frannie mit panischem Entsetzen, daß es gar kein Mann war, der da oben stand.

Es war Edward.

# *Dreiunddreißig*

Während sie noch hochschaute, verschwand Edward plötzlich.

Sie versuchte, sich von der Last zu befreien, die ihre Beine und ihre linke Schulter niederdrückte. Panik überfiel sie. Verebbte wieder.

»Mr Spode?« rief sie.

Stille. Sie fühlte sich wie ein Insekt, das in einer Streichholzschachtel gefangen ist. *Käfer sind Ungeziefer, Daddy.*

»Mr Spode?«

Sie würgte erneut an dem Staub in ihrer Kehle. Hustete. Strengte die Augen an, konnte aber um sich herum nichts erkennen. Irgend etwas Scharfes bohrte sich in ihr Handgelenk; sie drehte die Hand, zog daran, aber es bohrte sich nur noch tiefer hinein. Sie schaute wieder nach oben, sah aber nichts außer dem orangefarbenen Schimmer.

Ein Schatten bewegte sich. Und sie hörte ein Kratzen, ein Schleifen, wie wenn jemand einen Fuß auf dem Boden nachzieht. Ihre Muskeln verkrampften. Sie zog mit aller Kraft an ihren Beinen, aber sie saßen fest, als wären sie in Zement eingegossen.

Wieder das Schleifen. Lauter jetzt. Noch einmal. Hinter ihr. Ihr Kopf, der nicht eingeklemmt war, fuhr herum, soweit es nur ging.

Eine Silhouette. Die Silhouette eines kleinen Mannes. Der Strahl einer Taschenlampe blitzte auf, blendete sie. Wanderte aus ihrem Gesicht. Im Streulicht der Lampe sah sie, daß es Edward war.

Er stand reglos da. War ganz auf sie konzentriert.

»Edward!« rief sie. Versuche, mit ihm zu sprechen, dachte sie verzweifelt; versuche, in sein Bewußtsein vorzustoßen.

Seine Lippen bewegten sich, aber sie konnte nicht hören, was er sagte. Der Lichtstrahl wanderte durch den Keller. Das Gewölbe war eingestürzt, und sie lag, wie sie jetzt sah, in einer Höhlung unter dem Gestein. Dann fiel der Lichtstrahl auf ein Gesicht links von ihr.

Benedict Spode. Seine Hüfte und die Beine waren von der Abrißbirne zerschmettert worden. Seine Zunge hing aus dem Mund, und gelblicher Schleim tröpfelte von ihr auf den Boden, in die Blutlache, die sich langsam ausbreitete, auf Frannie zulief.

Sie stieß einen erstickten Schrei aus, keuchte. Edward machte einen Schritt auf sie zu. Noch einen. Seine Lippen bewegten sich, murmelten etwas, das sie nicht verstehen konnte.

Ihr rechter Arm war außer dem Kopf der einzige Körperteil, den sie bewegen konnte, und sie fuhr mit der Hand suchend durch den Schutt, ohne Edward aus den Augen zu lassen, schloß die Finger um einen dicken Stein, schob die Hand neben den Kopf. Entschlossen, den Stein zu benutzen.

Edward kam langsam auf sie zu, mit glasigen Augen, seine Lippen murmelten weiterhin unhörbare Worte. Er trug seine Schuluniform, ein graues Jackett mit grauen Shorts und gestreifter Krawatte. Frannie schob die Hand mit dem Stein noch ein Stück höher, wappnete sich. Sie hörte jetzt, daß er irgend etwas herunterbetete, und als er noch einen Schritt näher kam, erkannte sie zu ihrem Entsetzen, daß es nicht seine Stimme war, in der dieser unablässige Singsang aus seinem Mund strömte. Es war die Stimme eines weitaus älteren Mannes.

Er ging an ihr vorbei, kniete sich hin und hob den Weihwasserwedel auf, der unter den ausgestreckten Fingern des toten Geistlichen lag, stand auf, schwang ihn an der Kette hin und her. Weihwassertröpfchen sprühten auf Frannies Gesicht.

»Beschütze uns, o Herr, wir bitten Dich«, sagte er dann laut und mit klarer Stimme. »Beschütze uns, o Herr, wir bitten Dich.« Und jetzt erkannte Frannie die Stimme.

Er kniete sich wieder hin und begann, Trümmerstücke neben dem Körper des Priesters wegzuräumen, wobei er zunächst wieder in seinen Singsang verfiel, dann aber mit klarer Stimme das Vaterunser aufsagte. Er grub das Silbertablett und den Kelch aus, und es schien so, als ob er genau wußte, wonach er suchte und was er als nächstes zu tun hatte. Er zog die Tasche des Geistlichen unter den

Trümmern hervor und holte eine Flasche Meßwein und eine Dose mit Oblaten heraus.

»Herr, erhöre mein Gebet«, sagte er. »Herr, sei uns gnädig. Wir bitten Dich, erhöre uns.«

Frannie war fassungslos. Die Stimme, mit der Edward sprach, war die Stimme des Geistlichen, der da tot am Boden lag. Der tote Reverend Benedict Spode sprach durch diesen kleinen Jungen.

Edward fuhr mit ruhiger Sicherheit und Autorität fort: »Herr, neige Dein Ohr zu unserer Bitte, durch die wir in Demut Dein Erbarmen anrufen, und laß die Seele Deines Dieners Lord Francis Edward Alwynn Halkin, die Du aus dieser Welt abberufen hast, im Lande des Friedens und des Lichtes wohnen und verleihe ihm die Gemeinschaft mit Deinen Heiligen. Durch Jesus Christus, Deinen Sohn, unseren Herrn. Amen.«

»Amen«, echote Frannie mechanisch. Sie lockerte den Griff um den Stein.

»Wir bitten Dich, o Herr, empfange die Seele Deines Dieners Lord Francis Halkin, für den das Blut Deines Sohnes vergossen wurde. O Herr, wir sind nichts als Staub, und der Mensch ist wie das Gras und die Blume auf dem Feld. Herr, gib ihm die ewige Ruhe, und das ewige Licht leuchte ihm. O Herr, Du bist gnädig über alle Maßen. Gewähre Deinem Diener Lord Francis Halkin einen Ort des Friedens und der Vergebung.«

Der Junge, aus dem die Autorität des Priesters sprach, schwieg einen Moment. In der Ferne heulte eine Sirene. Frannie hatte das unbestimmte Gefühl, daß noch jemand bei ihnen hier unten war. Aber sie wagte es nicht, die Augen von dem Wunder zu wenden, das sich da vor ihr abspielte. Edward hatte wieder begonnen, das Vaterunser zu beten, und sie stimmte ein.

Als sie geendet hatten, nahm er eine Hostie und brach ein Stück davon in den Kelch. »Lamm Gottes«, sagte er, »das Du hinwegnimmst die Sünden der Welt; erbarme Dich unser. Möge die Vermischung des Leibes und des Blutes unseres Herrn Jesus Christus uns, die wir beides empfangen, das ewige Leben bescheren.« Er nahm die Hostie, ging zu Frannie und legte sie in ihre Hand.

»Nimm hin und esse«, sagte er.

Sie legte die Hostie auf ihre Zunge. Die süße, papierartige Substanz löste sich sofort auf.

Dann kam er mit dem Kelch zu ihr und setzte den Rand an ihre Lippen. Sie schmeckte die Silberpolitur, dann den schweren, süßen Wein. Sie schluckte ihn dankbar.

»Das ist das Blut unseres Herrn Jesus Christus.« Edward sagte diese Worte sehr sicher und bestimmt. Er setzte den Kelch ab. »O Herr, Dein Sohn gab uns das Sakrament Seines Leibes, um uns zu stützen auf dem Weg in Deine gnädigen Hände. Gib, o Herr, daß unserem Bruder Lord Francis Halkin die Gnade gewährt werde, mit Deinem Sohn Jesus Christus an Seinem ewigen Tische zu sitzen. Gewähre uns diese Bitte, o Herr, der Du lebst und regierst von Ewigkeit zu Ewigkeit.«

»Amen«, flüsterte Frannie.

Es war ein wenig wärmer im Keller geworden, und es war auch nicht mehr ganz so dunkel. Frannie fürchtete sich nicht mehr. Edward kniete neben ihr. Er sah sie aus klaren Augen an. Und er lächelte.

»Ist alles in Ordnung, Frannie?« Er sprach wieder mit seiner eigenen Stimme.

Sie nickte.

»Jetzt ist alles wieder gut, nicht wahr, Frannie?« Er fing an, den Schutt und die Trümmer von ihr wegzuräumen. Währenddessen sah sie in das Gesicht des Jungen, und sie erinnerte sich an seine Frage: *Sind die Toten für immer tot?*

Reverend Benedict Spode war mit der Autorität der Kirche bewaffnet gewesen, und er war gestorben. Aber nicht gänzlich. Dem Geist des zweiten Marquess war es gelungen, den Menschen Benedict Spode zu töten, aber damit war nicht zugleich auch die Autorität des Priesters beseitigt. Eine neue Waffe war ihm gegeben worden: Edward.

*Non omnis moriar.*

Frannie streckte den freien Arm aus und drückte sanft Edwards Hand. Wie ein Echo hallten die Worte des Geistlichen durch ihren Kopf: *Wenn das Böse außer Kontrolle gerät, dann sind die Menschen, die mit der Autorität der Kirche ausgestattet sind, weitaus besser geeignet, es in seine Schranken zu verweisen, als jeder andere Mensch.*

Und ein anderer Satz, den er gesagt hatte, hallte hinterher: *Ich glaube daran, daß es Ordnung im Chaos gibt.*

Frannie drückte Edward fest an sich, und die Tränen, die ihr aus den Augen strömten, störten den Jungen offensichtlich nicht. Die beiden schienen zu wissen, daß sie hier, in den Trümmern der Vergangenheit und in der Gegenwart des Todes, endlich ihre Freiheit wiedererlangt hatten.

# *Epilog*

*Juli 1999*

Als Charles Richard William Halkin sieben Jahre alt war, entdeckte er das Versteck seines Halbbruders, wo Edward heimlich rauchte. Er fand es heraus, als er Edward einmal ins Dachgeschoß hinter dem Spielzimmer nachschlich und beobachtete, wie er aus einem Fenster aufs Dach kletterte; er war ihm gefolgt, hatte sich an der niedrigen Steinbrüstung entlanggehangelt, hatte ihn gerade noch in einem Hohlraum neben einem der massiven Kamine verschwinden sehen.

Anfangs war Edward böse gewesen, aber inzwischen ließ er ihn in das Versteck mitkommen, wann immer Charles wollte. An schönen Tagen sah man vom Versteck aus über die Hügel hinweg weit auf den Kanal hinaus, und Edward behauptete, die Linie am Horizont sei Frankreich; Charles glaubte ihm das nicht. Es gab viele Dinge, die Edward ihm erzählte, er aber nicht glaubte. Charles zog es vor, die Wahrheit selbst herauszufinden; es war eben aufregend, neue Entdeckungen zu machen. Und es gefiel ihm, alles sorgfältig auszutüfteln. Von seinen Eltern hatte er einen logischen, analytischen Verstand geerbt, und er beschäftigte sich gerne damit, kleinste Fragmente zu einem Ganzen, zu einer Erkenntnis zusammenzusetzen.

Als er sich einmal gelangweilt und im Dachgeschoß alte Koffer durchstöbert hatte, war er auf einen ramponierten Pappkoffer gestoßen, auf dem ein verblaßter ALITALIA-Sticker klebte. Er enthielt viele alte Fotos von seiner Mutter und einigen seiner Onkel und Tanten sowie alte Zeitschriften und Bündel von Briefen. Als er den Koffer schon wieder zumachen wollte, bemerkte er einen Briefumschlag, der jüngeren Datums zu sein schien als die anderen. Die Adresse lautete: *Lady Francesca Halkin, Meston Hall, Meston, East Sussex.*

In dem Umschlag steckte ein kurzer Brief, an den ein schmaler Papierstreifen angeheftet war. Der Brief war in einer ziemlich krakeligen Handschrift geschrieben.

Liebe Frannie,
Mama hat neulich, als ich mal wieder für ein Wochenende bei ihr war und sie mir beim Ausmisten alter Sachen half, den beigefügten Papierstreifen gefunden. Ich dachte, er könnte Dich interessieren, falls Du noch manchmal darüber nachdenkst. Erschrekkend zutreffend für den armen Seb, aber mit Deiner Botschaft kann ich nichts anfangen. Phoebe hat sich jedenfalls nicht richtig erinnert, es war nicht nur die Zahl 26. Aber das alles ist ja inzwischen bedeutungslos geworden, nicht wahr?
Wenn ich nächstes Mal wieder unten bin, rufe ich Dich an, vielleicht können wir uns mal treffen. Unser zweites Baby hat sich für den August angekündigt.

In Liebe. Deine Susie

Charles zog die Büroklammer ab und sah sich den Papierstreifen an. Er war ungefähr fünf Zentimeter breit; das Papier war liniert, und es sah so aus, als ob der Streifen von einem Blatt in einem Tagebuch abgerissen worden wäre. Auf einer Seite stand eine Adresse, auf der anderen standen zwei Namen untereinander:

Seb Holland – Hans guck in die Luft
Frannie – Du wirst den 26. austragen

Als Charles noch ein ganz kleiner Junge war, hatte Edward ihm erklärt, daß er nicht sein richtiger Bruder sei, weil sie nicht dieselbe Mummy hätten. Charles hatte das verstanden; er wußte ja, daß Edwards Mummy schon vor langer Zeit gestorben war.

Und er verstand auch, daß Edward eines Tages den Titel ihres Vaters erben würde. Der Vater war der vierundzwanzigste Marquess von Sherfield; Edward würde der fünfundzwanzigste sein. Wenn Edward starb, würde sein ältester Sohn der sechsundzwanzigste Marquess werden. Es sei denn, Edward starb, ohne einen Sohn zu hinterlassen. In diesem Fall würde der Titel an Charles übergehen.

Im großen und ganzen mochte Charles Edward, und trotz des Altersunterschiedes kamen sie gut miteinander aus. Obwohl er manchmal einen ziemlich seltsamen Gedanken über Edward hatte. Er stellte sich dann vor, daß er zusieht, wie Edward über die Dachbrüstung in den Tod stürzt.

# DANKSAGUNGEN

Wie bei allen meinen Büchern bin ich auch diesmal wieder vielen Leuten und Organisationen zu Dank verpflichtet. Ihre Unterstützung, ihr Fachwissen und ihre Ratschläge waren von unschätzbarem Wert für mich. Mein ganz besonderer Dank gilt:

Dem Viscount Hampden, der mir erlaubte, Glynde Place als Modell für Meston Hall zu verwenden – wobei ich anmerken muß, daß Glynde Place in einem sehr viel besseren Zustand ist als das fiktive Meston und ich bei der Schilderung des Hauses und der Ländereien eine Reihe von Veränderungen vorgenommen habe. Darüber hinaus möchte ich betonen, daß die Halkin/Sherfield-Familie meiner Phantasie entsprungen ist und keinerlei Ähnlichkeiten zu Mitgliedern der Familie von Viscount Hampden oder zu früheren Bewohnern von Glynde Place bestehen.

Brian Inglis. Roderick Main von Scarab Research für die unschätzbare Hilfe, insbesondere auch bei der Darstellung des Begriffes *Zufall* (und der letztlich dabei erzielten Übereinstimmung!). Robert Knox, dem stellvertretenden Leiter der Abteilung Orientalische Frühgeschichte am British Museum. Frances Wollen. Canon Dominic Walker OGS. Dr Robert Morris von der Edinburgh University. Miss Eleanor O'Keefe von der Society for Psychical Research. Jane Henry. Ruth West. Brian Dickinson. Tim Mair. Pippa Hooley, Rinderfachfrau. Councillor Pam Stiks. Kathryn Bailey. Sophie Allen, Gameboy-Beraterin. Dr Nigel Kirkham. Dr Tim Carter. Dr Duncan Stewart. Dr Brian Kirkland. Mick Harris. David Garbutt. Nina Mackay (für blitzschnelle Berechnungen auf der Rückseite von Briefumschlägen!). Ray Hazan und Peter Marshall von St Dunstan's. Adrian Elliott. Mark Towse. Peter Orpen von AVT. Dr Robert Wilkins. Roy Gambier von der Shuttleworth Collection.

Zu großem Dank verpflichtet bin ich auch Sue Ansell für ihren Fleiß; Jon Thurley, meinem Agenten; Joanna Goldsworthy und Richard Evans, meinen Verlegern; Elizabeth Reeves, der Lektorin. Und Bertie dafür, daß er das Manuskript nicht vollends aufgefressen hat. Und meiner Frau Georgina, die dafür gesorgt hat, daß ich den Streß beim Schreiben dieses Buches halbwegs gesund überstanden habe.